诺贝尔文学奖得主
莫言长篇小说全编

蛙

莫言作品

Frog

浙江文艺出版社
Zhejiang Literature & Art Publishing House

2012年诺贝尔文学奖获奖者证书

诺贝尔奖晚宴致辞（原稿）

尊敬的国王陛下、王后陛下，女士们，先生们：

我，一个来自遥远的中国山东高密东北乡的农民的儿子，站在这个举世瞩目的殿堂上，领取了诺贝尔文学奖，这很像一个童话，但却是不容置疑的现实。

获奖后一个多月的经历，使我认识到了诺贝尔文学奖巨大的影响和不可撼动的尊严。我一直在冷眼旁观着这段时间里发生的一切，这是千载难逢的认识人世的机会，更是一个认清自我的机会。

我深知世界上有许多作家有资格甚至比我更有资格获得这个奖项；我相信，只要他们坚持写下去，只要他们相信文学是人的光荣也是上帝赋予人的权利，那么，"他必将华冠加在你头上，把荣冕交给你。"（《圣经·箴言·第四章》）

我深知，文学对世界上的政治纷争、经济危机影响甚微，但文学对人的影响却是源远流长。有文学时也许我们认识不到它的重要，但如果没有文学，人的生活便会粗鄙野蛮。因此，我为自己的职业感到光荣也感到沉重。

借此机会，我要向坚定地坚持自己信念的瑞典学院院士们表示崇高的敬意，我相信，除了文学，没有任何能够打动你们的理由。

2012年诺贝尔奖晚宴致辞（原稿片段）

娃蛙嫡哇，声声令我泪颊下。姑姑孤苦心中之了，对谁语？悠悠我心，为君沉吟玉如参。晓晓明月，此情何时才断绝？你减字木兰花曲牌忆娃写花时心境。

丙申 重阳 莫言

题《蛙》

娃娃蛙娲哇,声声令我泪欲下。
姑姑孤苦,心中之事对谁语?
悠悠我心,为君沉吟到如今。
皎皎明月,此情何时可断绝?

仿减字木兰花曲牌,忆《蛙》写作时心境。

丙申重阳 莫言

目 录

第一部
1

第二部
75

第三部
143

第四部
177

第五部
279

听取蛙声一片——代后记
341

第一部

尊敬的杉谷义人先生：

　　分别近月，但与您在我的故乡朝夕相处的情景，历历如在眼前。您不顾年迈体弱，跨海越国，到这落后、偏远的地方来与我和我故乡的文学爱好者畅谈文学，让我们深受感动。大年初二上午，在县招待所礼堂，您为我们作的题为《文学与生命》的长篇报告，已经根据录音整理成文字，如蒙允准，我们想在县文联的内部刊物《蛙鸣》上发表，使那天未能听您演讲的人们，也能领略您的语言风采并从中受到教益。

　　大年初一上午，我陪同您去拜访了我的当了五十多年妇科医生的姑姑。虽然因为她的语速太快和乡音浓重，使您没有完全听明白她说的话，但相信她一定给您留下了深刻的印象。您在初二上午的演讲中多次以我姑姑为例，来阐发您的文学观念。您说您的脑海里已经有了一个骑着自行车在结了冰的大河上疾驰的女医生形象，一个背着药箱、撑着雨伞、挽着裤脚、与成群结队的青蛙搏斗着前进的女医生的形象，一个手托婴儿、满袖血污、朗声大笑的女医生形象，一个口叼香烟、愁容满面、衣衫不整的女医生形象……您说这些形象时而合为一体，时而又各自分开，仿佛是一个人的一组雕像。您鼓励我们县的文学爱好者们能以我姑姑为素材写出感人的作品：小说、诗歌、戏剧。先生,创作的热情被您鼓动起来了,很多人跃跃欲试。县文化馆一位文友,已经动笔写作一部乡村妇科医生题材的小说。我不愿与他撞车,尽管我对姑姑的事迹了解得远比他多,但我还是把小说让给他写。先生,我想写一部以姑姑的一生为素材的话剧。初二日晚上在我家炕头上促膝倾谈时,您对法国作家萨特的话剧的高度评价和细致入微、眼光独到的分析,使我如醍醐灌顶、茅塞顿开!我要写,写出像《苍蝇》《脏手》那样的优秀剧本,向伟大剧作家的目标勇猛奋进。我遵循着您的教导:不着急,慢慢来,像青蛙稳坐莲叶等待昆虫那样耐心;想好了下笔,像青蛙跃起捕虫那样迅疾。

在青岛机场,送您上飞机之前,您对我说,希望我用写信的方式,把姑姑的故事告诉您。姑姑的一生,虽然还没结束,但已经可以用"波澜壮阔""跌宕起伏"等大词儿来形容了。她的故事太多,我不知道这封信要写多长,那就请您原谅,请您允许,我信笔涂鸦,写到哪里算哪里,能写多长就写多长吧。在电脑时代,用纸、笔写信已经成为一种奢侈,当然也是乐趣,但愿您读我的信时,也能感受到一种古旧的乐趣。

顺便告诉您,我父亲打电话告诉我:正月二十五日那天,我家院子里那株因树形奇特而被您喻为"才华横溢"的老梅,绽放了红色的花朵。好多人都到我家去赏梅,我姑姑也去了。我父亲说那天下着毛茸茸的大雪,梅花的香气弥漫在雪花中,嗅之令人头脑清醒。

您的学生　蝌蚪
二〇〇二年三月二十一日　北京

一

先生,我们那地方,曾有一个古老的风气,生下孩子,好以身体部位和人体器官命名。譬如陈鼻、赵眼、吴大肠、孙肩……这风气因何而生,我没有研究,大约是那种以为"贱名者长生"的心理使然,抑或是母亲认为孩子是自己身上一块肉的心理演变。这风气如今已不流行,年轻的父母们,都不愿意以那样古怪的名字来称呼自己的孩子。我们那地方的孩子,如今也大都拥有了与香港台湾、甚至与日本韩国的电视连续剧中人物一样优雅而别致的名字。那些曾以人体器官或身体部位命名的孩子,也大都改成雅名,当然也有没改的,譬如陈耳,譬如陈眉。

陈耳和陈眉之父就是陈鼻,他是我的小学同学,也是我少年时的朋友。我们是1960年秋季进入大羊栏小学的。那是饥饿的年代,留在我记忆中最深刻的事件,大都与吃有关。譬如我曾讲过的吃煤的故事。许多人以为是我胡乱编造,我以我姑姑的名义起誓:这不是胡编乱造,而是确凿的事实。

那是龙口煤矿生产的优质煤块,亮晶晶的,断面处能照清人影。我后来再也没见过那么亮的煤。村里的车把式王脚,赶着马车,把那吨煤从县城运回。王脚方头、粗颈、口吃,讲话时,目放精光,脸憋得通红。他儿子王肝,女儿王胆,都是我的同学。王肝与王胆是异卵双胎。王肝身体高大,但王胆却是个永远长不大的袖珍姑娘——说得难听点吧,是个侏儒。大家都说,在娘肚子里时,王肝把营养霸光了,所以王胆长得小。卸煤时正逢下午放学,大家都背着书包,围看热闹。王脚用一柄大铁锨,从车上往下铲煤。煤块落在煤块上,哗哗响。王脚脖子上有汗,解下腰间那块蓝布擦拭。擦汗时看到儿子王肝和女儿王胆,便大声呵斥:回家割草去!王胆转头就跑——她跑起来身体摇摇摆摆,重心不稳,像个初学走路的婴孩,很是可爱——王肝往后缩缩,但不走。王肝为父亲的职业感到荣耀。现在的小学生,即便父亲是开飞机的,也体会不到王肝那时的荣耀。大马车啊,轰轰隆隆,跑起来双轮卷起尘土的大马车啊。驾辕的是匹退役军马,曾在军队里驮过炮弹,据说立过战功,屁股上烫着烙印。拉长套的是匹脾气暴躁的公骡,能飞蹄伤人,好张嘴咬人。这骡子虽然脾气不好,但气力惊人,速度极快。能够驾驭这头疯骡的也只有王脚。村子里有很多人羡慕这职业,但都望骡却步。这骡子已经咬伤过两个儿童:第一个是袁脸的儿子袁腮,第二个是王胆。马车停在她家门前时,她到骡前去玩,被骡子咬着脑袋叼起来。我们都很敬畏王脚。他身高一米九,双肩宽阔,力大如牛,二百斤重的石碌碡,双手抓起,胳膊一挺,便举过头顶。尤其让我们敬佩的,是他的神鞭。疯骡咬破袁腮头颅那次,他拉上车闸,双腿叉开,站在车辕两边,挥舞鞭子,抽打疯骡屁股。那真是一鞭一道血痕,一鞭一声脆响。疯骡起初还尥蹶子,但一会儿工夫便浑身颤抖,前腿跪在地上,脑袋低垂,嘴巴啃着泥土,撅着屁股承揍。后来还是袁腮的爹袁脸说,老王,饶了它吧!王脚才悻悻地罢休。袁脸是党支部书记,村里最大的官。他的话王脚不敢不听。

疯骡把王胆咬伤后，我们都期待着再看一场好戏，但王脚一鞭也没打。他从路边石灰堆上抓起一把石灰，掩在王胆头上，把她提回家去。他没打骡子，却抽了老婆一鞭，踢了王肝一脚。我们指指点点地议论着那头棕色的疯骡。它瘦骨伶仃，眼睛上方有两个深得可放进一枚鸡卵的凹陷。它的目光忧伤，似乎随时都会放声大哭。我们无法想象这样一匹瘦骡子怎会爆发出那样大的力量。当我们一边议论一边向那骡子靠近时，王脚便停止铲煤，用凌厉的目光逼视我们，吓得我们连连倒退。堆在学校伙房前的煤堆渐渐高起来，车上的煤渐渐少了。我们不约而同地抽鼻子，因为我们嗅到了一种奇异的香味。仿佛是燃烧松香的味儿，又仿佛是烧烤土豆的味儿。我们的嗅觉把我们的目光吸引到那一堆亮晶晶的煤块上。王脚拢马驱骡，马车离开校园。我们并没像往常那样，去追赶马车，并冒着被鞭子抽头的危险跳上去过瘾。我们目不转睛，慢慢地向煤堆移动。伙夫老王，挑着两桶水，摇摇摆摆地走过来。他的女儿王仁美，也是我们的同学，后来成为我的妻子。她是当时少有的没用器官命名的孩子，因为伙夫老王，是个有文化的人。他原本是公社畜牧站的站长，后因说话不当犯了错误，被开除公职遣返回乡。老王狐疑地看着我们。他以为我们要冲进伙房哄抢食物吧？所以他说，滚，小兔崽子们！这里没有你们吃的，回家吃你们娘的奶头去吧。我们自然听到了他的话，我们甚至也考虑了他的建议，但他的建议无异于骂人。我们都是七八岁的孩子，怎么还可能吃奶？即便我们还吃奶，但我们的母亲，都饿得半死，乳房紧贴在肋骨上，哪里有奶可吃？但没人去跟老王理论。我们站在煤堆前，低头弯腰，像地质爱好者发现了奇异矿石；我们抽动鼻子，像从废墟中寻找食物的狗。说到这里，首先要感谢陈鼻，其次要感谢王胆。是陈鼻首先捡起一块煤，放在鼻边嗅，皱着眉，仿佛在思索什么重大问题。他的鼻子又高又大,是我们取笑的对象。思索了一会儿,他将手中那块煤,猛地砸在一块大煤上。煤块应声而碎,那股香气猛地散发出来。他拣起一小块,王胆也拣起一小块;他用舌头舔舔,品咂着,眼睛转着圈儿,看看我们;她也跟着学样儿,舔煤,看我们。后来,他们俩互相看看,微微笑笑,不约而同地,小心翼翼地,用门牙啃下一点煤,咀嚼着,然后又咬下一块,猛烈地咀嚼着。兴奋的表情,在他们脸上洋溢。陈鼻的大鼻子发红,上边布满汗珠。王胆的小鼻子发黑,上面沾满煤灰。我们痴迷地听着他们咀嚼煤块时发出的声音。我们惊讶地看到他们吞咽。他们竟然把煤咽下去了。他压低声音说:伙计们,好吃!她尖声喊叫:哥呀,快来吃啊!他又抓起一块煤,更猛地咀嚼起来。她用小手拣起一块大煤,递给王肝。我们学着他们的样子,把煤块砸碎,捡起来,用门牙先啃下一点,品尝滋味,虽有些牙碜,但滋味不错。陈鼻大公无私,举起一块煤告诉我们:伙计们,吃这样的,这样的好吃。他指着煤块中那半透明的、浅黄色的、像琥珀一样的东西说,这种带松香的好吃。我们已经上过自然课,知道煤是许多世纪前,埋在地壳中的森林变成的。给我们上自然课的是我们的校长吴金榜。我们不相信校长的话,我们也不相信课本上的话。森林是绿色的,怎么可能变成黑色的煤炭?我们以为校长和课本都是在胡说八道。发现了煤块中的松香,才明白校长没有骗我们,课本也没有骗我们。我们班三十五个学生,除了几个女生不在,其余都在。我们每人攥着一块煤,咯咯崩崩地啃,咯咯嚓嚓地嚼,每个人的脸上,都带着兴奋的、神秘的表情。我们仿佛在进行一场即兴表演,我们仿佛在玩一种古怪游戏。肖下唇拿着一块煤,翻来覆去地看,不吃,脸上带着蔑视的神情。他不吃煤因为他不饿,他不饿因为他爹是公社粮库保管员。伙夫老王惊呆了。他手上沾着面粉跑出来。天哪,他手上沾着面粉!当时在学校伙房就餐的除了我们的校长和我们的教导主任之外,还有两个在乡下驻点的公社干部。老王惊呼:孩子们,你们干什么?你们……吃煤?煤也能吃?王胆用小小的手举着一块大煤,细声细气地说:大叔,太好吃了,给你一块尝尝。老王摇着头,道:王胆,你这小女孩,也跟着这帮野小子胡闹。王胆咬了一口煤,说:真的好吃耶,大叔。这时已是傍晚,红日西沉。那两个在这里搭伙就餐的公社干部骑着车子来了。他们也被我们吸引住了。老王挥舞着扁担轰赶我们。那个姓严的公社干部——好像是个副主任——制止了老王。他的脸色很难看,挥了一下手,转身钻进了伙房。

第二天我们在课堂上一边听于老师讲课一边吃煤。我们满嘴乌黑,嘴角上沾着煤末子。不但男生吃,那些头天没参加吃煤盛宴的女生在王胆的引导下也跟着吃。伙夫老王的女儿——我的第一任妻子——王仁美吃得最欢。现在想起来她大概患有牙周炎,因为吃煤时她满嘴都是血。于老师在黑板上写了几行字便回头注视我们。她首先质问她的儿子、我们的同学李手:手,你们吃什么?妈,我们吃煤。老师我们吃煤,您要不要尝尝?王胆在前排座位上举煤大喊——她的大喊也像小猫叫唤——于老师走下讲台,从王胆的手里接过那块煤,放在鼻子底下,既像看又像嗅。好久,她一言没发,将煤还给王胆。于老师说:同学们,我们今天上第六课,《乌鸦和狐狸》。乌鸦得到一块肉,非常得意,站在树梢上。狐狸在树下,对乌鸦说,乌鸦太太,您的歌声太美妙了,您一歌唱,全世界的鸟儿都得闭嘴了。乌鸦被狐狸的马屁拍昏了头,一张嘴,哇,肉就落在狐狸口中了。于老师带领我们诵读课文。我们满嘴乌黑,跟着朗读。

我们于老师是有文化的人,竟然也入乡随俗地给她的儿子起名为李手。李手后来以优异成绩考入医学院,毕业后到县医院当了外科大夫。陈鼻铡草时铡断了四根手指,李手给他接活了三根。

二

　　陈鼻为什么生了一只与众不同的大鼻子呢?这事儿大概只有他母亲能说清楚。

　　陈鼻的父亲陈额,字天庭,是我们村里唯一拥有两个老婆的人。陈额识字很多,解放前家有良田百亩,开着烧酒作坊,在哈尔滨还有买卖。他的大婆是本村人,为他生了四个女儿。解放前陈额跑了;解放后,大概是1951年,袁脸带着两个民兵,去东北把他押了回来。他逃亡时是单身一个,把大婆和女儿们撇在家里,回来时却带着一个女人。那女人黄头发蓝眼珠,看上去有三十出头年纪,姓艾名莲。艾莲怀里,抱着一条浑身生满斑点的狗。因为这女人在解放前就跟陈额结了婚,所以他就合法地拥有了两个老婆。村里有几个赤贫光棍汉,对陈额一人双妻极为不满,曾半是戏说半是认真地要陈额让出一个老婆给他们用。陈额咧着嘴,脸上的表情哭笑难分。陈额的两个老婆起初住在一个院里,后来因为打架,闹得鸡犬不宁,经袁脸同意,将小老婆安置在学校旁边的两间厢房里。学校的房子原来是陈额家的烧酒作坊,那两间厢房也是他家的房产。陈额与两个女人达成了协议,两边轮换着住。黄毛女人从哈尔滨抱回来的那条狗,被村里的土狗欺负死了。艾莲挺着大肚子葬狗不久后,生了陈鼻,所以有人说陈鼻是那条斑点狗投胎转世。他嗅觉灵敏,也许与此有关吧。那时候我姑姑已经去县城学习了新法接生，成为乡里的专职接生员。那是1953年。

1953年，村民们对新法接生还很抗拒，原因是那些"老娘婆"背后造谣。她们说新法接生出来的孩子会得风症。"老娘婆"为什么造谣？因为一旦新法接生推广开，就断了她们的财路。她们接生一个孩子，可以在产妇家饱餐一顿并能得到两条毛巾、十个鸡蛋的酬劳。提起这些"老娘婆"，姑姑就恨得咬牙切齿。姑姑说不知道有多少婴儿、产妇死在这些老妖婆的手里。姑姑的描绘给我们留下恐怖的印象。那些"老娘婆"似乎都留着长长的指甲，眼睛里闪烁着鬼火般的绿光，嘴巴里喷着臭气。姑姑说她们用擀面杖挤压产妇的肚子。她们还用破布堵住产妇的嘴巴，仿佛孩子会从嘴巴里钻出来一样。姑姑说她们一点解剖学知识都没有，根本不了解妇女的生理结构。姑姑说碰上难产她们就会把手伸进产道死拉硬拽，她们甚至把胎儿和子宫一起从产道里拖出来。在很长一段时间里，如果让我选择一批最可恨的人拉出去枪毙，我都会毫不犹豫地说："老娘婆"。后来，我慢慢地明白了姑姑的偏激。那种野蛮的、愚昧的"老娘婆"肯定是存在的，但有经验的、靠自身经验体悟到了女性身体秘密的"老娘婆"也是肯定存在的。其实我奶奶就是一个"老娘婆"。我奶奶是一个主张无为而治的"老娘婆"，她认为瓜熟自落，她认为一个好的"老娘婆"就是多给产妇鼓励，等孩子生下来，用剪刀剪断脐带，敷上生石灰，包扎起来即可。但我奶奶是一个不受欢迎的"老娘婆"，人们都说她懒。人们似乎更喜欢那种手忙脚乱、里外乱窜、大喊大叫、与产妇一样汗流浃背的"老娘婆"。

我姑姑是我大爷爷的女儿。我大爷爷是八路军的医生。他先是学中医的，参军后，跟着诺尔曼·白求恩，学会了西医。白求恩牺后,大爷爷心中难过,生了一场大病,眼见着不行了,说想家想娘了。组织上批准他回家养病。他回到老家时,我老奶奶还活着。他一进家门就闻到一股熬绿豆汤的香气。老奶奶赶紧涮锅点火熬绿豆汤,儿媳妇想帮忙,被她用拐棒拨拉到一边。我大爷爷坐在门槛上,焦急地等待着。姑姑对我们说那时她已经记事了,让她叫"大"她不叫,躲在娘背后偷着看。姑姑说从小就听娘和奶奶唠叨爹的事,终于见到了,却觉得好陌生。姑姑说大爷爷坐在门槛上,脸色蜡黄,头发长长,虱子在脖子上爬。穿着一件破棉袄,棉絮都露了出来。姑姑说她的奶奶也就是我们的老奶奶一边烧火一边流泪。绿豆汤熬出来了。大爷爷急不可耐,不顾汤热烫嘴,捧着碗急喝。老奶奶叨叨着:儿啊,不用急,锅里还有呢!姑姑说大爷爷双手哆嗦。喝了一碗,又添了一碗。喝完第二碗后他就不哆嗦了。汗水沿着他的鬓角流下来。眼珠渐渐地活泛了,脸上有了血色。姑姑说她听到大爷爷肚子里呼噜呼噜响,好像推磨一样。一个时辰后,姑姑说大爷爷到厕所里去,拉了个稀里哗啦,似乎连肠子都拉了出来。然后就慢慢地好起来,两个月后就精神健旺生龙活虎了。

我对姑姑说,曾在《儒林外史》上看到过类似的故事。姑姑问我:《儒林外史》是什么?我说是古典文学名著。姑姑瞪我一眼,说:连古典文学名著上都有,你还怀疑什么?!

大爷爷病愈之后,就要回太行山找部队。老奶奶说:儿啊,我没几天活头了,给我送了终你再走。大奶奶自己不好说,就让姑姑说。姑姑说:爹,俺娘说了,你要走也行,但要给俺留下个弟弟再走。

这时,八路军胶东军区的人找上门来,动员大爷爷加入。大爷爷是诺尔曼·白求恩的弟子,名气很大。大爷爷说,我是晋察冀军区的人。胶东军区的人说,都是共产党的人,在哪里干不一样啊?我们这里正缺您这样的人,老万,无论如何我们也要把您留下。许司令说了,用八人大轿抬不来,就用绳子给老子捆来,先兵后礼,老子摆大宴请他!就这样,大爷爷留在了胶东,成了八路军西海地下医院的创始人。

这地下医院真在地下呢。地道连着房间,房间通向地道,有消毒室、治疗间、手术室、休养室,这些遗迹至今保存完好。在莱州市于疃镇祝家村,一个八十八岁的老太太,王秀兰,当年跟着大爷爷当过护士,她还健在。有好几间休养室的出口通向水井。当年,一个年轻姑娘去井里打水,水桶莫名其妙地被扯住了,低头往里一看,井壁侧洞里,一个年轻的八路军伤员正对着她扮鬼脸呢。

大爷爷的高超医术很快在胶东传开。许司令肩胛缝里那块弹片就是他取出来的,黎政委爱人难产,也是大爷爷手术,保了母子平安。连平度城里的日军司令杉谷也知道爷爷的大名,他率兵下来扫荡,坐骑大洋马被地雷炸翻。他弃马逃走。大爷爷为这匹马动了手术,治愈后,成了夏团长的坐骑。后来此马恋旧,咬断缰绳逃回平度城。杉谷见宝马复归,惊喜万分,让汉奸秘密探访,得知八路军在他眼皮底下建了一座医院,医院院长就是把死马医活的神医万六府。杉谷司令是学医出身,惺惺相惜,总想把大爷爷招降过去。为此,杉谷从《三国演义》里学了诡计,派人秘密潜入吾乡,把我老奶奶、我大奶奶、我姑姑绑架到平度城中,扣作人质,然后派人送信给我大爷爷。

我大爷爷是意志坚定的共产党人,看完杉谷的信,揉巴揉巴就扔了。医院门政委将这信捡起来送到军区。许司令和黎政委联名写信给杉谷,怒斥他是个小人。信中说如果他敢伤万六府三位亲人一根毫毛,胶东军区将集合全部兵力攻打平度城。

姑姑说她与大奶奶老奶奶在平度城里住了三个月,有吃有喝,没受罪。姑姑说那杉谷司令是个白脸青年，戴一副白边眼镜，留着小八字胡，文质彬彬，讲一口流利中文。他称老奶奶为伯母，称大奶奶为嫂夫人，称姑姑为贤侄。姑姑说她对杉谷没有坏印象。当然这是姑姑私下里对我们自家人说的，对外她不这样说。对外她说，她与大奶奶老奶奶受尽了日本人的严刑拷打，威逼利诱，但坚决不动摇。

先生，我大爷爷的故事三天三夜也说不完，咱们得空再聊。但大爷爷牺牲的事必须说说。姑姑说大爷爷是在地道里为伤员做手术时，被敌人的毒瓦斯熏死的。县政协编的文史资料上也是这样说的。但也有人私下里说大爷爷腰里缠着八颗手榴弹，骑着骡子，一人独闯平度城，想以孤胆英雄的方式去营救妻子、女儿与老母，但不幸误踩了赵家沟民兵的连环雷。传播这消息的人姓肖名上唇，曾在西海医院当过担架员。此人阴阳怪气，解放后在公社粮库当保管员，曾因发明了一种特效灭鼠药而名噪一时，名字中的"唇"字，见报时也改为"纯"字。后来被揭露，他的特效鼠药的主要成分是国家已经严禁使用的剧毒农药。此人与姑姑有仇，因此他的话不可信。他对我说：你大爷爷不听组织命令，撇下医院的伤病员，耍个人英雄主义，行前为了壮胆，喝了两斤地瓜烧酒，喝得醉三麻四，结果糊里糊涂踩了自己人的地雷。肖上唇龇着焦黄的大牙，简直是幸灾乐祸地对我说：你大爷爷和那匹骡子都被炸碎了，是用两只筐子抬回来的。筐子里有人胳膊，也有骡蹄子，后来就那么乱七八糟地倒进了一个棺材。棺材倒是不错，是从兰村一个大户人家强征来的。我把他的话向姑姑转述后，姑姑杏眼圆睁，银牙顿挫地说：总有一天，我要亲手劁了这个杂种！

姑姑坚定地对我说：孩子，你什么都可以不相信，但一定要相信，你大爷爷是抗日英雄，革命烈士！英灵山上，有他的陵墓，烈士纪念馆里，展览着他用过的手术刀和他穿过的皮鞋。那是双英国皮鞋，是诺尔曼·白求恩大夫临死前赠送给他的。

三

先生，匆匆忙忙讲述大爷爷的故事，是为了从容不迫地讲述姑姑的故事。

姑姑生于公历1937年6月13日，农历五月初五，乳名端阳，学名万心。她的名字是大爷爷所起，既尊重了本地习俗，又显得寓意深远。大爷爷牺牲之后，老奶奶在平度城里因病去世。胶东军区通过内线大力营救，将大奶奶和姑姑救出牢笼。大奶奶和姑姑被接到解放区，姑姑在那里念抗日小学，大奶奶在被服厂纳鞋底子。解放后，像姑姑这样的烈士后代，有许多机会可以远走高飞，但大奶奶热土难离，姑姑舍不得离开大奶奶。县里领导问姑姑想干什么，姑姑说要继承父业，于是就进了专区卫生学校。姑姑从卫生学校毕业时才十六岁，在镇卫生所行医。县卫生局开办新法接生培训班，派姑姑去学习。姑姑从此便与这项神圣的工作结下了不解之缘。从1953年四月初四接下第一个孩子，到去年春节，姑姑说她一共接生了一万个孩子，与别人合作的，两个算一个。这话她也亲口对您说过。我估计，一万个孩子，大概是夸张了些，但七八千个孩子总是有的。姑姑带过七个徒弟，其中一个外号"小狮子"的，头发蓬松，塌鼻方口，脸上有粉刺，是姑姑的崇拜者，姑姑让她去杀人，她立马就会持刀前往，根本不问青红皂白。

前面我们说过，1953年春天时，我们那儿的妇女对新法接生颇多抵触。那些"老娘婆"又在私下里造谣诋毁，姑姑那时虽然只有十七岁，但因为从小经历不凡，又加上一个黄金般璀璨的出身，已经成为我们高密东北乡影响巨大、众人仰慕而视的重要人物。当然，姑姑的容貌也是出类拔萃的。不说头，不说脸，不说鼻子不说眼，就说牙。我们那地方是高氟区，老老少少，都龇着一嘴黑牙。姑姑小时在胶东解放区生活过很长时间，喝过山里的清泉，并跟着八路军学会了刷牙，也许就是这原因，她的牙齿没受毒害。我姑姑拥有一口令我们、尤其是令姑娘们羡慕的白牙。

姑姑接生的第一个孩子是陈鼻。为此姑姑曾表示过遗憾。她说她接生的第一个孩子本应该是革命的后代，没想到却接生了一个地主的狗崽子。但当时为了打开局面，为了革掉旧法接生的命，姑姑没来得及考虑这个问题。

姑姑得到艾莲即将生产的消息，骑着那时还很罕见的自行车，背着药箱子，飞一般窜回来。从乡卫生所到我们村十里路，姑姑只用了十分钟。当时村支书袁脸的老婆正在胶河边洗衣裳，她亲眼看到姑姑从那座狭窄的小石桥上飞驰而过。一条正在小桥上玩耍的狗惊慌失措，一头栽到了河里。

姑姑手提药箱冲进艾莲居住的那两间厢房时，村里的"老娘婆"田桂花已经在那里了。这是个尖嘴缩腮的老女人，当时已经六十多岁，现在早已化为泥土，阿弥陀佛！田桂花属积极干预一派，姑姑进门后，看到她正骑跨在艾莲身上，卖力地挤压艾莲高高隆起的腹部。这老婆子患有慢性气管炎，她咻咻的喘息声与产妇杀猪般的嚎叫声混杂在一起，制造出一种英勇悲壮的氛围。地主陈额，跪在墙角，脑袋像磕头虫般一下一下地碰撞着墙壁，嘴里念叨着一些含混不清的话语。

我多次去过陈鼻的家,熟知他家的结构。那是两间朝西开门的厢房,房檐低矮,房间狭小。一进门就是锅灶,锅灶后是一堵二尺高的间壁墙,墙后就是土炕。姑姑一进门就可看到了炕上的情景。姑姑看到炕上的情景就感到怒不可遏,用她自己的话说,叫作"火冒三丈"。她扔下药箱,一个箭步冲上去,左手抓住那老婆子的左臂,右手抓住老婆子的右肩,用力往右后方一别,就把老婆子甩在了炕下。老婆子头碰在尿罐上,尿流满地,屋子里弥漫着臊气。老婆子头破了,流出了暗黑的血。其实她的伤也没有多重,但她尖声嚎叫,十分夸张。一般人听到这样的哭声就会吓晕,但姑姑不怕,姑姑是见过大世面的人。

姑姑站在炕前,戴上橡胶手套,严肃地对艾莲说:你不要哭,也不要嚎,因为哭嚎无济于事。你如果想活,就听我的命令,我让你怎么着,你就怎么着。艾莲被姑姑震住了,她当然知道姑姑的光荣出身和传奇经历。姑姑说:你是高龄产妇,胎位不正。人家的孩子,都是先出头,你这孩子,先伸出一只手,脑袋窝在里边。姑姑后来多次开陈鼻的玩笑,说他头还没出来就先把手伸出去,似乎要向这个世界讨要什么。陈鼻总是回答:讨饭吃呗!

姑姑虽是初次接生,但她头脑冷静,遇事不慌,五分的技艺,能发挥出十分的水平。姑姑是天才的妇产科医生,她干这行儿脑子里有灵感,手上有感觉。见过她接生的女人或被她接生过的女人,都佩服得五体投地。我母亲生前多次对我们说:你姑姑的手跟别人不一样。常人手有时凉,有时热,有时发僵,有时流汗,但你姑姑的手五冬六夏都一样,是软的,凉的,不是那种松垮的软,是那种……怎么说呢……有文化的哥哥说:是不是像绵里藏针、柔中带刚?母亲道:正是。她的手那凉也不是像冰块一样的凉,是那种……有文化的哥哥又替母亲补充:是内热外凉,像丝绸一样的,宝玉样的凉。母亲道:正是正是,只要她的手在病人身上一摸,十分病就去了七分。姑姑差不多被乡里的女人们神化了。

艾莲是个幸运的女人,当然她首先是个聪明的女人。姑姑的手在她肚皮上一摸,她就感受到了一种力量。她后来逢人便说姑姑有大将风度。与姑姑相比,那个趴在尿罐边嚎哭的女人简直是个小丑。在姑姑的科学态度和威严风度的感召与震撼下,产妇艾莲看到了光明,产生了勇气,那撕肝裂肺的痛疼似乎也减轻了许多。她停止了哭泣,听着姑姑命令,配合着姑姑的动作,把这个大鼻子婴儿生了出来。

陈鼻刚出生时没有呼吸,姑姑将他倒提起来,拍打他的后背前胸,终于使他发出了猫叫般的哭声。姑姑说:这个小家伙,鼻子怎么这么大呢?像个美国佬一样呢!姑姑这时心中充满了喜悦,就像一个工匠完成了自己的第一件作品。产妇疲惫的脸上绽开了灿烂的笑容。姑姑是个阶级观念很强的人,但她将婴儿从产道中拖出来那一刻会忘记阶级和阶级斗争,她体会到的喜悦是一种纯洁、纯粹的人的感情。

听说小老婆娩出的是个男婴,陈额从墙角爬起来。他手足无措,在灶台狭窄的空间转着圈儿。两行蜂蜜般的泪水,从他枯干的眼窝里流出来。他心里的狂喜无法用语言形容。许多话他想说但不敢出口,什么香火啦,宗族啦,对他这种人,说出口就是罪过。

姑姑对陈额说:这孩子生了这么个大鼻子,干脆就叫陈鼻吧!

姑姑是一句戏言,但那陈额,竟如领了圣旨一般,点头哈腰地说:感谢心姑赐名!感谢心姑赐名。陈鼻好,就叫陈鼻!

姑姑在陈额的千恩万谢中,在艾莲的婆婆泪珠中,收拾好药箱,准备回去。姑姑看到,田桂花背靠着墙壁,面对着破尿罐,坐在那里,仿佛睡着了一样。姑姑不知道她何时改成了这样的姿态,也记不清她那种令人毛骨悚然的嚎哭是何时停止的。姑姑说还以为她死了呢,但看到她的眼睛在幽暗中像猫眼一样放出绿光后,才知道她活着。姑姑的心中涌起愤怒的波涛。姑姑问:你怎么还不走?!那老婆子竟然说:这活儿我干了一半,你干了一半;按说我只要一条毛巾,五个鸡蛋,但你把我的头打破了,看在你娘的面子上,我不去政府控告你了,但你必须把你那条毛巾给我包扎伤口,把你那五个鸡蛋给我补养身体。姑姑这才想起,这些"老娘婆"是要跟产妇家索要财物的,她心中充满了厌恶。可耻啊,太可耻了!姑姑咬着牙根说:什么这活儿你干了一半?如果让你全干完,现在炕上就是两具尸体!你这个老妖婆子,你以为女人的阴道像老母鸡的屁股一样,用力一挤,鸡蛋就会蹦出来?你这是接生吗?不,你这是杀人!你还想去告我?姑姑飞起一脚踢中了老婆子的下巴。你还要毛巾、鸡蛋!姑姑又是一脚,踢在老婆子屁股上,然后,一手拎着药箱,一手揪着老婆子脑后的发髻,拖拖拉拉,到了院子里。陈额跟出来劝和,姑姑怒斥:滚回去!照顾你老婆去!

　　姑姑说这是她平生第一次打人。姑姑说想不到我这么会打人。姑姑对准老太婆的屁股又踢了一脚。老太婆翻了一个滚,爬起来,坐在地上双手拍打着地面,呼天抢地:救命啊!打死人了……我被万六府的强盗女儿打死了……

　　正是傍晚时分,夕阳、晚霞、微风,村里人多半捧着大碗站在街边吃饭,听到这边喧闹,便小跑着汇聚过来。村支书袁脸和大队长吕牙也来了。田桂花是吕牙的远房婶子,沾亲三分向,吕牙就说:万心,你一个年轻姑娘,打一个老人,不感到臊得慌吗?

　　姑姑对我们说:他吕牙什么东西?打得他老婆满地爬的畜生,竟敢教训我?

姑姑说:什么老人?老妖怪,害人精!你问问她自己,她干了些什么事?

多少人死在你的手里,老娘手里有枪,立马儿就崩了你!姑姑伸出右手食指,指着老太太的头。姑姑当时是个十七岁的大姑娘,竟然自称"老娘",把很多人逗笑了。

吕牙还想为田桂花争理,支书袁脸道:万医生没错,对这种拿着人命开玩笑的巫婆,就该严加惩治!田桂花,别耍死狗了,打你算轻的,应该送你进班房!从今后,家里有生孩子的,都去找万医生!田桂花,你要再敢给人接生,就把你的狗爪子剁了去!

姑姑说,袁脸这人,虽说没文化,但能看清潮流,能主持公道,是个好干部。

四

先生,姑姑接生的第二个孩子是我。

我娘临盆时,奶奶按照她的老规矩,洗手更衣,点了三炷香,插在祖先牌位前,磕了三个头,然后把家里的男人都轰了出去。我娘不是初产,在我前头有两个哥哥,一个姐姐。奶奶对我娘说:你是轻车熟路了,自个儿慢慢生吧。我娘对我奶奶说:娘,我感到很不好,这一次,跟以前不一样。奶奶不以为然,说:有什么不一样的?难道你还能生出个麒麟?

我娘的感觉是正确的。我哥哥姐姐们,都是头先钻出来,我呢,先伸出了一条腿。

看着我那条小腿,奶奶其实是吓呆了。因为乡间有俚语曰:先出腿,讨债鬼。什么叫讨债鬼呢?就是说,这个家庭前世欠了别人的债,那债主就转生为小孩来投胎,让那产妇饱受苦难,他或者与产妇一起死去,或者等长到一定年龄死去,给这个家庭带来巨大的物质损失和精神痛苦。但奶奶还是伪装镇静,说:这孩子,是个跑腿的,长大了给官听差。奶奶说:不要怕,我有办法。奶奶到院子里拿了一个铜盆,提在手里,站在炕前,用擀面棍子敲打着,像敲锣一样,发出"当当"的响声。奶奶一边敲一边吆喝:出来吧——出来吧——你的老爷差你去送鸡毛信,再不出来就要挨打了——

我娘感觉到了事情的严重性,她用扫炕笤帚敲打着窗户,招呼正在院子里听动静的我姐姐:嫚啊,快去叫你姑姑!

我姐姐非常聪明,她跑到村办公室让袁脸摇通了乡卫生所的电话。那台古老的摇把子电话机现在被我收藏。因为它救了我的命。

那天是六月初六,胶河里发了一场小洪水。桥面被淹没,但根据桥石激起的浪花,大概可以判断出桥面所在。在河边钓鱼的闲人杜脖子亲眼看到我姑姑从对面河堤上飞车而下,自行车轮溅起的浪花有一米多高。水流湍急,如果我姑姑被冲到河里,先生,那就没有我了。

姑姑水淋淋地冲进家门。

我娘说姑姑一进门,她就像吃了一颗定心丸。我娘说姑姑一进门就把奶奶揉到一边,嘲讽道:婶子,你敲锣打鼓,他怎么敢出来?奶奶强词夺理地说:小孩子都喜欢看热闹,听到敲锣打鼓还能不出来看?姑姑后来说,她扯着我的腿,像拔萝卜一样把我拔了出来。我知道这是玩笑。姑姑把陈鼻和我接生出来之后,陈鼻的母亲和我的母亲,成了姑姑的义务宣传员。她们到处现身说法,袁脸的老婆和闲人杜脖子也逢人便说姑姑的飞车绝技,于是姑姑名声大振,那些"老娘婆",很快就无人问津,成了历史陈迹。

1953年至1957年,是国家生产发展、经济繁荣的好时期,我们那地方也是风调雨顺,连年丰收。人们吃得饱、穿得暖,心情愉快,妇女们争先恐后地怀孕、生产。那几年可把姑姑忙坏了。高密东北乡十八个村庄里,每条街道、每条胡同里都留下了她的自行车辙,大多数人家的院子里,都留下了她的脚印。

1953年4月4日至1957年12月31日,姑姑共接生1612次,接下婴儿1645名,其中死亡婴儿六名,但这六名死婴,五个是死胎,一个是先天性疾病,这成绩相当辉煌,接近完美。

1955年2月17日,姑姑加入中国共产党。那天,也是她接生第1000个婴儿的日子。这个婴儿,就是我们的师弟李手。

姑姑说你们的于老师是最潇洒的产妇。姑姑说她在下边紧着忙活,于老师还在那里举着一本课本备课呢。

姑姑到了晚年,经常怀念那段日子。那是中国的黄金时代,也是姑姑的黄金时代。记不清有多少次了,姑姑双眼发亮,心驰神往地说:那时候,我是活菩萨,我是送子娘娘,我身上散发着百花的香气,成群的蜜蜂跟着我飞,成群的蝴蝶跟着我飞。现在,现在他妈的苍蝇跟着我飞……

我的名字也是姑姑起的:学名万足,乳名小跑。

对不起,先生,我对您解释一下:万足是我的原名,蝌蚪是我的笔名。

五

　　姑姑早就到了谈婚论嫁的年龄。但她是拿工资、吃商品粮的公职人员，又有着那样光荣的家庭出身，乡村里的小伙子，没有人敢动这个念头。那时我已经五岁，经常听到大奶奶过来跟我奶奶议论姑姑的婚事。大奶奶忧心忡忡地说：她婶子，你说，心都二十二岁了，与她同年出生的，都抱上两个娃了，可她，怎么连个上门提亲的都没有呢？我奶奶说：嫂子，你急什么？像心这样的，没准儿要嫁进宫里做皇后呢！到那时，你就成了皇帝的老丈母娘，我们也就成了皇亲国戚，铁定了要跟着沾光呢！大奶奶说：胡啰啰！皇帝早被革命了，现在是人民共和国了，是主席当家。我奶奶说：既然是主席当家，那咱就把心嫁给主席。大奶奶恼怒地说：你这人，身子进了新时代，脑子还留在解放前。我奶奶说：我跟你不一样，我这辈子没离开过咱这和平村，你去过解放区，进过平度城。大奶奶说：你别跟我提平度城，提起平度城我就头皮麻！我是被日本鬼子抓走的，是去受罪，不是去享福！——两个老妯娌，说着说着就吵了起来。但头天大奶奶气哄哄地走了，似乎是永世也不跟我奶奶见面的样子，第二天，她又来了。每当看到她们俩在一起议论姑姑的婚事时，我母亲就偷偷地笑。

　　记得有一天傍晚，我们家的母牛生小牛，不知道那母牛是以我母亲为榜样还是那小牛以我为榜样，竟然也是先生出一条腿，便卡住了。那老母牛憋得哞哞地叫，看样子非常痛苦。我爷爷我父亲他们都焦急万分，搓手、跺脚、转圈子，无计可施。牛可是农民的命根子啊，何况这牛是生产队放在我们家代养的，真要死了，那可了不得。母亲悄悄地对我姐姐说：嫚，我听到你姑姑回来了。没等母亲说完，我姐姐就跑了。父亲白了母亲一眼,说你瞎胡闹,她是给人接生的!我母亲说:人畜是一理。

我姑姑跟着我姐姐来啦。

我姑姑一进门就发脾气,说你们想把我累死吗?给人接生就够我忙的了,你们还要我接牛!

母亲笑着说:妹妹,谁让你是咱自家人呢?不找你找谁呢?人家都说你是菩萨转世,菩萨普度众生,拯救万物,牛虽畜类,也是性命,你能见死不救吗!

姑姑说:嫂子,幸亏你不识字,要是识上两箩筐字,和平村里如何能盛得下你!

母亲说:即便我识上八箩筐字,也比不上妹妹一根脚指头。

姑姑的脸上虽然还是怒冲冲的神情,但显然已经消了气。此时天色已暗,母亲点起家里所有的灯,剔大了灯草,都端到牛棚里。

那母牛一见到姑姑,两条前腿一屈,跪下了。姑姑见母牛下跪,眼泪哗地流了下来。

我们的眼泪也都跟着流了下来。

姑姑检查了牛的身体,半是同情半是戏谑地说:又是一个先出腿的。

姑姑把我们轰到院子里,怕我们看了受刺激。我们听到姑姑大声下令,我们想象着母亲、父亲在姑姑指挥下帮母牛生产的情景。那晚是农历的十五,月上东南,天地一片皎洁的时候,姑姑喊:好,生下来了!

我们欢呼着冲进牛棚,看到母牛身后,多了一个浑身黏液的小家伙。父亲兴奋地说:好,是头小母牛!

姑姑气哄哄地说:真是奇怪,女人生了女孩,男人就耷拉脸;牛生了小母牛,男人就咧嘴乐!

父亲说:小母牛长大了可以繁殖小牛啊!

姑姑说:人呢?小女孩长大了不也可以生小孩儿吗?

父亲说:那可不一样。

姑姑说:有什么不一样!

父亲见姑姑急了,不再与她争辩。

母牛掉过头,舔舐着小牛身上的黏液。它的舌头上仿佛有灵丹妙药,舔到哪里,哪里就获得了力量。大家都感慨万端地看着这情景。我偷眼看到,姑姑的口半张着,眼神很慈爱,仿佛那老牛的舌头舔到了她身上,或者她的舌头舔到小牛身上。等母牛的舌头差不多舔遍小牛身体时,小牛抖抖颤颤地站了起来。

我们张罗着找脸盆,倒水,找肥皂,拿毛巾,让姑姑洗手。

奶奶坐在灶前,拉着风箱烧火,母亲站在炕前擀面条。

姑姑洗完手,说:饿死我了!今晚我要在你们家吃饭。

母亲说:这不就是你的家吗?

奶奶说:是啊,才不在一个锅里摸勺子几年呢。

这时,大奶奶在我家院墙外,呼唤姑姑回去吃饭。姑姑说:我不能白给他们家干活儿,我要在这里吃。大奶奶说:你婶子过日子急,你吃她一碗面,她会记一辈子的。我奶奶提着烧火棍跑到墙根,说:你要是馋了呢,就过来吃一碗,要不就滚回去。大奶奶道:我才不吃你的东西呢。

面条煮好后,母亲盛了满满一大碗,让姐姐给大奶奶送过去。多年之后,我才知道,姐姐跑得急,摔了个狗抢屎,那碗面条泼了,碗也碎了。为了不让姐姐回来挨骂,大奶奶从自家碗橱里找了一个碗让姐姐端回来。

姑姑是个极其健谈的人，我们都愿意听她说话。吃完面条后，她背靠着墙壁，侧坐在我家炕沿上，打开了她的话匣子。她踩着百家门子，见识过各种各样的人，听过许许多多的逸闻趣事，转述时又毫不吝惜地添油加醋，这就使她的谈话像评书一样引人入胜。八十年代初，当我们从电视里看到刘兰芳的评书连播时，母亲就说：这不分明就是你姑姑吗？她要不当医生，说评书也是一张好嘴！

那晚上的谈话，还是从她在平度城里与日军司令杉谷斗智斗勇开始。那时我才七岁，姑姑看我一眼，说，跟跑跑差不多大，就跟着你们的大奶奶和你们的老奶奶去了平度城。到了那里就被关在一间黑屋子里，门口有两条大狼狗看着。那些大狼狗平日里吃的都是人肉，见了小孩子就伸舌头。你大奶奶和你老奶奶整夜地哭，我不哭，倒头就睡，一觉睡到大天明。在黑屋子里关了不知道几天几夜，把我们挪到一个独立小院里，院子里有一棵紫丁香，那个香啊，熏得我头晕。来了一个穿长袍戴礼帽的乡绅，说是杉谷司令要请我们赴宴。你老奶奶和你大奶奶只知道哭，不敢去。那乡绅对我说：小姑娘，劝劝你奶奶和母亲，让她们别怕，杉谷司令没有害你们的意思，只是想跟万六府先生交个朋友。我就说：奶奶，娘，别哭了，哭管什么用？哭能哭出翅膀来吗？哭能哭倒万里长城吗？那乡绅拍着手说：说得好！小姑娘太有见识了，长大了肯定是非凡人物。在我的劝说下你们老奶奶和你们大奶奶不哭了。我们跟着那乡绅上了一辆黑骡拉的轿车，不知拐了多少弯。进入一个高门大院，门口站着双岗，左边是黄皮子，右边是日本兵。那大院很深，从大门进去，一个院子套着一个院子，仿佛永远走不到头。最后进入一个大花厅，门窗隔扇都是雕花的，太师椅子都是檀木的。那杉谷司令穿着和服，手里握着一把折扇，不紧不慢地摇着，一看就是个文化人。说了一些之乎者也的话就招呼我们上席,一张大圆桌上,摆满了山珍海味。你们老奶奶和大奶奶不敢动筷子,我可不管那一套,吃这个狗日的!用筷子不得劲,索性用上了"皮笊篱",大把抓着往嘴里塞。杉谷端着酒杯,笑眯眯地看着我吃。吃饱了,双手放在桌布上一擦,我的困劲儿就上来了。我听到杉谷问我:小姑娘,让你父亲到这里来好不好?我睁开眼,说:不好。杉谷问:为什么不好?我说:我父亲是八路,你是日本,八路打日本,你不怕我父亲来打你吗?

说到此处,姑姑捋起袖子看了一下手表。那时候全高密县里不超过十块手表,我姑姑竟然戴上了手表。哇!我大哥一声惊呼,我们家只有他见过手表。他当时在县一中上学,他们的从苏联留学回来教俄文的老师戴着一块手表。我大哥哇完之后就喊:手表!我与姐姐也跟着喊:手表!

姑姑装出不以为然的样子把衣袖放下,说:不就是块手表吗?咋呼什么?她故意的轻描淡写更加重了我们的兴趣。先是大哥试试探探地说:姑姑,我只是远距离地看过我们纪老师的表……您能不能让我看看……我们跟着大哥说:姑姑,让我们看看吧!

姑姑笑着说:你们这些小家伙,真是淘人,一块破表,有什么好看的!她虽然这样说,但还是把表摘下来,递给我大哥。

母亲在一旁大声提醒:小心!

我大哥小心翼翼地接过表,先捧在手心里看,然后放到耳边听。大哥看完了,转给姐姐看,姐姐看完了,转给二哥看。二哥只看了一眼,没来得及放在耳边听响就被大哥抢了回去,还到姑姑手里。我有些气急败坏,哭起来。

母亲骂我。

姑姑说:小跑,长大了跑远点,还愁没表戴?

就他那样,还戴表?赶明儿我用墨水在他手腕上画一个吧。我大哥说。

人不可貌相,海水不可斗量,别看跑跑长得丑,长大了没准会有大出息呢!姑姑说。

姐姐说:他要有大出息,圈里那头猪也能变成老虎!

大哥问:姑姑,这是哪国产的?什么牌子?

姑姑说:瑞士英纳格。

哇!我大哥惊呼。我二哥和姐姐也跟着哇。

我怒冲冲地说:癞蛤蟆!

母亲问:妹妹,这东西值多少钱?

姑姑说:不知道,朋友送的。

什么朋友肯送这么贵重的东西?母亲打量着姑姑,说,是不是他们姑夫啊?

姑姑站起来,说:快十二点啦,该睡觉了。

母亲说:谢天谢地,妹妹到底名花有主了。

你可别出去胡啰啰啊,八字还没一撇呢!姑姑转脸叮嘱我们:你们也不要出去胡说,否则我剥了你们的皮。

第二天早晨,我大哥可能因为头天夜里没让我看姑姑的手表心感内疚,他用钢笔在我腕上画了一块表。画得非常逼真,非常漂亮。我非常爱护这块"表",洗手避水,遇雨藏手,颜色淡了借大哥的钢笔描,让它在我手腕上保存了三个月之久。

六

送姑姑英纳格手表的人,是一个空军飞行员。那个年代的空军飞行员啊!听到这个消息后,哥哥姐姐像青蛙一样哇哇叫,我在地上翻筋斗。

这不仅是我们家的大喜事,也是我们乡的大喜事。大家都认为,姑姑与飞行员,是绝配。学校伙房里的王师傅,参加过抗美援朝,他说飞行员是用黄金打造的。金子还能造人?我狐疑地问他。当着还在吃饭的老师和公社干部们的面,他说,万小跑,你真是个傻瓜,我的意思是说,国家培养一个飞行员,要花巨额的费用,其价值相当于七十公斤的黄金。我把王师傅的话回家向母亲学说,母亲说:天哪!将来你姑夫来家做客,我们该用什么招待他呢?

在那些日子,有关飞行员的种种神话,在我们小孩子口中流传。陈鼻说他妈妈在哈尔滨时见过苏联的飞行员,都穿着麂皮夹克,高筒麂皮靴子,镶着金牙,带着金表,吃列巴香肠,喝啤酒。粮库保管员肖上唇的儿子肖下唇(后来改名为肖夏春)则说,中国的飞行员吃得比苏联飞行员还要好。他为我们开列了中国飞行员的食谱——好像他是给飞行员做饭的——早晨,两个鸡蛋,一碗牛奶,四根油条,两个馒头,一块酱豆腐;中午,一碗红烧肉,一条黄花鱼,两个大饽饽;晚上,一只烧鸡,两个猪肉包子,两个羊肉包子,一碗小米粥。每顿饭后还有水果,随便吃,香蕉、苹果、梨、葡萄……吃不了可以往家拿。飞行员的皮夹克都有两个大口袋,为什么?为了装水果设计的……他们关于飞行员生活的描绘,让我们一个劲地咽口水。我们每个人都梦想着长大后能当上飞行员,过上那神仙般的日子。

空军要到县第一中学招飞，我大哥兴冲冲地报了名。我爷爷是给地主扛长活出身，雇农，后来给解放军抬过担架，参加过孟良崮战役，张灵甫的尸体就是他们从山上抬到山下的。我姥姥家也是贫农，还有我大爷爷是革命烈士，我们的家庭出身和社会关系，是超标准的好。我大哥是他们中学的运动健将，掷铁饼的。有一天他回家吃了一只肥羊尾巴，回校后有劲无处使，捞起一个铁饼，用力一撒，那铁饼呼啸着越过学校的围墙，飞到庄稼地里。正好有农民赶着牛在那儿耘地，铁饼不偏不倚恰好落在牛角上，把根牛角齐齐地斩断。——也就是说，我大哥出身好，学习好，身体好，又有个准姑夫是飞行员，因此，大家都认为，即便空军从我们县只选一个飞行员，那也是我大哥无疑。但后来我大哥却落了选，原因是我大哥腿上有一个幼时生疖子留下的疤。我们学校的炊事员老王说：身上有疤，那是绝对不行的。飞行员到了高空，身上的疤就会在高压下炸裂。别说是身上有疤了，即便是两个鼻孔不一般大也不行的。

总之，自从我姑姑与那个飞行员建立了恋爱关系后，我们便对与空军有关的事格外敏感。我现在已经是五十多岁的人了，还是很虚荣，很好炫，中张一百元的彩票就恨不得找个大喇叭对着全城广播。你想想，上小学时的我，有了一个当飞行员的准姑夫，会是个什么德行。

我们那儿往南五十里是胶州机场，往西六十里是高密机场。胶州机场的飞机又大又笨，黑乎乎的，听大人们说是轰炸机。高密机场的飞机是那种抿翅膀的，银灰色，能在高空拉烟、翻筋斗的。我大哥说那是"歼-5"，是仿苏联"米格-17"的，是真正的战斗机，在朝鲜战场上把美国飞机打得屁滚尿流的就是这种飞机。我们那准姑夫自然是飞这种战斗机的。那时候战争气氛很浓，高密机场的飞机几乎每天都升空训练。它们一抿翅膀飞到了我们东北乡上空,在我们头上摆开了战场。一会儿来三架,一会儿来六架。一会儿一架咬着另一架的尾巴转圈。一会儿猛一头扎下来,机头快要触到我们村头那棵大杨树了又猛地拉起来,鹞子钻天般地蹿上去。有一天,空中突然传来一声巨响——我姑姑说,她有一次给一个高龄产妇接生,那产妇紧张痉挛,正要准备动刀子时,忽听到外边一声爆响,那产妇大吃一惊,分散了注意力,痉挛消失,一使劲,就把孩子生下来了——把家家户户的窗户纸都震破了。我们惊呆了,愣了片刻后,老师带着我们跑出教室,仰头观看。我们看到湛蓝的天空中,有一架飞机,尾巴上拖着一个圆筒状的东西在前头飞,后边跟着几架飞机追。围绕着那个圆筒状的东西,先是炸开了一团团白烟,然后就有隆隆的炮声传到我们耳朵。但打炮的声音,远远没有适才那一声巨响猛烈,那一声巨响,是我这辈子听到过的第二大的响儿,连能把大柳树劈成两半的落地雷都没那么响。就好像那些飞行员故意不把那个拖靶打掉似的,那一簇簇炮弹炸裂后的白烟,只是绕着那靶子,一直到那拖靶从我们视野里消失,也没击中。陈鼻摸摸给他带来"小老毛子"外号的鼻子,鄙夷地说:中国飞行员的技术太差了。如果换上苏联的飞行员,一炮就把那靶子揍下来了!——我知道陈鼻这样说是出于对我的嫉妒,他生在我们村、长在我们村,连条苏联狗都没见着,如何知道苏联飞行员比中国飞行员技术好呢?

当时,我们这些偏僻乡野的孩子,尚不知道中苏关系正在恶化。陈鼻拿苏联飞行员来贬我军飞行员,虽然让人们尤其是让我感到很不愉快,但谁也没往别处想。数年后,"文化大革命"开始,我们正读小学五年级,我们的同学肖下唇,把这件往事揭露出来,不但让陈鼻吃了苦头,更让陈鼻的爹娘,饱受了皮肉之苦后又赔上了性命。从他家搜出的一本苏联小说《真正的人》，是描写一个失去双脚后又重上蓝天的空军英雄的。按说这是一本货真价实的革命励志小说，竟也成了陈鼻的母亲艾莲是苏修飞行员的姘头、而陈鼻则是艾莲与苏修飞行员留下的杂种的罪证。

高密机场的"歼-5"战斗机白天操练，胶州机场的飞机也不甘寂寞——它们夜间出航。几乎是每晚九点左右——也就是县里的有线广播即将结束的时候——机场的探照灯便突然打开了。粗大的光柱照射到我们村庄上空时尽管已经漶漫，但还是让我们无比的震惊。我总是不合时宜地说一些蠢话：要是我有这样一支手电筒就好了！——愚蠢！我二哥听到我这样说就会骂我，同时用屈起的手指在我头顶爆凿一下。当然是因为我们那个准姑夫的缘故，我二哥也成了半个航空专家，他能熟练地背诵出志愿军空军英雄的名字，并能准确地讲述他们的英雄事迹。也是他，在一次需要我帮他从头上抓虱子之前，告诉我震破了窗户纸的那声巨响名叫"音爆"，是超音速飞机在突破音速时发出的声音。何为超音速啊？——就是比声音飞得还要快！你这笨蛋！——胶州机场的飞机演练，除了那探照灯光迷人之外，其余均无可观。也有人说那不是演练，而是为迷途飞机引路的。那几根巨大的光柱扫来扫去，有时交叉，有时并行，有时会有一只鸟突然出现在光柱里，惊慌失措地乱飞，仿佛一只掉到了瓶子里的苍蝇。总是在探照灯亮起几分钟后，空中便响起飞机的轰鸣。一会儿，我们就看到，一个黑乎乎的，用头、尾、双翅的灯光勾勒出了大概轮廓的大家伙，出现在光柱里。它仿佛是沿着那些光柱滑了下去，回到了它的窝。飞机是有窝的，就像鸡有窝一样。

七

在1960年下半年,也就是我们吃煤块之后不久,传出了姑姑即将与那个飞行员结婚的消息。为了陪嫁品的问题,大奶奶过墙来与我母亲商量,最后决定把墙外那棵百年树龄的大楸树砍倒,让乡里手艺最好的范木匠制作成家具。我确实看到父亲陪着范木匠来丈量过那棵树,那棵树因为面临着杀伐被吓得枝条颤抖,叶子哗哗,仿佛哭泣。

但这事儿后来就没了消息,姑姑也好久没有回来了。我跑到大奶奶家去探听消息,大奶奶用拐棒毫不客气地将我打出来。我猛地发现,大奶奶老得像那些传说中的"老娘婆"一样了。

下那年的第一场雪的早晨,太阳非常红。我们穿着草鞋上学时,感觉到了脚冷和手冷。我们在操场上奔跑喊叫,借以取暖。突然,空中传来令人惊惧的轰鸣声。我们仰脸张着嘴巴,看到有一个庞然大物——暗红色的——拖着黑色的浓烟——睁着两只红色的大眼——龇着白森森的巨齿——浑身哆嗦着——对着我们扑过来。飞机,妈呀,飞机!难道它要在我们操场上降落吗?

我们从来没有这么近距离地看过飞机,飞机翅膀扇起的风把地上的鸡毛和枯叶卷扬起来,如果它能降落在操场上该有多好啊,我们可以近前观看,我们可以伸手摸摸它,我们如果好运气,很可能被允许钻到它的肚子里去玩玩呢,我们没准儿可以请那飞行员给我们讲几个战斗故事。他很可能是我准姑夫的战友,不,我准姑夫的"歼-5"比这个黑家伙漂亮多了,因此我准姑夫不可能与开这种笨家伙的人是战友。但,怎么说呢,能开上这种飞机,也够神气了是不?把这么沉重的一块钢铁开到天上去的人,哪个会不是英雄呢?——我是没看到飞行员的脸的,但事后很多同学都信誓旦旦地说,他们透过飞机头上的玻璃,看到了飞行员的脸——那架我以为肯定要降落在我们身边的飞机似乎很不情愿地抬起了头,猛地往右一拐,肚皮擦着我们村东头那棵大杨树的梢儿,扎到村东辽阔的麦田里去了。我们听到一声巨响。这巨响比上次听到的"音爆"要粗大浑厚许多。我们感到脚下的地皮都抖起来,耳朵里嗡嗡地响着,眼睛里出现许多金星星。紧接着便有一股浓烟夹着暗红的火柱冲天而起,阳光一下子变成了紫红色,随即我们便嗅到了呛得人不能呼吸的怪味儿。

不知过了多久我们才醒过神来。我们往村头跑。跑到村头大路上,我们感到热浪灼人。那飞机已炸得四分五裂,有一只翅膀斜插在地上,好像一个巨大的火把。麦田里烈火熊熊,有烧焦皮革的气味。这时又猛然地一声巨响,有经验的老王师傅高声吼叫:趴下!

我们趴下,在老王师傅带领下往回爬。快爬,飞机翅膀下有炸弹!

事后我们知道,那飞机翅膀下本可以挂四枚炸弹,那天只挂了两枚,如果四枚全挂,我们就全被报销了。

就在飞机失事后第三天,父亲与村里的男人们推着小车去机场送飞机残骸和飞行员遗体,刚刚回来的时候,我大哥气喘吁吁跑进家门。这个运动健将是从县一中一口气跑回来的。五十里路,差不多半个马拉松。他一冲进院子,只说了两个字:姑姑……便一头栽到地上,口吐白沫,白眼珠翻上来,昏了。

家里人都围上去救他,有的掐人中,有的捏虎口,有的拍胸膛。

你姑姑怎么啦?

姑姑怎么啦?

终于,他醒了,嘴一瘪,哇地哭起来。

母亲从水缸里舀来半瓢凉水,往他嘴里灌了一些,剩下的泼在他脸上。

快说,你姑姑怎么啦?

我姑姑那个飞行员……驾飞机叛逃了……

母亲手中的水瓢掉在地上,跌成了好几片。

逃到哪里去了?我父亲问。

还能去哪里?我大哥用袖子擦擦脸上的水,咬牙切齿地说:台湾!这个叛徒,这个败类,飞到台湾投靠蒋介石去了!

你姑姑呢?母亲问。

被县公安局带走了。大哥说。

这时,母亲的眼泪夺眶而出。她吩咐我们,千万别让你们大奶奶知道,也别出去胡啰啰。

我大哥说:还用得着我们啰啰吗?全县都知道了。

母亲从屋里搬出一个大南瓜,递给我姐姐,说:走,跟我去看你大奶奶去。

一会儿工夫,姐姐气喘吁吁地跑回来,一进院就喊:奶奶,俺娘让你快去,俺大奶奶不中了。

八

四十年之后,我大哥的小儿子象群被"招飞",虽然世事变化,沧海桑田,许多当年神圣得要掉脑袋的事物,如今都成为笑谈;许多当年令万人仰慕的职业,如今也都成了下九流,但"招飞"依然是一种令家族兴奋、邻里羡慕的大喜事。为此,已从教育局长位子上退休的我大哥特地回村设宴,招待亲戚朋友,以示庆贺。

晚宴摆在我二哥家院子里,从屋子里扯出一根电线,拴上一个大灯泡,白光灼灼,照耀如同白日。两张饭桌拼接起来,桌子周围,挤上了二十几把椅子,我们肩膀挨着肩膀坐在一起。菜是从饭馆定的,山珍海味,鸡鸭鱼肉,层层叠叠,五颜六色,五味杂陈。我大嫂撇着烟台腔说:没什么好吃的,大家随便吃点。我爹说:可别这么说,想想六○年吧,那时,毛主席都捞不到这些东西吃。我那招了飞的小侄子说:爷爷,别翻老皇历了。

酒过三巡,父亲又说:咱们家,到底出了一个开飞机的。当年,你爸爸去验飞行员,只因腿上有一个疤没验上,现在,象群终于圆了我们家一个梦。

象群撇着嘴说:飞行员也没什么了不起的,真有本事的,该去当大官,做大款!

怎么能这么说呢?父亲端起一杯酒,咕咚干了,把酒杯往桌子上一墩,说,飞行员,是人中龙凤,当年你姑奶奶找的那个男的,王小倜,站着像一棵青松,坐着如一口铜钟,走起路来虎虎生风……那小子,如果不是一时糊涂飞去了台湾,现在,空军司令没准就是他了……

还有这种事?象群惊讶地问,姑奶奶的丈夫不是捏泥娃娃的吗?怎么又出来一个飞行员?

我大哥说:都是陈年旧事,别提了。

象群说:不行,我得问问姑奶奶去,王小倜,驾机飞往台湾?太刺激了!

大哥忧心忡忡地说:你可别去寻求刺激,人要爱国,当兵的更要爱国,当飞行员的尤其要爱国。人,可以偷,可以抢,可以杀人放火……我的意思是说,千万别当叛徒,叛徒遗臭万年,没有好下场的……

看把你吓的,象群不屑地说,台湾是祖国的一部分嘛,飞过去看看也不错。

你可别!大嫂说,你要有这样的念头还是别去当这飞行员了,待会儿我就给武装部刘部长打电话。

别紧张,妈,我侄子说,我会那么傻吗?我怎么会只图自己高兴,不管你们呢?再说,现在国共一家亲了,我飞过去人家也得把我送回来呢。

这才是我们老万家的门风,大哥道,那王小倜是一个混蛋,是一个不负责任的小人,他毁了你姑奶奶一生!

谁在说我?一声响亮,姑姑排闼直入,强烈的灯光刺得她眯着眼睛。她转过身,戴上一副小墨镜,有几分酷,几分滑稽。用得着这么大的灯泡吗?就像你们老奶奶说过的,摸黑吃饭,也吃不到鼻孔里。电是煤发的,煤是人挖的,挖煤不容易,地下三千尺,如同活地狱,贪官污吏黑窑主,窑工性命贱如土。每块煤上都沾着鲜血!姑姑右手掐腰,左手拇指、小指、无名指蜷曲,食指和中指并拢挺直,伸向前方,身着七十年代大流行的"的确良"军干服,衣袖高挽,身体胖大,白发苍苍,像一个"文革"后期的县社干部。我心中百感交集,我们的犹如出水芙蓉般的姑姑,竟成了这副模样。

在确定是否请姑姑参加晚宴时,大哥和大嫂颇感踌躇,与父亲商量,父亲思忖片刻,说:还是算了吧,她现在……反正她也不在本村住……以后再说吧……

姑姑的出现,让大家都感到尴尬。一时都站起来,愣着。

怎么,我闯荡了一辈子,回到娘家,连个座位都没有吗?姑姑尖刻地说。

大家立即反应过来,纷纷让座,一片凌乱。

大哥大嫂忙不迭地解释:第一个想请的就是您老人家,咱老万家的第一把交椅,永远是您坐的。

呸!姑姑一屁股坐在父亲身旁的座位上,提着大哥的名道:大口,你爹活着,还轮不到我坐第一把交椅;你爹死了,也轮不到我坐第一把交椅!嫁出去的女儿,泼出去的水,你说是不是,大哥?

你可不是一般的女儿,你是我们家族的大功臣,父亲指点着座上的人,说,这些小辈的,哪个不是你接生的?

好汉不提当年勇了,姑姑道,想当年……还提当年干什么?!喝酒!怎么,没有我的酒杯?我可是带着酒来的!姑姑从肥大的衣兜里摸出一瓶茅台,猛地往桌上一墩,道:五十年的茅台,是亭兰市一个官儿送的,他那个比他小了二十八岁的二奶,一门心思想生个男孩,说是我这里有将女胎转换成男胎的秘方,非要我给她转换!我说那都是江湖郎中骗人的,她不信,眼泪汪汪的,死活不走,就差下跪了,说那个大奶生了两个女孩,如果她能生个男孩,就能把男人抢过来。那男人,重男轻女,封建意识严重,按说当了那么大的官觉悟能高点,啊呸!姑姑愤愤地说,反正这些人的钱,都不是从正路上来的,不宰他们我宰谁去?!我给她配了几味药,抓了九副,什么当归、山药、熟地、甘草,都是一毛钱一大把的,统共值不了三十元钱,每副收她一百,她高兴得屁颠屁颠地爬上一辆红色小车,一溜烟蹿了。今天下午,那当官的与他二奶,抱着大胖儿子,提着好烟好酒,答谢来了。说是幸亏吃了我的灵丹妙药,要不怎能生出这么好一个儿子!哈哈,姑姑朗声大笑着,抓起我大哥恭恭敬敬送到她面前的酒杯,一饮而尽,拍打着大腿说:我真是太乐了。你们说说,这些当官的,按说也都是有点文化的人,怎么这样蠢呢?胎儿的性别,怎么能转换呢?我如果有这神通,早就得了诺贝尔医学奖了是不是?——给我斟酒啊!姑姑顿着空酒杯说,这瓶茅台不开了,留着给大哥喝。——我父亲忙道:别别别,我这肚肠,喝这样的酒白糟蹋了。姑姑把茅台酒塞到我父亲手里,说:我给你,你就喝。我父亲摸索着酒瓶上的缎带,小心翼翼地问:这样一瓶酒,要多少钱?我大嫂道:少说也要八千吧!听说最近又涨价了。——天老爷,我爹说,这哪里是酒,就是龙涎凤血,也值不了这么多钱啊!麦子八毛钱一斤,一瓶酒,值一万斤麦子?辛辛苦苦干一年,我也挣不到半瓶酒啊。我爹把酒推给姑姑,说:你还是带回去吧,这样的酒我不喝,喝了会折寿。我姑姑说:我给你的你就喝。又不是我花钱买的。不喝白不喝,就像当年去平度城吃日本鬼子的宴席,不吃白不吃,吃了也白吃,白吃你还不吃?我爹说,理是这么个理,可一想,这么点点辣水,凭什么值那么多钱?我姑姑说:大哥,你这就不明白了。我告诉你,喝这酒的,没有一个是自己掏钱的,自己掏钱的,只能喝这种——姑姑端起酒杯,又是一饮而尽——你八十多岁的人了,放开喝还能喝几年?姑姑拍拍胸脯,豪迈地说:当着这些小辈的面,老妹妹我放个狂言,从今之后,我供给你茅台酒喝!咱怕什么?过去咱前怕狼,后怕虎,越是怕,越是鬼来吓,——斟酒啊!你们没眼力劲呢?是心疼酒?——哪能呢,姑姑,您放开了喝——嗨,放开喝也喝不了多少了,姑姑感伤地说,想当年,我与人民公社那帮杂种拼酒,他们一群大老爷们想出我的洋相,结果全被我灌得麻了爪子,钻到桌子底下学狗叫!——来,小年轻们,干!——姑姑,您吃点菜。——吃什么菜,当年你们大爷爷就着一棵葱喝了半坛高粱酒,真正的喝家,哪有吃肴的?你们呀,纯粹是一群看客!大哥,姑姑喝热了,解开胸前的扣子,拍着父亲的肩头说,我叫你喝,你就喝,咱们这一辈的,就剩下咱们俩了,不吃点喝点,省着干什么?钱不花就是一张纸,花了才是钱。咱有手艺,咱还怕没钱?无论你什么官什么员,都要生病,生了病就要找咱看。何况,姑姑哈哈大笑着,说,咱还有转变胎儿性别的绝技,把一个女胎变成男胎,这么复杂的技术,咱跟他们要一万他们也舍得拿出来。——不过,要是吃了你的转胎药又生了女孩怎么办?父亲忧心忡忡地问。这你就不懂了,姑姑道,中医是什么?中医都是半个算命先生,算命先生的话,绕来绕去都是把算命的人绕进去,哪有把自己绕进去的呢?

趁着姑姑点火抽烟的空儿,我小侄子象群抓紧时间问:姑奶奶,您能不能讲讲那个飞行员的事?没准儿哪天我心血来潮飞到台湾去看看他呢!

胡说!我大哥道。

放肆!我大嫂说。

姑姑很老练地抽着烟,一缕缕烟雾在她蓬松的发间缭绕着。

现在回想起来呢,姑姑喝干杯中酒,说,是他毁了我,也是他救了我!

姑姑将手中的烟用力嘬了几口,然后,用中指,将那烟头用力一弹。烟头划出一道暗红色的弧线,飞到远处的葡萄架上。好了,姑姑说,喝多了,罢宴,回家。她站起来,庞大的身体显得笨拙,摇摇晃晃地向大门走去。我们慌忙跟上去搀她。她说:你们以为我真喝醉了?没那回事,姑姑我是千杯不醉。在大门外,我们看到姑夫郝大手,那个不久前被封为"民间工艺美术大师"的泥塑艺人,正静悄悄地站在那里等候着。

九

先生,第二天,我侄子骑着摩托车,从县城里专程回来,让我父亲带他去姑奶奶家,探听王小倜的事。我父亲为难地说:还是别去了,她也是奔七十岁的人了,这辈子不容易,那些陈年往事,抖搂起来伤心。再说,当着你姑爷爷的面,她也不好说。

我说:象群,爷爷说的有道理,既然你对这事这么感兴趣,我就把我知道的,全都告诉你,其实,你只要上网搜搜,就可以大概地了解这事的来龙去脉。

因为我一直准备以姑姑为素材写一部小说——现在自然是改写话剧了——这王小倜自然是重要人物。为这本书我已经准备了二十年。我利用各种关系,采访了许多当事人。我专程去过王小倜工作过的三个机场,去过王小倜的浙江老家,采访过王小倜一个中队的战友,采访过王小倜的中队长和副大队长,我还登上过王小倜驾驶的那种"歼-5"飞机,我还采访过当时的县公安局反特科科长,采访过当时的县卫生局保卫科长。应该说,我知道的比谁都多,但唯一遗憾的,是我没有见过王小倜的面,而你爸爸,曾得到了姑奶奶的允许,预先潜伏到电影院里,亲眼看到了王小倜与姑奶奶手拉着手走进来,王小倜的座位与你爸爸紧靠着。他后来对我们描绘过王小倜:身高一米七五,也许一米七六,白净面皮,瘦长脸,眼睛不大但很有精神。牙齿整齐,洁白,闪闪发光。

你爸爸说那晚上放映的是部苏联片子,根据奥斯特洛夫斯基的小说《钢铁是怎样炼成的》改编的同名电影。你爸爸说他起初还偷眼观察王小倜与你姑奶奶的举动,但很快就被银幕上的革命与爱情吸引住了。那时候许多中国的学生与苏联的学生通信，与你爸爸通信的那个苏联姑娘，恰好也叫冬妮娅，所以你爸爸沉浸在电影中、忘记使命是十分必然的。当然你爸爸也不是一无所获，他在电影开场前看到了王小倜的模样，在换片的间隙里（那时电影院还是单机放映），嗅到了从王小倜嘴巴里喷出来的糖果味儿，当然他也听到了嗅到了身前身后的人嗑瓜子吃花生的声音和气味。那时候的电影院里可以吃东西，有壳的无壳的都可以吃，脚下踩着一层厚厚的糖果纸、花生壳、瓜子皮儿。电影散场后，在电影院门口的灯光下，当王小倜推过自行车要送你姑奶奶去卫生局的宿舍时（那时你姑奶奶被临时借调到卫生局工作），你姑奶奶笑着说：王小倜，我给你介绍个人！你爸爸躲在电影院大门口的廊柱阴影里不敢露头。王小倜四下张望，谁？人在哪里呢？万口，过来呀！你爸爸这才从柱子后边畏畏缩缩地走过来。他的个头那时已经与王小倜差不多高，但身体瘦长，像根竹竿，关于将铁饼掷出校园砸断牛角的事多半是他自我吹嘘。他头发蓬乱，像个鹊巢。——我侄子，万口，你姑奶奶介绍道。噢哈，王小倜用力在你爸爸肩膀拍了一巴掌，说，原来是个坐探啊！万口，这名字起得真好！王小倜伸出一只手，说：小伙子，来，认识认识，王小倜！你爸爸有些受宠若惊地伸出两只手，握住王小倜的手，使劲地摇晃着。

你爸爸说，后来，他去机场找王小倜玩过，还跟着他吃过一次空勤灶，油焖大虾，辣子鸡丁，鸡蛋炒黄花菜，大米干饭，随便吃。你爸爸的描绘，让我们羡慕极了，当然我也感到荣耀。不仅仅因为王小倜，也因为你爸爸，他是我的大哥，而我的大哥是吃过空勤灶的啊！

王小倜还送给你爸爸一只口琴，云雀牌的，相当高级。你爸爸说王小倜是个多才多艺的人，他篮球打得不错，三步上篮、反手投球的动作相当潇洒。除了会吹口琴，还会拉手风琴，钢笔字写得十分秀丽,而且,还有绘画的才能。你爸爸说他的墙上用图钉钉着一张铅笔素描,画的就是你姑奶奶的形象。至于王小倜的家庭出身,那更是无可挑剔。他的父亲是高级干部,母亲是大学教授。这样的人,为什么会飞往台湾,成了万人唾骂的叛徒呢?

据王小倜的中队长说,王小倜之所以叛逃,是因为偷听敌台广播。他有一台半导体短波收音机,可以听到台湾的广播。国民党电台里有一个声音娇媚、富有磁性的播音员,外号"夜空玫瑰",杀伤力极强,估计王小倜就是因为迷上了她的声音而叛逃。难道我姑姑还不够优秀吗?已经老态龙钟的中队长说:你姑姑,当然不错,家庭出身好,模样端正,又是党员,按当时的审美观,那实在是太优秀了,我们都从心眼里羡慕王小倜呢。但你姑姑太革命太正派了,对王小倜这种中了资产阶级流毒的人来说,那就不太够味了。后来,保卫部门分析了王小倜的日记,他在日记中给你姑姑起了一个外号:红色木头!当然,中队长说,也幸亏了他这本日记,才让你姑姑得到了解脱,否则,她就是跳进黄河也洗不清楚了。

先生,我对侄子说,不仅你姑奶奶差点毁在他手里,连你爸爸也被公安部门传讯过多次,那只口琴,也作为王小倜拉拢腐蚀青年的罪证被没收。他在日记里说:红色木头把她的傻瓜侄子介绍给我,这也是根红色木头,而且还有个奇怪的名字——万口。如果没有王小倜这本日记,你爸爸也要跟着倒霉。

也许,是王小倜故意那样写的,我小侄子说。

你姑奶奶后来有这种想法。王小倜为了保护她故意留下了这本日记。所以昨天晚上她说:这个人毁了她,也救了她。

先生,我小侄子更关心的,显然是王小倜叛逃的过程。他对王小倜高超的驾驶技术深为钦佩。他说让"歼-5"在距离海面五米的高度以每小时八百公里的速度飞行,哪怕有一丝一毫的差错,就会一头扎进大海。这家伙,可谓艺高人胆大!他的确是技术尖子,全天候飞行员。在他出事之前,他每次在我们村子上空演练时,都会做出一些令人赞为观止的动作。当时,我们说他驾机俯冲到我们村东头的西瓜地里,伸手摘了一个西瓜,一抖翅膀又钻上了云端。

他到了那边,是不是真的得到了五千两黄金奖赏?小侄子问我。

也许是真的吧,我说,但即便是万两黄金,也不值得。我说:象群贤侄你可别羡慕这个,金钱、美女都是过眼云烟,只有祖国、荣誉、家庭,才是最宝贵的。小侄子说:三叔,你们怎么这么逗啊?现在都什么朝代了,还给我说这些。

十

1961年春天,姑姑从王小倜事件中解脱出来,重回公社卫生院妇产科工作。但那两年,公社四十多个村庄,没有一个婴儿出生。原因嘛,自然是饥饿。因为饥饿,女人们没了例假;因为饥饿,男人们成了太监。公社卫生院的妇科,只有姑姑和一个姓黄的中年女医生。那姓黄的女医生是名牌医学院毕业,但因为家庭出身不好,自己又是右派,所以被贬到了乡下。姑姑每次提起她,气就不打一处来。姑姑说她脾气古怪,要不就是一整天不说一句话,要不就是尖酸刻薄、滔滔不绝,对着一个痰盂,也能发表长篇大论。

大奶奶去世之后,姑姑很少回来。但每逢家里有点好吃的,母亲总是让姐姐去送给姑姑。有一次,父亲在田野里捡到了半只野兔,估计是老鹰吃剩下的。母亲从地里挖来半筐野菜,和兔肉一起煮了。母亲盛了一碗兔肉,用包袱包了,让姐姐去送,姐姐不愿去。我自告奋勇。母亲说,你去可以,但你不要在路上偷吃,另外你走路要看脚下,不要把碗给我砸了。

从我们村子到公社卫生院有十里路。起初我一路小跑,想在兔肉未凉前赶到。但跑了一会儿,便双腿发沉,肚子里隆隆地响,浑身冒冷汗,头晕眼花。我饿了,早晨喝下的两碗野菜粥已经消化完了。而此时,兔肉的香气透过包袱散发出来。有两个我在辩论、打架,一个我说:吃一块,就一块;另一个我说:不行,要做一个诚实的孩子,要听母亲的话。有好几次我的手已经要解开包袱的结了,但母亲的眼神突现在我脑海里。从我们村通往卫生院公路两侧,栽种着一排排桑树,桑叶早已被饥民采光,我折下一根枝条,咀嚼着,苦涩难以下咽。但这时我看到桑树干上有一只刚刚从壳中蜕出来的蝉,嫩黄的颜色,翅膀还没干。我大喜,扔下枝条,将那蝉捂在手里,想也没想就塞进嘴里。蝉是我们的美味佳肴,高级补品,但需要烧熟后吃。我生吃活蝉,省了火,省了时间。活蝉的味道鲜美,而且,我相信,营养也比烧熟的蝉丰富。我一边走一边搜索着路边的树干,但我再也没找到蝉,却捡到了一张印刷精美的彩色传单:那传单上,有一个容光焕发的青年男子,抱着一个貌若天仙的女人。下边有文字说明:共匪飞行员王小倜弃暗投明,被授予国军少校军衔,奖赏黄金5000两,并与著名歌星陶莉莉小姐结为神仙伴侣。我忘记了饥饿,一种莫名的激动,使我很想大声喊叫。我在学校里时,听说过国民党利用气球往这边空飘反动传单的事,但没想到被我捡到了,没想到这反动传单竟是如此的精美,而且,我承认,照片上那女的,的确比姑姑迷人。

我跑进卫生院妇产科时,姑姑正和那个姓黄的女人吵架。那女人戴着一副黑边眼镜,鹰钩鼻子,薄嘴唇,一张嘴就露出青紫的牙床。——后来姑姑曾多次提醒我们,宁愿打光棍,也不讨说话露牙床的女人做老婆。——那女人的目光阴沉,让我的后背阵阵发凉。我听到那女人说:你算什么东西,竟敢指派我?老娘在医学院学习时,你还穿开裆裤吧!

姑姑毫不客气地回敬她:是的,我知道你黄秋雅是资本家的大小姐,我也知道你是医学院的校花,您是举着小旗欢迎过日本鬼子进城吧?你大概还陪着日本军官跳过贴面舞吧?就在你陪着日本兵跳舞时,老娘正在平度城里与日军司令斗智斗勇!

那女人冷笑道:谁见过了?谁见过了?谁见过你与日军司令斗智斗勇了?

姑姑说:历史俱在,山河作证。

千不该万不该,我不该在这个时刻,将手中那张花花绿绿的传单递到姑姑手里。

你跑来干什么?姑姑没好气地问我,这是什么玩意儿?

反动传单,国民党的反动传单!我因兴奋而嗓音颤抖地说。

姑姑起初是随意地瞄了一眼,但我看到她的身体猛地一震,仿佛被电打了一下子。她的眼睛瞪大了,脸色也随之变得煞白。她像扔掉一条蛇,不,像扔掉一只青蛙似的将那张传单扔掉了。

等到姑姑猛省,想去捡那张传单时,已经晚了。

黄秋雅捡起传单,扫了一眼,抬头看看姑姑,又扫了一眼传单,那双隐藏在厚厚的镜片背后的眼睛里,突然迸发出磷火似的绿光。接着,她便发出了一声冷笑。姑姑纵身上前,去抢夺传单,但黄秋雅一转身就避开了。姑姑伸手抓住了黄秋雅背后的衣服,高声喊叫:还给我!

黄秋雅往前一挣,哧啦一声,褂子破了,露出了白得像青蛙肚皮一样的脊背。

还给我!

黄转过身,攥着传单的手藏在背后,浑身颤抖着,一步步往门口挪动。同时,她阴沉而得意地说:还给你?哼!你这个狗特务!叛徒的女人!叛徒玩腻了的烂货!你也怕了?你不卖你的"烈士遗孤"的臭味了吧?

姑姑发疯般地向黄秋雅扑去。

黄秋雅跑到走廊上,尖声吼叫着:抓特务啊!抓特务啊!

姑姑追上去,伸手揪住了黄秋雅的头发。黄秋雅脖子往后仰着,攥着传单的手拼命往前伸,嘴里发出更加凄厉的喊叫。那时候的公社卫生院只有两排房屋,前排门诊,后排办公。所有的人都闻声而出。姑姑已经把黄秋雅按倒在走廊里,骑在她腰上,拼命地抢夺传单。

院长跑来了。这是个秃头顶的中年人,双眼细长,眼下垂着两个囊袋,嘴里镶着白得过分的假牙。他喊叫着:住手!你们这是干什么?

姑姑似乎没听到院长的呵斥,以更加猛烈的动作,掰着黄秋雅的手。黄秋雅的嘴里发出的声音已经不是尖叫而是哭嚎。

万心,住手!院长气急败坏地对着围观者吼叫着:你们都瞎眼了吗?快把她们分开!

上来几个男医生,费了很大的力气,把姑姑从黄秋雅的身上拖开。

上来几个女医生,把黄秋雅从地上架起来。

黄秋雅的眼镜掉了,牙缝里流着血,深陷的眼窝里流出混浊的泪水。但她的手依然死死地攥着那张传单。她嚎哭着:院长,您要给我做主啊……

姑姑衣衫凌乱,脸色惨白,腮上有两道流血的沟槽,显然是被黄秋雅的指甲剐的。

万心，到底是怎么回事？院长问。

姑姑惨淡一笑，两行泪水涌出来。她把手中的几片传单碎屑扔在地上。一言不发，摇摇晃晃地走进妇产科。

这时，黄秋雅像立了大功、受了大苦的英雄一样，将手中那张揉成一团的传单，交到院长手里。她跪在地上，摸索自己的眼镜。

她把断了一条腿的眼镜架到鼻梁上，用手扶着。看到姑姑扔在地上的传单碎屑，急忙膝行上前，抢到手里，如获至宝，爬起来。

这是什么玩意儿？院长一边抻展着传单，一边问。

反动传单，黄秋雅献宝般地将传单碎屑递给院长，说，这里还有，是那个叛逃台湾的王小倜发给万心的传单！

周围的医生护士们发出一阵惊叹。

院长眼睛老花，将传单移到很远的地方，费力地调整着视线。医生护士们一窝蜂般围上来。

看什么？有什么好看的？都回去上班！院长将传单收好，训斥完众人，又说：黄医生，你跟我来一下。

黄秋雅随着院长进了办公室，医生护士们三三两两地小心议论着。

这时，从妇产科里传出姑姑的号啕大哭声。我意识到自己闯了大祸，畏畏缩缩地蹭进门，看到姑姑坐在椅子上，头伏在桌子上，一边哭一边用拳头捶打桌面。

姑姑，我说，俺娘让我给您送兔子肉来了。

姑姑不理我，只是哭。

姑姑，我哭着说，您别哭了，您吃点兔子肉吧……

我将手提的包袱，放在桌上，解开，将那碗兔子肉端到姑姑脑袋旁边。

姑姑一抡胳膊,将碗拨到地上,跌得粉碎。

滚!滚!滚!姑姑抬起头,大声吼叫着:你这个混蛋!你给我滚!

十一

事后才知道,我闯下的祸有多大。

我逃出医院之后,姑姑切开了左腕上的动脉,用右手食指蘸着血,写下了血书:我恨王小倜!我生是党的人,死是党的鬼!

当那黄秋雅得意洋洋地回到办公室时,鲜血已经流到门口。她尖叫一声就瘫倒在地。

姑姑被救活,但受到了留党察看的处分。处分她的理由并不是怀疑她与王小倜真有关系,而是她以自杀的方式向党示威。

十二

1962年秋季,高密东北乡三万亩地瓜获得了空前的大丰收。跟我们闹了三年别扭、几乎是颗粒无收的土地,又恢复了它宽厚仁慈、慷慨奉献的本性。那年的地瓜,平均亩产超过了万斤。回想起收获地瓜时的情景,我就感到莫名的激动。每棵地瓜秧子下边,都是果实累累。我们村最大的一个地瓜,重达三十八斤。县委书记杨林抱着这个大地瓜照了一张照片,刊登在《大众日报》的头版头条。

地瓜是好东西,地瓜真是好东西。那年的地瓜不仅产量高,而且含淀粉量高,一煮就开沙,有栗子的味道,口感好,营养丰富。高密东北乡家家户户院子里都堆着地瓜,家家户户的墙壁上都拉起了铁丝,铁丝上挂满了切成片的地瓜。我们吃饱了,我们终于吃饱了,吃草根树皮的日子终于结束了,饿死人的岁月一去不复返了。我们的腿很快就不浮肿了,我们的肚皮厚了,肚子小了。我们的皮下渐渐积累起了脂肪,我们的眼神不再暗淡无光了,我们走路时腿不再酸麻了,我们的身体在快速地生长。与此同时,那些吃饱了地瓜的女人们的乳房又渐渐大起来,她们的例假也渐渐地恢复了正常。那些男人们的腰杆又直了起来,嘴上又长出了胡须,性欲也渐渐恢复。在饱食地瓜两个月后,村子里的年轻女人几乎都怀了孕。1963年初冬,高密东北乡迎来了建国之后的第一个生育高潮,这一年,仅我们公社,五十二个村庄,就降生了2868名婴儿。这一批小孩,被姑姑命名为"地瓜小孩"。卫生院长是个心地善良的好人。姑姑自杀未遂回家休养时,他曾来我们家探望过。他是我奶奶的娘家堂侄,是我们家的瓜蔓亲戚。他批评我姑姑糊涂。他希望我姑姑放下思想包袱,好好工作。他说党和人民的眼睛是亮的。绝不会冤枉一个好人,也绝不会放过一个坏人。他要我姑姑一定要相信组织,用实际行动证明自己的清白,争取尽快撤销处分。他悄悄地对我姑姑说:你和黄秋雅是不一样的。这个人本质很坏,而你根红苗正,虽然走了几步弯路,但只要努力,前途还是光明的。

院长的话让姑姑又一次放声大哭。

院长的话也让我放声大哭。

姑姑从血泊中站立起来,以火一样的热情投入了工作。那时,虽然各村都有了经过培训的接生员,但还是有许多妇女愿意到卫生院生产。姑姑捐弃前嫌,与黄秋雅密切合作,既当医生又当护士,有时连续几天几夜不合眼,从鬼门关口,抢救了许多妇婴的生命。在五个多月的时间里,她们接生了八百八十个婴儿,包括十八台剖腹产手术。在当时,剖腹产还是相当复杂的手术,一个只有两个人的小小公社卫生院妇科,竟敢干这样的大活,一时引起轰动。连姑姑这种心高气傲的人,也不得不钦佩黄秋雅的精湛医术。姑姑后来之所以能成为高密东北乡土洋结合的妇婴名医,还真要感谢她的这个冤家对头。

黄秋雅是个老姑娘,她这一辈子,大概连恋爱都没谈过。她脾气古怪,是可以原谅的。进入晚年之后的姑姑,曾经多次对我们讲述她的老对头的事。黄秋雅这个上海资本家的千金小姐,名牌大学毕业生,被贬到我们高密东北乡,真是"落时的凤凰不如鸡"!谁是鸡?姑姑自我解嘲地说,我就是那只鸡,跟凤凰掐架的鸡,她后来可真是被我揍怕了,见了我就浑身筛糠,像一条吞了烟油子的四脚蛇。姑姑感慨地说:那时所有的人都疯了,想想真如一场噩梦。姑姑说:黄秋雅是个伟大的妇科医生,即便是上午被打得头破血流,下午上了手术台,她还是聚精会神,镇定自若,哪怕窗外搭台子唱大戏,也影响不了她。姑姑说:她那双手真是巧啊,她能在女人肚皮上绣花……每当说到这里,姑姑就大笑,笑着笑着,眼泪就会夺眶而出。

十三

姑姑的婚事,已经成了我们家族的一块心病,不但上了年纪的长辈忧心,连我这种十几岁的野孩子也很操心。但没人敢在姑姑面前提这事,一提,她就翻脸。

1966年春天,清明节那日上午,姑姑带着她的徒弟——我们当时只知道她的外号叫"小狮子"——一个年约十八、满脸粉刺、蒜头鼻子、双眼间距很宽、头发蓬松、个头不高、身材相当丰满的姑娘,来村里为育龄妇女普查身体。工作完毕后,姑姑带着小狮子回家吃饭。

拤饼,煮鸡蛋,羊角葱,豆瓣酱。

我们早就吃过了,看着姑姑和小狮子吃。

小狮子很害羞的样子,低着眼不敢看人,颗颗粉刺,如同红豆。

母亲似乎很喜欢这个姑娘,问短问长,看看就要问到婚姻上了。姑姑说:嫂子,你别唠叨了,想让人家给你做儿媳妇吗?

哪里啊,母亲说,咱庄户人家,哪里敢高攀呢?小狮子姑娘可是吃国库粮的,你这些侄子们,哪个能配得上她?

小狮子头更低了,饭也吃不下去了。

这时,我的同学王肝和陈鼻跑来。王肝只顾往屋里看,一脚把地上的鸡食钵子踩得粉碎。

我母亲骂道:你这个熊孩子,走路怎么不长眼呢?

王肝手摸着脖子,嘿嘿地傻笑。

王肝,你妹妹怎么样?姑姑问,长高了点没有?

还那样……王肝说。

回去告诉你爹,姑姑咽下一口饼,掏手帕抹抹嘴,说,无论如何,你娘不能再生了,再生她的子宫就拖到地上了。

别对他们说这些妇道的事。母亲说。

怕什么?姑姑道,就是要让他们知道,女人有多么不容易!这村里的妇女,一半患有子宫下垂,一半患有炎症。王肝他娘的子宫脱出阴道,像个烂梨,可王腿还想要个儿子!哪天我要碰到他……还有陈鼻,你娘也有病……

母亲打断姑姑的话,呵斥我:滚,跟你的狐朋狗友出去玩,别在这里讨嫌!

走到胡同里,王肝说:小跑,你要请我们吃炒花生!

为什么要我请你们吃炒花生?

因为我们有秘密要告诉你。陈鼻说。

什么秘密?

你先请我们吃花生。

我没有钱。

你怎么没有钱?陈鼻道,你从国营农场的机耕队那里偷了一块废铜,卖了一块二毛钱,当我们不知道?

不是偷的,我急忙辩白,是他们扔掉不要的。

就算不是偷的,但卖了一块二毛钱是真的吧?快请客吧!王肝指指打谷场边那架秋千。很多人围在那里,秋千嘎啦嘎啦响着。那里有个老头儿在卖炒花生。

等我把三毛钱的花生平均分配完毕后,王肝严肃地说:小跑,你姑姑要嫁给县委书记做填房夫人了!

胡说!我说。

你姑姑成了县委书记的夫人,你们家就要跟着沾光了,陈鼻说,你大哥,你二哥,你姐姐,还有你,很快就会调到城里去,安排工作,吃国库粮,上大学,当干部,到那时候,你可不要忘记我们啊!

那个小狮子,可真美丽啊!王肝突然冒出了一句。

十四

那茬"地瓜小孩"出生时,家长去公社落户口,可以领到一丈六尺五寸布票、两斤豆油。生了双胞胎的可以获得加倍的奖励。家长们看着那些金黄色的豆油,捻着散发出油墨香气的布票,一个个眼睛潮湿,心怀感激。还是新社会好啊!生了孩子还给东西,我母亲说:国家缺人呢,国家等着用人呢,国家珍贵人呢。

人民群众心怀感激的同时,都暗暗地下了决心,一定要多生孩子,报答国家的恩情。公社粮库保管员肖上唇的老婆——也就是我同学肖下唇的母亲——已经给肖下唇生了三个妹妹,最小的那个还没断奶,肚子又鼓了起来。我放牛回来时,经常看到肖上唇骑着一辆破自行车从小桥上经过。他身体胖大,自行车不堪重负,发出吱吱扭扭的声音。经常有村里人开他的玩笑:老肖,多大年纪了?一夜也不能空?他就笑着回答:不能空,为国家造人嘛,必须不辞劳苦!

1965年底,急剧增长的人口,让上头感到了压力。新中国成立后的第一个计划生育高潮掀了起来。政府提出口号:一个不少,两个正好,三个多了。县电影队下来放电影时,也在正片之前加演幻灯片普及计划生育知识。当银幕上出现那些男女生殖器的夸张图形时,黑暗中的观众发出一阵阵怪叫和狂笑。我们这些半大孩子跟着瞎起哄,很多年轻男女的手悄悄地握在了一起。这样的避孕宣传简直就像催情的春药。县剧团组织了十几个小分队,深入到各村演出一出小戏《半边天》,批判重男轻女思想。

此时姑姑已是公社卫生院妇产科主任,并兼任公社计划生育领导小组副组长。组长是公社党委书记秦山,他基本不管事,挂名而已。我姑姑实际上是我们公社计划生育工作的领导者、组织者,同时也是实施者。

姑姑那时身体略有发胖,那口令人羡慕的白牙也因无暇刷洗而发黄。她的声音嘶哑,有了几分男人嗓,我们经常能在高音喇叭里听到她的讲话。

姑姑的讲话大多是以这样几句话开场:敲锣卖糖,各干一行。干什么吆喝什么。三句话不离本行。我今天要讲的就是计划生育……

那段时间里,姑姑的群众威信有所下降,连我们村那些深得了她的恩惠的女人们也开始说她的坏话。

尽管姑姑不遗余力地狠抓计划生育,但收效甚微,老乡们根本不接茬。县剧团到我们村演出,当那女主角在台上高唱:时代不同了——男女都一样——时,王肝的爹王脚在台下高声叫骂:放屁!都一样?谁敢说都一样?!——台下群众群起响应,胡吵闹,乱嚷叫。砖头瓦片,齐齐地扔到台上。演员抱头鼠窜。王脚那天喝了半斤白酒,仗着酒劲儿,野性发作,分开众人,跳上舞台,前仰后合,指手画脚,发表演说:你们管天管地,还能管着老百姓生孩子?有本事你们找根麻绳把女人的家什都缝上吧。台下观众哄堂大笑。王脚更来了狗精神,从舞台上捡起一块瓦片,瞄准那盏挂在幕前横杆上、放射出耀眼光芒的汽灯,猛地投上去。汽灯应声熄灭,台上台下一团漆黑。——为此王脚被拘留半个月,放出来后,他依然不服,气汹汹地逢人便说:有本事把老子的鸡巴割了去!

前些年,姑姑回家,前呼后拥;如今,姑姑偶尔回家,人们冷冷地避着她。我母亲劝道:他姑姑,计划生育这事儿,是你自己琢磨出来的呢,还是上头让干的?

什么叫"自己琢磨出来的"?姑姑气愤地说,这是党的号召,毛主席的指示，国家的政策。毛主席说，人类应该控制自己，做到有计划的增长。

我母亲摇摇头，说：自古到今，生孩子都是天经地义的事。大汉朝时，皇帝下诏，民间女子，满十三岁必须结婚，如果不结婚，就拿女子的父兄是问。如果女人不生孩子，国家到哪里去征兵？天天宣传美国要来打我们，天天吆喝着解放台湾，女人都不让生孩子了，兵丁从哪里来？没了兵丁，谁去抵抗美国侵略？谁去解放台湾？

嫂子，你这些陈词滥调，就别给我啰嗦了，姑姑说，毛主席总比你高明吧？毛主席说，人口非控制不可！无组织无纪律，这样下去，我看人类是要提前毁掉的。

毛主席说，人多力量大，人多好办事，人是活宝，有人有世界！我母亲说。毛主席还说，不让老天下雨是不对的，不让女人养孩子也是不对的。

我姑姑哭笑不得地说：嫂子，你这是伪造毛主席语录，矫传圣旨，在过去是要砍头的。我们也没说不让大家生孩子，只是让大家少生，有计划地生。

人一辈子生几个孩子，都是命中注定的，我母亲说，这还用得着你们计划？我看你们是瞎子点灯——白费蜡。

姑姑她们的努力，也确如母亲所言，是白费财力，还落下骂名。刚开始时她们将免费的避孕套发给各村的妇女主任，让她们分发给育龄妇女，并要求她们的丈夫戴上套子行事。但这些避孕套要么被扔进猪圈，要么被当成气球吹起来，并涂上颜色，成了孩子们的玩具。姑姑她们也曾挨家挨户发送女用避孕药，但妇女们都嫌副作用太大而抗拒服用。即便当场逼着她们吞下去，但一转身，她们就用手指或筷子探喉，将那药片吐出来。于是，结扎男子输精管的技术便应运而生。

那时候,村里盛传,男扎技术是我姑姑与黄秋雅共同发明的。也有人说,黄秋雅的贡献是理论构想,我姑姑的贡献在临床实践。肖下唇煞有介事地对我们说:她们俩,都是没结过婚的变态女人,看到别人夫妻双双她们心中嫉恨,所以发明了绝户计。肖下唇说我姑姑和黄秋雅先是在小公猪身上做实验,又在公猴子身上做实验,最后,她们在十个死囚犯身上做实验,实验成功后,那十个死囚被改判为无期徒刑。当然,很快我们就知道,肖下唇是胡说八道。

那些日子里,广播喇叭里经常传出姑姑的叫喊:各大队干部请注意,各大队干部请注意,根据公社计划生育领导小组第八次会议精神,凡是老婆生过三个孩子及超过三个孩子的男人,都要到公社卫生院实行结扎手术。手术后,补助二十元营养费,休息一周,工分照记⋯⋯

听到广播的男人们,聚在一起发牢骚:妈的,有劁猪的,有阉牛的,有骟骡子骟马的,哪里见过骟人的?我们也不想进皇宫当太监,骟我们干什么?当村里的计生干部对他们解释结扎只是把——他们瞪着眼反驳道:你们现在说得好听,只怕一上了床子,麻药一打,恐怕不止是我们的蛋子,连我们的鸡巴也要被她们割了去!到了那时候,我们就只能像老娘们儿一样蹲着撒尿了。

非常有利于妇女、手术简便、后遗症很少的男扎手术,遇到了重重障碍。姑姑她们在卫生院扫榻以待,但没有一个人来。县计划生育指挥部每天电话催报数字,对姑姑的工作极为不满。公社党委为此专门召开会议,做出了两项决议:一是男子结扎要从公社领导开始,然后推广到一般干部和普通职工。村里则由大队干部带头,然后推广到一般群众。二是要对那些抗拒男扎、制造和传播谣言的人实行无产阶级专政,对那些符合结扎条件但拒不结扎的,先由大队停止劳动权,如果还不服从,就扣掉口粮。干部抗拒,撤销职务;职工抗拒,开除公职;党员抗拒,开除党籍。

公社党委书记秦山亲自发表广播讲话。他说计划生育是关系到国计民生的大事,社直各部门、各大队必须高度重视,符合男扎条件的干部、党员要带头先扎,给群众做好表率。秦山突然变化了腔调,用聊家常的口吻说,同志们,譬如说我吧,老婆已经因病做了子宫切除手术,但为了打消群众对男扎的恐惧,我决定,明天上午就去卫生院结扎。

秦书记在讲话中,还要求共青团、妇联、学校积极配合,大力宣传,掀起一个轰轰烈烈的"男扎"高潮。就像历次运动一样,我们学校最有文才的薛老师编出了快板诗,我们用最快的速度背熟,然后四个一组,每人手持一个用纸壳或铁皮卷成的喇叭筒子,爬到房顶上,树梢上,大声喊叫:社员同志不要慌,社员同志不要忙。男扎手术很简单,绝对不是骟牛羊。小小刀口半寸长,十五分钟下病床。不出血,不流汗,当天就能把活干……

在那个不平凡的春天里,姑姑说全公社共做了六百四十八例男扎手术,由她亲自操刀的只有三百一十例。姑姑说,事实上,只要把道理讲透、把政策定好、领导带了头、层层抓落实,群众还是通情达理的。她做了那么多例手术,绝大多数人是在村干部和单位领导带领下走来的,真正调皮捣蛋的,动用了一点强制措施的,只有两例。一例是我们村的车把式王脚,一例是粮库保管员肖上唇。

王脚仗着家庭出身好,既反动又嚣张。他从拘留所被放出来后就放出狂话,谁敢逼他去结扎,他就跟谁白刀子进红刀子出。我的朋友王肝,因为迷恋我姑姑的助手小狮子,在感情上往姑姑这边倾斜。

他亲自动员父亲去结扎,结果挨了两巴掌。王肝逃出家门,王脚手持大鞭追赶。追到村头池塘,父子俩隔水大骂。王脚:你这狗日的,竟敢动员你爹结扎!王肝:你说我是狗日的,我就是狗日的。王脚一想,骂儿子等于骂自己,便绕塘追赶。爷儿俩团团旋转,仿佛推磨。围观者甚多,添油加醋,煽风点火,引起一阵阵笑声。

王肝从家里偷出一把锋利的马刀,交给村支书袁脸,说这是他爹准备的凶器。王肝说我爹说谁敢让他去结扎他就用这把刀劈了谁。袁脸不敢怠慢,拿着刀去了公社,向党委书记秦山和我姑姑汇报。秦山愤怒地拍了桌子,说:反了他了!破坏计划生育就是反革命!姑姑说:不把王脚解决了,局面就难以打开。袁脸称是,说村里那些该当结扎的男人们都在看着王脚呢。秦书记说:抓这个反面典型。

公社公安员老宁腰挂匣枪,前来助阵,村支书袁脸率领妇女主任、民兵连长、四个民兵,冲进王脚的家。

王脚的老婆抱着一个吃奶的女孩,正在树阴下编草辫,见来者汹汹,扔下手中活,坐在地上,号啕大哭。

王肝站在房檐下,一声不吭。

王胆坐在堂屋门槛上,拿着一个小镜子,照她那张小巧而秀丽的脸。

王脚,袁脸喊,出来吧,不要敬酒不吃吃罚酒。公社宁公安都来了,你逃过了今天,也逃不过明天。男子汉大丈夫,不如索性爽利些。

妇女主任对王脚女人说:方莲花,别嚎了。让你男人出来吧。

屋子里没有动静。袁脸看看宁公安。宁公安一挥手,四个民兵提着绳子冲进屋子。

这时,站在房檐下的王肝对着宁公安使了一个眼色,并对着墙角猪圈那儿努了努嘴。

宁公安虽然一条腿短一条腿长,但行动非常敏捷。他几个箭步蹿到猪圈门口,掏出匣枪,厉声喝道:王脚,出来!

王脚顶着一脑袋蜘蛛网钻出来。四个民兵提着绳子围过来。

王脚抹一把脸上的汗水,怒冲冲地说:宁瘸子,你咋呼什么?你拿着块破铁老子就怕你不成?

没让你怕,老宁道,乖乖地跟我走,啥事也没有。

不乖乖地怎么着?难道你还敢开枪?王脚用手指点着裤裆,说:有本事往这里打,老子宁愿被你用枪子儿打掉也不愿被那几个老娘们儿用刀子割去。

妇女主任说:王脚,你别胡搅蛮缠了,男扎,就是把那根管儿扎上……

该把你那个家什缝上!王脚指点着妇女主任的裤裆,粗野地骂道。

宁公安晃晃手中的枪,下令:上,捆起来。

我看你们谁敢?!王脚回身抄起一张铁锨,平端着,双眼发绿,说,谁上我就铲掉谁的头!

这时,袖珍女孩王胆,拿着她那面小镜子站起来。那时她已经十三岁,身高只有70厘米。她的身体虽然矮小,但长得十分匀称,仿佛一个来自小人国的小美人。她用小镜子将一束强烈的阳光反射到王脚脸上。她的嘴里同时发出一阵细弱的、天真无邪的笑声。

趁着王脚眼睛被强光照射、不能视物的当口,四个民兵一拥而上,夺下他手中的铁锨并反剪了他的双臂。

正当民兵试图用绳子捆绑他的双臂时,他突然放声大哭起来。他的哭声沉痛,令趴在他家院墙上、围在他家大门口看热闹的人们也跟着心中难过。民兵们手提绳子,一时不知所措。

袁脸说:王脚,你还算个男子汉吗?这么点小手术就把你吓成这样!老子已经带头做了,什么都不影响,你若不信,就让你老婆问我老婆去!

爷们儿,别说了,王脚哭着说,我跟你们去就是了。

姑姑说,肖上唇这杂种,是社直机关的反面典型,他仗着自己给八路军地下医院抬过担架那点事儿,死磨硬扛。但当公社党委研究决定要开除他的公职将他下放回村务农时,他自己骑着辆破自行车跑到卫生院来了。姑姑说,他指名要我给他做手术。他是个色鬼,流氓,满嘴下流话。他上手术台前还追着小狮子问:姑娘,我弄不明白,俗言道"精满自流",可你们把输精管给我扎起来,我那些精液怎么办?会不会把我的肚子胀破?

小狮子满脸通红地望着我。我说:备皮!

给他备皮时他竟然勃起了。小狮子没见过这种阵势,扔下刀子躲到一边。我说:你思想健康点!他无赖地说:我思想很健康,它自己要硬,我有什么办法?——好吧,姑姑说她拿起一柄橡皮锤,对准了,漫不经心地敲了一下,那东西顿时就萎了。

姑姑说,我对天发誓,王脚和肖上唇的手术,我做得非常认真,非常成功,但手术之后,王脚一直弯着腰,说我把他的神经给捅坏了;肖上唇,不断地来医院闹事,还多次到县里上访,说我把他性功能破坏了……这两个家伙,姑姑说,王脚有可能是心理问题,那肖上唇,纯粹是胡搅蛮缠。"文化大革命"中他当红卫兵头头那阵子,不知道糟蹋了多少姑娘。如果没结扎,他还有所忌惮,怕给人搞大了肚子不好收场,结扎后,他真是无所顾忌了啊!

十五

　　批斗县委书记杨林的大会，因为参加人数太多，无地可容，时任公社革命委员会主任的肖上唇别出心裁地将会场安排在胶河北岸滞洪区内。正是隆冬季节，水面上结着厚冰，一眼望去，一片琉璃世界。我是村子里最早知道要在这里开大会的人。因为我经常逃学到这里来玩耍。那天，我正在滞洪闸桥洞里凿冰窟窿钓鱼，听到头上有人在大声说话。我听出说话者是肖上唇。这个人的嗓音，我从一万个人里也能一下听出来。我听到他说：妈的，好一派北国风光！批判大会就在这里举行，主席台就搭建在这滞洪闸上。

　　这里原本是一片洼地，后来，为了保证下游安全，在胶河堤坝上修建了滞洪闸，每当夏秋季节胶河行洪时，就开闸放水，使这片洼地，成了一个湖泊。当时，我们东北乡人对此极为不满，因为那些洼地，尽管低洼也是地，种不了别的，种高粱还是可以的。但国家要办的事情，小民岂能违抗。我曾多次逃学，跑到这里来，看滔滔的洪水从十二个泄洪孔洞里奔涌而出。洪水过后，滞洪区一片汪洋，成了一个方圆十几里的湖泊。湖中鱼虾蕃多，捕鱼的人成群结队，卖鱼的也渐渐多了。先是在滞洪闸上摆摊，滞洪闸上摆不开，便移到了滞洪区东岸，在岸边那一排柳树下，依次展开。热闹时有二里多长。集市原先是设在公社驻地的，自从这里起了鱼市后，集市就慢慢地迁到这里来了。卖菜的来了，卖鸡蛋的来了，卖炒花生的也来了。连附着在集市上的那些小偷小摸、流氓乞丐也跟着来了。公社组织武装民兵，前来驱赶过几次。民兵一到，纷纷逃窜。民兵一走，又试试探探地聚集起来。于是就这样半合法半非法地存在下来。我特喜欢看鱼。我看鲤鱼鲢鱼鲫鱼鲶鱼黑鱼鳝鱼，螃蟹泥鳅蛤蜊之类的也顺便看一看。我在这里看到过一条最大的鱼，有一百多斤，白白的肚皮，看上去像个怀孕的女人。那个卖鱼的老汉守着大鱼，畏畏缩缩的，好像守着一个神灵。我跟那些眼观六路、耳听八方的鱼贩子混得很熟。他们为什么要眼观六路、耳听八方呢？因为公社税务所的收税员经常来没收他们的鱼。有一些公社的闲杂人员，也冒充税务人员，前来巧取豪夺。那条一百多斤重的大鱼，就差点让两个身穿蓝制服、嘴里叼着香烟、手提着黑皮包的家伙没收了去。如果不是卖鱼老汉的女儿匆匆赶来大哭大闹，如果不是秦河揭穿了这两个人的真实身份，那条大鱼真就被他们抬走了。

秦河就是那个留着大分头、穿着蓝华达呢学生制服、口袋里插着一支博士牌钢笔、一支新华牌双色圆珠笔、模样仿佛五四时期大学生的乞讨者。他面色苍白，神色悒郁，眼睛里湿润润的，仿佛随时都会潸然泪下。他口才极好，满口普通话，讲出话来句句都似话剧台词——我后来之所以写话剧，跟他的影响有关——他总是端着一个硕大的白搪瓷缸子，上边用红漆涂有五角星和一个"奖"字。他站在那些卖鱼虾的人面前，充满感情地说：同志，我是一个丧失了劳动能力的人。您也许会说，瞧你这么年轻，哪像个丧失劳动能力的人？同志，我要告诉您，您看到的只是我的外表，其实，我有严重的心脏病。我的心被人用刀子戳伤过，只要一干活，心上的疤痕就会崩裂，那样我就会七窍流血而死。同志，您就送给我一条鱼吧，我不敢奢望要一条大的，我要一条小的，一条最小的小鱼……他总是能要到鱼，或是虾。要到之后，他就跑到水边，用一把小刀收拾了，然后找一避风地方，捡来柴禾，支起两块砖头，将瓷缸子放在上边，点起火来炖……我经常站在他身后看他炖鱼，鲜美的气味从他的搪瓷缸子里散发出来，使我馋涎欲滴，我从心底里羡慕他的生活……

秦河是公社党委书记秦山的亲弟弟，曾经是县第一中学才华横溢的学生。公社书记的弟弟在集市上乞讨，其中必有复杂的原因。有人说，他是我姑姑的疯狂爱慕者，受到过严重刺激，用他哥哥的手枪自杀未遂，伤好后即成了这个样子。刚开始时还有人嘲笑他，但自从他帮助老汉保住了那条大鱼后，卖鱼的人都对他另眼相看。我感到这个人很有吸引力。我想了解他。我一看到他那双湿漉漉的眼睛就对他产生同情。有一天傍晚，鱼市散后，他一个人迎着夕阳、拖着长长的影子往西走。我悄悄地尾随着他。我想知道这个人的秘密。他发现我的跟踪后，停下身，对着我深深地鞠了一躬，说：亲爱的朋友，请您不要这样吧。我模仿着他的腔调说：亲爱的朋友，我没有怎么样啊。他可怜巴巴地说：我的意思是请您不要跟在我身后。我说：你走路，我也走路，我没有跟在你身后啊。他摇摇头，低声嘟哝着：朋友，请可怜可怜我这个不幸的人吧。他回身往前走。我依然跟着他。他抬腿往前跑去。他的步幅很大，腿抬得很高，轻飘飘的，身体摇摆不定，仿佛是用纸壳剪成的。我只用五分力气就跟在了他身后。他停下来，咻咻地喘息着，面色如金纸，眼泪汪汪地说：朋友……求您放了我吧……我是一个废人，一个受过重伤的人……

我被他打动了，停住脚步，不再追随他。我看着他的背影，听着从他的喉咙里发出的低沉的呜咽之声。其实我没有恶意，我只是想知道他的生活，譬如，他夜里睡在什么地方？

那时我双腿细长，脚很大，十几岁的孩子竟要穿40码的大鞋，我母亲为此常常发愁。我们学校教体育的陈老师，原是省田径队的运动员，真正的运动健将，右派。他像买骡马的人一样，捏过我的腿脚，认为我是块好料，便重点培养我。他教我抬腿，迈步，调整呼吸，安排体力。我在全县的中、小学生运动会上,取得过少年组3000米第三名的好成绩。所以我经常逃课跑到鱼市上观光,就成了半公开的事。

那次追随之后,我与秦河成了朋友,每次见面,他都会向我点头致意。他比我大十几岁,有点忘年交的意味。集市上除他之外,还有两个乞丐,一个名叫高门,宽肩大手,看上去力大无穷的样子;一个名叫鲁花花,本是个黄病汉子,但不知道为什么起了这样一个女性化的名字。有一天,这两个叫花子,一个手持柳木棍子,一个攥着一只破鞋子,联手打秦河,打得很凶,秦河不还手,只是频频地说:

好哥哥们,你们打死我,我要感谢你们。但你们不要吃青蛙……青蛙是人类的朋友,是不能吃的……青蛙体内有寄生虫……吃青蛙的人会变成白痴……

我看到,在柳树下,有一堆篝火,青烟袅袅,火堆里有一些烧得半熟的青蛙,火堆旁边,有一些蛙皮蛙骨,散发着腥气,让人恶心。于是我明白,秦河是为了制止他们烧青蛙吃而挨打。看着秦河挨打,我眼睛里盈满泪水。饥饿年代,吃青蛙的人甚多。我们家族对吃青蛙的人非常反感。我相信我们家族的人宁愿饿死也不会吃青蛙。从这个意义上,秦河是我的同志。我从火堆里捡起一根燃烧的木柴,捅了一下高门的屁股,又戳了一下鲁花花的脖子,然后我沿着水边跑,他们跟在我后边追。我跟他们保持着一定的距离,逗引着他们。当他们停脚不追时,我就骂他们,或者捡起碎砖烂瓦投掷他们。

那天,全公社四十八个村子里的人,一拨拨的,有扛着红旗的,有敲打着锣鼓家什的,有的从路上来,有的从河道里走,都押着自己村子的坏人,往滞洪区汇聚。汇聚到这里开大会,批斗我们县头号走资派杨林,公社机关、社直各部门、各村的坏人都来陪斗。我们走河道,踩着溜滑的冰。有人还踩着自制的滑冰板儿。对我有知遇之恩的体育陈老师头戴一纸糊高帽,赤脚穿一双破草鞋,嬉皮笑脸地跟在同样是头戴高帽却愁眉苦脸的校长身后。肖上唇的儿子肖下唇手持一根标枪在后边押着他们。肖上唇当了公社革委会主任,他儿子肖下唇当了我们学校的红卫兵大队长。他脚上穿着的那双白色回力球鞋是从陈老师脚上剥下来的。那支能发出双响的发令枪,令我眼热的宝贝,本是公家的物品,此时却别在肖下唇腰里。他不时地掏出发令枪,装上火药,对空鸣放。叭叭,枪声与白色的硝烟并起,空气中弥漫着很好闻的硝磺味儿。

革命初起时,我也想参加红卫兵,但肖下唇不要我。他说我是右派陈老师培养的黑尖子,他还说我大爷爷是汉奸,是假烈士,我姑姑是国民党特务、叛徒的未婚妻、走资派的姘头。为了报复他,我捡来一块狗屎,用树叶包好,藏在手里。走到他面前,我故意说:肖下唇,你舌头怎么成了黑的了?肖下唇不知是计,立即张大口。我把那块狗屎塞到他嘴里,转身就跑。他追不上我。学校里的人,除了陈老师,没人能追上我。

看着他穿着陈老师的鞋子、手持标枪、腰挂发令枪,那副小人得志、耀武扬威的样子,我心怀嫉恨,决定整他。我知道他最怕蛇,但此时已是深秋季节,无处寻得,便从河边桑树下,找到半截烂绳子,团弄团弄,藏在身后,悄悄靠近他,将那烂绳子,往他脖子上一绕,同时大喊:毒蛇!

肖下唇一声怪叫,扔掉标枪,急忙去撕掳脖上的绳子。当他看清掉在他眼前的只是一截烂绳时,才慢慢地回过神来。

肖下唇捡起标枪,咬牙切齿地说:万小跑,你这个反革命!

杀——!他端着标枪,对着我刺过来。

我跑。

他追。

冰上奔跑使我难以尽展长技。我感到背后有凉气逼人,生怕被那根标枪捅穿身体。我知道这小子用砂轮将标枪打磨得锋利无比,我也知道这家伙心黑手毒,自从手持利器之后,杀心更重。他经常无端地刺树,刺用谷草捆扎成的人形靶子,前不久还刺死了一头正在与母猪交配的公猪。我边跑边回头观看,看到他头发直竖,两只眼瞪得溜溜圆,只要被他追上,我的小命多半要报销。

我跑,我绕着人跑,钻着人缝跑。跌倒后,连滚带爬,几乎被肖下唇手中的标枪刺中。标枪刺到冰上,冰屑飞起。他也跌倒了。我爬起来继续跑。他爬起来继续追。不时地撞到人身上,女人,男人。——这熊孩子,撞什么呢!——啊!——救命啊——杀人啦——一支正敲着锣鼓行进的队伍被我冲撞得乱了鼓点——几个头戴高帽的坏人将帽子掉在了地上——我从陈鼻的爹陈额、陈鼻的娘艾莲——从袁腮的爹袁脸——他也成了"走资派"——身边绕过去——我从王脚身边冲过去。我看到了母亲的脸,听到了母亲的惊呼——我看到了我的好朋友王肝——我听到身后一声闷响,接着是肖下唇的一声惨叫——事后我知道,是王肝悄悄地伸出一条腿,使了一绊儿,让肖下唇前扑,嘴啃冰面,嘴唇磕破,门牙未磕掉算他幸运。肖下唇爬起来试图报复王肝,但王脚把他震慑住了。王脚说:肖下唇你个小杂种,你要敢动王肝一指头我就挖出你的眼珠儿!我们家是三代雇农,王脚说,别人怕你,老子不怕你!

会场上已是人山人海。滞洪闸上,用木板和苇席搭建起一个很气派的舞台。那年头公社里专门养着一拨人,搭建舞台,或者宣传栏,技术熟练,身手不凡。舞台上插着几十杆红旗,挂着红布白字横幅,台角的两根高杆上绑着四个巨大的喇叭,我们到达那里时喇叭里正播放着"语录歌"：马克思主义的道理，千条万绪，归根结底，就是一句话，造反有理——造反有理——

热闹，实在是太热闹了。我在人群中，拼命往前挤，想挤到靠舞台最近的地方。那些被我冲撞的人，毫不客气地用脚踹我，用拳头擂我，用胳膊肘子顶我。费了半天力气，衣裳溻透，身上青一块紫一块，不但没挤到前排，反而被挤出圈外。我听到冰面发出"叭嘎叭嘎"的声响，心中产生不祥的预感。这时，大喇叭里传出一个公鸭嗓子男人的吼叫：批斗大会马上开始——请贫下中农们安静——前排的坐下来——坐下来——

我转到滞洪闸西侧，那里有三间储放备用闸板的仓房。我从房后，脚蹬砖缝，手把房檐，一个鹞子翻身，翻了上去。我匍匐瓦垄，悄悄爬上去，爬到屋脊，探头出去，成千上万的群众，数不尽的红旗，尽收眼底，湖面上的冰耀眼。舞台西侧，几十个人蹲在地上，都垂着头。我知道这些就是待会儿要上台陪斗的本公社的牛鬼蛇神们。肖上唇对着麦克风大声吼叫。这个落魄的粮库保管员，做梦也没想到还有一步官运。"文革"一开始，他就领头造反，成立"风暴造反兵团"，自任司令。

他身上穿着洗得发白、打了深色补丁的旧军装，胳膊上戴着红色袖标。头发稀疏，秃头顶在太阳下闪烁光芒。他学着那些我们在电影里看到过的大人物讲话：拖着长腔，一只手叉腰，一只手挥舞着，做着各种各样的姿势。他的声音被高音喇叭放大到震耳欲聋的程度。群众的喧闹声犹如拍打岩石的浪潮。肯定是有人在会场上捣乱，此处刚刚安宁，彼处又轰然而起。我有点担心母亲和村里那些老人们的安全。我搜索着她们。但冰反射阳光，耀花了我的眼。寒风从后边吹透我的破棉袄，我感到很冷。

肖上唇一挥手,十几个手持长木杆子、臂戴"纠察"袖标的精壮汉子从舞台后涌出,跳下去,进入喧闹的人群,挥舞长杆,进行镇压。长木杆子的顶端绑着红色布条,挥舞起来如同火炬。有个年轻人头顶被打,愤愤不平,抓住木杆,与纠察队员理论,被当胸捅了一拳。"纠察队员"铁面无私,下手无情,杆子到处,人们纷纷低伏。大喇叭里传来肖上唇声嘶力竭的吼叫:都坐下!坐下!把捣乱的坏人揪出来——!那个挨了一拳的青年被纠察队员揪着头发拖出了人群……人群终于安静了,有的蹲着,有的坐着,无人敢站起来。纠察队员们端着长杆,分布均匀地立在人群中,就像稻田里的稻草人。

把"牛鬼蛇神"拉上台来!肖上唇一声令下,那些严阵以待的纠察队员们,两人挟持一个,将那些"牛鬼蛇神",脚不点地地,拥到了台上。

我看到了姑姑。

姑姑不驯服。纠察队员将她的头按低,但刚一松手,她便猛地抬起来。她的反抗招致了更为猛烈的压制。最后,她被打趴在台上。一个纠察队员,用一只脚踩着她的背。有人跳上台,带头喊口号,但台下应声寥寥。喊口号的人很没趣,灰溜溜地下去了。这时,尖利的哭叫声,从人群中爆发。是我母亲的哭声:苦命的妹妹啊……你们这些丧尽天良的畜生啊……

肖上唇下令,把"牛鬼蛇神"押下去,只留我姑姑在台上。那个纠察队员还用一只脚踏着她的背,摆出一副英勇无畏的姿势——这是对当时流行口号的一种图解——把阶级敌人打翻在地,再踏上一只脚——姑姑一动不动,我担心她已经死了。台下我母亲的哭声也没有了,我担心她也死了。

那些被押下台的"牛鬼蛇神"都集中在大杨树下,有几个手持步枪的纠察队员看守着他们。他们席地而坐，低垂着头，仿佛一组泥塑。黄秋雅背靠墙根坐着，头后仰贴墙。她被剃了一个阴阳头，丑陋而恐怖。我曾听说过，运动初起时，姑姑是卫生系统"白求恩战斗队"的发起人之一。她十分狂热，对曾经保护过她的老院长毫不客气，对这黄秋雅，那更是残酷无情。我明白，姑姑其实是想以这种方式来保护自己，就像一个走夜路的人，之所以高声歌唱，实因为心中惧怕。老院长是厚道人，无法忍受凌辱而投井自杀。黄秋雅却在姑姑的对立面的鼓动或是胁迫下，揭发了姑姑与叛徒王小倜秘密联络的罪证。黄秋雅说万心夜里说梦话时常常高叫"王小倜"。她还说有一天晚上她值夜班，回宿舍找东西，发现万心不在。她心中纳闷，一个单身女人，深更半夜跑到哪里去了呢？她说她正在纳闷时，就看到从胶河岸边那片柳林里，升起了三颗红色的信号弹，接着她还听到了高空中传来轰轰的飞机声。她说过了一会儿，一个人影悄悄地潜入宿舍，从身影上看，正是万心。她说她立即把这情况向院长做了汇报，但这个走资派与万心是一伙的，他把这件事压住了。她说万心无疑是国民党的特务。她揭发的这件事已经足可以要了我姑姑的命，但她随即又揭发了第二件。她说我姑姑多次去县城与走资派杨林姘居，并且还怀了孕，流产手术是她亲自做的。群众中蕴藏着丰富的创造力，也蕴藏着邪恶的想象力。黄秋雅揭发我姑姑的两大罪状，极大地满足了人们的心理需要，再加上我姑姑的拒不认罪，动辄反抗，更使每一次批斗大会有声有色，成了我们东北乡的邪恶节日。

我在黄秋雅的上方，看着她那颗怪头，心中有恨，有同情，还有迷茫、恐惧与忧伤。我从房上揭下一片瓦，瞄着黄秋雅的阴阳头。只要我一松手，瓦就会砸在她的头上。但我犹豫了好久，最终没有这样做。——多年后我曾把这事告诉姑姑，姑姑说，多亏你没松手，否则我的罪又要加重一分——进入晚年后,姑姑一直认为自己有罪,不但有罪,而且罪大恶极,不可救赎。我以为姑姑责己太过,那个时代,换上任何一个人,也未必能比她做得更好。姑姑哀伤地说,你不懂……

杨林被架上舞台后,那只踏着我姑姑脊背的脚移开了。他们把我姑姑拖起来,与杨林并排着,低头弯腰双臂后伸,像王小倜驾驶的那种"歼-5"飞机。我看着杨林那颗光溜溜的大脑袋。这个人,半年前还像神一样高不可攀啊,我们的心里,还盼望着姑姑能与他喜结良缘,尽管他比姑姑大了二十多岁,尽管姑姑嫁给他是顶替他死去老婆的位置,可他是县委书记,是每月工资一百多元的高级干部,是下乡坐着草绿色吉普车,身后跟随着秘书、警卫员的大人物啊!多年之后,姑姑也说,其实我只与他见过一面,尽管我不喜欢他那个像怀孕八个月的大肚子,尽管我讨厌他那满嘴的大蒜味儿——其实他也是个土包子——但我心里还是愿意嫁给他的。为了你们,为了这个家族,我也会嫁给他。姑姑说,当她去县城与杨林见面后,第二天,公社书记秦山便来卫生院视察。在院长陪同下他来到妇产科,满脸的媚笑,满口的谀词,活脱脱一个奴才。姑姑说,此前的秦山,是那样的趾高气扬,盛气凌人,一转眼换上这样一副嘴脸,让姑姑感慨万千。为了这些势利小人,我也要嫁给他,姑姑说,如果不是"文化大革命"……

上来一个矮小敦实的女红卫兵,手提两只破鞋子,一只挂在杨林脖子上,一只挂在姑姑脖子上。姑姑后来说,反革命,特务,这些罪名都可以忍受,但绝对不能忍受"破鞋"的称号。这是无中生有,奇耻大辱!姑姑立即把脖子上的破鞋摘下来,用力撇出去。那只破鞋,竟像长了眼似的,落在黄秋雅面前。

女红卫兵蹦了一个高,揪住姑姑的头发,使劲往下拉。姑姑昂着头,与那女孩僵持。姑姑,您低头吧,您如果再不低头,只怕您的头发连同头皮都会被揪下来啊!那胖女孩少说也有一百斤重,她双手揪着您的头发,已经悬空吊在您身上了。姑姑猛然一甩头,像一匹摆动鬃毛的烈马——那女孩手里攥着两绺头发,跌落在台子上。姑姑的头上渗出鲜血——姑姑的头上至今还留有两个铜钱大小的疤痕——血流到姑姑额头上,流到姑姑耳朵上。她的身体挺立不弯。台下一片肃静,一匹拉车的毛驴,仰着脖子,发出高亢的叫声。没听到母亲的哭叫声,我心里一片灰白。

这时,那黄秋雅拾起眼前的破鞋,小跑着,上了舞台。我估计她不知道台上发生了什么,如果她知道了,绝对不会这样做。她一到前台就愣了。她扔下破鞋,嘴里嘟哝着什么,一步步往后退。肖上唇大步上台,厉声喊叫:万心,你太嚣张了!他挥舞手臂,亲自领呼口号,想以此调动气氛,打破僵局,但台下无人响应。那胖女孩扔掉手中的头发,仿佛扔掉了两条蛇,号啕大哭着,跌跌撞撞地跑下台去。

站住!肖上唇喝令正倒退着下台的黄秋雅,指着地上的破鞋,说:你,你来给她挂上!

鲜血沿着姑姑的耳朵流到脖子上,穿过眉毛流进眼睛。姑姑抬手抹了一把脸。

黄秋雅捡起破鞋,战战兢兢地走到姑姑面前。她抬头看了一眼姑姑的脸,怪叫一声,口吐白沫,往后便倒。

上来几个红卫兵像拖死狗一样把她拖下台。

肖上唇抓住杨林的衣领往上提,使他的腰直起来。

杨林双臂下垂,双腿弯曲,浑身松软,只要肖上唇一松手,他就会瘫在台上。

万心顽抗到底,死路一条!肖上唇道,她不交代,你来交代,坦白从宽,抗拒从严!你说,你们俩通过奸没有?

杨林不吱声。

肖上唇一挥手,上来一个大汉,左右开弓,搧了杨林十几个耳光。响声清脆,冲上树梢。有几颗白色的东西迸落在台上。我猜想那是牙齿。杨林身体摇晃,眼见着要跌倒,大汉抓着他的衣领,不容他倒。

说,通过没有?!

通过……

通过几次?

一次……

老实交代!

两次……

你不老实!

三次……四次……十次……许多次……记不清了……

姑姑发出令人毛骨悚然的尖叫,像只扑食的母狮一样,猛扑到杨林身上。杨林瘫在台上,姑姑死命地抓着他的脸……几个虎背熊腰的纠察队员,费了很大劲,才把姑姑从杨林身上拖开。

这时,只听到湖面上发出一阵怪响,冰层塌裂,许多人,落到了冰水中。

第二部

敬爱的杉谷义人先生：

您能花费那么多宝贵的时间，耐着性子读完我那封断断续续写了两个月、为了省钱作为包裹寄出的长信，并且给了我那么多的鼓励和肯定，使我感动而歉疚。

让我感慨万端的是，我在信中提到的那位日本侵华战争期间在平度城驻守的日军指挥官杉谷，竟是您的父亲。为此您代表已经过世的父亲向我的姑姑、我的家族以及我故乡人民谢罪，您正视历史的态度、敢于承担的精神，使我们深深地受到了感动。按说，您也是战争的受害者。您信中提到，战争期间您与母亲所过的提心吊胆的生活以及在战争之后所过的饥寒交迫的生活。其实，您的父亲也是战争的受害者，如果没有战争，如您所说，他将是一位前途远大的外科医生，战争改变了他的命运，改变了他的性格，使他由一个救人的人变为一个杀人的人。

我将您的信读给我的姑姑、我的父亲和我们这里许多经历过那场战争的人听了。听罢信后他们都眼含泪水感叹不已。您父亲驻守平度城时，您才是一个四五岁的孩子，您父亲在平度城犯下的罪行，没有理由让您承担，但是您承担了，您勇敢地把父辈的罪恶扛在自己的肩上，并愿意以自己的努力来赎父辈的罪，您的这种担当精神虽然让我们感到心疼，但我们知道这种精神非常可贵，当今这个世界最欠缺的就是这种精神，如果人人都能清醒地反省历史、反省自我，人类就可以避免许许多多的愚蠢行为。

我姑姑、我父亲和我的乡亲们，都热烈地欢迎您再到高密东北乡做客。我姑姑说她要陪您去平度城参观访问。我姑姑还悄悄地对我说，她对令尊没有什么坏印象。侵华日军军官中，确有许多如中国电影中所表现的那种穷凶极恶、粗暴野蛮者，但也有如令尊那种文质彬彬、礼貌待人的。我姑姑对令尊的评价是：一个坏人群里的不太坏的人。

我六月初回到高密，已经住了一个多月，其间，做了一些社会调查，为写作那部以姑姑为素材的话剧做准备。同时，我应您的要求，继续以写信的方式，将姑姑的故事告诉您。遵您之嘱，我也尽量多地把我本人所经历过的一些事情，顺便写到了信里。

我姑姑、我父亲让我代他们向您及您的家人问好！

高密东北乡人欢迎您！

蝌蚪
二〇〇三年七月于高密

一

先生,1979年7月7日,是我结婚的日子。新娘王仁美是我小学同学。王仁美与我一样,也有两条仙鹤般的长腿。我看到她那两条长腿心就怦怦乱跳。十八岁的时候,我去挑水,与她相逢井台。她的桶掉到井里,正转圈发急。我跪在井台上,帮她捞桶。那天我的运气很好,一下子就把她的桶捞上来了。她赞叹道:嘿,小跑,你真是个捞桶专家!她那时在小学当代课老师,教体育。她个子很高,脖子细长,脑袋较小,脑后梳着两根小辫。王仁美,我结结巴巴地说,我想告诉你一件事。她说什么事啊?我说:王胆跟陈鼻好了,你知道吗?她怔了一会,突然哈哈大笑起来。她笑着说:小跑,你纯粹是胡说,王胆,那么个小人儿,陈鼻,大洋马似的,他们两个,怎么好?然后她又像想到了什么似的,满脸通红,笑弯了腰。我郑重其事地说:我不骗你,骗你我就是狗!我亲眼看到了。你看到什么了?王仁美问。我低声说:我跟你说了你可别告诉别人啊——昨天晚上,我从记工屋里出来,路过打谷场边那个麦秸垛时,听到垛后有人哼唧。我悄悄走近,侧耳一听,原来是陈鼻和王胆在说亲密话呢。我听到王胆说,陈鼻哥哥你放心,我虽然个头小,但身上什么都不缺,我一定为你生个大儿子——王仁美又弯腰大笑起来——我说：你还听不听了？她说：听啊，快说，后来呢？后来他们干什么了？我说：后来他们好像亲嘴了——胡说，王仁美道，怎么亲？我说：难道我还骗你不成？怎么亲？当然有办法亲！陈鼻将王胆抱在怀里，像抱着个小孩子一样，想怎么亲就怎么亲呗！王仁美脸又红了，她说：小跑，你是个大流氓！陈鼻也是大流氓！我说：王仁美，连陈鼻和王胆都谈恋爱了，咱俩能不能交朋友？她愣了一下，突然笑了，问：为什么要跟我交朋友？我说：你有两条长腿，我也有两条长腿。我姑姑说，如果咱俩结婚，生个小孩肯定也有两条长腿。咱们可以把咱们长腿的孩子培养成世界冠军。王仁美笑着说：你姑姑太好玩了！你姑姑不但负责结扎，还负责说媒！——王仁美挑着水桶走了。她大步流星，扁担颤悠悠，两只水桶上下跳动，好像要飞起来似的。后来我当兵离开了家乡。几年后，听说她与肖下唇定了婚。肖下唇在农业中学代课，教语文。他写了一篇散文《煤的赞歌》，发表在《大众日报》副刊上，在我们东北乡引起很大轰动。听到这些消息我很感慨。我们这些吃过煤的没写出《煤的赞歌》，肖下唇没吃煤却写出了《煤的赞歌》，看来王仁美的选择是完全正确的。

　　肖下唇考上大学后，肖上唇在大街上放了三挂一千头的鞭炮，并花钱请了电影队，在小学操场上挂起银幕，连放三晚电影。气焰嚣张，不可一世。

　　那时，我刚参加"对越自卫反击战"回来，立了一个三等功，被提拔成正排职军官。来说媒的很多。姑姑说：小跑，我给你介绍个好姑娘，保你满意。母亲问：是谁？姑姑说：我徒弟小狮子啊！母亲说：那个嫚有三十多岁了吧？姑姑说：正三十。母亲说：小跑才二十六啊。姑姑说：大点好，大点知道疼人。我说：小狮子是挺好，但王肝迷她十几年了,我不能夺朋友所爱。姑姑说:王肝?他是癞蛤蟆想吃天鹅肉!小狮子嫁给谁也不会嫁给他!他爹每逢集日就弓着腰、挂着棍子到医院闹事,败坏我的名誉,这都多少年了?他从我这里榨取的"营养费"少说也有八百元了。母亲说:这个王脚,是有点装。姑姑怒道:岂止是有点装,完全是装。从我这里榨了钱,就跑到集上去吃烧肉喝烧酒,喝醉了,腰杆子挺得笔直,满集乱窜。你说我这辈子怎么尽碰上这么些无赖?还有肖上唇那个杂种,"文化大革命"时,差点把我整死,现在竟像老太爷似的,摇着芭蕉扇在家享清福。听说他儿子考上了大学?老话说"善有善报,恶有恶报",可现在呢?好人无好报,坏蛋享清福!母亲说:报应还是有的,只是没到时候。姑姑说:还要到什么时候?我的头都白了!

姑姑走后,母亲感叹道:你姑姑这一辈子也真是不顺。我问:听说杨林后来又来找过姑姑?母亲说:听你姑说,那人是又来过。听说已经当了地区的专员,坐着轿车来的。他向你姑姑道了歉,说愿意娶她,弥补"文革"中的过失。你姑姑一口回绝了。

正当我们为姑姑的事感叹唏嘘时,王仁美一步闯了进来。她对我母亲说:大婶,听说小跑在打破天地说媳妇,您看我怎么样?闺女,你不是有主了吗?我母亲问。我跟他拉倒了。考上大学就休妻,这不陈世美吗?母亲愤愤地说。大婶,不是他休我,是我休了他,王仁美说。考上个大学,有什么了不起?又放鞭炮,又放电影,太张狂了。还是小跑好,提了军官,还是不哼不哈。一回乡就下地干活。闺女,俺家跑儿配不上你啊,母亲说。大婶,这事你说了不算,得问小跑。小跑,我给你当老婆,生世界冠军,你要不要?要!我盯着她的腿说。

二

婚礼早晨，阴气森森。乌云密布，雷声滚滚。雷声过后，大雨倾盆。

母亲念叨：这个袁腮，说是为你挑了个黄道吉日，看看，都快水漫金山了。

上午十点多钟，王仁美在她的两个堂妹陪同下，冒着大雨来到我家。她们都穿着雨衣，好像要到河堤上去防汛。院子里用塑料薄膜支起一个棚子，里边临时盘了一个灶，我蹲在灶前，拉着风箱烧开水。堂弟五官出语无状，说："自卫反击战"的英雄，新娘子都进门了，你怎么还蹲在这里烧水？我说：那你来替我烧。他说：大娘安排我放鞭炮呢。大雨天放鞭炮，这可是个技术活儿。母亲站在门口喊：五官，别耍嘴了，快放。五官从怀里摸出一挂早就用塑料纸蒙好的鞭炮，点着引信，不用杆子挑，用手拎着，在大雨当中，擎着一把伞，侧着身子放。硝烟在雨中散不开，团团包围着他。看热闹的孩子，一个个都像落汤鸡似的，拍着巴掌，跺着脚喊：五官五官，满头青烟——这些熊孩子，都吆喝些什么词儿！我母亲说。

按说新娘子进院后，应该一言不发，穿过堂屋，进入洞房，骗腿上炕，号称"坐床"。但王仁美一进院就站在那儿，看着五官表演。硝烟把五官熏得满脸乌黑，像刚从锅灶里钻出来似的。王仁美哈哈大笑。她那两位充当伴娘的妹妹悄悄地扯她的袖子，她不理不睬。她穿了一双高跟塑料鞋，个子显得更高，好像一棵树。五官上下打量着她说：嫂子，要想跟你亲个嘴，必须踏着梯子！——五官，你给我闭嘴！我母亲大喊！王仁美说：五官，你这个傻瓜！连王胆和陈鼻亲嘴都不用踏梯子呢。——听到新娘竟然站在院子里与小叔子调笑,婶子大娘们一个个交头接耳。我提着煤铲子从棚子里钻出来。孩子们拍手跺脚:英雄出来了! 英雄出来了!

我穿着新军装,戴着三等功奖章,满脸煤灰,手提煤铲,不伦不类。王仁美笑弯了腰。我心中乱糟糟,哭笑不得。这个王仁美,好像神经出了一点问题。母亲大喊:快把她弄到屋里来啊! 我连讽带刺地说:夫人,请入洞房吧! 王仁美说:屋子里憋闷,外边凉快。孩子们拍手跺脚:嗷! 嗷! 嗷! 我回屋端出一瓢糖果,跑到大门口,往胡同里一撒。孩子们一窝蜂扑出去,在泥水中争抢。我攥住王仁美的手腕子,把她往屋里拖。房门太矮,碰了她的额头,咕咚一声响,她大喊:哎哟,俺的娘咪,碰破俺的头了! 婶子大娘们笑得前仰后合。

屋子很小,进来这么多人,简直连腚都掉不开。她们三个脱下雨衣,水淋淋的,无处悬挂,只好挂在门框上。地面本来就潮湿,每个人的脚上都带进来泥巴、水,搅拌调和,一塌糊涂。房子小,炕长不足两米,炕头上摞着王仁美娘家送来的四条新被子,两条新褥子,两条毛毯,两个枕头,几乎顶着纸天棚。王仁美屁股一沾炕席就叫:哎哟俺的个亲娘,这哪里是炕,分明是个火鏊子嘛!

我娘火了,用拐棍捣着地面说:就是火鏊子,你也给我坐上去,我看看能不能把你那个腚烫熟了!

王仁美又是一阵大笑,低声对我说:小跑,你娘还怪幽默呢! 我的腚真要烫熟了,怎么生世界冠军呢?

我几乎要气晕了,但良辰吉日又不便发作,伸手试试炕席,确实烫。因为家里客人多,七大姑八大姨、本家的婶子大娘都要来吃饭,所以堂屋里那两个锅灶一直在烧火,蒸馒头炒菜煮面条,把炕席都快烤煳了。我从那摞被褥上拖下一条被子,折叠成方形,摁在墙角,说:

夫人，请上去坐！王仁美嗤嗤地笑，说：小跑，你真逗，一口一个夫人叫着，你还是按咱这地方的习惯，叫我媳妇，或是像从前一样，叫我仁美。我无话可说，娶回来这样一个痴巴老婆我还能说什么？她根本听不出来，我叫她夫人，是在讽刺她，是在发泄我对她的不满。好吧，媳妇，仁美，请上炕。我在她那两个堂妹的帮助下，脱下她的鞋子，剥下那两只湿漉漉的尼龙袜子，把她掀到炕上去。她一上炕就站起来，脑袋顶着纸天棚。在如此狭窄低矮的地方，她显得更高了，那两条鹤腿，几乎没有腿肚子。她的脚也不小，几乎与我的脚媲美。她就这么赤着两只脚，在那不足两平方米的小炕上转圈。本来伴娘也应该陪新娘坐床，但一个王仁美就满了炕，她那两个堂妹只好一个站在墙角，一个坐在炕沿上。好像为了显示个头似的，她踮起脚尖，让头顶顶着纸天棚。这似乎是个好玩的游戏，她踮着脚在炕上转圈，跳跃，脑袋顶得纸天棚"嘭嘭"响。母亲手扶着门框，探头进来，说：媳妇，你把炕蹦塌了，今夜在哪里睡觉呢？她嘻嘻一笑，说：炕塌了，就在地上睡。

傍晚时，姑姑过来吃饭。一进大门就喊：姑奶奶驾到！怎么连个迎接的都没有？

我们慌忙跑出来迎接。母亲说：下这么大的雨，还以为你不来了呢。

她擎着一把油纸伞，挽着裤腿子，赤着脚，鞋子在胳肢窝里夹着。

别说是下雨，下刀子我也要来啊！姑姑说，我侄子是英雄，英雄结婚，我能不来吗？

我说：姑姑，我算什么英雄？我是火头军，做饭的，连个敌人的影子都没见着呢。

火头军也很重要，人是铁，饭是钢，当兵的吃不饱饭，怎能冲锋陷阵呢？姑姑说,快弄点饭我吃,吃了饭我还要赶回去,河里涨水了,待会淹没了桥,我就回不去了。

回不去就在家里歇两天,母亲说,好久没听你拉呱了,今晚上听你好好拉拉。

姑姑说:那可不行,明天县政协开会呢。

跑儿,你知道吗？母亲说,你姑姑升官了,政协里当上常委啦。

这算什么官？姑姑说,臭杞摆碟——凑样数呢。

姑姑进了西屋,众亲属一片忙乱。坐在炕上的,弓着腰往炕下挤,想给姑姑让位。姑姑说:都坐在原地儿别动,我吃口饭就走。

母亲吩咐我姐姐赶快给姑姑端饭。姑姑掀起锅盖,抓出一个饽饽。饽饽烫手,颠来倒去,嘴里发出"咝咝"的声音。将饽饽掰开,夹上几筷子粉蒸肉,捏合后,咬了一大口,呜呜噜噜地说:就这样,别端碟子端碗的了,这样吃才香,我自打干上了这一行就没正儿八经地坐着吃过几顿饭。

一边吃着,一边说:让我看看你们的洞房。

王仁美嫌炕热,坐在窗台上,借着窗外的光,看一本小人书,一边看一边笑。

姑姑来了！我说。

王仁美一个蹦儿就跳到了炕下,抓着姑姑一只手,说:姑姑,我有事找您,您就来了。

找我啥事？姑姑问。

王仁美压低了嗓门,说:听说您那儿有一种药,吃了能生双胞胎？

姑姑脸一拉,道:你听谁说的？

王胆说的。

纯属造谣！——姑姑被饽饽呛了,咳着,憋得满脸通红。我姐姐递过半碗水来,姑姑喝了,拍打了几下胸口,严肃地说:别说没有这种药,即便有,谁敢拿出来给人吃?

王胆说陈家庄有人吃了您给配的药,生了龙凤胎! 王仁美说。

姑姑把手中的半个馒头往我姐姐手里一塞说:气死我了! 王胆,这个小妖精,我费了天大的劲儿才把她肚里那个孩子掏出来,她竟丧良心造我的谣言。等我见到她把她那张屄嘴给豁了。

姑姑您千万别生气,我说着,悄悄地踢了一下王仁美的小腿,低声道:闭嘴!

王仁美夸张地大叫:哎哟亲娘唻,你把我的腿踢断了!

我母亲生气地说:断不了的狗腿。

婆婆,王仁美大叫,您说得不对! 俺二叔家那条大黄狗的腿就被肖上唇用"铁猫"给夹断了。

肖上唇退休还乡后,专干残害生灵的勾当。他弄了一枝鸟枪,满世界打鸟,什么鸟儿都打,连被村民视为吉祥鸟儿的喜鹊也不放过。弄了一张眼儿细密的绝户网,转着圈儿捕鱼,连一寸长的小鱼苗儿也不放过。他还弄了一只"铁猫"——威力巨大的铁夹子——埋在树林子里,野坟地里,夹獾,夹黄鼠狼。王仁美二叔家的狗就是误踩了"铁猫"被夹断了腿。

姑姑一听到肖上唇的名字,脸色就变了,咬着牙根说:这个坏种,早就该天打五雷轰,可他一直活得好好的,每日里吃香的喝辣的,身体健壮得像头公牛,可见连老天爷也惧怕恶棍!

姑姑,王仁美说,天老爷怕他,我不怕他,您有仇,我替您报!

姑姑乐了,大笑,笑罢,说:侄媳妇,我对你说实话,刚开始,我侄儿说要娶你,我不同意,但听说是你主动把肖上唇的儿子休了,我就同意了。我说好,这个孩子有骨气。大学生有什么了不起? 将来咱老万家的孩子,不但要上大学,而且要上名牌大学,北大,清华,剑桥,牛津。不但要读本科,还要读硕士,博士!当教授,当科学家。对了,还要当世界冠军!

王仁美道:姑姑,那您就该把那种生双胞胎的药给我配了,我给咱老万家多生一个好后代,把肖上唇气死!

天哪!都说你少个心眼儿,哪里少?绕了半天我被你绕到圈里了!姑姑严肃地说,你们年轻人,要听党的话,跟党走,不要想歪门邪道。计划生育是基本国策,是头等大事。书记挂帅,全党动手。典型引路,加强科研。提高技术,措施落实。群众运动,持之以恒。一对夫妻一个孩,是铁打的政策,五十年不动摇。人口不控制,中国就完了。小跑,你是共产党员,革命军人,一定要起模范带头作用。

姑姑,你悄悄把药给我,我一口吞了,鬼都不知道。王仁美说。

你这孩子,看来真是缺个心眼儿,姑姑道。我跟你再说一遍,根本就没有这种药!即便有,我也不能给你!姑姑是共产党员,政协常委,计划生育领导小组副组长,怎么能带头犯法?我告诉你们,姑姑尽管受过一些委屈,但一颗红心,永不变色。姑姑生是党的人,死是党的鬼。党指向哪里,我就冲向哪里!小跑,你媳妇缺心眼,分不清灰热火热,你可要认清形势,不能犯糊涂。现在有人给姑姑起了个外号叫"活阎王",姑姑感到很荣光!对那些计划内生育的,姑姑焚香沐浴为她接生;对那些超计划怀孕的——姑姑对着虚空猛劈一掌——决不让一个漏网!

三

　　两年后的腊月二十三,辞灶日,女儿出生。堂弟五官,开着一辆手扶拖拉机,把我们从公社卫生院拉回来。临行时姑姑对我说:我已经给你媳妇放了避孕环。王仁美把蒙住脑袋的围巾掀起,恼怒地质问姑姑:没经我同意为什么放环? 姑姑把她的围巾放下来,说:侄媳妇,盖好了,别受了风。生完孩子后放环,是计生委的死命令。你要是嫁给一个农民,第一胎生了女孩,八年后,可以取环生第二胎,但你嫁给我侄子,他是军官,军队的规定比地方还严,超生后一撸到底,回家种地,所以,你这辈子,甭想再生了。当军官太太,就得付出点代价。

　　王仁美呜呜地哭起来。

　　我抱着用大衣包裹得严严实实的孩子,跳上拖拉机,对五官说:开车!

　　拖拉机喷吐着黑烟,在凹凸不平的乡路上奔驰。王仁美躺在车厢里,身上蒙着一床被子,车厢颠簸得很厉害,将她的哭声颠得曲里拐弯。凭什么不经俺同意……就给俺放环……凭什么生一胎就不让生了……凭什么……

　　我不耐烦地说:别哭了! 这是国家政策! 她哭得更凶了,从被子里伸出头——脸色苍白,嘴唇乌青,头发上沾着几根麦秸草——什么国家政策,都是你姑姑的土政策。人家胶县就没这么严,你姑姑就想立功升官,怪不得人家都骂她……

　　闭嘴,我说,有什么话回家说去,一路哭嚎,也不怕被人笑话!

　　她猛地掀开被子坐起来,瞪着大眼问我:谁笑话我? 谁敢笑话我?

　　路上不断有骑自行车的人从我们身边过去。北风遒劲,遍地白霜,红日初升,人嘴里喷出的团团热气立即便在眉毛和睫毛上结成霜花。看着王仁美灰白干裂的嘴唇、乱蓬蓬的头发、直直的眼神,我心中颇觉不忍,便好言抚慰:好啦,没人笑话你,快躺下盖好,月子里落下病可不是闹着玩的。

我不怕!我是泰山顶上一青松,抗严寒斗风雪胸有朝阳!

我苦笑一声,说:知道你能,你是英雄!你不是还想生二胎吗?把身体搞坏了怎么生?

她的眼睛里突然放出了光彩,兴奋地说:你答应生二胎了?这可是你说的!五官,你听到了没有?你作证!

好!我作证!五官在前边瓮声瓮气地说。

她顺从地躺下,扯过被子蒙上头,从被子里传出她的话:小跑,你可别说话不算数,你要说话不算数,我就跟你拼了。

拖拉机到达村头小桥时,桥上有两个人,吵吵嚷嚷的,挡住了我们的去路。

吵架的人,一个是我的小学同学袁腮,一个是村里的泥塑艺人郝大手。

郝大手抓着袁腮的手腕子。

袁腮一边挣扎一边嚎叫:你放手!放手!

但任凭他怎么挣扎也无济于事。

五官跳下车,走上前去,说:爷们儿,这是怎么啦?大清早的,在这里较上劲儿啦?

袁腮道:正好,五官,你来评评理。他推着小车在前边走,我骑着自行车从后面过。本来他是靠左边,我从右边正好骑过去。但当我骑到他身后时,他却猛一掉腚,拐到右边来了。幸亏我反应快,双手一撒车把,蹦到桥上,要不连人带车子一块下去了。这天寒地冻的,摔不死也要摔残。可郝大叔反赖我把他的小车撞到了桥下。

郝大手也不反驳,只是攥着袁腮的手腕子不放。

我抱着女儿,从车厢里跳下来。脚一着地,奇痛钻心。那天早晨,可真是冷啊。

我一瘸一拐地走上桥面。看到桥上有一堆花花绿绿的泥娃娃。有的破碎,有的完整。桥东侧河底冰面上,躺着一辆破自行车,有一面黄色的小旗在车旁蜷曲着。我知道这面旗上绣着"小半仙"三字。这人从小即神神道道,长大后果然不凡,他既能用磁铁从牛胃中取出铁钉,又能给猪狗去势,而且还精通麻衣相术、风水堪舆、易经八卦,有人戏称他"小半仙",他顺着杆儿爬,裁布缝了一面杏黄旗,将"小半仙"三字绣上,绑在自行车后货架上,骑起来猎猎作响。到集上插旗摆摊,竟然生意兴隆。

桥西边的冰面上,歪斜着一辆独轮车。两根车把,有一根断了。车梁两边的柳条篓子破了,几十个泥娃娃散落冰上,大多数破成碎片,只有几个,看上去好像还完整无损。郝大手是脾气古怪的人,也是令人敬畏的人。他有两只又大又巧的手。他手里捏着一团泥,眼睛盯着你,一会儿工夫就能把你活灵活现地捏出来。即便是"文化大革命"期间,他也没有停止捏泥孩。他爷爷就是捏泥孩的。他父亲也捏。传到他这辈,捏得更好了。他是靠捏泥孩、卖泥孩挣饭吃的人。但也不完全是这样,他完全可以捏一些泥狗、泥猴、泥老虎等工艺简单、销路广阔的玩意儿,孩子们愿意玩这个。泥塑艺人做的其实都是孩子买卖,孩子喜欢,大人才会掏钱买。但郝大手只捏泥娃娃。他家里有五间正房,四间厢房,院子里还搭了一个宽敞的大棚子。他的屋子里、棚子里摆满了泥娃娃,有粉了面、开了眉眼的成品,有等待上色的半成品。他的炕上,只留出了他躺的地方,其余的地方密密麻麻地排列着泥娃娃。他已经四十多岁了,有一张通红的大脸,花白的头发,脑后梳着小辫。络腮胡须也是花白的。我们邻县也有做泥娃娃的,但他们的泥娃娃是用模子刻出来的,所有的娃娃都是一个模样。他的泥娃娃是用手捏出来的,他的泥娃娃,一个一模样,绝不重复。都说,高密东北乡所有的娃娃,都被他捏过。都说,高密东北乡每个人都能在他的泥娃娃里找到小时候的自己。都说,他不到锅里没米时是不会赶集卖泥娃娃的。他卖泥娃娃时眼里含着泪,就像他卖的是亲生的孩子。这么多泥娃娃被砸碎了,他心里一定很痛苦。他捏着袁腮的手腕子不放是有道理的。

我抱着女儿走到他们面前。我当兵当久了,穿上便服就感到浑身不自在,所以即便去医院陪王仁美生孩子时也穿着军装。一个抱着初生婴儿的年轻军官是很有力量的。我说:大叔,你放了袁腮吧,他肯定不是故意的。

是是是,大叔,我真的不是故意的,袁腮带着哭腔说,您就饶了我吧。您的车把断了,篓子破了,我找人给您修;您的孩子跌碎了,我赔您钱。

看在我的面子上,我说,也看在这个女孩的面子上,也看在我媳妇的面子上,你放开他,让我们开车过去。

王仁美从车厢里探出身子,高声喊叫:郝大叔,您帮我捏两个娃娃,男的,要一模一样的。

乡里人都说,买郝大手一个娃娃,用红绳拴着脖子,放在炕头上供奉着,生出来的孩子就跟泥娃娃一个模样。但郝大手的泥娃娃是不允许挑选的。邻县那些卖泥娃娃的,是将泥娃娃摆在地上,一大片,任人选。郝大手的娃娃是放在车篓里,篓上盖着小被子,你去买他的娃娃,他先端详你,然后伸手从篓子里往外摸,摸出哪一个,就是哪一个。有人嫌他摸出的娃娃不漂亮,他绝不给你更换,他的嘴角上,带着几分悲苦的笑容。他不说话,但你仿佛听到他在对你说:还有嫌自己孩子丑的父母吗?于是,你再仔细端详他递给你的孩子,渐渐地就顺眼了。那孩子,渐渐地就活了,有了生命似的。他从不跟你讲价钱。你不给他钱他也不会跟你要。你给他多少钱他也不会对你说个谢字。慢慢地大家认为,买他的泥娃娃,就如同从他那里预定了一个真孩子。越说越神。说他卖给你的泥娃娃,如果是个女的,你回去必定生女。他卖给你的是男的,你回去必定生男的。如果他摸出两个孩子给你,你回去就生双胞胎。这是神秘的约定,说破了也就不灵了。我媳妇王仁美这种人不可理喻,只有她,才这么吆吆喝喝地跟他要两个男孩。——我们得知郝大手卖娃娃的神秘传说时,王仁美已经怀了孕。这事只有在没怀孕前才灵验。

郝大手真给我面子啊。他松开了袁腮。袁腮揉着腕子,哭丧着脸:我今天真是倒霉,一出大门就看到一条母狗对着我撒尿,果然应了验。

郝大手弯下腰,把那些破碎的泥娃娃捡起来,放在衣襟里兜着。他站在桥边,为我们让开道路。他的胡须上结着霜花,脸上表情肃穆。

生了个什么?袁腮问我。

女孩。

没关系,下一个是儿子。

没有下一个了。

不用愁,袁腮眨着眼睛,诡秘地说,到时候哥们儿帮你想办法。

四

　　狗年正月初一,是我女儿出生第九日。按照乡俗,这是隆重庆典,亲戚朋友都来。头天就把五官、袁腮找来,让他们帮助借桌椅板凳,茶壶茶碗,杯盘碟筷。粗略算了一下,男女宾客,将近五十人。东西两厢房,各摆两桌,招待男宾;母亲炕上摆一桌,招待女宾。我自己列出一个菜谱,每桌八凉碟、八热盘,最后一盆汤。袁腮看罢,笑道:兄弟,你这一套不行。你请的是一群农民,个个都是麻袋肚子。这点东西,刚够填牙缝的。你听我的,别弄这么多样数,只管大块肉、大碗酒地往上招呼,庄户人赴宴,好的就是这个。你弄得那么精致,一人一筷子就没了,没得吃,干候着?那可就丢了大丑了。我承认袁腮说得有道理。让五官去集上,扛回五十斤猪肉,肥瘦参半。提回十只烧鸡,是那种又肥又大的肉食鸡。我自己去卖豆腐的王环家定了四十斤豆腐,让袁腮去买了十棵大白菜,十斤粉条,二十斤白酒。王仁美娘家送来二百个鸡蛋。王仁美的爹也就是我岳父,过来看了我备下的东西,满意地说:贤婿,这就对了!你们家一向小气,被人嗤笑,这次你要改改门风,大方点,让他们一个个捧着肚子回去,干大事的人,就得有大气魄!

　　客人到了将近一半时,突然发现忘了买烟。忙打发五官去供销社购买。陈鼻和王胆带着孩子进来。五官指指陈鼻手提的礼物,喜道:不用买了。

　　陈鼻近年来发了财,成了村子里有名的万元户。他先是跑深圳,从那边趸来电子手表,卖给那些好赶时髦的青年。后来又跑济南,从一个烟厂熟人那里,以批发价趸来香烟,让王胆去集市上零售。

我在集市上,看到过王胆卖烟的情景。她胸前挂着一个设计巧妙、合起为箱、展开为案的卖烟器,里边摆着香烟。她身穿着一件剪裁合体的蓝花布小棉袄,身后背着一个用棉斗篷裹得只露着鼻眼的胖大婴儿。不论是知道她的人,还是不知道她的人,都会对她投以关注的目光。当地人都知道她是烟贩陈鼻的妻子,是背后那个胖大婴儿的母亲;外地人会以为:这个背着妹妹卖香烟的小姑娘,真可怜,真好看。买她香烟的人,基本上都是同情她的人。

陈鼻穿着一件硬邦邦的猪皮夹克,里边套着一件粗线高领毛衣。他脸色赤红,下巴刮得乌青,高大的鼻子,深陷的眼窝,灰眼珠,头发卷曲。

五官说:大款来了。

什么大款,陈鼻说,小商贩一个!

袁腮道:塔瓦里希①,中国话说得很好嘛!

陈鼻扬扬手中的纸包,道:我拍死你!

是烟吧? 袁腮道,客人们正嚷着要烟抽呢。

陈鼻将手中纸包投向袁腮。袁腮接住,揭开,露出四条"大鸡"牌香烟。

果然是做大买卖的,出手大方。袁腮道。

袁腮你这张嘴呦,王胆细声细气地说,死人也能让你说得跳迪斯科。

哎哟,嫂子,失敬,袁腮道,今日怎么没让陈鼻抱在怀里呢?

我豁了你的嘴! 王胆挥动着一只小手,气哄哄地说。

妈妈,抱抱……原本是跟在王胆身后,长得已跟王胆差不多高的

---

① 俄语谐音:同志。

陈耳转到前边来哼唧着。

陈耳！我弯下腰去，把她抱起来，说，让叔叔抱抱。

陈耳哇的一声哭了。陈鼻把陈耳接过去，拍打着她的屁股，说：耳耳，别哭，你不是要来看解放军叔叔吗？

陈耳伸出手，找王胆。

这孩子，认生，陈鼻将孩子递给王胆，说，刚才还哭着闹着要来看解放军叔叔呢。

这时，王仁美敲打着窗棂喊：王胆！王胆！快来呀！

王胆抱着陈耳，像小狗叼着个大玩具，有几分滑稽，又有几分庄严。她的小腿紧挪着，像卡通片中的小动物在奔跑。

这小姑娘，太美丽了！我说，简直像个洋娃娃！

苏联人下的种，哪能不美丽！袁腮挤眉弄眼地说：鼻哥，你可真够忍心的，听说一宿也不让嫂子闲着？

陈鼻道：闭嘴吧！

袁腮道：爱护着点用啊，你还得用她生儿子呢！

陈鼻踢了袁腮一脚，道：我不是让你闭嘴吗？！

袁腮笑着说：好，好，闭嘴，不过真是羡慕你们，结婚这么多年了，还是天天抱着亲啊，啃啊，可见这自由恋爱的和包办婚姻就是不一样……

陈鼻道：各家有各家的难处，你知道个屁！

我拍拍陈鼻微微腆起的肚子，道：将军肚都出来了。

生活好了嘛！陈鼻说，做梦也没想到这辈子还能过上这样的日子。

这要感谢华主席，袁腮道。

我看得感谢毛主席，陈鼻道，他老人家要不是主动走了，一切还是照旧呢。

这时，又有客人到来，大家都站在院子里，听我们说话。原本已在厢房里坐定的客人见外边热闹，也都走了出来。

我舅家小表弟金修挤到陈鼻身边，仰着脸说：陈大哥，我们村，都把您传神了。

陈鼻摸出一盒烟，扔给我小表弟一支，自己点上一支，将双手往皮夹克斜兜里一插，很有派头地说：说说看，传我什么啦？

都说你只带了十块钱，就坐飞机去了深圳，小表弟搔搔脖子说。说你跟在一个苏联代表团后边，大模大样的，那些小姐们以为你是代表团成员，一个劲儿地给你鞠躬，你就对她们说，哈拉少①，哈拉少……说你到了深圳，跟着苏联代表团住进了豪华酒店，大吃大喝了三天，白得了一大堆礼物，然后你将礼物拿到大街上卖了，换成二十块电子表，回来卖了，有了本钱，就这样倒腾了几次，您就发了。

陈鼻摸摸自己的大鼻子，说：说，接着往下编啊！

小表弟道：说你去了济南，在大街上闲逛，遇到一个老头，在大街上哭。你上去问，大爷哭什么？老头说，出去转圈，找不到回家的路了。你把老头送回家。老头的儿子是济南卷烟厂的供销科长，看到你这人心好，就与你拜了把兄弟，这样，你就能按批发价买到香烟。

陈鼻哈哈大笑，笑罢，说：小兄弟，这不是编小说吗？我实话对你说，飞机，我确实坐过那么几次，但都是花钱买了票。济南烟厂，也确实认识几个朋友，但他们卖给我的烟，也就是比市价便宜那么一点儿，一盒能赚三分钱吧。

不管怎么说，您是大能人，小表弟由衷地说。俺爹让我拜您为师呢。

---

① 俄语谐音：好。

真正的大能人在这里呢,陈鼻指指袁腮,说。这人,上知天文,下知地理,五百年前的事他全知道,五百年后的事他知道一半。你应该拜他为师。

　　袁大哥也了不起,小表弟说,袁大哥在我们夏庄集上摆摊算卦,号称半仙。我大娘家的老母鸡丢了,袁大哥掐指一算,说,鸭走水沿,鸡走草边,草窝里去找吧。果不其然就在草窝里找到了。

　　陈鼻道:他岂止是会算卦?他会的本事多了去了。他随便教你一手,就够你吃喝一辈子。

　　五官道:磕头拜师!

　　不敢不敢。我干这些事,都是上不了台盘的,下九流的营生。你应该学你表哥,去当兵,当军官,或者考大学,上大学。这样你才能走上光明大道,成为上等之人。袁腮指指自己的鼻子,又指指陈鼻的鼻子,说,我,包括他,干的都不是堂堂正正的事业。我们是没有办法了才干这个,你年纪轻轻的,不要跟我们学。

　　小表弟固执地说:你们这才叫真本事呢,当兵,考大学,都算不上真本事。

　　陈鼻道:好,小兄弟,你有自己的想法,很好,到时候咱们一起干!

　　我问五官:王肝怎么没来?

　　五官说:他呀,肯定是跑到卫生院站岗去了。

　　这兄弟真是鬼迷心窍,陈鼻道,三匹马也拉不回转。

　　他家的宅子不对,袁腮神秘地说,大门口的位置不对,厕所的位置也不对。十几年前我就对你岳父说过,必须立即改门口,挪厕所,否则必出神经病!你岳父以为我咒他,提着鞭子要抽我。怎么着?应验了吧?他自己挂着根棍子,弯着腰,得空就往卫生院跑,去要死狗,装无赖,不是神经病是什么?王肝更好,地道一个农民,却长了一个小资产阶级的脑袋,被那满脸粉刺的小狮子迷得魂不附体,基本上也是神经病。

我说:好了,各位亲朋,不听袁腮胡咧咧,入席,入席吧。

袁腮道:咱们公社大院的风水也不好,从古到今,衙门口,朝南开,可咱们公社,大门口朝北开,正对着大门口的,就是屠宰组,整天白刀子进红刀子出,血肉模糊,煞气太重。我去公社反映,他们说我搞封建迷信,差点将我扣起来。现在怎么着?老书记秦山得了偏瘫,他弟弟秦河,是老牌的神经病。新来了一个邱书记,带着十几个人去南方考察,出了车祸,死的死,伤的伤,几乎全军覆没。风水是大事,不怕你硬,再硬你也硬不过皇上吧?皇上也得讲风水……

入席!我说着,同时拍了袁腮一把,道:大师,风水很重要,吃饭喝酒也很重要。

公社大门口要是不改,接下来还得出神经病,还得出大事,袁腮道,不信咱就走着瞧!

五

王肝单恋小狮子,做出了许多古怪的事,成为人们茶余饭后的谈资,成为人们耻笑的对象。但我从不耻笑他,我心中充满对他的同情和敬重。我认为他是一个既生不逢时又生不逢地的天才,一个用情专一、如果机缘凑巧足可以谱写出传唱千古的爱情诗篇的情种。

当我们尚在孩提、对男女情事还处于懵懂状态时,王肝就情窦初开,爱上了小狮子。我记得多年前他那句感叹:小狮子真美丽啊!客观地讲,小狮子实在不美丽,甚至连好看都算不上。我姑姑曾试图把她介绍给我,我以她是王肝的梦中情人为借口婉拒。实际上我是看不上她。但她在王肝眼里是天下第一美人,说文雅点,这叫情人眼里出西施;说粗俗点,这叫王八瞅绿豆,看对眼了。

王肝将第一封写给小狮子的情书投进邮箱之后,心情非常激动,将我拉到河堤上,对我畅叙情怀。那是1970年夏天,我们刚从农业中学毕业。河里洪水滔滔,水面上漂浮着庄稼秸秆、动物尸体,有一只孤独的海鸥默默地飞行着。河边的稳水中,王仁美的父亲坐在那儿钓鱼。我们的师弟李手蹲在一边观看。

要不要告诉李手?

他是小孩子,不懂。

我们爬上了生在河堤半腰上那棵老柳树,并排坐在一根伸向河面的树杈上。树枝下垂到水中,在水面上激起一道道瞬息万变的波纹。

什么事?快说。

你先发誓,替我保守秘密。

好,我发誓,如果我泄露了王肝的秘密,就让我掉到河里淹死。

我今天……我终于将寄给她的信投进了邮筒……王肝脸色苍白,嘴唇颤抖着说。

给谁的信呀?这么庄严,是写给毛主席的么?

你想到哪里去了!王肝道,毛主席与我有什么关系?是写给她的,她!

她是谁呀?我着急地问。

你发过誓了,永不泄露我的秘密——

——永不泄露。

远在天边,近在眼前。

别卖关子了。

她,她啊……王肝双眼放射着奇异的光芒,心驰神往地说:她就是我的小狮子……

你给她写信干什么?要娶她做老婆吗?

功利,太功利了!王肝动情地说。狮子,我最亲爱的小狮子,我愿意用我年轻的生命全力以赴地热爱着的小狮子……我的亲人,最亲的人,请你原谅我,我已经在你的名字上吻了一百遍……

我感到身上一阵阵发冷,胳膊上爆出了一层鸡皮疙瘩。王肝显然是在背诵他的信,双手搂着树干,脸贴在粗糙的树皮上,眼睛里闪烁着泪花。

……自从我在小跑家第一次见到你之后,我就被你迷住了。从那一刻起,直到现在,直至永远,我这颗心,就全部属于你了。你如果想吃我的心,我就会毫不犹豫地扒给你……我迷恋你绯红的脸膛、生动的鼻头、娇嫩的双唇、蓬松的头发、亮晶晶的眼睛,迷恋你的声音,你的气味,你的笑容。你一笑,我就感到头晕目眩,恨不得跪在地上,抱住你的双腿,仰望你的笑脸……

王师傅将鱼竿猛地往后一抡,亮晶晶的钓线弹出一串串水珠,在阳光中闪烁,宛若珍珠。钓钩上挂着一只茶碗口大小、浅黄色的小鳖,猛地砸在河堤上。那只小鳖大概被摔晕了,仰面朝天,露出白色的肚腹,蹬崴着四只小爪,既可怜又可爱。

李手欢呼着:鳖!

小狮子,我最亲爱的人,我是一个农民的儿子,出身低贱,而你是妇科医生,吃商品粮,咱俩的社会地位相差悬殊,你对我,也许根本不屑一顾,也许读罢我的信后,会从你那可爱的小嘴里发出一声冷笑,然后把我的信撕成碎片;你或许,收到我的信后连看都不看就扔进垃圾篓里,但我还是要告诉你,亲爱的,最最亲爱的,只要你接受了我的爱,我就如同猛虎插上了翅膀,骏马配上了雕鞍,我就会获得无穷无尽的力量,就像打了一针小公鸡的血,精神抖擞,意气风发。面包会有的,牛奶会有的,我相信在你的鼓励下,我会改变自己的社会地位,成为一个吃商品粮的人,与你站在一起……

哎,你们俩在树上干什么?朗读小说吗?李手发现了我们,大声问。

……如果你不答应我,最亲爱的,我不会退却,不会放弃,我会默默地追随着你,你走到哪里,我就跟到哪里,我会跪在地上亲吻你的脚印,我会站在你窗前,注视着室内的灯光,从它亮起,到它熄灭,我要把自己变成一根蜡烛,为你燃烧,直至燃尽。最亲爱的,如果我为你吐血而死,你如果能开恩,到我坟头前看一眼,我就心满意足了。如果你能为我流出一滴眼泪,我就死而无憾了,你的眼泪,最亲爱的,就是让我起死回生的灵丹妙药……

我胳膊上的鸡皮疙瘩消失了。我的心,渐渐被他的痴情朗诵所感动。想不到他竟会爱上小狮子而且爱得如痴如醉,想不到他竟然有这么好的文采,竟然能把一封情书写得如泣如诉。也就是在那一刻,我感到青春的大门对着我隆隆敞开了,王肝是我的引路人。虽然那时我不懂爱情,但爱情的灿烂光华,吸引着我奋不顾身地扑上前去,犹如投向烈火的飞蛾。

你这样爱她,她也一定会爱你的,我说。

真的吗?他紧紧地抓住我的手,眼睛闪烁着光芒,说,她真的会爱我吗?

会的,一定会的,我用力回握着他的手说,如果实在不行,我替你找我姑姑去说媒,她最听我姑姑的话。

不要,千万不要,他说,我不希望借助任何人的力量。强扭的瓜不甜。我要用我坚持不懈的努力,赢得她的心。

李手仰着脸问我们:你们俩在上边搞什么鬼名堂?

王师傅抓起一把泥,对着我们投上来:别吵吵! 把鱼都给我吓跑了!

从河的下游,驶上来一艘漆成红蓝双色的铁皮机动船。船上的机器发出急促的"波波"声响,让人感到一种莫名的焦灼和恐慌。河水湍急,船逆流而上,行进迟缓。船头激起很大的白浪花,两道田塍般的细浪,从船体两侧分开,然后又渐渐合拢。河面上浮动着淡蓝色的烟雾,一股燃烧柴油的气味,扩散至我们唇边。十几只灰色的海鸥跟随着小船盘旋飞翔。

这是公社计划生育小组的专用船,也是姑姑的专用船,当然,小狮子也在船上。为了防止汛期石桥淹没、两岸交通隔断时发生违规怀孕以及其他料想不到的问题,为了保持我们公社不发生一起超计划生育,为了这面计生战线上鲜艳的旗帜,县里特意为姑姑配备了这艘船。船上有一个小小的舱,舱里有两排覆着人造皮革的座位,船尾装着一台12马力的柴油机,船头安装着两个高音喇叭。喇叭里播放着一首歌颂毛主席的歌曲。那是一首湖南民歌,旋律优美,悦耳动听。船头拐了一个弯,向我们村子靠拢。音乐声突然停止。片刻寂静,机器声愈加刺耳。突然,响起了姑姑嘶哑的声音:伟大领袖毛主席教导我们,人类要控制自己,做到有计划的增长……

从姑姑的船在我们视线里出现那一刻开始,王肝便不言语了。我看到他的身体在颤抖。他半张着嘴,湿漉漉的眼睛紧盯着船。越过中流的瞬间,船体倾斜,王肝嘴里发出惊呼,身体紧张,仿佛随时要跳下河去。船在上流缓水中调过头,轻快地向我们驶过来。柴油机的鸣叫声平稳而均匀。姑姑来了。小狮子来了。

驾驶机动船的是那个我们都熟悉的人——秦河。"文革"后期,他哥恢复了公社书记职务。有一个在集市上乞讨的弟弟,不管他的乞讨方式是如何高雅,也让书记脸上无光。据说兄弟俩进行了谈判,秦河提出了一个古怪的要求:安排我到公社卫生院妇科工作。——你是个男人,如何到妇科工作?——有很多妇科医生都是男人。——你不懂医术。——我为什么要懂医术?——就这样,他成了这艘计划生育工作船的专职驾驶员。在日后的漫长岁月里,这个人一直跟随着姑姑,有船可开的日子里他开船,无船可开的日子里,他坐在船上发呆。

他的头发依然中分着,像那些电影里常见的五四青年。盛夏的天气,他依然穿着那身厚华达呢的蓝色学生制服,口袋里依然插着两支笔——一支钢笔一支双色圆珠笔——他的脸色似乎比我上次见时黑了一些。他手握方向盘,让船体慢慢地向河边靠拢,向这棵歪脖子老柳树靠拢。柴油机转速减缓,高音喇叭里放出的声音更加高亢,震动得我们的耳膜嗡嗡作响。

在歪脖子柳树西侧,有一个根据公社指示、专为停泊计生船而搭建的临时码头。四根粗大的木头立在水中,木头上用铁丝绑着横木,横木上敷着木板。秦河用绳子固定好船只,站在船头上。机器声停止,喇叭声停止。我们重新听到了河水的喧哗与海鸥的尖叫。

第一个从船舱中钻出的是姑姑。船体摇摆,她的身体摇晃,秦河伸出一只手,想去扶持她,但被她拨开了。姑姑纵身一跳,上了木码头。她的身体虽已发福,但行动依然矫健。我看到姑姑额头上有一圈绷带,发出刺目的白光。

第二个从舱中钻出来的就是小狮子。她身体矮胖,背着一个巨大的药箱,显得身体更矮。她虽然比姑姑年轻许多,但动作比姑姑笨拙。就是她让王肝搂着树干、脸色苍白、眼睛里盈满泪水。

第三个从船舱里钻出来的是黄秋雅。几年不见,她的腰已佝偻,脑袋前探,双腿弯曲,动作迟缓。她站在船上,身体摇晃着,双手挥舞着,仿佛随时都会跌倒。看样子她也要上岸,但她的腿难以完成从船头到木码头的一跨。秦河冷冷地看着,不施援手。她弯腰,伸出两只手,像大猩猩一样,抓住木码头的边缘。这时,姑姑粗声粗气地说,老黄,你在船上待着吧。姑姑没有回头,继续发布命令:好好看着她,别让她跑了。

姑姑的命令显然是对秦河和黄秋雅二人而发,因为我看到秦河立即弯腰往舱中探看。这时,我听到了从船舱中传出一个女人低低的抽泣。

姑姑上了岸,大步流星,沿着河堤东去。小狮子一溜小跑,方能跟上姑姑的步伐。我看到了姑姑额头的血染红了绷带,她脸上肌肉僵硬,目光犀利,面部的表情坚毅,也似乎是凶狠。当然,王肝看不到我姑姑,他的目光追随着小狮子。他嘴角哆嗦不止,口里念念有词。我有点可怜他,但更多的是感动,那时我远不能理解,一个男人,爱上一个女人,竟然会神魂颠倒成那般模样。

事后我们知道,姑姑的头,是在那个解放前出过很多土匪、民风凶悍的东风村,被一个已经生了三个女孩、妻子又怀了四胎的男人用棍子打破的。此人姓张名拳,生着两只牛眼,家庭出身好,是村子里无人敢惹的强汉。东风村所有育龄妇女,生过二胎的,如果有男孩,大都已结扎,如果二胎都是女孩的,姑姑说她们充分考虑到了农村的实际情况,不强行结扎,但必须戴环。生过三胎的,即便三胎全是女孩,也必须结扎。全公社五十多个村庄,只有这张拳的老婆,既不结扎,也不放环,而且还怀了孕。姑姑她们冒着大雨,驾船至东风村,就是要把这张拳之妻,动员到卫生院做人工流产手术。姑姑的船还在途中时,公社党委书记秦山就打电话给东风村的支部书记张金牙,下达了死命令,让他动员一切力量,可以动用一切手段,把张拳妻弄到公社流产。姑姑说那张拳手持一根带刺的槐木棍子,把守门户,两眼通红,疯狂叫嚣。张金牙和村里的民兵远远地围着,但无人敢近前。那三个女孩,都跪在门口,用仿佛事先编好的词儿,一把鼻涕一把泪水,齐声哭喊着:好心的大爷大叔、大娘大婶子、大哥大姐姐们——饶了俺娘吧——俺娘有严重的风湿性心脏病——一做人流——非死不可——俺娘一死,俺们就成了没娘的孩子啦——姑姑说,张拳导演的苦肉计效果很好,围观的女人们,有许多流了眼泪。当然也有许多不服气的。那些生了二胎就被放环的、那些生了三胎就被结扎的,都为张拳家怀了四胎而愤愤不平。姑姑说,一碗水必须端平,如果让张拳家的第四胎生出来,我会被那些老娘们儿活剥了皮!如果让张拳家得逞,红旗落地事小,计划生育工作无法进行是大事。姑姑说,所以我,一挥手,带着小狮子和黄秋雅对着张拳走过去。小狮子这孩子,有胆有识,对我忠诚,冲上前去,要替我挡棍子,被我拨拉到身后。黄秋雅,资产阶级知识分子,搞点技术还可以,真到了刺刀见红的关口,骨头都吓酥了。姑姑对着张拳,大踏步前进。他骂我的话,那可是太难听了,姑姑说,对你们重复,脏了你们的耳朵,也脏了我的嘴。当时我心硬如铁,将个人的安危置之度外。张拳,随你骂吧,婊子,母狗,杀人魔王,这些侮辱性的称号,我照单全收,但是,你老婆必须跟我走。去哪里?公社卫生院。

姑姑直视着张拳那张狰狞的脸,一步步逼近。那三个女孩哭叫着扑上来,嘴里都是脏话,两个小的,每人抱住姑姑一条腿;那个大的,用脑袋碰撞姑姑的肚子。姑姑挣扎着,但那三个女孩像水蛭一样附在她的身上。姑姑感到膝盖一阵刺痛,知道是被那女孩咬了。肚子又被撞了一头,姑姑朝后跌倒,仰面朝天。小狮子抓住大女孩的脖子,把她甩到一边去,但那女孩随即扑到她身上,依然是用脑袋撞她的肚子。小狮子腰带上的铁环扣碰到女孩的鼻子,鼻子破了,流血,女孩把脸一抹,恐怖与悲壮并生。张拳加倍疯狂,冲上来要对小狮子下狠手,姑姑一跃而起,纵身上前,插在小狮子与张拳之间,姑姑的额头,替小狮子承受了一棍。姑姑再次跌倒。小狮子大喊:你们都是死人吗?张金牙带着民兵一拥而上,将张拳按倒在地,反剪了双臂。那三个女孩还想反动,也被村里的妇女干部一一按住。小狮子和黄秋雅打开药箱为姑姑包扎。一圈绷带,又一圈绷带。血从绷带里渗出。又一圈绷带。姑姑头晕耳鸣,眼冒金星星,视物皆血红。所有的人脸都像公鸡冠子一样,连树都是红的,像一团团扭曲向上的火焰。秦河闻讯从河边过来。一看姑姑受伤,他顿时成了木头人,片刻,哇的一声,喷出一口鲜血。众人上前扶持,他分拨开,醉汉似的,摇晃着上前,捡起那根沾着姑姑血的棍子,朝向张拳的脑袋抡去!——住手!姑姑大喊。姑姑挣扎着站起来,呵斥秦河,你不在河边看护船只,跑到这里来干什么?!添乱!秦河满脸尴尬,丢下棍子,往河边走去。

　　姑姑推开扶持她的小狮子,走到张拳面前——这时,秦河放声大哭,一步步往河边走——姑姑连头都没回,目光直逼张拳。张拳嘴里还是嘟嘟地骂,但目光里已显出怯懦。姑姑对拧着他的胳膊的民兵说:放开他!民兵有些犹豫,姑姑又重复了一遍:放开他!

　　把棍子给他! 姑姑说。

　　一位民兵拖过棍子,扔到张拳面前。

　　姑姑冷笑着说:捡起棍子来!

张拳嘟哝着:谁要敢绝我张拳的后,我就跟谁拼命!

好!姑姑说,算你有种!姑姑指着自己的头,说:往这里打!打呀!姑姑往前跳了两步,高声叫道:我万心,今天也豁出这条命了!想当年,小日本用刺刀逼着我,姑奶奶都没怕,今天还怕你不成?

张金牙上前,搡了张拳一把,道:还不给万主任道歉!

我不用他道歉!姑姑说,计划生育是国家大事,人口不控制,粮食不够吃,衣服不够穿,教育搞不好,人口质量难提高,国家难富强。我万心为国家的计划生育事业,献出这条命,也是值得的。

小狮子道:张金牙,你赶快去打电话,让公安局派人来!

张金牙踢了张拳一脚,道:跪下,给万主任赔罪!

不必!姑姑说,张拳,就凭你打我这一棍,可以判你三年!但我不跟你一般见识,愿意放你一马。现在,摆在你面前有两条路,一条是,让你老婆乖乖地跟我们走,去卫生院,做人流,我亲自上台给她做,保她安全;一条是,送你去公安局,按罪论处;你老婆愿意跟我去最好,不愿意去——姑姑指指张金牙和众民兵——你们负责把她弄去!

张拳蹲在地上,双手抱着头,呜呜地哭着说:我张拳,三代单传,到了我这一代,难道非绝了不可?老天爷,你睁睁眼吧……

这时,张拳的老婆哭着从院子里出来。她头上顶着乱草,显然是在草垛里躲藏过。她说:万主任,开恩吧,饶了他吧,俺跟你走……

姑姑和小狮子,沿着我们村后河堤向东,应该是去大队部找干部了解情况吧,但就在她们走下河堤,进入通向大队部那条胡同时,船舱里那个女人——张拳的老婆——钻出来,纵身跳入河中。秦河跟着跳下去,但他不识水性,跳下去立即沉了底,好不容易冒出头,接着又沉下去。黄秋雅尖声高叫:救命啊……救命……

我们在树上,看到姑姑与小狮子从胡同里折返回来,跑上河堤。

王肝从树上纵身一跃,动作潇洒,如鱼入水。我们在河边长大,学会走路的同时就学会了游泳。这棵歪脖子柳树,好像是专为我们练习跳水而生。我希望小狮子看见了王肝那潇洒一跃。我紧随着王肝跃进水中。李手也从河边跳下水。我们应该先去救那孕妇,但那孕妇不见踪影。秦河这可怜虫就在我们面前,他身体翻腾着,宛如一根滚油锅里的油条。王师傅大声提醒我们:抓他的头发!避开他的手!

王肝游到他的身后,伸手抓住了他的大分头。他的头发真好啊,王肝事后对我说,像马鬃一样。

王肝的水性,是我们当中最好的,他可以双手举着衣服横渡河流,到对岸后衣服上不沾一个水点。在梦中情人面前展露泳技,这是个多么难得的机会啊!我和李手一左一右护卫着他,直到他将秦河拖到水边。

姑姑和小狮子跑到。

姑姑恼怒地问:这个呆子,跳下去想干什么?

秦河趴在河边,哇哇地往河里吐水。

黄秋雅哭着说:是张拳的老婆跳了河,他跳下去救。

姑姑脸色大变,目光投向河面:她在哪里?她在哪里?

跳下去就没了影子……黄秋雅道。

我不是让你好好看着她吗?姑姑跳上船,懊恼地说,你简直是个死人!你要负责任!开船,开船!

小狮子手忙脚乱地发动机器,但怎么也打不着火。

姑姑大叫:秦河!赶快来发动机器!

秦河抖抖颤颤地站起来,弯着腰,喷出一腔水,又扑地跪倒。

小跑,王肝!你们快帮着救人啊!姑姑大喊着,我重赏你们。

我们把目光投向水面,仔细搜索着。

河面宽阔,浊流滚滚。水面上漂浮着大团的泡沫和乱草。这时,李手指着在河边缓流中慢慢向前漂动的一块西瓜皮,说:看那里。

那西瓜皮顺水漂流,但不时脱离水面,露出女人的脖颈和乱发。

姑姑一屁股坐在船舷中,长舒了一口气,然后哈哈大笑起来。

我们正准备跃入水中救人,姑姑大喊:别急!

姑姑问小狮子:你会凫水吗?

小狮子摇头。

看来要做一个称职的计划生育工作者,不仅要学会挨打,还要学会凫水。姑姑笑指着那块沉浮的西瓜皮,道:你看看,她凫得多好啊,她把当年游击队员对付日本鬼子的办法都用上了啊!

秦河弓着腰爬上船。他浑身滴水,大分头如一团乱草。脸色灰白,嘴唇乌青。

姑姑下令:开船。

秦河用摇把子摇着了柴油机。他可能头晕,身体不稳,干呕几声,吐出一摊泡沫。

我们帮他解开拴在码头上的绳子。姑姑说:你们上船!

我可以想象王肝的激动,坐在船舷上,他的身体紧挨着小狮子。我看到他的双手放在膝盖上,十根手指神经质地颤动着。隔着那件因湿而贴在身上的汗衫,我清楚地看到他的心脏在跳动,好像一只被关在笼中的野兔,碰撞着栅栏。他的身体僵硬,一丝儿也不敢动。那个胖姑娘小狮子,浑然不觉,只顾盯着那块漂浮在前方的西瓜皮。

秦河将船头往外一别,船沿着近堤的缓流前行,机器声平缓。李手站在他身边,观察着他的动作,好像一个学徒。

姑姑说:慢慢地开,对,再慢点。

船头距离那块西瓜皮大约五米时。柴油机油门降到了再小就要熄火的程度。这时我们已清楚地看到了西瓜皮遮掩下的那孕妇的头颅。

真是好水性,姑姑说,怀孕五个月了还能游得这样好。

姑姑命令小狮子进舱去放广播。小狮子应声立起,弯腰钻进船舱。王肝的身侧似乎出现了一片无边的虚空,他脸上的神情是那样痛苦与失落。他在想什么呢?他那封才华横溢的情书,小狮子是否收到了呢?

正在我胡思乱想时,船头上的高音喇叭突然响起来。尽管我知道喇叭要响,但听到这声音还是被吓了一跳。——伟大领袖毛主席教导我们:人口非控制不可——喇叭一响,那孕妇便掀开了西瓜皮,从浑水中露出头来。她惊恐地扭头回望,然后猛地潜入水中。——姑姑微笑着,示意秦河把船速再放慢点。姑姑低声道:我倒要看看,这东风村的女人,水性到底好到什么程度!——小狮子从船舱里钻出来,挤到船头,焦急地张望着。——真是天遂人愿啊,她丰满的身体又和王肝靠在了一起。我甚至都有点嫉妒王肝了。他瘦猴般的身体,紧贴着小狮子。那么胖的、那么瓷实的肉啊!我猜测着王肝的感受,他一定能感受到她身上的柔软和温热,一定能……想到这里时,我的心扑通扑通地跳。我为自己的肮脏念头感到无比的羞耻,慌忙把视线从他们身体上移开,把手插进裤兜,狠狠地拧着自己的大腿。

露头了!露头了!小狮子大叫着。

那孕妇在离船头五十米远处露出了水面。她回头望望,身体浮出水面,双臂搏水,速度极快,顺流而下。

姑姑对秦河做了一个手势。柴油机轰鸣,船速加快,逼近孕妇。

姑姑从裤兜里摸出一盒挤得瘪瘪的烟,剥开,抽出一支,叼在嘴上。又摸出一个打火机,扳动齿轮,呲嚓呲嚓地打火,终于打着。姑姑眯缝着眼睛，喷吐着烟雾。河上起了风，浊浪追逐前涌。我就不信，你还能游过一艘12马力的机动船。高音喇叭又放出歌颂毛主席的湖南民歌——浏阳河，拐过了九道弯，五十里水路到湘江——姑姑将烟头扔到水里，一只海鸥俯冲下来，叼起那烟头，腾空而去。

高音喇叭哑了，唱片到头了。小狮子转头看姑姑。姑姑说不用了。姑姑大喊：耿秀莲，你能一直游到东海吗？

那女人不回答，依然在奋力挥臂，但速度明显放慢。

我希望你放明白点，姑姑说，乖乖地上船，跟我们去把手术做了。

顽抗是死路一条！小狮子气汹汹地说，你即便能游到东海，我们也能跟到你东海！

那女人大声哭泣起来。她挥臂击水的动作更慢。一下比一下慢。

没劲了吧？小狮子笑着说。有本事你游啊，鱼狗扎猛子啊，青蛙打扑通啊……

此时，那女人的身体已在渐渐下沉，而且，空气中似乎散发着一股血腥味儿。姑姑探身观察着水面，大喊一声：不好！

快，超过她！姑姑命令秦河，接着命令我们跳下去，托住她！

王肝飞身入水，我与李手紧跟着。

秦河将船头斜了一下，从那女人身侧驶过去。

我和王肝靠近那女人。我伸手提住她的左臂，她的右臂就像章鱼的长腿一样抡过来，将我摁入水中。我喊叫着，猛地呛了一口水。是王肝揪住了她的头发，猛力往上提，是李手抓住她的肩膀，用力往上提，才使我露出水面。我眼前一阵昏黄，剧烈地咳嗽着。船在我们前面，秦河将油门减小。我的肩膀撞在了船上，那女人的身体也撞在了船上。姑姑她们从船舷边伸出手，有的扯住那女人的头发，有的拽着她的胳膊，我们在下边托着她的屁股托着她的腿，一阵乱七八糟吆喝,几股子合力,终于将那女人弄到了船上。

我们都看到了那女人腿上的血。

你们不用上船了,自己游上岸吧。姑姑对我们说罢,急火火地命令秦河:快,掉转船头,快,快!

尽管姑姑她们使用了最好的药,做了最大的努力,但耿秀莲还是死了。

六

部队领导向我出示了一份加急电报,说我的妻子王仁美怀了第二胎。领导严肃地告诉我,你是党员,干部,既然已经领了独生子女证,每月还领取独生子女补助费,为什么又让妻子怀了第二胎?我茫然无措。领导命令我:立即回去,坚决做掉!

我的突然出现,让家里人吃了一惊。两岁的女儿躲在奶奶背后,畏惧地看着我。

怎么冷不丁地就回来了呢?母亲心事重重地问我。

出差,顺便路过。

燕燕,这是你爸爸啊,快叫爸爸。母亲把女儿往前推,说:这孩子,你不回来,天天念叨着找爸爸,爸爸真回来了,倒怕了。

我伸出手,握着她的胳膊,试图抱她,她"哇"的一声哭了。

母亲长叹一声,道:天天担惊受怕,藏着掖着,这不,还是透了气了。

到底怎么回事?我恼火地问,她不是一直戴着环吗?

这事儿,母亲说,她显了形后才告诉我。头着你回来探亲,她就去找袁腮把环取出来了。

袁腮这个杂种!我恨恨地骂着,他不知道这是犯法吗?

你可千万别去告人家,母亲道,是仁美央求了人家许多次,后来又托了王胆去说情,他才给取的。

太危险了,我说,袁腮是个劁猪阉狗的,竟敢给人取环,万一弄出点事儿来怎么办?

好多人找他取呢,母亲压低了声音说,听你媳妇说,他技术好得很,用一根铁钩子,几下就钩出来了。

真是不要脸!我说。

你别多心,母亲看看我的脸色道,是王胆陪着她一起去的,取环时袁腮戴着口罩、墨镜、橡胶手套,那铁钩子先用酒精擦了,又用火燎了,保证无毒。你媳妇说,根本不用脱裤子,只把裤裆剪一个洞就行。

我不是那个意思。

跑儿啊,母亲忧伤地说,你大哥二哥都有儿子,唯你没有,这是娘的一块心病,我看,就让她生了吧。

我也愿意让她生,但谁能保证就是个男孩呢?

我看像个男孩,母亲说,我问燕燕,燕燕,你娘肚子里是个弟弟还是妹妹?燕燕说,弟弟!小儿语,灵验着呢。再说了,就是再生个女孩,燕燕长大后也有个依靠,一个女孩,万一有个三长两短,怎么办?我这么大年纪了,两眼一闭,啥都不知道了。我这是替你想呢!

娘啊,我说,部队有纪律,要是生了二胎,我就要被开除党籍,撤销职务,回家种地。我奋斗了这么多年才离开庄户地,为了多生一个孩子,把一切都抛弃,这值得吗?

母亲道:党籍、职务能比一个孩子珍贵?有人有世界,没有后人,即便你当的官再大,大到毛主席老大你老二,又有什么意思?

毛主席早去世了。我说。

我还不知道毛主席早去世了?母亲说,我是打个比方呢。

这时,大门声响。燕燕高叫着:娘,俺爸爸回来了。

我看着女儿挪动着小腿,跌跌撞撞地向王仁美奔去。我看到王仁美身穿着我当兵前穿过的那件灰夹克,肚子已经腆出。她臂弯挎着一个红布包袱,里边露出花花绿绿的布头。她弯腰抱起女儿,夸张地笑着说:哎哟小跑,你怎么回来了呢?

我怎么就不能回来呢?我没好气地说,你干的好事!

她的布满蝴蝶斑的脸变白了,转瞬又涨得通红,大声道:我做什么啦?我白天下地劳动,晚上回家带孩子,没干一丁点儿对不起你的事!

你还敢狡辩!我说,你为什么瞒着我去找袁腮?你为什么不告诉我?

叛徒,内奸!王仁美放下孩子,气哄哄地走进屋里,小凳子绊了她一下,她一脚将小凳子踢飞,骂道:是哪个丧了天良的告诉你的?

女儿在院子里大哭着。

母亲坐在灶边垂泪。

你不要吵,也不要骂,我说,乖乖地跟我去卫生院做了,啥事也没有。

你休想,王仁美把一面镜子摔在地上,大声喊叫着,孩子是我的,在我的肚子里,谁敢动他一根毫毛,我就吊死在谁家门槛上!

跑儿啊,咱不当那个党员啦,也不当那个干部啦,回家种地,不也挺好吗?现在也不是人民公社时期了,现在分田单干了,粮食多得吃不完,人也自由了,我看你就回来吧……

不行,坚决不行!

王仁美在屋子里翻箱倒柜,噼里啪啦地响。

这不是我一个人的事,我说,涉及我们单位的荣誉。

王仁美提着一个大包袱走出来。我拦住她,说:到哪里去?

你甭管!

我拉住她的包袱,不放她走。她从怀里摸出一把剪刀,对着自己的肚子,眼睛通红,尖利地叫着:你放开!

跑儿! 母亲尖叫着。

我自然清楚王仁美的脾气。

你走吧,我说,但你逃脱了今天,逃脱不了明天,无论如何,必须做掉!

她提着包袱,急匆匆地走了。女儿张着双手追她,跌倒在地。她不管不顾。

我跑出去,把女儿抱起来。女儿在我怀里打着挺儿,哭喊着找娘。我一时百感交集,眼泪夺眶而出。

母亲拄着拐杖,颤颤巍巍地走出来,说:儿啊,让她生了吧……要不,这日子就没法过了……

七

晚上,女儿哭叫着找娘,怎么哄都不行。母亲说,去她姥姥家看看吧。我抱着她去岳父家敲门。岳父隔着门缝说:万小跑,我女儿嫁到你家,就是你家的人,你跑到这里找什么人?要是我女儿出了事,我跟你没完。

我去找陈鼻,大门上挂着锁,院子里一团漆黑。我去找王肝,敲了半天门,一条小狗在大门内发疯般地叫。灯亮,门开,王脚拖着一根棍子站在当门,怒冲冲地问:找谁?

大叔,是我啊。

我知道是你,找谁?!

王肝呢?

死了!王脚说着,猛地关上了大门。

王肝当然没死。我想起,上次探亲时听母亲唠叨过,他被王脚赶出了家门,现在到处打溜儿,偶尔在村里露一下面,也不知住在哪儿。

女儿哭累了,在我怀里睡着了。我抱着她在大街上徜徉。心中郁闷,无以排解。两年前,村子里终于通了电,现在,在村委会后边那根高悬着两个高音喇叭的水泥杆上,又挂上了一盏路灯。电灯下摆着一张蓝色绒面的台球桌,几个年轻人,围在那里,大呼小叫地玩着。有一个五岁左右的男孩在离台球桌不远处的方凳上,手里摆弄着一个能发出简单音符的玩具电子琴。我从他的脸型上,判断出他是袁腮的儿子。

对面就是袁腮家新修建的宽敞大门。犹豫了片刻我决定去看看袁腮。一想到他为王仁美取环的情景我心里就感到很别扭。如果他是正儿八经的医生,那我无话可说,可他……妈的!

我的到来让他吃惊不小。他原本一个人坐在炕上自饮自酌。小炕桌上摆着一碟子花生米,一碟子罐头凤尾鱼,一大盘炒鸡蛋。他赤着脚从炕上跳下来,非要让我上炕与他对饮。他吩咐他的老婆加菜。他老婆也是我们的小学同学,脸上有一些浅白麻子,外号麻花儿。

小日子过得很滋润嘛!我坐在炕前凳子上说。麻花儿把我女儿接过去,说放到炕上去睡得踏实。我稍微推辞,便把女儿给了她。

麻花儿刷锅点火,说要煎一条带鱼给我们下酒。我制止,但油已在锅里滋啦啦地响,香味儿也扩散开来。

袁腮非要我脱鞋上炕,我以稍坐即走脱鞋麻烦为由拒绝。他力邀,无奈,只好侧身坐在炕沿上。

他给我倒了一杯酒,放在我的面前。伙计,你可是贵客,他说,当到什么级别了?营长还是团长?

屁,我说,小小连职。我抓起酒杯,一饮而尽,说:就是这也干不长了,马上就该回来种地了!

什么话?他自己也干了一杯,说:你是我们这拨同学里最有前途的,肖下唇和李手尽管都上了大学——肖上唇那老杂毛天天在大街上吹牛,说他儿子分配进了国务院——但他们都比不上你。肖下唇腮宽额窄,双耳尖耸,一副典型的衙役相;李手眉清目秀,但不担大福;你,鹤腿猿臂,凤眼龙睛,如果不是右眼下这颗泪痣,你是帝王之相。如果用激光把这痣烧掉,虽然不能入将入相,弄个师长旅长的干干是没有问题的。

住嘴吧,我说,你到集上唬别人倒也罢了,在我面前说这些干什么?

这是命相之学,老祖宗传下来的大学问,袁腮道。

少给我扯淡,我说,我今天是来找你算账的,你他妈的把我害苦了。

什么事?袁腮问,我没做对不起你的事啊!

谁让你偷偷给王仁美取了环?我压低声音说,现在可好,有人发电报告到部队,部队命令我回来给王仁美做人流,不做就撤我的职,开除我的党籍。现在,王仁美也跑了,你说我怎么办?

这是哪里的话？袁腮翻着白眼，摊开双手道，我什么时候给王仁美取环啦？我是个算命先生，排八字，推阴阳，测凶吉，看风水，这是我的专长。我一个大老爷们儿，给老娘们儿去取环？呸，你说的不嫌晦气，我听着都觉晦气。

别装了，我说，谁不知袁半仙是大能人？看风水算命是你的专业，劁猪阉狗外带给女人取环是你的副业。我不会去告你，但我要骂你。你给王仁美取环，怎么着也要跟我通个气啊！

冤枉，真是天大的冤枉！袁腮道，你去把王仁美叫来，我与她当面对证。

她跑没影了，我到哪里去找她？再说，她能承认吗？她能出卖你吗？

小跑，你这混蛋，袁腮道，你现在不是一般百姓，你是军官，说话要负责任的。你一口咬定我给你老婆取了环？谁来作证？你这是毁坏我的名誉，惹急了我要去告你。

好了，我说，归根结底，这事不能怨你。我来找你，是想让你帮我出出主意，情况就是这么个情况，你说我该怎么办？

袁腮闭上眼，掐着手指，口中念念有词。然后猛一睁眼，道：贤弟，大喜！

喜从何来？

尊夫人所怀胎儿，系前朝一个大名鼎鼎的贵人转世，因涉天机，不能泄露贵人姓名，但我送你四句话，牢记莫忘：此儿生来骨骼清，才高八斗学业成，名登金榜平常事，紫袍玉带显威荣！

你就编吧——我嘴上这样说，心里却感到一种莫名其妙的欣慰。是啊，假如真能生出这样一个儿子……

袁腮显然是看穿了我的心理。他似笑非笑地说：老兄，这是天意,不可违背啊!

我摇摇头,道:可只要让王仁美生了,我就完了。

有一句老话,叫做"天无绝人之路"。

快说。

你给部队拍个电报,说王仁美并没怀孕,是仇家诬告。

这就是你给我的锦囊妙计?我冷笑道,纸里能包住火吗?孩子生出来,要不要落户口?要不要上学?

老兄,你想那么远干什么?生出来就是胜利。咱这边管得严,外县,"黑孩子"多着呢,反正现在是单干,粮食有的是,先养着,有没有户口,都是中华人民共和国公民,我不信国家能取消了这些孩子的中国籍?

可一旦败露,我的前途不就完了吗?

那就没有办法了,袁腮道,甘蔗没有两头甜。

妈的,这个臭娘们儿,真是欠揍!我喝干杯中酒,撤身下炕,恨恨地说,我这辈子倒霉就倒在这娘们儿身上。

老兄,千万别这么说,我给你们推算了,王仁美是帮夫命,你的成功,全靠她的帮衬。

帮夫命?我冷笑道,毁夫命还差不多。

往最坏里想,袁腮道,让王仁美把这儿子生出来,你削职为民,回家种地,又有什么大不了的?二十年之后,你儿子飞黄腾达,你当老太爷,享清福,不是一样吗?

如果她事前与我商量,那就罢了,我说,但她用这种方式对付我,我咽不下这口气。

小跑,袁腮道,不管怎么说,王仁美肚里怀的是你的种,是刮是留,是你自己的事。

是的,这的确是我自己的事,我说,老兄,我也要提醒你,没有不透风的墙,你自己小心点儿!

我从麻花儿手中接过沉睡的女儿,走出袁家的大门。我回头向麻花儿告别的时候,她悄悄地对我说:兄弟,让她生了吧,躲出去生,我帮你联系个地方。

这时,一辆吉普车停在袁家门外,从车上跳下两个警察,虎虎地闯进大门。麻花儿伸手阻拦,警察推开她,飞扑入室。室内传来劈里啪啦的声响和袁腮的大声喊叫。几分钟之后,袁腮趿拉着鞋子,双手被铐,在两个警察的挟持下,从堂屋里走出来。

你们凭什么抓我?凭什么?袁腮歪着头质问警察。

别吵了,一位警察道,为什么抓你,难道你自己还不知道吗?

袁腮对我说:小跑,你要去保我啊!我没干任何犯法的事。

这时,从车内又跳下一个胖大的妇人。

姑姑?!

姑姑摘下口罩,冷冷地对我说:你明天到卫生院去找我!

八

姑姑,要不就让她生了吧,我沮丧地说,党籍我不要了,职务我也不要了……

姑姑猛拍桌子,震得我面前水杯中的水溅了出来。

你太没出息了!小跑!姑姑说,这不是你一个人的事!我们公社,连续三年没有一例超计划生育,难道你要给我们破例?

可她寻死觅活,我为难地说,真要弄出点事来可怎么办?

姑姑冷冷地说:你知道我们的土政策是怎么规定的吗?——喝毒药不夺瓶!想上吊给根绳!

这也太野蛮了!

我们愿意野蛮吗?在你们部队,用不着这样野蛮;在城市里,用不着这样野蛮;在外国,更用不着野蛮——那些洋女人们,只想自己玩耍享受,国家鼓励着奖赏着都不生——可我们是中国的农村,面对着的是农民,苦口婆心讲道理,讲政策,鞋底跑穿了,嘴唇磨薄了,哪个听你的?你说怎么办?人口不控制不行,国家的命令不执行不行,上级的指标不完成不行,你说我们怎么办?搞计划生育的人,白天被人戳着脊梁骨骂,晚上走夜路被人砸黑砖头,连五岁的小孩,都用锥子扎我的腿——姑姑一撩裤脚,露出腿肚子上一个紫色的疤痕——看到了吧?这是不久前被东风村一个斜眼小杂种扎的!你还记得张拳老婆那事吧?——我点点头,回忆着十几年前在滔滔大河上发生的往事——明明是她自己跳了河,是我们把她从河中捞上来。可张拳,包括那村里的人,都说是我们把那耿秀莲推到河中淹死的,他们还联名写信,按了血手印,一直告到国务院,上边追查下来,无奈何,只好让黄秋雅当了替死鬼。——姑姑点上一支烟,狠狠地抽着,烟雾笼罩着她悲苦的脸。姑姑真是老了,嘴角上两道竖纹直达下巴,眼下垂着泪袋,目光混浊——为了抢救耿秀莲,我们费了九牛二虎之力,我还为她抽了500cc鲜血。她有先天性心脏病。没有办法,赔了张拳一千元钱,那时的一千元,可不是个小数目。张拳拿了钱还不依不饶,用地板车拉着他老婆的尸体,带着三个披麻戴孝的女儿,跑到县委大院里去闹。正好被下来视察计划生育工作的省里领导遇上。公安局开着一辆破吉普车,把我和黄秋雅、小狮子带到了县招待所。那些警察板着脸,粗言恶语,连推带搡,完全把我们当成了罪犯。县里领导跟我谈话,我脖子一拧,说,我不跟你谈,我要跟省领导谈。我闯进了那领导的房间。他正坐在沙发上看报纸。我一看,这不是杨林嘛!当了副省长,保养得细皮嫩肉。我气不打一处来,话像机关枪开火,嘟嘟嘟嘟。你们在上边下一个指示,我们在下边就要跑断腿,磨破嘴。你们要我们讲文明,讲政策,做通群众的思想工作……你们是站着说话不腰痛,不生孩子不知道屄痛!你们自己下来试试。我们出力、卖命、挨骂、挨打、皮开肉绽、头破血流,发生一点事故,领导不但不为我们撑腰,反而站在那些刁民泼妇一边!你们寒了我们的心!——姑姑有些自豪地道——别人见了当官的不敢说话,老娘可不管那一套!我是越见了当官的口才越好——也不是我口才好,是我肚子里积攒的苦水太多了。我一边说,一边哭,一边把头上的伤疤指给他看。张拳一棍打破了我的头,算不算犯法?我们跳到河里救她,我为她献血500cc,算不算仁至义尽?——姑姑道,我放声大哭,说,你们把我送到劳改队吧,把我关到监狱里去吧,反正我不干了。——那杨林被我说得眼泪汪汪,站起来给我倒水,到卫生间给我拧热毛巾,说:基层的工作的确难干,毛主席说,"严重的问题是教育农民",小万同志,你受委屈了,我了解你,县里的领导也了解你,我们对你的评价很高。他过来靠着我坐下,问我,小万同志,愿不愿跟我去省里工作?——我当然明白他的意思,但我一想到他在批斗大会上的胡言乱语,我的心就凉了。——我坚决地说:不,我不去,这里的工作离不开我。他遗憾地摇摇头,说:那就到县医院工作吧!我说:不,我哪里也不去。——姑姑道,也许,我真应该跟他走,一拍屁股走了,眼不见,心不烦,谁愿意生谁就敞开屁股生吧,生他二十亿,三十亿,天塌下来有高个子顶着。我操这些心干什么?姑姑这辈子,吃亏就吃在太听话了,太革命了,太忠心了,太认真了。

您现在觉悟也不晚,我说。

呸!姑姑怒道,你这是什么话?什么"觉悟"!姑姑是当着你,自家人,说两句气话,发几句牢骚。姑姑是忠心耿耿的共产党员,"文化大革命"时受了那么多罪都没有动摇,何况现在!计划生育不搞不行,如果放开了生,一年就是三千万,十年就是三个亿,再过五十年,地球都要被中国人给压扁啦。所以,必须不惜一切代价把出生率降低,这也是中国人为全人类做贡献!

姑姑,我说,大道理我明白,可眼下的问题是,王仁美跑了……

跑了和尚跑不了庙!姑姑说,她能跑到哪里去?她就在你岳父家藏着!

王仁美有点二杆子,把她逼急了,我真怕她出事……

这你放心,姑姑胸有成竹地说,我跟这帮老娘们儿打了几十年的交道了,摸透了她们的脾性。像你媳妇这种咋咋呼呼,动不动就要寻死觅活的,反倒没有事,放心,她舍不得死!倒是那种蔫儿咕唧的,不言不语的,没准真能上吊跳井喝毒药。我搞计划生育十几年了,那些自杀的女人,都是为了别的事。这点你尽管放心。

那您说怎么办?我为难地说,总不能像捆猪一样硬把她捆到医院里去吧?

实在不行,就得来硬的,尤其是对你媳妇,姑姑说,谁让你是我侄子呢?如果我放了她,怎么能服众?我一张口人家会用这事堵我的嘴。

事到如今,也只好听您的了,我说。要不要部队来人配合一下?

我已经给你们单位发了电报。

第一封电报也是您发的吗?

是我。姑姑说。

您既然早知道王仁美怀孕,为什么不早做处理?

我去县里开了两个月会,回来才知道的。姑姑怒道:袁腮这个杂种,净给我添麻烦,幸亏有人举报,要不,接下来麻烦更大。

会判他的刑吗?

依着我应该毙了他!姑姑愤怒地说。

他大概不光给王仁美一个人取了环。

情况我们全部掌握了,你媳妇,王家屯王七的老婆,孙家庄子小金牛的老婆,还有陈鼻的老婆王胆,她的月份最大。外县的还有十几个,那我们就管不了啦。先拿你媳妇开刀,然后一个个收拾,谁也别想逃脱。

如果他们外逃呢?

姑姑冷笑道:孙悟空本事再大,也逃不出如来佛的掌心!

我说:姑姑,我是军官,王仁美该流,但王胆和陈鼻都是农民,他们第一胎是女孩,按政策可生第二胎。王胆那样子,怀上个孩子也不容易……

姑姑打断我的话,嘲讽道:自家的事还没解决完,反倒帮别人家讲起情来了!按政策他们是可以生二胎,但要等第一个孩子八岁之后,他们家陈耳才几岁?

不就是早生几年吗?我说。

你说得轻巧!早生几年,如果都早生几年呢?这个例子可是不能开,一开就乱了套了,姑姑严肃地说。别管人家了,想想自己的事吧。

九

姑姑带领着一个阵容庞大的计划生育特别工作队,开进了我们村庄。姑姑是队长,公社武装部副部长是副队长。队员有小狮子,还有六个身强力壮的民兵。工作队有一台安装了高音喇叭的面包车,还有一台马力巨大的链轨拖拉机。

在工作队没有进村之前,我又一次敲响了岳父家的大门。这次岳父开恩放我进去。

您也是在部队干过的人,我对岳父说,军令如山倒,硬抗是不行的。

岳父抽着烟,闷了好久,说:既然知道不让生,为什么还要让她怀上?这么大月份了,怎么流?出了人命怎么办?我可就这么一个闺女!

这事儿根本不怨我,我辩解着。

不怨你怨谁?

如果要怨,就怨袁腮那杂种,我说,公安局已经把他抓走了。

反正我女儿要是有个三长两短,我就豁出这条老命跟你拼了。

我姑姑说没事的,我说,她说七个月的她们都做过。

你姑姑不是人,是妖魔!岳母跳出来说,这些年来,她糟蹋了多少性命啊?她的双手上沾满了鲜血,她死后要被阎王爷千刀万剐!

你说这些干什么?岳父道,这是男人的事。

怎么会是男人的事?岳母尖声嚷叫着,明明要把俺闺女往鬼门关上推,还说是男人的事。

我说:娘,我不跟您吵,您让仁美出来,我有话跟她说。

你到哪里找仁美？岳母道,她是你们家的媳妇,在你们家住着。莫不是你把她害了？我还要找你要人呢!

仁美,你听着,我大声喊叫,我昨天去跟姑姑商量了,我说我党籍不要了,职务也不要了,回家来种地,让你把孩子生下来。但姑姑说,那也不行。袁腮的事,已经惊动了省里,县里给姑姑下了死命令,你们这几个非法怀孕的,必须全部做掉……

就不做!这是什么社会!岳母端起一盆脏水对着我泼来,骂着,让你姑那个骚货来吧,我跟她拼个鱼死网破!她自己不能生,看着别人生就生气,嫉妒。

我带着满身脏水,狼狈而退。

工作队的车,停在我岳父家门前。村里人凡是能走路的几乎全都来了。连得了风瘫、口眼歪斜的肖上唇,也拄着拐棍来啦。大喇叭里,传出慷慨激昂的声音:计划生育是头等大事,事关国家前途、民族未来……建设四个现代化的强国,必须千方百计控制人口,提高人口质量……那些非法怀孕的人,不要心存侥幸,妄图蒙混过关……人民群众的眼睛是雪亮的,哪怕你藏在地洞里,藏在密林中,也休想逃脱……那些围攻、殴打计划生育工作人员者,将以现行反革命论处……那些以种种手段破坏计划生育者,必将受到党纪国法的严厉惩处……

姑姑在前,公社人武部副部长和小狮子在她身后卫护。我岳父家大门紧闭,大门上的对联写着:江山千古秀,祖国万年春。姑姑回头对众多围观者道:不搞计划生育,江山要变色,祖国要垮台!哪里去找千古秀?!哪里去找万年春?!姑姑拍着门环,用她那特有的嘶哑嗓子喊叫:王仁美,你躲在猪圈旁边的地瓜窖子里,以为我不知道吗?你的事已经惊动了县委,惊动了军队,你是一个坏典型。现在,摆在你面前的只有两条道路,一条是乖乖地爬出来,跟我去卫生院做引产手术,考虑到你怀孕月份较大,为了你的安全,我们也可以陪你到县医院,让最好的大夫为你做;另一条呢,那就是你顽抗到底,我们用拖拉机,先把你娘家四邻的房子拉倒,然后再把你娘家的房子拉倒。邻居家的一切损失,均由你爹负担。即便这样,你还是要做人流,对别人,我也许客气点,对你,我们就不客气啦!王仁美你听清楚了吗?王金山、吴秀枝你们听清楚了吗?——姑姑提着我岳父岳母的名字喊。

大门内长时间鸦雀无声,然后是一只未成年的小公鸡尖声啼鸣。接着是我岳母哭着叫骂:万心,你这个黑了心肝、没了人味的魔鬼……你不得好死……你死后要上刀山,下油锅,剥皮挖眼点天灯……

姑姑冷笑着,对着人武部副部长说:开始吧!

人武部副部长指挥着民兵,拖着长长的、粗大的钢丝绳,先把我岳父家东邻大门口的一棵老槐树拦腰拴住。肖上唇挂着棍子,从人群中蹦出来,嘴里发出呜呜噜噜的叫声:……这是……俺家的树……他试图用手中的棍子去打我姑姑,但一抡起棍子,身体就失去平衡。——姑姑冷冷地说:原来这是你家的树?对不起了,怨你没有结着好邻居!

你们是土匪……你们是国民党的连环保甲……

国民党骂我们是"共匪",姑姑冷笑着说,你骂我们是土匪,可见你连国民党都不如。

我要去告你们……我儿子在国务院工作……

告去吧,告得越高越好!

肖上唇扔掉拐棍,双手搂着那棵槐树,哭着说:……你们不能拔我的树……袁腮说过……这棵树连着我家的命脉……这棵树旺,我家的日子就旺……

姑姑笑道：袁腮也没算算,他啥时候被公安局捉走?

你们除非先把我杀了……肖上唇哭喊着。

肖上唇！姑姑声色俱厉地说,你"文化大革命"时打人整人时那股子凶劲儿哪里去了?怎么像个老娘们儿似的哭哭啼啼！

……我知道……你这是假公济私……报复我……你侄媳妇偷生怀孕……凭什么拔我的树……

不但要拔你的树,姑姑说,拔完了树就拉倒你家的大门楼,然后再拉倒你家的大瓦房,你在这里哭也没用,你应该去找王金山！——姑姑从小狮子手中接过一个扩音喇叭,对着人群喊：王金山家的左邻右舍都听着！根据公社计划生育委员会的特殊规定,王金山藏匿非法怀孕女儿,顽抗政府,辱骂工作人员,现决定先推倒他家四邻的房屋,你们的所有损失,概由王金山家承担。如果你们不想房屋被毁,就请立即劝说王金山,让他把女儿交出来。

我岳父家的邻居们吵成一锅粥。

姑姑对人武部副部长说：执行！

链轨拖拉机机器轰鸣,震动得脚底下的土地都在颤动。

钢铁的庞然大物隆隆前行,钢丝绳一点点被抽紧,发出嗡嗡的声响。那棵大槐树的枝叶也在索索地抖动。

肖上唇连滚带爬地冲到我岳父家大门前,发疯般地敲着大门：王金山,我操你祖宗！你祸害四邻,不得好死！

情急之中,他含混不清的口齿竟然变得清楚起来。

我岳父家大门紧闭,院子里只有我岳母撕肝裂肺般的哭嚎。

姑姑对着人武部副部长,举起右手,猛地劈下去！

加大马力！人武部副部长对拖拉机手吼着。

链轨拖拉机发出一阵震动耳鼓的轰鸣,钢丝绳绷成一条直线,嗡嗡地响,绷紧,绷得更紧,绳扣煞进了大槐树的皮,渗出汁液,拖拉机缓慢前行,一寸一寸地前行,车头上方的铁皮烟筒里,喷吐出圈圈套叠的蓝色烟圈。拖拉机手一边开车一边回头观望,他穿着一件洗得干干净净的蓝帆布工作服,脖子上系着一条洁白的毛巾,头上歪戴着一顶鸭舌帽,上牙咬着下唇,唇上生着黑色的小胡子,是个很精干的小伙子……大树倾斜了,发出咯咯吱吱的声音,很痛苦的声音。钢丝绳已经深深地煞进树干,剥去了一块树皮,露出了里边白色的纤维。

王金山你他妈的出来啊……肖上唇用拳头擂门,用膝盖顶门,用头撞门,我岳父家鸦雀无声,连我岳母的哭嚎声都没了。

大树倾斜了。更倾斜了,繁茂的树冠哗啦啦响着触到了地面。

肖上唇跌跌撞撞,到了树边:我的树啊……我家的命运树啊……

大树的根活动了,地面裂开了纹。

肖上唇挣扎着回到我岳父家大门前:王金山,你这个王八蛋!我们老邻居,几十年处得不错啊,还差点成了亲家啊,你就这样毁我啊……

大树的根从地下露出来,浅黄色的根,像大蟒蛇……拖出来了,嘎嘎吱吱地响,有的树根折断了,越拖越长,好多条大蟒蛇一样的树根……树冠扑在地上,像一把巨大的扫帚,逆着行进,细小的树枝频频折断,地下升起一些尘土。众人搧动鼻孔,嗅到了新鲜泥土的气味和树汁的气味……

王金山,我他妈的撞死在你家门前了……肖上唇一头撞在我岳父家大门上,没有响声,不是没发出声响而是声响被拖拉机的轰鸣淹没了。

那棵大槐树被拖离了肖家大门口几十米远,地面上留下一个大坑,坑里有许多根被拽断的树根。十几个孩子在那儿寻找蝉的幼虫。

我姑姑用电动喇叭广播:下一步就拖倒肖家的大门楼!

几个人把肖上唇抬到一边,在那儿掐他的人中,揉他的胸口。

王金山家的左邻右舍请注意——姑姑平静地说——回家去把你们的值钱东西收拾一下吧,拖倒肖上唇的房子就拖你们的。我知道这没有道理,但小道理要服从大道理,什么是大道理?计划生育,把人口控制住就是大道理。我不怕做恶人,总是要有人做恶人。我知道你们咒我死后下地狱!共产党人不信这个,彻底的唯物主义者是无所畏惧的!即便是真有地狱我也不怕!我不下地狱,谁下地狱!——解开钢丝绳,把肖家的大门楼套住!

我岳父家的左邻右舍们,一窝蜂拥到他家大门前,拳打脚踢那门,扔破砖烂瓦到院里。有一个还拖来几捆玉米秸子,竖在他家房檐下,高叫:王金山,你不出来就点火烧房子啦!

大门终于开了,开门的不是我岳父也不是我岳母,而是我老婆。她头发凌乱,满身泥土,左脚上有鞋,右脚赤裸,显然是刚从地窖里爬上来。

姑姑,我去做还不行吗?我老婆走到姑姑面前说。

我就知道我侄媳妇是深明大义之人!姑姑笑着说。

姑姑,我真佩服你!我老婆说,你要是个男人,能指挥千军万马!

你也是,姑姑说,就冲着你当年果断地与肖家解除了婚约,我就看出来你是个大女人。

仁美,我说,委屈你了。

小跑,让我看看你的手。

我把手送到她面前,不知道她要搞什么名堂。

她抓住我的手,在我的腕子上狠狠地咬了一口。

我没有挣脱。

腕子上留下了两排深深的牙印,渗出了黑色的血。

她"呸呸"地吐着唾沫,狠狠地说:你让我流血,我也让你流点血。

我把另一只腕子递过去。

她推开,说:不咬了!一股狗腥气!

苏醒过来的肖上唇像个女人一样拍打着地面嚎叫着:王仁美,万小跑,你们要赔我的树……赔我的树啊……

呸!赔你个屁!我老婆说:你儿子摸过我的奶子,亲过我的嘴!这棵树,等于他赔了我的青春损失费!

嗷!嗷!嗷!一群半大孩子为我老婆的精彩话语拍掌喊叫。

仁美!我气急败坏地喊叫。

你吵吵什么?我老婆钻进了我姑姑的车,探出头对我说,隔着衣服摸的!

十

我们单位计划生育委员会的杨主任来了。杨主任是一个军队高级领导人的女儿,正师职。我早知她的大名,但是第一次见她。

公社领导宴请她,她提出让我与王仁美也参加宴会。

我姑姑找出一双自己的皮鞋给王仁美穿上。

宴会在公社机关食堂一个雅间里举行。

小跑,我还是不去了吧,见这么大的官,我怕,王仁美说。再说,这也不是什么光彩的事,闹得天翻地覆的。

姑姑笑道:怕什么?再大的官也是一个鼻子两只眼。

入席之后,杨主任让我和王仁美坐在她的两侧。她握着王仁美的手,亲切地说:小王同志,我代表部队谢谢你啊!

王仁美感动地说:首长,我犯了错误,给您添麻烦了。

我生怕王仁美说出什么不得体的话,见她如此彬彬有礼,心中一块石头落了地。

我这侄媳妇啊,觉悟很高,她不慎怀孕,主动来找我做人流,但因身体条件不允许,一直拖到现在。

小万,我要批评你呢,杨主任说,你们这些男同志,就是粗心大意,侥幸心理!

我连连点头称是。

公社书记端着酒站起来,说:感谢杨主任百忙中来我们这里视察指导!

我对你们这个地方很熟悉,杨主任说,我父亲在这里打过游击,胶河战役时,他的指挥部就设在这个村,所以我来到这里感到很亲切。

我们真是太高兴了,公社书记说,请杨主任回去给老首长带个口信,我们盼望着他老人家能来视察。

我姑姑也端着酒站起来,说:杨主任,我也敬您一杯!

公社书记说:万主任是烈士女儿,很小时就跟着父亲参加革命。

姑姑说:杨主任,咱们俩还有点缘分呢。我父亲是八路军西海医院院长,是白求恩的学生,给杨副司令治过腿伤呢!

是吗?杨主任兴奋地站起来,说,老爷子最近正在写回忆录,里边提到了一位万六府医生。

正是家父,姑姑说。父亲牺牲后,我跟着母亲在胶东解放区住过两年,与一个叫杨心的女孩一起玩耍——

杨主任一把抓住姑姑的手,激动得热泪盈眶,说:万心,你真是万心吗?

万心杨心,两颗红心——姑姑问,这是仲主任说的吧?

是仲主任说的,杨主任擦了一把溢出眼眶的泪水,说,我经常梦到你哩,想不到在这里见到了。

姑姑说:我道是一见面就觉得眼熟呢!

公社书记说:来,为祝贺杨主任与万主任久别重逢干一杯!

姑姑给我使了一个眼色,我会意,拉着王仁美走到杨主任面前,说:杨主任,真对不起,为了我这点事,让您专门跑一趟。

对不起杨主任,王仁美鞠了一躬,说,这事不怨小跑,都是我的错儿。我事先把避孕套用针扎了一个眼儿,骗了他……

杨主任一怔,接着大笑起来。

我满脸发烧,捅了王仁美一下,说:别瞎说了。

杨主任握着王仁美的手,上下打量着她,说:小王同志,我喜欢你这种爽直性格。你的性格跟你姑姑有点像呢!

我哪里能跟姑姑相比?王仁美说,姑姑是共产党的忠实"走狗",党指向哪里,她就咬向哪里……

别瞎说了!

我哪里瞎说了,王仁美道,这不是明摆着的事吗?党让姑姑爬刀山,姑姑就去爬刀山;党让姑姑去跳火海,姑姑就去跳火海……

好啦,好啦,姑姑道,别说我了,我做得还很不够,还得继续努力呢。

小王同志,杨主任说,咱们女人,哪有不爱孩子的?一个两个三个,生十个不嫌多呢。党和国家也爱孩子,你看看毛主席、周总理,见了孩子,都是喜笑颜开,那种爱是发自内心的。咱们搞革命为了什么?归根到底是为了让孩子们过上幸福生活。孩子是国家的未来,国家的宝贝！但眼下咱们遇到了问题，如果不搞计划生育，孩子们很可能要没饭吃，没衣穿，没学上，所以，计划生育就是要以小不人道换取大人道。你忍受一点痛苦，做出一点牺牲，也就是为国家做了贡献！

杨主任，我听您的，王仁美道，我今晚就去做。——她转头又对姑姑说——姑姑，您顺便把我的子宫也割掉算了！

杨主任一怔，接着笑起来。

众人跟着笑。

万小跑啊，杨主任指点着我说，你这个媳妇太可爱啦！太有意思了——但子宫是不能割的，还要好好保护呢！您说对不对啊，万主任？

我这侄媳妇是个干将，姑姑道，等她手术后，恢复了身体，我准备调她到计划生育工作队！吴书记，我先提前跟你打个招呼。

没问题，公社书记说，我们要把最优秀的人调到计划生育工作队！王仁美同志可以现身说法，会产生非常积极的效果。

万小跑，杨主任问我，你现在是什么职务？

正连职文体干事。

正连几年啦？

三年半。

那很快就可以提副营了嘛，杨主任道，提了副营后，小王同志就可以随军进京。

我女儿能一起去吗？王仁美小心翼翼地问。

那当然了！杨主任说。

不过我听说随军进京很难，要等指标……

你回去后好好工作吧，杨主任道，这事我来安排。

我太高兴啦！王仁美手舞足蹈地说，我女儿可以到北京去上学了。我女儿也成了北京人啦！

杨主任又打量了一遍王仁美,对姑姑说:手术前准备得充分一点,一定要保证安全。

您放心!姑姑说。

十一

进手术室之前,王仁美突然抓过我的手,看看我腕子上的牙痕,满怀歉意地说:

小跑,我真不该咬你……

没事。

还痛吗?

痛什么呀,我说,跟蚊子叮一口差不多。

要不你咬我一口?

行啦,我说,你怎么像个小孩子一样呢?

小跑,她抓着我的手说,燕燕呢?

在家里,爷爷奶奶看着呢。

她有吃的吗?

有,我买了两袋奶粉,两斤蛋奶饼干,还买了一盒肉松,一盒藕粉。你放心吧。

燕燕还是像你,单眼皮,我可是双眼皮。

是啊,要像你就好了,你比我漂亮。

人家都说,女孩像爸爸的多,男孩像妈妈的多。

也许是吧。

我这次怀的是个男孩,我知道的,我不骗你……

时代不同了,男女都一样嘛,我故作轻松地说,过两年你们随了军,去了北京,我们给女儿找最好的学校,好好培养,让她成为杰出人物。一个好女儿,胜过十个赖儿子呢!

小跑……

又怎么啦?

肖下唇摸我那把,真的是隔着衣服呢!

你怎么这么逗呢?我笑着说,我早忘了。

隔着厚厚的棉袄,棉袄里还有毛衣,毛衣里还有衬衣,衬衣里——

还有乳罩,对吗?

那天我的乳罩洗了,没戴,衬衣里有一件汗衫。

好啦,别说傻话了。

他亲我那一口,是他搞突然袭击。

行啦,亲口就亲口呗!谈恋爱嘛。

我没让他白亲。他亲了我一口,我对着他的小肚子踢了一脚,他捂着肚子就蹲下了。

老天爷,肖下唇这个倒霉蛋儿,我笑着说。那后来我亲你时,你怎么不踢我呢?

他嘴里有股子臭味儿,你嘴里有股甜味儿。

这说明你生来就该是我的老婆。

小跑我真的挺感谢你的。

你谢我什么?

我也不知道。

别情话绵绵啦,有话待会儿再说。姑姑从手术室里探出头,对王仁美招招手,说:进来吧。

小跑……她抓住我的手。

别怕,我说,姑姑说了,这是个小手术。

回家后你要炖只老母鸡给我吃。

好,炖两只!

王仁美在走进手术室前,回头望了我一眼。她上身还穿着我那件灰色破夹克,有一个扣子掉了,残留着一根线头。穿一条蓝裤子,裤腿上沾着黄泥巴,脚上穿着姑姑那双棕色的旧皮鞋。

我鼻子一阵酸,心中空空荡荡。坐在走廊里那条落满尘土的长椅上,听到手术室里传出金属碰撞的声音。我想象着那些器械的形状,似乎看到了它们刺眼的光芒,似乎感觉到了它们冰凉的温度。卫生院的后院里,传过来孩子的欢笑声。我站起来,透过玻璃看到,有一个约有三四岁的男孩,手里举着两个吹成气球的避孕套。男孩在前边跑,两个与他年龄相仿的女孩在后边追赶……

姑姑从手术室里跳出来,气急败坏地问我:

你是什么血型?

A 型。

她呢?

谁?

还能是谁?! 姑姑恼怒地说,你老婆!

大概是 O 型……不,我也不知道……

混蛋!

她怎么啦? 我看着姑姑白大褂上的鲜血,脑子里一片空白。

姑姑回到手术室,门关上。我把脸贴到门缝上,但什么也看不着。我没听到王仁美的声音,只听到小狮子大声喊叫。她在打电话,给县医院,叫急救车。

我用力推门,门开了。我看到王仁美……我看到姑姑挽着袖子,小狮子用一个粗大的针管从姑姑胳膊上抽血……我看到王仁美的脸像一张白纸……仁美……你要挺住啊……一个护士把我推出来。我说,你让我进去,你他妈的让我进去……几个穿着白大褂的人从走廊里跑过来……一个中年男医生,身上散发着一股子香烟与消毒水的混合味儿,把我拉到长椅上坐下。他递给我一支烟,帮我点燃。他安慰我:别急,县医院的救护车马上就到。你姑姑抽了自己的600cc给她输上了……应该不会有大事……

救护车鸣着响笛来了。那笛声像一条条蛇,钻入我的体内。穿白大褂提药箱的人。穿白大褂戴眼镜脖子上挂着听诊器的人。穿白大褂的男人。穿白大褂的女人。抬着折叠式担架的穿白大褂的男人。他们有的进入了手术室,有的站在走廊里。他们动作很敏捷,但脸上的神色很平静。没有人注意我,连看我一眼的人都没有。我感到口腔里有股血腥味儿……

……那些白大褂们懒洋洋地从手术室里走出来。他们一个跟着一个钻进了救护车,最后把那副担架也拖了进去。

我撞开手术室的门。我看到,一块白布单子蒙住了王仁美,她的身体,她的脸。姑姑满身是血,颓然地坐在一把折叠椅子上。小狮子等人,呆若木鸡。我耳朵里寂静无声,然后似有两只小蜜蜂在里边嗡嗡。

姑姑……我说……您不是说没有事吗?

姑姑抬起头,鼻皱眼挤,面相丑陋而恐怖,猛然打了一个响亮的喷嚏。

十二

嫂子,大哥,姑姑站在院子里,麻木地说,我是来请罪的。

王仁美的骨灰盒摆在堂屋正中一张方桌上。方桌上放着一只盛满了麦子的白碗,碗里插着三炷香。香烟缭绕。我身穿军装,臂戴黑纱,抱着女儿,坐在桌旁。女儿身披重孝,不时地仰起脸问我:

爸爸,盒里是什么东西?

我无言以对,泪水流进乱蓬蓬的胡须里。

爸爸,俺娘呢? 俺娘哪里去了?

你娘到北京去了……我说,过几天,我们就去北京找她……

爷爷奶奶也去吗?

去,都去。

父亲和母亲在院子里割锯,分解一块柳木板。木板斜绑在一条长凳上,父亲站着,母亲坐着,一上一下,一来一往,锯子发出"哧啦哧啦"的声响,锯末子在阳光中飞散。

我知道父母分解木板是要为王仁美做一口棺材。尽管我们那儿已经实行火葬,但公家并无设立安放骨灰盒的场所,人们还是要把骨灰埋葬,并堆起一个坟头。家境好的会做一口棺材,将骨灰倒上,把骨灰盒砸碎;家境不好的,就直接将骨灰盒埋了。

我看到姑姑垂首而立。我看到父亲和母亲悲愁的脸,看到他们机械重复的动作。我看到与姑姑同来的公社书记、小狮子,还有三个公社干部,他们将一些花花绿绿的点心匣子堆放在井台边。点心匣子旁边还有一个湿漉漉的蒲包,散发着咸腥的气味,我知道那是一包咸鱼。

想不到发生了这样的事,公社书记说,县医院专家小组前来鉴定了，万主任她们完全是按操作程序办事，没发生任何失误，抢救措施也正确得当，万医生还抽了自己600cc鲜血为她输上，对此，我们感到非常遗憾，非常沉痛……

你不长眼吗？父亲突然暴怒了，他训斥着母亲，不是有墨线吗？锯口走偏了半寸，你还看不到，你还能干点什么？

母亲爬起来，号啕大哭着进屋去了。

父亲扔下锯子，弓着腰走到水瓮边，抄起水瓢，仰脖子灌水。凉水沿着他的下巴、脖子流到他的胸膛上，与那些金黄色的锯末子混合在一起。喝完水，父亲走回去，一个人操起锯子，猛烈地割起来。

公社书记和几个干部进了堂屋，对着王仁美的骨灰盒，深深地鞠了三躬。

一个干部将一个牛皮纸信封放在锅台上。

书记说：万足同志，我们知道，无论多少钱也无法弥补这个不幸事件带给你们家的巨大损失，这五千元钱，聊表我们一点心意。

一个秘书模样的人说：公家出了三千，剩下两千，是吴书记与几位公社领导出的。

拿走，我说，请拿走，我们不需要。

你的心情我们理解，书记沉痛地说，死去的不能复活，活着的还要继续革命。书记说：杨主任从北京打来电话，一是表达她对小王的哀悼，二是对死者家属表示慰问，三是让我转告你，你的假期延长半个月，把死者后事料理完，把家事安排好再回去。

谢谢，我说，你们可以走啦。

书记等人，又对着骨灰盒鞠了一躬，然后弯着腰走出房门。

我看着他们的腿，看着他们或肥或瘦的臀部，眼泪又一次流了出来。

一个女人的嚎哭声和一个男人的叫骂声从胡同里传来,我知道岳父岳母来了。

岳父手持一杆翻场挑草用的木杈,大骂着:你们这些杂种,你们赔我的女儿!

岳母挥舞着双臂,挪动着小脚,好像要扑向我姑姑,但自己先跌倒了。她坐在地上,双手拍打着地面嚎哭:我那可怜的闺女啊……你怎么就这样走了啊……你走了,撇下我们可怎么活啊……

公社书记向前,说:大爷大娘,我们正要到你们家去,这是个不幸事件,我们的心情也非常难过……

岳父用杈杆捣着地面,狂躁地叫着:万小跑,你这个混蛋,你给我出来!

我抱着女儿走到岳父面前。女儿紧紧地搂着我的脖子,将脸藏在我的腮旁。

爹……我站在他的面前,说,您打我吧……

岳父高高地举起木杈,但他的手在空中僵住了。我看着他花白的胡须上点点滴滴的泪水,双腿一软,跪在地上。

好好的一个大活人……岳父扔下木杈,呵呵呵呵地哭着,蹲在地上,说:好生生的一个大活人,就这样让你们给祸害了……你们造孽啊……你们不怕天谴吗……

姑姑走上前,站在我岳父岳母之间,垂着头说:王家哥嫂,这事不能怪跑儿,怪我。——姑姑仰起脸来——怪我责任心不强,没有及时普查育龄妇女节育环放置情况,怪我没有想到袁腮这坏种掌握了取环技术,怪我没把仁美送到县医院去做手术。现在——姑姑看着公社书记——我听候上级处理。

结论已经有了嘛,书记道,大爷大娘,我们回去就研究你们两位的抚恤问题,但万医生没有错,这是个偶然事件,是你女儿的特殊体质决定的,即便送到县医院去做,结果也是这样的。另外——书记对着拥进院里来的人和胡同里的人高声宣布:计划生育是根本国策,绝不能因为发生了一起偶然事件就改变政策。那些非法怀孕的人,还是要自动地去做人流;那些妄图非法怀孕的人,那些破坏计划生育的,都将受到严厉的惩罚!

我也毁了你吧——我岳母一声疯叫,从怀里摸出一把剪刀,捅到了我姑姑大腿上。

姑姑伸手捂住了伤口。血从她的指缝里哗哗地流出来。

几个公社干部扑上去,把我岳母按倒在地,将剪刀从她手中夺出来。

小狮子跪在姑姑身旁,打开药箱,掏出绷带,紧紧地扎住伤口。

公社书记说:快去打电话,叫救护车!

不必!姑姑说。王家嫂子,我为你女儿抽了600cc,现在,你又捅了我一剪子,咱们血债用血还清了。

姑姑一活动,血从绷带里渗出来。

公社书记怒吼着:老太婆,你太不像话了!万主任要有个三长两短,你要负法律责任!

我岳母见我姑姑满腿的血,大概是有点怕了,手拍着土地,又哭嚎起来。

不用怕,王家嫂子,姑姑说,即便我得破伤风死了,也不用你负责。姑姑说:我要感谢你呢,你这一剪刀,让我放下了包袱,坚定了信念。——姑姑对着看热闹的人说——请你们给陈鼻和王胆通风报信,让他们主动到卫生院来找我,否则——姑姑挥动着血手说——她就是钻到死人坟墓里,我也要把她掏出来!

第三部

亲爱的杉谷义人先生：

今天是元旦，新年第一天。从昨天傍晚就开始下雪，现在还在下。室外已是白雪皑皑，大街上传来玩雪的孩子们的欢笑声。我家楼前的杨树上，有两只喜鹊在叫，喳喳的叫声里，仿佛充满了惊喜。

读罢您的回信，我的心情很沉重，因为想不到我的信会让您严重失眠，身体受到摧残。您来信中对我的慰问让我感动。您说读到王仁美去世时流了眼泪，我写到她去世时也是热泪盈眶。我不抱怨姑姑，我觉得她没有错，尽管她老人家近年来经常忏悔，说自己手上沾着鲜血。但那是历史，历史是只看结果而忽略手段的，就像人们只看到中国的万里长城、埃及的金字塔等许多伟大建筑，而看不到这些建筑下面的累累白骨。在过去的二十多年里，中国人用一种极端的方式终于控制了人口暴增的局面。实事求是地说，这不仅仅是为了中国自身的发展，也是为全人类作出贡献。毕竟，我们都生活在这个小小的星球上。地球上的资源就这么一点点，耗费了不可再生。从这点来说，西方人对中国计划生育的批评，是有失公允的。

近两年来，我故乡的发展变化很大。新来的书记是个不到四十岁的年轻人，留美博士，有气魄，雄心勃勃。据说要在高密东北乡胶河两岸大开发。许多庞大的工程机械已经隆隆开进。用不了几年这里就会发生巨大变化,你上次来看到的风景可能会荡然无存。这种即将到来的变化,到底是好事还是坏事,我无法做出判断。

随信将有关我姑姑材料的第三部分——我已经不好意思说是信了——寄给您。我当然会继续往下写,您的赞赏是我写作的动力。

我们再次盛邀您在方便的时候到这里来做客——也许,我们应该像接待老朋友一样毫不客套地接待您。

另外,我与太太即将退休,退休之后,我们想回故乡居住。在北京,我们始终感到自己是异乡人。最近,在人民剧场附近,被两个据说是"打小在北京胡同里长大的"女人无端地骂了两个小时,更坚定了我们回故乡定居的决心。那里的人,也许不会像大城市的人这样欺负人;那里,也许距离文学更近。

蝌蚪
二〇〇四年元旦于北京

一

办完王仁美的后事，安顿好家人，我匆匆赶回部队。一个月后，又一封电报到来：母亡速归。我拿着电报去向领导请假时，同时递交了一份请求转业的报告。

将母亲安葬后那天晚上，月光皎洁，院子里一片银辉。女儿睡在梨树下一张草席上，父亲挥着扇子，替她驱赶蚊虫。蝈蝈在扁豆架上响亮地鸣叫，河里传来流水的声音。

还是找个人吧，父亲长叹一声，道，家里没个女人，就不像个家了。

我已向上级交了转业报告，我说，等回来再说吧。

本来过得好好的日子，一转眼就成了这个样子，父亲叹息着说，也不知道该怨谁。

其实也不能怨姑姑，我说，她也没做错什么。

我也没有怨她，父亲说，这是命。

没有像姑姑这样一批忠心耿耿的人，我说，国家的各项政策还真落实不了。

理儿是这么个理儿，父亲说，可为什么偏偏是她呢？看着她被人家用刀子戳得血流满地的样子，我也心疼，毕竟是亲堂妹妹。

这就没有办法了,我说。

二

听父亲说,姑姑被我岳母戳了一剪刀,伤口发炎,高烧不退。就是这样,她还带着人前来搜捕王胆。搜捕这词儿不太恰当,但其实也就是搜捕了。

王胆家的大门紧锁,鸡犬无声。姑姑令人砸开铁锁,冲入院内。你姑姑肯定是事先就得到了密报,父亲说。她一瘸一拐地走进王家堂屋,揭开锅盖,见锅里有半锅粥,伸手一试,尚有余温。你姑姑便发出一阵冷笑,然后大喊:陈鼻,王胆,你们是自己出来呢?还是让我像掏耗子一样把你们从洞里掏出来呢?屋子里鸦雀无声。姑姑指指墙角那个柜子。柜子里盛着几件旧衣服。你姑姑让人把旧衣服捡出来,显出柜底。姑姑抄起一个擀面棍,对着柜底猛捣,咚咚几下子,显出一个洞口。你姑姑说:"游击队"的英雄们,出来吧。难道还要往里灌水?

第一个钻出来的,是王胆的女儿陈耳。那小姑娘脸上抹得灰一道白一道的,像个庙里的小鬼。她不但没哭,反而龇着牙"咯咯"地笑。接着爬出来的是陈鼻,他一脸络腮胡须,一头鬃发,穿一件破背心,露着胸膛上的黄毛,那样子很狼狈。陈鼻爬出来后,那么个大个子,对着你姑姑,"扑通"下了跪,磕头连连,碰得地皮"咚咚"响。父亲说,陈鼻的哭喊声,把整个村庄都震动了。

姑姑,我的亲姑姑,看在我是您接生的第一个孩子的分上,看在王胆是个半截子人的分上,您就高抬贵手,放我们一马吧……姑姑,俺家世世代代念您的大恩大德……

父亲说:听在场的人说,你姑姑眼里淌着泪说,陈鼻啊陈鼻,这不是我的事,如果是我的事,那怎么都好说——你要我的手,我也能砍给你!

姑姑,您开恩吧……

陈鼻的女儿陈耳机灵,也学着她爹的样子跪下了,连连磕头,嘴里念着:

开恩吧……开恩吧……

这时候,父亲说,院子里那些看热闹的人中,五官油腔滑调地唱起了电影《地道战》的插曲——地道战,嘿地道战,埋伏下雄兵千百万……千里大平原展开了地道战,鬼子要顽抗就让他完蛋——

你姑姑抹一把脸,脸色陡变:行啦,陈鼻,快让王胆上来!

陈鼻膝行上前,抱住你姑姑的腿。陈耳学他的样子,抱住了你姑姑另一条腿。

这时五官又在院子里唱:千里大平原展开了地道战……侵略者他敢来……打他个人仰马又翻……全民结扎,全民避孕……

你姑姑想脱身,但被陈鼻和陈耳死死缠住。

你姑姑悟到了什么,命令手下人:下洞!

一个民兵用嘴叼着手电筒下了地洞。

又一个民兵跟着下去。

声音从洞里传上来:洞里没人!

你姑姑急火攻心,身子一歪,晕了过去。

陈鼻真是有诡计啊,父亲说,他家房后不是有片菜园子吗? 菜园子里有口水井,水井上有架辘轳,地洞的出口在井里。这么大的工程,也不知他是怎么完成的,那么多的土,也不知他弄到哪里去了。利用陈鼻和陈耳缠住你姑姑的机会,王胆爬到出口,拽着辘轳绳子爬了上来。真也难为了她,父亲说,那么个小人儿,挺着个大肚子,竟然能拽着绳子从深井里爬上来。

你姑姑被人扶到井口,气得跺着脚大叫:我怎么这么笨呢?我怎么这么笨呢?当年我父亲在西海医院就领着人挖过这样的地洞!

你姑姑昏了过去,被人抬走,住进医院。你姑姑感染了白求恩当年感染过的那种病毒,差点送了命。她对共产党忠心耿耿,共产党也对她不薄,为抢救她,听说把最贵重的药都用上了啊!

你姑姑住了半个月院,伤没好利索就从院里跑出来,她有心事啊,她说不把王胆肚子里的孩子做掉她饭吃不下,觉睡不着。责任心强到了这种程度,你说她还是个人吗?成了神了,成了魔啦!父亲感叹地说。

陈鼻和陈耳,一直在公社关着。有人说吊打拷问,那是造谣。村里干部去看过他们,说只是在一间屋里关着。屋子里有床有铺,还有一把暖壶两个杯子,吃饭喝水都有人送。说吃的跟公社干部一样,白面馒头,小米稀饭,顿顿有菜。说爷儿俩都白了,胖了。当然,不是让他们白吃,要收他们的钱。陈鼻做生意发了财,有钱。公社与银行说好了,把陈鼻的所有存款提了出来,有三万八千元呢!你姑姑住院那些日子,公社派工作组进村,开社员大会,宣布了一个政策:全村的人,凡是能走路的,都去找王胆。每天每人发五元钱补助,就从陈鼻那三万八千多元里扣。村里人,有不去的,觉得这是不义之财;但不去不行,谁不去就扣谁五元钱;这一下子,齐打伙的,全出去了。全村七百多号人呢,第一天就出去三百多,晚上回来就发"补助",一下子支出一千八百多。公社还说了,发现王胆并把王胆弄回来的,奖赏两百元;提供有价值线索的,奖赏一百元。这一下子,整个村子像疯了一样啊,有拍巴掌称快的,有暗中难受的。父亲说,我知道有那么几个人是真想得那两百元或一百元赏钱的,但大多数人,并不真心去找,在村外的庄稼里转几圈,吆喝一阵:王胆,出来吧!再不出来你家的钱就被分光了!——吆喝一阵之后,便钻到自家地里干活去了。晚上当然要去领钱,不去领钱就要罚款呢。

没找到吗?我问。

到哪里去找?父亲道,估计是远走高飞啦。

她那样一个小人儿,一步只能挪两拃,何况还拖着个大肚子,她能跑多远?我说,估计还是在村里匿着。——我低声道,没准还在她娘家藏着呢。

这还用你提醒?父亲道,公社里那些人贼精贼精的,恨不得将王脚家挖地三尺,连炕都给掀了,怕王胆在炕洞里藏着呢。我估计村子里没人敢担这个责任,藏匿不报,罚款三千呢。

会不会一时想不开?河里井里的,没去看看?

父亲道:你低估了这个小女子啦!她的心眼子,全村的人加起来也不如她多;她的心劲儿,比七尺高的男儿还要高。

确实是这样,我回忆着王胆那生动美丽的小脸蛋儿,和那脸蛋上时而狡黠时而倔强的神情,担忧地说,她怀孕快七个月了吧?

所以你姑姑急啊!父亲说,你姑姑说啦,不出"锅门",就是一块肉,该刮就刮,该流就流;一出"锅门",那就是个人,哪怕是缺胳膊少腿也是个人,是人就受国家法律保护。

我的脑海里又浮现出王胆的形象:身高七十厘米,挺着一个硕大的肚子,昂着精致的小脑袋,挪动着两条细细的小短腿,胳膊弯拐着一个大包袱,在布满荆棘的荒岭野路上,跌跌撞撞地奔跑着,一边奔跑,还一边回头张望,被绊跌倒,爬起来,继续跑……或者,坐在一个大木盆里,以农家搅拌大酱的木板做桨,气喘吁吁地摇着,在滔滔大河上漂流着……

三

母亲葬后三日,按旧俗是"圆坟"的日子。亲朋好友们都来了。我们在坟前烧化了纸马纸人,还有一台纸糊的电视机。距离母亲的坟墓十米,就是王仁美的坟墓。她的坟上,已经长出青翠的野草。按照一个本家长辈的吩咐,我左手握着一把大米,右手握着一把谷子,绕着母亲的坟墓转圈——左转三圈后右转三圈——一边转圈一边将手中的米、谷一点点撒向坟头,心中默默念叨着:一把新米一把谷,打发故人去享福——女儿跟在我的身后,用小手向坟头抛洒谷米。

姑姑从百忙中来了,小狮子背着药箱,跟在她的身后。姑姑的腿还有点瘸。几个月不见,她似乎更老了。她在我母亲坟前下跪,然后放声大哭。我们从来没见到过姑姑这样哭过,心中感到颇为震撼。小狮子肃立一侧,眼睛里也噙着泪水。几个女人,上前劝慰姑姑,并拉着胳膊,将她拽起来,但她们刚一松手,姑姑又扑跪在地,哭声更为汹涌。那些本来已经停止哭泣的女人,受到姑姑感染,又都跪到坟前,拖着长腔,呼天嚎地起来。

我弯腰去拉姑姑,小狮子在一旁低声说:让她哭吧,她憋得太久了。

我看着小狮子,看着她关切的神情,心中感到一阵温暖。

姑姑终于哭够了,自己爬起来,擦干眼泪,对我说:小跑,杨主任与我通电话了,说你想转业?

是的,我说,我已递上了转业报告。

杨主任让我劝你,还是不要转,姑姑说,她已跟你们干部部门说好了,调你到计生办工作,当她的部下,提前晋升副营职。——她很赏识你。

这已经没有意义了,我说,我宁愿去掏大粪,也不会去干计划生育工作。

这就是你的不对了,姑姑说,计划生育也是党的事业,是重要工作。

您给杨主任打电话吧,说我感谢她的关照,我说,我还是回来好。家里撇下老的小的,这日子怎么过?

你先别把话说死,姑姑道,认真考虑一下。姑姑说:能不离开军队,最好不要离开。地方工作难干。你看看杨心,看看我,都搞计划生育工作,可她细皮嫩肉,优哉游哉,我呢?上蹿下跳,血一把泪一把,成了什么模样?

四

我承认,我是个名利之徒。我嘴里说想转业,但听说可以提前晋职,听说杨主任赏识我,心里已开始动摇。回到家与父亲说起此事,父亲也反对我转业。父亲说,当年,你大爷爷对杨司令有恩,治好了他的腿,还治好了他夫人的病。现在他是那么大的官,跟他攀上关系,你的前途能差得了吗?我嘴上反驳父亲的说法,其实心里也是这么想的。我们是俗人,小小老百姓,有攀龙附凤的想法,也是可以原谅的吧。所以,当姑姑又来找我谈话时,我的态度就变了。所以,当姑姑提出要我与小狮子结婚,我虽然依然拿着王肝痴恋小狮子十几年说事,但心里的防堤,已经开始崩溃。

姑姑说:我没有孩子,在我的心里,一直把小狮子当成亲女儿。她人品端正,心地善良,对我忠心耿耿,我怎么可能把她嫁给王肝?

姑姑,我说,您肯定知道,从1970年王肝写给小狮子第一封情书,到现在已经整整十二年。十二年里,他一共写了五百多封信,这是他亲口对我说的。而且,他为了表示对小狮子的爱,不惜出卖了自己的妹妹。当然,他也出卖了袁腮,他也出卖了王仁美,要不,你们怎么能知道袁腮非法取环,你们又怎么知道王仁美和王胆计划外怀孕?

实话对你说,姑姑道,他那些肉麻的信,小狮子一封也没看到,全被我给扣下了——我跟邮局马局长说好了,这个人的信,直接送给我。

但他对你们的工作,还是立了功的,我说。从他爹结扎开始,他就帮着你们,这次,他又大义灭亲,连自己的亲妹妹都举报了。

这样的人更不能嫁,姑姑愤怒地说,为了一个女人,竟然出卖朋友,出卖妹妹,你说这样的人能靠得住吗?

可他毕竟帮了你们的忙!

那是两码事!姑姑语重心长地说,小跑,你记住,人哪,什么都可以当,就是不能当叛徒,无论有多么冠冕堂皇的理由也不能当叛徒。古今中外,叛徒都没有好下场——包括那王小倜,尽管他得了五千两黄金,但我敢打赌他最终不得好死。你今天为了五千两黄金投奔国民党,明天有个什么党给你一万两黄金是不是又要叛变?所以啊,王肝向我们提供的情报越多,我心里越鄙视他,他在我心里,已经成了一堆臭狗屎。

但是,我说,姑姑,要是你不扣压王肝的信呢?小狮子是不是有可能被打动,甚至早就与他结婚?

不可能,姑姑说,绝对不可能。小狮子心气很高。这些年来也并不是只有王肝迷她,迷她的人,起码有一打,有的是干部,有的是工人,但小狮子一个也看不中。

我摇摇头,表示怀疑,我说,她长得实在是有点……

呸!姑姑道,你是什么眼光?!有好多女人,乍一闪现,很是漂亮,但仔细一端详,处处都是毛病。小狮子呢?小狮子乍一看的确不怎么好看,但她耐看,她是越看越好看。你大概没认真地端详过她吧?姑姑这辈子,天天和女人打交道,最清楚什么样的女人珍贵。你还记得吧?你刚提干那会儿,我就要把她介绍给你,但你和王仁美好了,我满心里不同意,但新社会婚姻自由,我一个当姑姑的,也只能顺情说好话。现在,王仁美腾出地方来了——当然我内心里不希望她死,我希望她长命百岁——这就是天意,天意注定,你跟小狮子有这段夫妻缘分。

姑姑,我说,不管怎么说,王肝是我发小的朋友,他跟小狮子的事,大人小孩都知道,我要跟小狮子结了婚,众人的唾沫能把我淹死!

这又是你犯糊涂了,姑姑道,他爱小狮子,那是他剃头挑子一头热,小狮子并没说要跟他好。小狮子嫁给你,那叫做"良禽择木而栖"。再说了,爱情这事儿,跟哥们儿义气无关,这事儿绝对自私。小狮子如果是匹马,王肝看上了,你当然可以让给他,但小狮子是个人,你爱上了,抢也要抢过来。你在外边闯荡了这么多年,看过那么多外国电影,脑子怎么还这样死板呢?

即便我同意了,我说,可小狮子……

姑姑打断我的话,说:这你就放心吧,她跟我这么多年,她心里想的什么,我是一清二楚。我跟你说句到家的实话吧,她爱的就是你,王仁美如果不走,她会独身一辈子。

姑姑,你让我考虑几天吧,我说,王仁美坟头上的土还没干呢。

考虑什么?姑姑说,夜长梦多!王仁美如果在天有灵,也会拍双手赞同。为什么?因为小狮子心好,她的女儿,能遇上这样的后娘,也是造化!而且,姑姑说,根据政策规定,你和小狮子可以要孩子,我希望你们能生双胞胎。跑儿,你可是因祸得福啊!

五

与小狮子的婚期确定。

一切都在姑姑的操持下进行。我感到自己像一根漂浮在水面上的朽木,推我一把,便往前蹿一蹿。

去公社进行结婚登记时,是我与小狮子第二次单独相处。

第一次单独相处的地点,是姑姑与小狮子的宿舍。都是星期六的上午。姑姑把我们推到屋里,便带上门出去了。屋子里有两张床。两张床中间,安了一张三抽桌子。桌子上堆放着落满灰尘的报纸和几本妇科书籍。窗外是十几棵粗壮的葵花。葵花开了,有蜜蜂在上边采花粉。她给我倒了一杯水,便坐在自己床沿上。我坐在姑姑的床沿上。屋子里有一股香皂的味儿。脸盆架上有一个红灯牌脸盆,脸盆里有半盆浮着肥皂泡沫的水。姑姑的床凌乱不堪,被子没叠。

姑姑是一心扑到工作上啊。

是的。

我觉得像做梦一样。

我也是。

你知道王肝的事吗?他给你写过五百多封信。

听姑姑说过。

对此你有什么想法?

没有想法。

我是再婚,还拖着一个女儿,你不嫌弃吗?

不。

要不要跟家里人商量一下?

我没有家。

……我用自行车驮着她去公社机关。道路上刚铺了一层破砖烂瓦,自行车蹦蹦跳跳,很难掌握。她坐在车后座上,肩膀靠着我的脊背。我感受到了她的分量。有的人好驮,有的人难驮。王仁美好驮,小狮子难驮。我奋力蹬车。链条断了。心里咯噔一声:不祥之兆!难道我跟她也到不了白头?断链条落在地上像条死蛇。我提着链条,茫然四顾。道路两边是玉米田,有几个妇女,在喷洒杀虫粉。喷粉器"嗡嗡"响,好像防空警报。那些妇女披着塑料布,戴着口罩,蒙着头巾。这是残酷的劳动,但一团团烟雾从碧绿的玉米田中腾起使这残酷劳动有了几分诗意——好像腾云驾雾。我想起了王仁美。王仁美胆大,连蛇都敢捉。她提着蛇的尾巴,就像我提着自行车链条一样。王仁美也干过喷洒药粉的活儿,她与肖下唇解除婚约后不久即被学校辞退。她的头发里有浓烈的药粉味儿。她笑着说不用洗,这样不招虱子不招蚊蝇。她洗头时我提着壶从后边给她浇水,她低着头吃吃地笑。我问她笑什么,她笑得连脸盆都弄翻了。想起王仁美我心中充满歉疚。我侧目看一眼小狮子。她特意穿了一件崭新的红格子短袖翻领衬衫。手腕上戴一块闪闪发光的电子表。她真是丰满啊！她脸上抹过珍珠霜之类的东西，香气扑鼻。她脸上的粉刺似乎少了些。

离公社机关还有三里路，只好推着车走了。

在公社屠宰组的大门外，我们遇上了陈鼻。陈鼻背着陈耳。

陈鼻一见我们，陡然变了脸色。他的目光使我无地自容。他背着孩子转过身，显然不想理我。

陈鼻！我还是叫了他。

哎哟，我还以为是哪来的大人物呢！陈鼻语带芒刺地说。他恨恨地瞪了一眼小狮子。

把你放出来了？

孩子病了，发烧，陈鼻说。其实我也不想出来，有吃有喝的，在里边待一辈子才好呢。

小狮子关切地上前，伸手去摸陈耳的额头。

陈鼻转身躲开她。

赶快去医院吊瓶，小狮子说，起码39度。

你们那是医院吗？陈鼻悻悻地说，你们那是屠场！

我知道你恨我们，小狮子说，但我们也没有办法。

你们怎么没办法？！陈鼻道，你们的办法多着呢。

陈鼻，我说，别拿孩子赌气。走，我陪你一起去。

谢谢，伙计，陈鼻冷笑道，别耽误了你们的好事。

陈鼻……我怎么跟你说呢？

你啥都别跟我说，陈鼻道，我原以为你是个人，现在才明白你不是。

随你怎么说吧,我把几张纸币塞进他的衣兜,说,赶快带孩子去医院。

陈鼻腾出一只手,摸出钱,扔在地上,道:你的钱上有血腥气。

他背着孩子昂然而去。

我怔怔地盯着他的背影,看着他一步步远去。我弯腰捡起钱,装进衣兜。

他对你们成见很深,我看一眼小狮子,说。

这要怨他自己,小狮子不平地说,我们的满腹苦水对谁诉?

办理结婚登记手续,按说还需要有部队的介绍信,但民政助理鲁麻子笑嘻嘻地说,不需要了,你姑姑跟我打过招呼了。万小跑,我儿子也在你们那个部队当兵,前年去的,这孩子很聪明,学啥会啥,你可要关照着点啊!

往登记簿上按手印时,我犹豫了片刻。因为我想起了跟王仁美前来登记时的情景。也是这本登记簿,也是这间办公室,也是这个鲁麻子。当时,我按了一个鲜红的食指印,王仁美惊喜地说:呦,是个斗纹呢!——鲁麻子看看我,又看看小狮子,皮笑肉不笑地说道:万足,你小子艳福不浅啊,把我们公社的头号大美女娶走了!——他指点着登记簿说:按指印啊!还犹豫什么?

鲁麻子的话听起来很像讥讽——基本上就是讥讽——妈的,随他去吧。好,按,不犹豫!我想,人生一世,许多事,都是命中注定的。逆水撑船不如顺水推舟,再说,事情到了这种地步,我如果不按,岂不是又把人家小狮子坑了?——我已经害了一个女人,不能再害第二个了。

六

那时候，我以为，姑姑只顾忙着操办我与小狮子的婚事，已经把王胆忘记了。那时候，我以为，姑姑动了慈悲之心，以为我操办婚事为由，故意地拖延时间，好让王胆的孩子出生。但后来我才知道，姑姑对她从事的事业的忠诚，已经到达疯狂的程度。她不但有勇，而且有谋，一切都在她的掌控之中。不应怀疑姑姑撮合我与小狮子婚姻的诚意，她的确认为我们俩是般配的一对儿，但她大张旗鼓地为我们办婚礼，她放陈鼻父女出来，她宣布全村人不必再去寻找王胆，实际上都是在释放和平烟雾，借以麻痹王胆和藏匿了王胆人家的警惕。姑姑行施的是一箭双雕之计，姑姑期待着这样的结局：她那如同女儿般的爱徒嫁给她的侄儿，终于有了一个归宿，而同时，王胆也被"抓捕归案"，腹中那个非法的孽子，也在没出"锅门"之前被消灭。——用这样的语言来描绘姑姑的工作，确实有些不妥，但我实在找不到更准确的语言了。

在婚礼前一天的上午，按旧俗，我到母亲坟前烧"喜钱"，这大概是以此方式通知母亲的亡灵，并邀她前来参加我的婚礼。点燃纸钱后，忽地起了一阵小旋风，卷扬着纸灰，在坟前盘旋。我当然知道这是一种可以解释的物理现象，但心中还是感到无比的惊悚。我脑海里浮现着母亲颤颤巍巍的形象，耳畔回响着母亲机智、朴实、寓意深长的语言，眼泪不禁夺眶而出。如果母亲还能说话，她对我的这一次婚姻，会做出何种评价呢？

那股小旋风，在母亲坟前盘旋一会儿，忽然转了方向，转向王仁美野草青翠的坟头。此时，黄鹂鸟在桃树枝头一声长叫，声音凄厉，犹如撕肝裂胆。无边的桃园,桃子已熟。母亲和王仁美的坟头,在我们自家桃园里。我摘下两个红了尖的大桃,一个供在母亲坟前,捧着另一个,穿过几棵桃树,来到王仁美坟前。临来前,父亲曾对我说:烧纸的时候,别忘了给她的坟前烧一些。——我还没来得及啊,我心中默念着,王仁美,我很抱歉,但我不会忘记你,不会忘记你种种的好处。我相信小狮子是个善良的人,她一定会对燕燕好的,如果她对燕燕不好,那我绝不会与她过下去。——我在她的坟前点燃了纸钱,并爬上坟头,为她的坟压上了一张新纸。然后把桃子供上。王仁美,我念叨着,尽管我知道你心中不悦,但我是诚意邀请你,伴随着母亲,回家来,参加我的婚礼,我将在堂屋的供桌上,摆上四个新蒸的馒头,并供上多样菜蔬,还有那种你初尝以为药、吃后上瘾的酒心巧克力,死者为大,尚飨!

上坟归来,小径两边野草没膝,路边沟渠里汪着雨水。两边的桃园,往南延展到墨水河边,往北延展到胶河边。桃林中,有果农正在采摘,远处的宽路上,有几辆三轮拖拉机在奔跑。

王肝像从地下冒出来似的,站在我面前,挡住了我的去路。他穿着一套半新的军装——我一看就想起这是我去年送给他的——新理了一个小平头,胡子刮得干干净净。人依然瘦,但显得精神爽朗,一扫往常那种邋遢颓唐之态。他的精神状态让我稍感安慰,但心中还是忐忑不安。

王肝……我说,其实……

王肝摆摆手,笑着,露出土黄色的牙齿,说:小跑,不必解释,我理解,我明白,我祝福你们。

老兄……我心中五味杂陈,伸出手,试图与他相握。

他退后一步,说:我现在如梦方醒。所谓爱情,其实就是一场大病。我的病就要好了。

太好了,我说,其实,小狮子跟你并不合适,只要你振作起来,依然能干出一番大事,那时,会有更优秀的姑娘供你挑选。

我已经是废人了,王肝道,我是来向你道歉的。你没发现王仁美坟前有烧化的纸灰吗?那是我烧的。因为我的出卖,才使袁腮银铛入狱,才使王仁美母子双亡,我是杀人凶手。

这绝对不能怪你!我说。

我也试图以堂皇的理由安慰自己,什么"举报非法怀孕是公民的职责"啦,什么"为了祖国可以大义灭亲"啦,但这些理由都不能使我安宁,我没有那么高的觉悟,我是为了自己的私欲,为了讨小狮子的欢心。为此,我得了失眠症,刚刚一闭眼就会看到王仁美举着两只血手要挖我的心……我只怕没有几天活头了……

王肝,你思虑太多了,我说,你并没做错什么,你不要迷信,人死如灰飞烟灭——即便人死后有灵,仁美也不会追着你不放,她是个心地单纯的好人。

她的确是个好人,王肝道,正因为她是个好人我良心才更加不安。小跑,不必同情我,更不必原谅我。我今天在这里等你,是想求你一件事……

请讲,老兄。

请你告诉小狮子,让她转告你姑姑,那天,王胆从井里爬上来,直接跑到了我家。她毕竟是我的亲妹妹,她一个小人儿挺着个大肚子叫我救她的命,还有她腹中孩子的命,我即便是铁石心肠,也要被打动。我把她装进一只粪篓里,上边盖上一层麦草,又盖上一条麻袋。我把粪篓绑在自行车后座架上,骑着自行车出了村。在村头遇到秦河的盘查,他是你姑姑安排的暗哨——你姑姑真是生错了时代,入错了行当,她应该去指挥军队与敌人打仗！碰上什么人我都不愿意碰到秦河,因为他是你姑姑的走狗,就像我为了小狮子可以出卖任何人一样,为了你姑姑,他也可以出卖任何人。他拦住了我的去向。我们俩多次在医院门前相遇,但我从没与他说过一句话,但我知道他在心中是把我当成朋友的,我们是同病相怜。他在供销社饭店前遭到高门、鲁花花的攻击时,我曾帮助过他。"高、鲁、秦、王"——秦是秦河,王是王肝——高密东北乡的四大傻子对垒街头,观者如堵,如看猴戏。老兄,你不知道,一个人并没傻但得到了傻子的称号时,其实是获得了巨大的自由！——我跳下自行车,直视着秦河。

——你一定是去赶集卖猪。

——是的,卖猪。

——其实我什么都没看到。

他放了我一马。两个傻子,心心相印。

请你告诉小狮子吧,我驮着妹妹,去了胶州,在那儿,我把她送上开往烟台的长途汽车,让她从烟台买船票去大连,从大连再转乘火车去哈尔滨。你知道,陈鼻的母亲是哈尔滨人,他在那边有亲戚。王胆身上带了足够的钱,你们知道她的聪明,知道陈鼻的精明,他们,早就准备好了。这事情已经过去了十三天,王胆早已到达她该到的地方。你姑姑手大也捂不过天来。她在我们公社的地盘上可以为所欲为,但到了外地就不行了。王胆已经怀孕七个多月,等你姑姑找到她时,她的孩子已经出世了。因此,就让你姑姑死了这条心吧。

既然如此,那何必还要告诉她们呢？我问。

这是我拯救自己的一种方式,王肝说,这也是我求你做的唯一一件事。

好吧,我说。

七

我确实是个意志软弱的男人。

原本我想,与小狮子的新婚之夜,我应该面对红烛,独坐至天明,以示我对王仁美的歉疚与怀念之情,但仅仅坐到十二点时,便与小狮子抱在了一起。

我与王仁美结婚那天下大雨,与小狮子结婚这天下暴雨。一道道的闪电,刺目的蓝白之光,然后是震耳的雷声与倾盆大雨。四面八方都是响亮的水声,挟带着浓重土腥和腐烂水果气味的湿风从窗棂灌进洞房。红烛将残,抖抖颤颤,终于熄灭。我感到恐惧。一道持续数秒的闪电猛烈抖动着,在这瞬间我看到小狮子闪闪发光的眼睛。她的脸在闪电下宛若黄金。然后是一声近得仿佛就在院里发生的雷声,还有刺鼻的焦煳味儿。小狮子一声惊叫,我与她抱在了一起。

我原本以为小狮子是块木头,但没想到她是一个木瓜。一个饱满充盈,轻轻一碰即会淌出汁液的木瓜。她有木瓜的质地木瓜的浓香。拿新人比较故人是很不君子的行为,我克制着自己的无聊联想,但心不由己。当我的肉体与小狮子结合在一起后,心也同时贴近了。

我无耻地说:狮子,我觉得跟你比跟王仁美更像夫妻。

她用手堵住我的嘴,说:有些话是不能说出口的。

王肝让我告诉你们,十三天前,他已经将王胆送往胶州,坐上长途汽车去了烟台,然后又从烟台去了东北。

小狮子折身坐起来,又一道闪电照亮了她。那张激情洋溢的脸变得严肃冷峻。她抱着我又躺倒了。她在我耳边说：他在撒谎，王胆根本就不可能走远。

那你们……我问，是想放她一马吗？

这个我说了不算，要看姑姑的意思。

姑姑是不是有这个想法呢？

不可能，她说，姑姑如有这种想法，那她就不是姑姑了。

那你们为什么按兵不动？你们难道不知道她已经怀孕七个多月了？

姑姑没有按兵不动，她说，姑姑安排了好几个眼线在暗中调查。

你们查到了吗？

这个嘛……她犹豫了片刻，将脸贴到我胸前，说，对你没有什么可隐瞒的，她就藏在燕燕的姥姥家，就藏在王仁美藏过的那个地洞里。

那你们打算怎么办？

我听姑姑的。

姑姑打算怎么办？

是不是还想用老办法？

姑姑不会那么笨。

那怎么办？

姑姑已经让人跟陈鼻谈过，告诉他我们已知道王胆藏匿在王家，并让他去通知王家，如不交出人来，明天就开链轨车来，把王家的房子和王家四邻的房子全部拉倒。

燕燕姥爷是个倔人，他要真拗上劲儿，你们难道真要把人家的房子拉倒？

姑姑的本意并不是让王家放人，而是让陈鼻把王胆主动带走。姑姑对陈鼻承诺了，只要带着王胆去做掉孩子，他的财产全部返还。

三万八千元呢,相信他不会不动心。

我长叹一声道:你们为什么非要赶尽杀绝呢?弄死一个王仁美难道还不够吗?

王仁美是咎由自取。小狮子冷冷地说。

我感到她的身体也突然变冷了。

八

阴雨连绵,道路断绝,河水暴涨,外省前来购买吾乡所产大蜜桃的车辆,一辆也没有到来。

家家户户都有采摘下来的桃子。有的装在篓子里,摞得小山一般,上面蒙着塑料布遮挡雨水。有的就散乱地堆在院子里,任凭雨水抽打浸泡。水蜜桃不耐储藏,往年里,收购桃子的大卡车,直接开到桃林边上,摘下来随即过磅装车,那些不畏辛劳的司机,连夜奔驰,第二天凌晨即可将桃子运往千里之外的城市。今年,老天爷仿佛要对连续发了几年桃运的人们进行惩罚,从桃子成熟开始,几乎没有一个完整的晴天,大雨中雨小雨交替进行,即便不摘桃子,在树上也要烂掉。摘下来,也许还有一线生机:天一放晴,车一进来,装车就走。但这天,根本看不出放晴的预兆。

我家只种了三十棵桃树,因为父亲年老,疏于管理,产量不高,但也摘了将近六千斤。我家果笼少,只装了十六笼,放在厢房里,剩下来的,蒙上一块塑料布,堆在院子里。父亲不时冒雨出去,揭开塑料布,捡起桃子观看。每当他揭开塑料布时,我们就会嗅到一股烂桃子的味道。

我与小狮子新婚,女儿由父亲带着。父亲冒雨到院子里去,女儿也跟着跑出去。她举着一把小伞,伞上印着许多动物。

女儿对我们很冷淡,但保持着足够的客气。小狮子给她糖,她将双手藏在背后不接,口中却说:谢谢阿姨。

我说:叫妈妈。

女儿瞪着眼睛,惊讶地看着我。

小狮子说:不用叫,啥都不用叫。人家都叫我小狮子呢——她指指花伞上那个小狮子——你就叫我大狮子吧。

你会吃小孩子吗?女儿问。

我不吃小孩子,小狮子说,我是专门保护小孩子的呀。

父亲用斗笠装进来一堆烂了半边的桃子,用一把生锈的刀子削着,一边削一边叹气。

要吃就吃好的吧,我说。

这可都是钱啊!父亲说,这天,一点也不体恤老百姓啦。

爹——小狮子刚刚改口,叫得有点别扭,听着也感到别扭——政府不会不管的,他们一定在积极想办法。

政府就知道计划生育,别的事哪有心管!父亲不无怨尤地说。

正在这时,村委会的高音喇叭响了。父亲生怕听不清楚,慌忙跑到院子里,侧耳聆听。

喇叭里播放通知,说公社已经与青岛、烟台等城市联系好,他们已派出车队,集中在五十里外吴家桥渡口那边,设摊收购高密东北乡的桃子。公社号召百姓,水陆并进,将桃子运到吴家桥去,价格虽然比往年便宜了一半,但总比烂成泥好。

广播甫毕,村子里就沸腾起来。我知道沸腾了的不仅仅是我们村,而是高密东北乡的所有村庄。

  我们这里虽有大河,但船的数量很少,原先每个生产队里有几条小木船,但包产到户后,这些船都不知去向。

  人民群众中蕴藏着无穷的创造力,此话一点不假。父亲跑到厢房,从房梁上拿下四个葫芦,然后又扛出四根木料,提出绳索,在院子里扎制木筏。我脱了外衣,只穿着裤头背心,帮父亲干活。小狮子撑着伞,为我遮雨。女儿撑着她的小伞,在院子里跑来跑去。我示意小狮子为父亲撑伞避雨,但父亲说不用。父亲肩上披着一块塑料布,光着头,雨水与汗水混合,在他的脸上流。像我父亲这种老农民,劳动时全神贯注,下手准确而有力,一点多余的动作都没有。筏子很快就扎制好了。

  当我们把筏子抬出去时,河堤上已经热闹非凡。那些消逝了的木船,突然都出现了。与木船同时下了水的,还有几十个木筏,绑在木筏上的,有葫芦,有充足了气的马车内胎,还有白色的泡沫塑料。不知谁家,还弄出了一个大木盆。船只、木筏,都用绳索固定在河堤的柳树上。每条胡同里,都有扛着桃篓的人,匆匆地走来。

  那些家里养骡子与驴子的人,已经把装满桃子的驮篓装在牲口背上。几十匹大牲口,在河堤上排成一列。

  有一位泗水过来的公社干部,身穿雨衣,挽着裤管,手提着凉鞋,站在河堤上大声吆喝着。

  我看到在我家木筏前边,有一个绑扎得近乎华丽的木筏。四根粗大的杉木,用牛皮绳捆绑成"井"字形。中间的空隙用镰柄粗的圆木编排起来,筏子的下边,绑着四个红色的充足气的马车内胎。虽然筏子上已装上十几筐桃子,但筏子吃水很浅,可见这四个轮胎浮力强大。筏子的四角和中间,还绑上了五根立木,立木上撑着浅蓝色的塑料薄膜,可以遮阳,当然也可避雨。这样的筏子,绝不是半天工夫能制造出来的。

王脚披着蓑衣,戴着斗笠,蹲在筏子前头,仿佛一个垂钓的渔翁。

我家的木筏上只装了六篓桃子,吃水已经很深。父亲坚持要再装上两篓。我说:再装两篓可以,但您就不要去了,我一人撑去。

父亲可能考虑到我与小狮子是结婚第二日,非要自己去,我说:爹,别争了,您看看满河堤的人,哪有您这个岁数还下河撑筏的?

父亲说:那你小心。

我说:放心吧,我干别的不行,凫水还行。

万一有大风浪,就把桃子掀到水里,父亲说。

放心吧,我说。

我对着牵着女儿站在河堤上的小狮子挥了挥手。

小狮子也对着我挥挥手。

父亲把拴在树上的缆绳解下来,抛给我。

我接住缆绳,挽好,操起长杆,戳住河堤,用力一撑,沉重的筏子缓缓向前移动。

小心啊!

千万小心啊!

我掌控着木筏,沿着离河堤较近的地方,慢慢向前漂流。

岸上的骡子和驴与我们并行。沉重的驮篓使牲口们步履沉重。几家讲究的户主,在牲口脖上系了铜铃,发出叮叮当当的声响。岸上的老人和孩子们跟着牲口队走一段,到达村头后,便都立住了脚。

大河在村头,拐了一个急弯。船和筏子,在这里进入激流。一直在我的前边撑着木筏的王脚,没有随流而下,而是将筏子撑到河流拐弯处的稳水中。那边的河堤上,生长着枝繁叶茂的灌木,有许多蝉,在枝条上鸣叫。从看到王脚家的豪华木筏那一刻起,我就预感到将有事情发生。果然,王脚将筏上的桃篓掀到水中,篓子在水上漂浮,显然里边没装桃子。他将木筏撑入灌木丛中,我看到,高大的陈鼻,抱着大肚子王胆,跳上木筏。在他的后边,王肝抱着陈耳,也跳上了木筏。

他们随即将筏顶的塑料布放下来,形成一圈帷幕。王脚手持长杆,恢复了当年手持长鞭站在车辕上驱马前进的雄姿,威风不减当年。他腰杆子笔挺,可见确如姑姑所说,他的弓腰驼背,完全是装出来的。而所谓的"父子绝交",可见也是气话,一到关键时刻,上阵还需父子兵。但不管怎么说,我从心底里还是祝福他们,希望他们能够载着王胆,逃到他们想去的地方。当然,想到姑姑为了此事所付出的无数心机,我又感到些微的遗憾。

王脚的筏子浮力强大,载重又轻,很快就超越了我们。

两岸的村庄里,都有木筏和小船下水。当我们漂浮到那个曾经让姑姑头破血流的东风村时,数百个木筏,数十条木船,在河心汇集成一条长龙,顺流而下。

我的目光一直在追随着王家的木筏。它虽然超越了我们,但一直未从我的视野中消逝。

王家的木筏毫无疑问是那天最骄傲的木筏,犹如一辆夹杂在平庸轿车队伍中的"悍霸"。

它不但骄傲而且神秘。看到过大河拐弯处那一幕的人,自然知道塑料帷幕里隐藏的秘密,没见过这一幕的人,则不免侧目而视,心生疑惑。因为无论从哪个角度看,这筏上载的都不是桃子。

现在,我回想起来,当姑姑的那艘计划生育专用船开足了马力从我们筏边快速驶过时,我的心中,产生的是一种莫名的激动。这艘船已经不是1970年代那艘土造的机器船,而是一艘乳白色的、流线型的快船。半封闭的驾驶室前是透明的有机玻璃,驾驶着这艘新船的依然是那个秦河,但他的头发已经花白。姑姑和我的新婚妻子小狮子手扶着驾驶室后的栏杆站立着,风使她们的衣裳往后摆去。我看到了小狮子球一般的胸脯,心中一时百感交集。在她们身后,有四个男人对面坐在船舷两侧的座位上。他们的船激起的浪花溅到我们筏上,她们的船造成的水涡使我们的木筏上下颠簸。我相信船贴着我的木筏驶过时小狮子看到了我,但她连一个招呼也没跟我打,刚刚与我结婚的小狮子仿佛是另外一个人。我心中浮起一种梦幻般的感觉,此前发生的一切,似乎都是梦中的情景。小狮子的冷漠使我的心迅速偏向了逃亡者:王胆,快逃啊!王脚,快撑啊!

姑姑的船从木筏队中斜插过去,冲向在右前方单独漂流的王家木筏。

姑姑的船并没有超越王家的筏,而是与它并行。船放慢了速度,几乎听不到马达声。船与筏之间隔着约有两三米的距离。船继续向筏靠近,显然是想用这种方式将木筏逼向河堤。王脚操着木杆,撑着船的船舷。他大概是想借此摆脱险境,但木筏在反作用力下,渐渐地被逼出中流。

船上一个男人,操起一根顶端安装有铁钩的木杆,对准木筏顶上的塑料布用力一拉。塑料布应声而裂。他又操杆划了几下子,筏上的一切便暴露无遗了。

王脚手持木杆,擂打着船上的人。船上的男人用手中的木杆招架着。而此时,王肝和陈鼻,每人手持一根木桨,坐在木筏两侧,奋力划桨。在他们中间,是那袖珍女人王胆,她左手揽着将脸藏在她腋窝里的陈耳,右手捂着球状肚腹。在木棍击打声中,浪潮澎湃声中,间或响起她尖厉的叫声:姑姑,您高抬贵手,放我们一条生路吧!

就在木筏渐渐脱离船时,小狮子对着木筏的方向奋力一跳,扑通一声,落在了河中。她不会凫水,在水中沉浮。姑姑大叫救人。趁此机会,陈鼻和王肝奋力划水,使木筏又入中流。

搭救小狮子花了相当长的时间。船上的男人将木杆伸给她,将她拖至船舷时,她却伸手抓住那人的腿,将他也拽入水中。这又是一个不善游泳的。船上的人,只好跳下水救人,而驾船的秦河,似乎也大失了水准。气得姑姑在船上跳脚大骂。木筏和木船上的人,无人出手相助。但小狮子毕竟是我的妻子,我努力撑杆拨水,试图将木筏向她靠拢,但后边一架木筏斜刺里冲上来,几乎将我的木筏撞翻。眼见着小狮子在水中露头的时候越来越少,我没再犹豫,舍弃木筏和桃子,纵身跳入激流,挥臂向前,去救我的妻子。

在小狮子跳入水中那一瞬间,我心中便画了一个大大的问号。事后,小狮子报功似的对我说,她嗅到了血的味道,是那种产妇特有的圣洁的血的味道。她同时也看到了王胆腿上的血。她故意跳到水中——当然这行为也可以做别的解释——借此拖延时间,她冒着被淹死的危险拖延时间,她说她对着河中的神灵祈祷着:王胆,你抓紧时间,快生啊,你快生啊!只要孩子出了"锅门",就是一条生命,就是中华人民共和国的一个公民,就会受到保护,孩子是祖国的花朵,孩子是祖国的未来。当然,她说,这点小聪明,根本瞒不了姑姑,我一撅尾巴,姑姑就知道我要拉什么屎。

等我们把小狮子和另一名计划生育干部救上船时,王家的木筏已划出起码三里之遥。而此时,船又熄了火,秦河满头大汗,一遍遍地发动机器。姑姑暴跳如雷,小狮子和那名计生干部趴在船边,头伸到舷外,哇哇地吐水。

姑姑跳了一阵,突然冷静下来。她脸上浮现出一种悲凉的笑容。一线阳光从云层中射出,照着姑姑的脸,也照着浊浪滚滚的河面,使姑姑像一个末路的英雄。她坐在船舷,低声对秦河说:别装了,都别装了。

秦河怔了一下,一下子就将机器发动起来。船如离弦之箭,直冲着王家木筏而去。

我拍打着小狮子的脊背,偷眼看着姑姑,姑姑时而低眉垂眼,时而咧嘴一笑。她在想什么呢?我猛然想到,姑姑已经四十七岁了,她的青春岁月早已结束,现在,她正在中年的路上行走,但她的饱经沧桑的脸上,已经显出老者的凄凉。我想起母亲生前不止一次地说过,女人生来是干什么的?女人归根结底是为了生孩子而来。女人的地位是生孩子生出来的,女人的尊严也是生孩子生出来的,女人的幸福和荣耀也都是生孩子生出来的。一个女人不生孩子是最大的痛苦,一个女人不生孩子算不上一个完整的女人,而且,女人不生孩子,心就变硬了,女人不生孩子,老得格外快。母亲的话是针对姑姑而说,但母亲从来没有当着姑姑的面说过。姑姑的老,是不是真的与没生孩子有关?姑姑已经四十七岁,如果抓紧时间结婚,是否还有生孩子的可能?但能够成为姑姑丈夫的那个男人,到底在哪里呢?

姑姑的船很快就追上了王家的木筏。接近木筏时,秦河放慢了速度,小心翼翼地向前靠拢。

王脚立在筏尾,手持长杆,金刚怒目,摆出了一副拼命的架势。

王肝抱着陈耳,坐在筏头。

陈鼻在筏中,揽着王胆,哭着,笑着,喊叫着:王胆,你快生啊!快啊!生出来就是一条性命啊!生出来她们就不敢给咱捏死啊!万心,小狮子,你们败了!哈哈,你们败了啊!

泪水沿着这个大胡子男人的脸,一行行地滚下来。

与此同时,王胆发出一阵令人毛骨悚然的、撕肝裂胆般的哭叫声。

船与木筏紧挨着时,姑姑一探身,伸出了一只手。

陈鼻摸出一把刀子,凶神恶煞般的:把你的魔爪缩回去!

姑姑平静地说:这不是魔爪,这是一只妇产科医生的手。

我鼻子一酸,心中猛省,大声喊:陈鼻,快把姑姑接上筏去!让姑姑给王胆接生!

我用木杆钩住了筏子的立柱。姑姑移动着沉重的身体,登上了木筏。

小狮子提起药箱,纵身跳到了筏上。

当她们用剪刀豁开王胆浸透鲜血的裤子时,我背过身去,但我的手在背后死死地拽住木杆,使木筏与机船难以分离。

我的脑海里浮现着一瞬间看到的王胆形象:她躺在木筏上,下体浸在血水中。身体短小,肚子高隆,仿佛一条愤怒、惊恐的海豚。

大河滚滚,不舍昼夜。重云开裂,日光如电。运桃的筏队摇头摆尾而行,我的筏子,在无人掌控的情况下竟然也顺流而下。

我期盼着。我在王胆的哭叫声中期盼着,在浪涛澎湃声中期盼着,在岸上毛驴的高亢叫声中期盼着。

筏上传来了婴儿喑哑的哭声。

我猛然回过头去,看到姑姑双手托着这个早产的赤子,小狮子用一根纱布缠着婴儿的腹部。

又是一个女孩,姑姑说。

陈鼻颓然垂首,仿佛泄了气的轮胎。他双拳轮番击打着自己的脑袋,痛苦万端地说:天绝我也……天绝我也……老陈家五世单传,没想到绝在我的手里……

姑姑骂道：你这个畜生！

尽管姑姑的船载着王胆和新生婴儿疾驰返航，但终究也未能挽救王胆的生命。

据小狮子说，王胆死前回光返照，神志清醒了一会儿。她的血流光了，脸色像金纸一样。她对着姑姑微笑着，嘴里似乎嘟哝着什么。姑姑将身体凑上去，侧耳听着她的话。小狮子说她没听清王胆对姑姑说了什么，但姑姑肯定听清了。王胆脸上的金色消退，变成灰白的颜色。她的眼睛圆睁着，但已经放不出光芒了。她身体蜷缩着，像一只倒干了粮食的瘪口袋，又像一只钻出了飞蛾的空茧壳。姑姑在王胆尸体旁坐着，深深地低着头。良久，姑姑站起来，长长地叹了一口气，既像问小狮子，又像自言自语：这算怎么回事呢？

王胆不足月的女儿陈眉，在姑姑和小狮子的精心护理下，终于度过了危险期，活了下来。

第四部

亲爱的杉谷先生：

  我们退休后搬回高密居住，不觉已经三年。其间虽有一些小曲折，但最终却有了大惊喜。您对我寄给您的有关姑姑的材料评价甚高，让我诚惶诚恐。您说这些材料稍加整理即可当作小说发表，但我心存疑惧。一是怕出版社不愿接受这种题材的小说，二是怕万一发表之后，会惹姑姑生气。尽管我已经在某些方面尽量地"为长者讳"了，但还是将许多令她伤心的事情披露出来。至于我自己，确实是想用这种向您诉说的方式，忏悔自己犯下的罪，并希望能找到一种减轻罪过的方法。您的安慰和开导，使我心中豁亮了许多。既然写作能赎罪，那我就不断地写下去。既然真诚的写作才能赎罪，那我在写作时一定保持真诚。

  十几年前我就说过，写作时要触及心中最痛的地方，要写人生中最不堪回首的记忆。现在，我觉得还应该写人生中最尴尬的事，写人生中最狼狈的境地。要把自己放在解剖台上，放在显微镜下。

  二十多年前，我曾经大言不惭地说过：我是为自己写作，为赎罪而写作当然可以算作为自己写作，但还不够；我想，我还应该为那些被我伤害过的人写作，并且，也为那些伤害过我的人写作。我感激他们，因为我每受一次伤害，就会想到那些被我伤害过的人。

先生，现在寄去我一年来断断续续写出来的文字。有关姑姑的故事，我想到此就为止了；接下来，我会尽快地完成那部以姑姑为剧中人物原型的话剧。

姑姑每次见到我都会提到您，她真诚地希望您再来。她甚至说，是不是杉谷先生买不起机票啊？你告诉他，我替他买机票。姑姑还说，她心中有许多话，不能对任何人说，但如果您来了，她会毫无保留地告诉您。她说，她知道一个有关令尊的重大秘密，从来没对任何人说过。这件事一旦披露，会让您惊愕万分。先生，我基本上猜到了这个秘密，但还是等您来了让她亲口告诉您吧。

另外，尽管我在这次寄出的材料里已经提及，但还是先在这里告诉您：年近花甲的我，最近成为一个新生婴儿的父亲！先生，不管这婴儿如何而来，不管今后围绕着这婴儿还将产生多少麻烦事，我还是要请您这个大贵人祝福他；如果可能，还请您赐他一个名字！

蝌蚪
二〇〇八年十月于高密

一

　　在我的印象中,姑姑胆大包天,这世界上似乎没有她怕的人,更没有她怕的事。但我和小狮子却亲眼看到她被一只青蛙吓得口吐白沫、昏厥倒地的情景。

　　那是四月里的一个上午,我和小狮子应邀去袁腮和我小表弟金修联合开办的牛蛙养殖场做客。只几年的工夫,原先偏僻落后的高密东北乡就大变了面貌。大河两岸新修了美丽坚固的白石护坡,岸边绿化带里栽种着奇花异草。两岸新建起十几个居民小区,小区里有板楼塔楼,也有欧式的别墅。此地已与县城连成一片,距青岛机场只有四十分钟的车程,韩国和日本的客商,纷纷前来投资建厂,我们村的大部分土地,已经成为大都会高尔夫球场的草地。尽管此地已更名为"朝阳区",但我们还是习惯地称其为"东北乡"。

　　从我们居住的小区到牛蛙养殖场约有五里路,小表弟要开车来接,被我们婉拒。我们沿着河边的人行道往下游走,不时与推着婴儿车的少妇擦肩而过。她们一个个面皮滋润,目光迷茫,身上散发着名贵香水的优雅气味。车上的孩子口叼奶嘴,有的甜睡,有的睁着乌溜溜的眼睛,身上都散发出甜蜜的气味。每遇到一辆婴儿车,小狮子都要拦住人家,然后伏下肥胖的身体,伸出手,抚摸着婴儿的胖嘟嘟的小手、粉嫩的脸蛋。她脸上的表情,说明了她对婴儿发自内心的喜爱。在一个金发碧眼的外国少妇推着的双座婴儿车前,面对着车上那两个头戴泡泡纱小帽、如同芭比娃娃一样娇美的混血婴儿,她摸摸这个,又摸摸那个,嘴巴里低声嘟哝着,眼睛里盈满泪水。我看看那少妇礼貌地微笑着的脸,伸手拉拉小狮子的衣服,说:

不要把哈喇子流到孩子脸上啊!

她叹息着,说:

从前怎么就没觉得孩子可爱呢?

这说明我们老了。

也不尽然是,她说,现在的人,生活水平高了,孩子的质量提高了,因之孩子可爱了。

我们时不时与过去的熟人相遇,彼此握手寒暄,共同的感慨是"老了",是"真快,一转眼几十年过去了"。

我们看到河上有一艘装修得大红大绿的豪华游船在缓缓行驶,如同一座移动的牌楼。悠扬的乐声飘来,有古装女子,如同画中人物,在船舱里抚琴吹箫。不时有一艘船头高高翘起的快艇飞速驰过,浪花飞溅,惊起白色鸥鸟。

我们拉着手,看上去亲密无间,但各想各的心事。孩子,那么多可爱的孩子,这也许是小狮子所想的,而我脑海里一幕幕闪现的,却是二十多年前,在这大河之上,那场惊心动魄的追逐。

我们沿着那座刚竣工不久的斜拉钢桥上的人行道越过大河。桥上来往的车辆中有很多"宝马"、"奔驰"。大桥造型风流,宛如海鸥展翅。过桥后,右侧是大都会高尔夫球场,左侧便是远近闻名的娘娘庙。

那天是农历的四月初八,正逢庙会。娘娘庙周围的空地上,停满了车辆。从车牌上,我们知道这些车大多来自周边县市,其中还有几辆来自外省。

此地原有一名为"娘娘庙"的小村,村中有一座娘娘庙,村因庙而得名。我幼时曾随母亲到这小庙烧过香,虽事过多年,但印象犹存。那座小庙在"文革"初期即被夷为平地。

新建的娘娘庙,殿堂巍峨,红墙黄瓦。庙前甬道两侧,挤满卖香烛、泥娃娃的摊位,摊主高声叫卖,招徕游客:

拴个娃娃吧!拴个娃娃吧!

其中有个身披黄袍、头剃秃瓢、看上去像个和尚的摊主。他敲着木鱼儿,有板有眼地喊叫着:

拴个娃娃带回家,全家高兴笑哈哈。

今年拴回明年养,后年开口叫爹娘。

我的娃娃质量高,工艺大师亲手造。

我的娃娃长相美,粉面桃腮樱桃嘴。

我的娃娃最灵验,远销一百单八县。

拴一个,生龙胎;拴两个,龙凤胎。

拴三个,三星照;拴四个,四天官。

拴五个,五魁首;拴六个,我不给,怕你媳妇噘小嘴。

……

声音十分熟悉,近前一看,果然是王肝。他正向几个看上去像日本或韩国的女人推销泥娃。我正犹豫着是否该拉着小狮子走开,以免故人相逢,生出感伤,令大家都不自在,但小狮子却挣脱手,径直奔王肝而去。

马上我就知道她不是奔王肝而去,而是奔王肝摊上的泥娃娃而去。王肝没有吹牛,他摊上卖的泥娃娃,果然与众不同。旁边那些摊上的泥娃娃一个个色彩艳丽，不论是男娃还是女娃，都是一个模样。但王肝摊上的娃娃，色彩自然深沉，而且是一娃一模样，一娃一神情，有的生动活泼，有的安然沉静，有的顽皮滑稽，有的憨态可掬，有的生气噘嘴，有的张口大笑。我一看也就明白，这的确像我们高密东北乡泥塑大师郝大手的作品。——郝大手1999年与我姑姑结婚——他的泥娃娃，从来都是他自己用那种保持了几十年的独特方式销售，怎么可能交给王肝叫卖呢？——王肝努努旁边摊位上那些泥娃娃，对那些女人们低声介绍着：那些货确实便宜，但那是用模子刻出来的，我的货贵，却是我们高密东北乡的工艺大师、泥娃王秦河闭着眼捏出来的。什么叫栩栩如生、吹弹可破？王肝拿起一个咕嘟着小嘴、仿佛生气的小泥孩说，法国杜莎夫人的蜡像，与我们秦大师的作品比起来那就是一堆塑料。万物土中生，懂不懂？女娲抟土造人懂不懂？土是最有灵气的。我们秦大师用的泥土是专门从胶河河底两米深处挖上来的，这是三千年沉淀下来的淤泥，是文化的淤泥历史的淤泥。挖上来这淤泥，放在太阳下晒干，放在月光下晾透，让它们接受了日精月华，然后放在石碾上碾碎，再用太阳冒红时取来的河心水和月亮初升时取来的井中水和成泥巴，用手揉一个时辰，用棒槌敲一个时辰，一直将那泥巴团弄到面团一般，这才能动手制作。——而且我要告诉你们，我们秦大师，每捏好一个泥孩，都会在它的头顶用竹签刺一个小孔，然后扎破自己的中指，滴一滴血进去。然后揉合小孔，将泥孩放置在阴凉处，七七四十九天之后，这才拿出调色上彩，开眉画眼，这样的泥孩，本身就是小精灵——我不瞒你们说，你们听了也不要害怕——秦大师的泥娃娃，每当月圆之夜，都能闻笛起舞，一边跳一边拍巴掌一边嬉笑，那声音，就像从手机里听到的说话声，虽然不大，但非常清晰，如若不信，您拴几个回家看看，如若不灵，您拿回来摔在我的摊子前——我相信您舍不得摔,您会摔出他的血来,您会听到他的哭声——在他的一通忽悠下,那几位女游客各买了两个泥娃娃。王肝从摊下拿出专用的包装盒,为她们包装好。女游客高兴而去,这时,王肝才来招呼我们。

我想他其实早就认出了我们,他即便认不出我,也不可能认不出他苦苦追求了十几年的小狮子啊。但他就像猛然发现我们似的惊叫着:

啊呀!是你们两位啊!

你好啊,老兄!我说,好多年不见了。

小狮子对他微微一笑,嘴巴里呜噜了一声,没听清她说什么。

我与他用力握手,然后放开,互相让烟,我抽他一支"八喜",他抽我一支"将军"。

小狮子专注地观赏着那些泥娃娃。

早就听说你们回来了,他说,看来真是"走遍天涯海角,还是故乡最好"啊!

正是,狐死首丘,叶落归根嘛,我说,不过也幸亏碰上了好时代,退回去几十年,想都不敢想。

过去,人都在笼子里关着,不在笼里关着,脖子上也有绳子牵着,他说。现在,都自由了,只要有钱,想干什么就可以干什么啦,只要不犯法就行。

一点也不假啊,我说,哥们儿,你可真能忽悠啊!我指指那些泥娃娃,说:真有那么神吗?

你以为我是信口胡编?他一本正经地说,我说的都是实话,稍有夸张,那也是允许的,即便是国家媒体,不也允许合理夸张吗?

反正我辩不过你,我问,真是老秦捏的?

这能假得了？王肝道，我说这些泥孩子月圆之夜能闻笛起舞，那是夸张，但我说这些娃娃是老秦闭着眼捏出来的却是千真万确的事实，如果你不相信，哪天得空，我带你们去参观。

老秦也在我们这边落了户吗？

这年头，什么落户不落户，哪里方便哪里住呗，他道。你姑姑住在哪里，秦河就会住到哪里，这样的铁杆粉丝，天上难找，地下难寻呢！

小狮子双手捧起一个大眼睛高鼻梁，看上去像个中欧混血的漂亮泥娃娃说：我要这个孩子。

我端详着这娃娃，心中模糊浮现出一个感觉，对，一点不错，正是似曾相识之感。在哪里见过她，她是谁？老天，她是王胆的女儿陈眉啊，是姑姑和小狮子抚养将近半年之后，又不得不还给她的父亲陈鼻的陈眉啊。

我清楚地记得，陈鼻到我们家来索要陈眉的那个傍晚，春节临近的一个傍晚，辞灶日的傍晚，鞭炮齐鸣、硝烟滚滚的傍晚。小狮子已经办好了随军手续，离开了公社卫生院。春节过后，我就要带着她与燕燕坐上火车到北京去了。在北京的一个部队大院里，有一套两居室的单元，那将是我们的新家。父亲不跟我们走，也不愿去投奔我的在县城工作的大哥，他要坚守着这块土地。好在我二哥在乡镇工作，可以随时照顾。

王胆死后，陈鼻整日喝酒，喝醉了又哭又唱，满大街乱窜。人们起初对他甚为同情，但日久便生出厌烦。当初搜捕王胆时，公社用陈鼻的存款给村民们发工资，王胆死后，大多数人把钱还给了他。公社也没向他收取羁押他时的生活费，所以，保守地估计，他当时手头起码还有三万元，足够他喝上几年的。他似乎把被我姑姑和小狮子抱到卫生院救活的那个女婴忘记了。他让王胆冒着生命危险抢生二胎的根本目的,是要生一个为他们陈家传宗接代的男孩,所以当他看到费尽千辛万苦、冒着千难万险生出来的竟然又是个女婴时,他就捶打着脑袋痛哭:天绝我也!

这女婴的名字是姑姑起的。因她眉清目秀,有个姐姐叫陈耳,姑姑就说:就叫陈眉吧。小狮子抚掌赞叹:这个名字太美了。

姑姑和小狮子动过收养陈眉的念头,但碰到了落户口、办理收养手续等许多困难。所以,直到陈鼻从小狮子怀里把陈眉抱走时,她还没有户口。在中华人民共和国的合法人口中,没有她这个人,她是"黑孩儿"。那时候有多少这样的"黑孩儿",没人统计过,但估计是一个相当惊人的数字。这批"黑孩儿"的户口问题,在1990年第四次普查人口时终于得到了解决,为此收取的超生罚款也是个天文数字,但这些钱到底有几成进了国库,也是无人能算清楚的糊涂账。最近十几年来,人民群众又制造了多少这样的"黑孩儿",估计又是一个惊人的数字了。现在的罚款额比二十年前高了十几倍,等到下次普查人口,如果"黑孩儿"的父母们能把罚款交齐……

在那些日子里,小狮子母性大发,抱着陈眉,亲不够,看不够,我怀疑她曾经试图给陈眉喂过奶,因为我发现了她乳头的异样——但她能否分泌乳汁就很难说了。这样的奇迹据说也曾发生过。我小时看过一出戏,讲一户人家,突遭变故,父母双亡,只余下十八岁的姐姐与襁褓之中的弟弟,万端无奈中,姐姐便将自己处女的乳头塞到弟弟嘴里,几天之后,竟然有乳汁分泌出来了。这样的事情,在现实生活中不大可能发生。姐姐十八岁了,弟弟还在吃奶?我母亲说,过去,婆婆与儿媳同时坐月子的事很多。现在,现在又有可能了。我女儿的大学同学,最近又添了一个妹妹。她爸爸是煤矿主,钱多得用尺量,农民工在黑煤窑里为他们卖命,他们住在北京、上海、洛杉矶、旧金山、墨尔本、多伦多的豪华别墅里与他们的"二奶"或是"三奶"们制造小孩。——我赶紧拉回思绪,像拉住一匹疯马的缰绳。我想起辞灶日那晚,当我刚刚把一篦帘饺子下到锅中时,当我女儿燕燕拍着小手念着有关饺子的儿歌"从南来了一群鹅,跩啦跩啦下了河"时,当小狮子抱着陈眉喃喃不休时,陈鼻穿着他那件磨得发亮的猪皮夹克,歪戴着一顶双耳扇帽子,一路歪斜地进入我家。陈耳跟在后边,牵着他的衣角。陈耳穿着一件小棉袄,袖子短了半截,露出冻得通红的小手。她头发乱蓬蓬,如一窝杂草,不断地吸鼻涕,大概是感冒了。

来得正好,我边搅动着锅里的饺子边说,坐下,吃饺子。

陈鼻坐在我家门槛上,灶膛里的火映得他满脸闪光,那个巨大的鼻子,像一块结了冰的萝卜雕成。陈耳扶着他的肩头站立,大眼睛里闪烁着惊惧、好奇的光芒,一会儿瞅瞅锅里翻动的饺子,一会儿瞅瞅小狮子和她怀中的婴孩,一会儿与燕燕交流目光。燕燕将手中的一块巧克力递给她。她歪头看看陈鼻的脸,抬头看看我们。

拿着吧,我说,妹妹给你你就拿着。

她畏畏缩缩地伸出小手。

陈鼻厉喝一声:陈耳!

陈耳慌忙把小手缩了回去。

干什么你,我说,小孩子嘛!

陈耳哇的一声哭了。

我进里屋抓出一把巧克力,装进陈耳的棉袄兜兜。

陈鼻站起来,对小狮子说:把孩子还给我。

小狮子瞪着眼说:你不是不要了吗?

谁说我不要了?陈鼻怒冲冲地说,她是我亲生的骨肉,怎能不要?

你不配!小狮子说,她生下来时像只小病猫,是我把她养活了。

是你们一路追逼,才使王胆早产!陈鼻道,要不王胆也不会死!你们欠着我一条命!

你放屁!小狮子说,王胆那情况,根本就不应该怀孕,你只顾自己传宗接代,不管王胆的死活!王胆死在你的手里!

你说这个?!陈鼻大声吼叫着,你说这个我让你们家过不成年!

陈鼻从锅台上抓起一个蒜臼子,瞄准我家的锅口。

陈鼻,我说,你疯了吗?我们可是从小的朋友!

这年头,哪里还有什么朋友?!陈鼻冷笑道,王胆藏在你岳父家,也是你向你姑姑透了信吧?

跟他无关!小狮子说,是肖上唇报的信。

我不管谁报的信,陈鼻道,反正你今天得把孩子还给我。

你做梦!小狮子说,我不能让这个孩子死在你手里,你不配做父亲!

你这个臭娘们儿,你们都是生不出孩子的"二尾子",你们自己不会生,所以才不让别人生,你们自己生不出,才想把别人的孩子霸为己有!

陈鼻!闭上你的臭嘴,我怒道,大辞灶的,你跑到我家来耍什么横?你砸吧,你有本事往锅里扔!

你以为我不敢扔?

你扔!

你们不还给我孩子,我什么都敢干!杀人放火,我都敢!

一直躲在里屋不吭气的父亲走出来,说:大侄子,看在我这把胡子的分上,看在我与你爹多年相好的分上,你把蒜臼子放下吧!

那你让她把孩子还给我。

是你的孩子,谁也夺不去,父亲说,但你要好好跟她商量。毕竟,没有她们,你这孩子早跟着她娘一路去了。

陈鼻将蒜臼子扔在地上,一屁股坐回门槛,呜呜地哭起来。

陈耳拍打着他的肩膀,哭着说:爹……别哭……

见此境况,我的鼻子一阵发酸,对小狮子说:我看……还是还给他吧……

你们休想!小狮子说,这孩子是我捡的!

你们太欺负人啦……太不讲道理了……陈鼻哭着说。

叫你姑姑来吧,父亲说。

不用叫,我早就来了!姑姑在门外说。

我像见到救星一样迎出去。

陈鼻,你给我站起来!姑姑道,我就等着你把蒜臼子扔到锅里呢!

陈鼻乖乖地站了起来。

陈鼻,你知罪吗?姑姑厉声问。

我有什么罪?

你犯了遗弃人口罪,姑姑道,陈眉是我们带回去的,我们用小米粥,用奶粉,好不容易把她养活,半年多了,你陈鼻连个面也不露,这女儿是你的种不假,可你这个父亲,尽到责任了吗?

陈鼻嘟哝着:反正女儿是我的……

是你的?小狮子凶凶地道:你叫叫看,她答应不?她如果答应,你就把她抱走!

你不讲理,我不跟你说话!陈鼻道。姑姑,过去是我错了,现在我认错,认罪,你把女儿还给我!

还给你可以,姑姑道,你先到公社去交齐罚款,然后给孩子落上户口。

罚多少?陈鼻问。

五千八！姑姑说。

这么多?！陈鼻道,我没有那么多钱！

没钱？姑姑道,没钱你就别想要孩子。

五千八啊！五千八！陈鼻道,要钱没有,要命有一条！

你的命自己留着吧,姑姑说,你的钱也可以自己留着,留着喝酒、吃肉,还可以去路边店嫖娼！

我没有！陈鼻老羞成怒地吼叫着,我要去告你们！公社告不赢我去县上告,县上告不赢我去省上告,省上告不赢我去中央告！

中央要是也告不赢呢？姑姑冷笑着说,是不是还要到联合国去告？

联合国？陈鼻道,联合国我也能去！

你太有本事啦！姑姑说,现在,你给我滚！等你告赢了,再来抱孩子。但是我告诉你,即便你告赢了,也得给我写份保证,保证你能把这孩子抚养好,同时你还得付给我和小狮子每人五千元辛苦费！

辞灶日傍晚陈鼻没能把陈眉抱走,但春节过后,元宵节次日,陈鼻拿着罚款收据,把陈眉抱走了。"辛苦费"是姑姑说的气话,自然不必他交。小狮子哭得浑身乱颤,好像被人夺走了亲生骨肉。姑姑斥她:哭什么？喜欢孩子自己生嘛！

小狮子痛哭不止,姑姑抚着她的肩头,用一种我从未听到过的悲凉腔调说:姑姑这辈子,已经定了局了,而你们的好日子,才刚刚开始,去吧,工作是次要的,先生个孩子出来,抱回来给我看……

到北京后,我们一直想生孩子,但不幸被陈鼻言中。小狮子生不出来。她对我女儿不错,但我知道,让她魂绕梦牵的,还是陈眉。所以,她捧着那个鼻眼酷似陈眉的泥娃娃时的那种表情,就是可以理解的了。她对王肝说其实是对我说:

我要这个孩子!

多少钱?我问王肝。

什么意思,小跑?王肝恼怒地说,是瞧不起我吗?

你千万别误会,我说,"拴孩子"要心怀诚意,不交钱如何体现诚意?

交了钱才没有诚意呢,王肝压低声音道,能用钱买到的,只是一块泥巴,而孩子,是买不到的。

那好吧,我说,我们住滨河小区九幢902,欢迎你来。

我会去的,王肝说,祝你们早得贵子。

我苦笑着摇摇头,与王肝告别,拉着小狮子,迎着人流,进入娘娘庙大殿。

大殿前的铸铁香炉中,香烟缭绕,散发着浓烈的香气。香炉旁边的烛台上,红烛排列得密密麻麻,烛火摇曳,烛泪滚滚。许多女人,有的苍老如朽木,有的光鲜如芙蓉,有的衣衫褴褛,有的悬金佩玉,形形色色,各个不同,但都满脸虔诚,心怀希望,怀抱泥娃,在那儿焚香燃烛。

大殿高耸,有四十九级白石台阶通向殿门。我抬头仰望着飞檐之下的匾额,上题"德育群婴"四个斗大金字,檐角上悬挂铜铃,风吹动叮咚作响。

台阶上上下下,基本上都是怀抱着泥娃娃的女人,我混在女人堆里,竟有点旁观者清的意味。生育繁衍,多么庄严又多么世俗,多么严肃又多么荒唐。我油然忆起,孩提时期,亲眼目睹,县一中的红卫兵"破四旧"战斗队,专程前来拆庙毁神的情景。他们,还有她们,把送子娘娘抬出来,扔到大河中,然后高呼口号:计划生育就是好,娘娘下河去洗澡!那些白发苍苍的老婆婆,在河堤上,齐刷刷地跪了一排,口中念念有词。是祈求娘娘显灵惩罚这些毛孩子?还是祈求娘娘恕人类冒犯之罪?不得而知。"三十年河东,三十年河西。"正应了这句话:娘娘庙旧址上,重建辉煌庙宇;娘娘庙殿堂里,再塑灿烂金身。既是继承传统文化,又创造了新的风尚;既满足了人民群众的精神需要,又吸引了八方游客;第三产业繁荣,经济效益显著。真是建一座厂,不如修一座庙啊。我的乡亲们,我的旧友们,都在为这座庙活着,都是靠这座庙活着啊。

我仰望着娘娘塑像。她面如圆月,发如乌云。细眉入鬓,慈目含情。身着一袭白衣,项配珠宝璎珞。右手持长柄团扇,扇面斜扣肩头;左手摸着一个骑鱼童子的头顶。在她的身体两侧,拥挤着十二个姿态各异的童子。这些童子面貌生动,童趣盎然,确实可爱极了。我想,高密东北乡能够塑出这样孩子的,大概只有郝大手与秦河了。如果王肝所说属实,那这组塑像,更似出自秦河之手。因为,我罪过地联想到:这白衣娘娘的体态面相,与我姑姑年轻时颇有几分相似啊!娘娘塑像前的九个跪垫上,跪着九个女人。她们占着跪垫久久不起,或磕头连连,或双手合十、仰望着娘娘默默祈祷。跪垫后的大理石地面上,也跪满了女人。无论是跪在垫子上的女人,还是跪在地面上的女人,都把自己的泥娃娃放在膝前,让它面对着娘娘。小狮子跪在地面上,磕头真诚,竟碰撞出"咚咚"之声。她眼里饱含着泪水,是因为爱孩子爱得深沉。但我知道,她生孩子的梦想已无法实现。她1950年生人,是年已五十五岁,虽乳房丰满,但月事已绝。我在观察别人时,肯定也有别人在观察我。我随着小狮子跪在娘娘面前。那些观察我们的人,会以为我们这对老夫妻,是在为儿女往家拴娃娃吧?

跪拜完毕,女人们拿出钱,塞入娘娘座前的红色木箱。拿钱少的匆匆塞入,拿钱多的则不无炫耀。奉献完毕,立在木箱旁的尼姑便将一根红绳套在泥娃娃的脖子上。立在两侧的两位身穿灰色袈裟的尼姑,低眉垂眼,手敲木鱼,口中念念有词,看似目不斜视,但只要有奉献百元以上者,她们手中的木鱼便会发出格外响亮的声音,似以这种方式提请娘娘注意。

我们原本没想到这里来,因此没有带钱。情急之中,小狮子褪下手上的金戒指,投入奉献箱。尼姑手中的木鱼"啪啪啪"连响三声,如同多年前我参加长跑比赛时的发令枪响。

大殿后边的配殿里,依次供奉着:天仙娘娘、眼光娘娘、子孙娘娘、斑疹娘娘、乳母娘娘、引蒙娘娘、培姑娘娘、催生娘娘、送生娘娘。每殿中都有人跪拜,奉献,每殿中都有敲木鱼的尼姑看守。我看看太阳,劝小狮子隔日再来。小狮子不情愿地点了点头。沿着殿外甬道外出时,甬道外侧的小室中,不时有尼姑探出脑袋:

施主,请给您的孩子配一把长命锁!

施主,请给您的娃娃披一件彩霞衣!

施主,请给您的娃娃登一双青云履!

……

我们无钱,只好连连致歉,匆匆逃脱。

出娘娘庙后,日已正晌,小表弟打我手机催问。街市繁华,人如蚁集,物品繁多,观者甚蕃。我们已顾不上闲逛,分拨着人群,匆匆前行,小表弟说他的车已在庙会东侧、今日隆重开业的中美合资家宝妇婴医院前等我们。

我们赶到那里时,典礼已过。只见遍地鞭炮尸骸,大门两侧凤凰展翅般摆开了数十个花篮,空中飘着两个巨大的气球,气球下拖着巨幅的标语。这是一座蓝白二色的弧形建筑,仿佛两条伸出的双臂形成的冷静而高雅的怀抱,与西侧金碧辉煌的娘娘庙形成鲜明对照。

在发现了西装革履的小表弟的同时,我们也发现了姑姑。许多人在那里,从花篮和花圈上拔取花朵。姑姑也混在其中。姑姑手里已经有了十几枝玫瑰,有白色的、红色的、黄色的,都是含苞欲放的。我们是从背影认出姑姑的。即便姑姑混在一万个人中,哪怕这些人都穿着同样颜色、同样款式的服装,我们也能毫不费力地辨认出姑姑。

我们看到,有一个十几岁的男孩子,将一个白纸包裹,递到姑姑手里。那男孩转身就跑。姑姑剥开纸包,身体往上一耸,发出一身怪叫,沉重身体,晃了几晃,往后便倒。

我们看到,一只黑瘦的青蛙,从姑姑身边跳开。

二

牛蛙养殖场大门外站着一个装模作样的保安,对着小表弟的车敬了一个滑稽的军礼。电动大门缓缓而开,小表弟的"帕萨特"缓缓而入。昔日的算命先生兼野大夫袁腮,今日的牛蛙养殖总公司袁总,已站在那尊黑黝黝的塑像前等待我们。

那是一尊牛蛙的塑像。

远看像一辆装甲运兵车。

在塑像基座的大理石贴面上,镌刻着这样的文字:牛蛙(Rana Catesbeiana)两栖纲,无尾目,蛙科,蛙属,鸣声嘹亮如牛叫,因而得名。

照相照相,袁腮张罗着,先照相,再参观,然后吃饭。

我端详着这只巨蛙,心生敬畏。只见它脊背黝黑,嘴巴碧绿,眼圈金黄,身上布满藻菜般的花纹和凸起的瘤点。那两只凸出的大眼睛,视线阴沉,似乎在向我传达着远古的信息。

小毕!拿相机来!小表弟高喊。

一个身材苗条、戴一副红边眼镜、穿一件彩条格子长裙的姑娘,提着一架沉重的相机跑过来。

小毕,齐东大学艺术系高材生,现在是我们公司的办公室主任。小表弟对我们介绍。

不仅仅是美女!袁腮说,还是才女,唱歌、跳舞、摄影、雕塑,样样通,喝酒还是海量!

袁总过奖了。小毕红着脸说。

我这老同学也是了不起的人物,少时善跑,原以为他能成为世界冠军,没想到成了剧作家。袁腮对小毕介绍我:原名万足,乳名小跑,现名蝌蚪。

蝌蚪是笔名,我说。

这是蝌蚪老师的夫人小狮子,小表弟指着小狮子道,妇科专家。

小狮子抱着泥娃娃,心不在焉地点了点头。

早就听袁总和金总说过您,小毕道。

天下第一蛙!袁腮道。这个雕塑就是小毕的作品,小表弟说。

我夸张地赞叹一声。

请蝌蚪老师多批评。

我们围着牛蛙雕塑转了一圈。无论在它身体的哪个部分,我都感觉到,它那两只阴沉的大眼珠子都能瞅到我,都在瞅着我。

照相完毕,袁腮、小表弟、小毕陪同着我们,依次参观了种蛙池、蝌蚪池、变态池、小蛙池以及饲料加工车间、蛙品加工车间。

后来经常在我梦境中再现的是种蛙池的景象。那是一个大约四十平方米的池子,池中约有半米深的浑水;水面上,雄蛙鼓动着洁白的囊泡发出牛叫般的求偶声,雌蛙舒展四肢浮在水面,缓缓地向雄蛙靠拢。更多的蛙已抱对成双。雌蛙驮着雄蛙,在水面游动,雄蛙前肢抱住雌蛙,后腿不停地蹬着雌蛙的肚腹。一摊摊透明的卵块,从雌蛙的生殖孔中排出,同时,雄蛙透明的精液也射到水中。——蛙类是体外受精——似乎是小表弟,也可能是袁腮在说——雌蛙每次能排出大约8000到10000粒卵子——这可比人类能干多了——蛙池中蛙鼓四起,池水被四月的太阳晒得暖洋洋的,散发着一股令人作呕的腥气。这里是求偶配对的情场,也是繁育后代的生殖场。——为了让雌蛙多排卵,我们在饲料中添加了催卵素——蛙蛙蛙——哇哇哇——

在满耳蛙声、满脑蛙形中,我们被带到一间布置豪华的餐厅。

两个身着粉衣的服务小姐为我们端茶倒水,布菜斟酒。

我们今天吃全蛙宴,袁腮道。

我拿起桌上的菜谱,看到上边依次写着:椒盐蛙腿,油炸蛙皮,青椒蛙块,笋干蛙片,醋熘蝌蚪,西米蛙卵汤……

对不起,我不吃青蛙。我说。

我也不吃。小狮子说。

为什么?袁腮惊讶地问,如此美味,为何不吃?

我努力想忘掉它们那凸出的眼睛,黏腻的皮肤,和从它们身上散发出来腥冷的气味,但总也忘不掉。我痛苦地摇摇头。

韩国科学家最近从牛蛙皮肤中提炼出一种极其珍贵的缩氨酸,具有抗氧化作用,能消除人体内的自由基,是天然的抗衰老物质,小表弟金修诡秘地说。当然,它还有其他许多种神秘的功效,尤其是能使妇女生双胞胎和多胞胎的几率大大提高。

要不要尝一点?袁腮道,要大胆尝试嘛!连蝎子、蚂蟥、蚯蚓、毒蛇都敢吃,还不敢吃牛蛙?

你难道忘了？我的笔名叫蝌蚪啊!

对对对！袁腮吩咐那些小姐们:把桌上的全撤掉,告诉厨房,重新做一桌,凡跟蛙沾边的一律不要!

新菜上桌,酒过三巡。

我问袁腮:你这家伙,怎么会想到养牛蛙?

要想赚大钱,就得想别人想不到的！袁腮吐着烟圈,得意洋洋地说。

你太有才了！我模仿着某小品演员的口吻,不无讥讽地说,你从小就跟别人不一样。养牛蛙是好,但从牛胃里取铁钉,到集市上算卦看相,如此神技,丢了岂不可惜?

蝌蚪,你这家伙,打人不打脸,骂人不揭短嘛。袁腮道。

小狮子冷冷地说:还有用铁钩子给妇女取环呢!

哎哟,嫂子啊,袁腮道,这事就更不能提了。那时候,咱一是觉悟低,二是心肠软,架不住那些想生儿子想疯了的老娘们缠磨,三是呢,为穷所迫。

现在还敢干吗？我问。

干什么?袁腮瞪着眼问我。

取环啊！

看你说的,我就那么没记性？几年劳改队,早让我脱胎换骨,袁腮道。现在,我是堂堂正正做人,正大光明赚钱,不违法的事啥都敢干,违法的事,用枪逼着也不干。

我们是遵纪守法、照章纳税、热心公益的市级优秀企业呢。小表弟道。

席间,小狮子一直用手揽着那个泥娃娃。

袁腮道:秦河这个杂种,才是真正的天才！他不出手便罢,一出手就把郝大手给镇压了。

一直微笑不语的小毕插嘴道：秦老师的作品每一件都凝聚着他的感情。

捏泥娃娃也需要感情？袁腮问。

那当然了，小毕道，每件成功的作品，都是艺术家的孩子。

那这只大牛蛙，袁腮指指院子里的雕塑，也是你的孩子了！

小毕飞红了脸，不再吱声。

表嫂这么喜欢泥娃娃？小表弟问。

你表嫂喜欢的不是泥娃娃，袁腮道，她喜欢的是真娃娃。

那我们一起干吧！小表弟兴奋地说，表哥也可以入伙。

让我们跟你们养牛蛙？我说，看见这些东西我身上就起鸡皮疙瘩。

表哥，我们不仅仅养牛蛙，我们——

别吓着你表哥，袁腮打断小表弟的话，说，喝酒，老兄，还记得毛主席当年是怎么教育那些"知青"的吗？——农村是一个广阔的天地，在那里是可以大有作为的！

三

正如王肝当年痛定思痛后所言：爱情是一场病。想想他迷恋小狮子那漫长的岁月里的表现，真不可想象他在小狮子嫁我之后，还能够活得下去。以此类推，秦河对姑姑的痴恋也是一种病，他在姑姑嫁给郝大手后，既没有投河也没有上吊，而是将痛苦转化为艺术，一个卓越的民间艺术家由此产生,仿佛从泥巴里跳出一个赤子。

王肝没有回避我们,他甚至主动提起当年对小狮子的痴迷,谈笑之间,仿佛是在说别人的故事。他的态度,让我备感欣慰。心中埋藏多年的歉疚被稀释,对他生出若干的亲近和敬意。

我说了你都不一定相信,王肝说,小狮子赤脚走过河滩,河滩上留下一行脚印,我像小狗一样趴在河滩上,嗅着那些脚印的气味,泪水啪嗒啪嗒滴下来。

你就胡乱编造吧,小狮子红着脸说。

这是千真万确的事,王肝一本正经地说,如有一字谎言,让我头发梢上长疗!

听听吧,小狮子对我说。头发梢上长疗,还不如让你的影子感冒。

这是很好的细节,我说,我可要把你写进剧本里去啊!

谢谢,王肝道,你一定要把那个名叫王肝的傻瓜做过的蠢事通通写到剧本里,我这里素材多着呢。

你敢写我就把你的稿子烧了,小狮子说。

你可以烧掉纸上的字,但烧不掉我心中的诗啊。

酸劲儿又上来了,小狮子道。王肝,我现在想,嫁给小跑,还不如当初嫁给你呢,起码你还趴在我的脚印上哭过。

嫂夫人,您可千万别开这种国际玩笑,您与小跑,是绝配。

确是绝配,小狮子道,连根孩子毛都没生出来,不是绝配是什么?

好了,别说我们了,说你,这么多年了,你也没找个人?

我病好之后,才发现自己其实不爱女人。

那你是同性恋?小狮子嘲道。

我什么恋都不是,王肝道,我只恋我自己。我恋我的胳膊,恋我的腿,恋我的手,恋我的头,恋我的五官,恋我的五脏六腑,甚至恋我的影子,我经常跟我的影子说话呢。

你大概又患上了另外一种病,小狮子道。

恋别人是要付出代价的,恋自己不要代价,我想怎么爱我自己,就怎么爱我自己。自己做自己的主……

王肝把我和小狮子带到了他与秦河居住的地方。大门口的墙壁上挂着一块木牌子,上写着:

大师工作坊

这里是人民公社时期的饲养室,是我经常前来玩耍的地方。记得当年,这里昼夜散发着牛和骡马粪便的气味,院子里有一口大井,井旁一个大缸。每天早晨,饲养员老方把牲口一个个牵出来,牵到大缸旁饮水。饲养员小杜,站在井边,不断地将水提上来倒在缸里。那饲养室宽大敞亮,里边一排溜儿安着二十几只石槽。最头上的两只高大的石槽是骡马使用的,里边的石槽低矮,是牛使用的。

一进院门,我看到院子里那几十根拴牛、拴骡马的木桩犹在,我看到墙壁上当年的标语依稀可辨,甚至,连当年的气味都没有消散干净。

原本是要拆的,王肝道,但听说上边下来考察了,说要保留一个人民公社时期的村庄做旅游点,所以就保存下来了。

那是不是还要养上一些牛马?小狮子问。

估计不会养了吧?!王肝大声喊:老秦,秦老师,来贵客了!

屋子里没有声响。我们跟随王肝进屋,看到那些石槽和拴马桩犹存。墙壁上,那些被骡马踢出的坑犹存,墙壁上干结的牛粪犹存。那口为牛马煮饲料的大锅犹存,那铺曾经挤满了方家那六个儿子的大炕犹存。我曾经在这铺大炕上睡过几夜,那是寒冬腊月,滴水成冰。方家贫寒,没有被子,老方只能不断地往灶里填草烧火以御寒,那炕热得如同煎饼鏊子。方家的儿子习惯了,个个睡得又香又甜,我却翻来覆去难以入睡。现在,炕上有两套铺盖,炕头墙壁上,贴着几张年画,画上面是麒麟送子和状元游街。我们看到,在两只石槽上,架设着一块厚厚的木板,木板上摆着泥巴和工具,木板后一条板凳上,坐着我们的老熟人秦河。他穿着一件蓝布大褂,衣袖和胸襟上色彩斑驳。他满头白发,依然中分,脸如马驹,两只大眼,忧郁而深沉。看我们进来,他抬头看了我们一眼,嘴唇动了动,算是与我们打过了招呼。然后他就恢复了双手托腮、目光盯着墙壁、仿佛冥思苦索的状态。

我们不由得屏住了呼吸,不敢大声说话,走路也小心翼翼,生怕出了声音,影响大师的思维。

在王肝的引导下,我们参观着大师的作品。大师捏出的半成品,都在牛槽里晾着。晾干后等待上色的作品,都摆在靠近北墙支架起的几块长木板上。那些形态各异的孩子,在牛槽里向我们打着招呼,在上粉敷色之前他们已经栩栩如生。

王肝悄悄告诉我们,大师几乎每天都这样坐着发呆,有时夜里也不上炕睡觉。但他会像机器一样定时地揉和案板上的泥巴,使它们始终保持着均匀柔软的状态。大师有时候枯坐一天也捏不出一个孩子,但真要捏起来,速度非常之快。我现在既是大师作品的经销者又是大师的管家,王肝说,我终于找到了一件最适合我的工作,就像大师终于找到了他合适的工作一样。

王肝说:大师对生活的要求很低,端到他面前什么,他就吃什么。当然,我会把最有营养、最有利于健康的食品买给大师吃。大师不仅仅是我们东北乡的骄傲,也是我们全县的骄傲。

王肝说:有一天半夜里,突然发现炕上没有了大师,慌忙开灯寻找,工作台前没有,院子里也没有。大师哪里去了呢?我吓出了一身汗,大师真要出了事,那可是我们东北乡的巨大损失。县长带着文化局长、旅游局长到这个院里来过三次啊。你们知道县长是谁吗?就是咱们那位老县委书记、在咱们高密东北乡吃过苦头、对咱们姑姑有那么一种说不清道不明关系的杨林的小儿子啊。这小伙子名叫杨雄,一表人才,双眼如电,牙齿洁白,身上散发着一股高级香烟的气味,据说是从德国留学回来的。他第一次来,确定了这饲养棚不拆;第二次来,请大师去县里参加宴会,大师抱着拴马桩,像当年那些宁死不做结扎的男人一样拒绝前往;第三次,县长给大师送来了一块牌子和民间工艺美术大师的证书。王肝从牛槽里找出那块镀金的铜牌子和那本蓝色绒面的证书给我们看。王肝说:当然,郝大手也有这样一块牌子和这样一本证书,县长也请过郝大手去县里赴宴,郝大手当然也不会去赴这种宴席,他如果去赴这种宴席他就不是郝大手了。——越是这样,越让小县长对我们高密东北乡这两位高人刮目相看。——王肝从口袋里摸出一叠名片,从中找出三张,说:你们看,他每来一次就给我一张名片,他说,老王,高密东北乡乃藏龙卧虎之地,你老王也是个人物呢!我说,我半生落魄,劣迹斑斑,除了闹了一场臭名昭著的恋爱,别的一无所成,现在,靠耍嘴皮子卖泥娃娃度日。你们猜他怎么说?他说,能用半生精力闹一场恋爱的人,本身就是传奇人物。你们高密东北乡已经出了不少奇人,怪人,我看你也是其中之一。这个家伙,是绝对的新型官员,与我们往常见过的官员绝不一样。下次他来了,我给你们引见一下。他分配给我的任务,就是照顾好大师的生活,保证大师的安全。所以,当我深更半夜里发现大师没了踪影,顿时冷汗涔涔而下。大师要有个三长两短,我如何向县长交代？我呆坐锅灶前，看到月光如水，漫进屋来。灶后的暗影里，两只蟋蟀发出清晰的叫声，透出几丝凄凉之意。这时，我听到从马槽中发出一阵冷笑。我蹦起来，往马槽里一看，原来大师仰面朝天躺在里面呢。马槽太短，他的双腿像练瑜伽神功一样叠在一起，双手叠放在胸前。他神态安详，面带笑容，细一看人在酣眠，那笑声竟是他自梦中发出。你们也许知道，高密东北乡这几个天才人物，都患有严重的失眠症，王肝虽然只能算半个天才，但王肝也失眠！不知二位是否失眠？

我与小狮子相对一望，继而摇头。我们不失眠，我们的脑袋一挨到枕头，鼾声就会响起，所以我们不是天才。

失眠的未必全是天才，但天才几乎都失眠，王肝道。姑姑的失眠症已经闻名乡里，深夜时分，万籁俱寂，旷野里常常会响起沙哑的歌唱声，那就是姑姑在歌唱。姑姑去夜游，郝大手就捏他的泥娃娃。他们俩的失眠是周期性的，随着月亮的盈亏而变化。月光越亮时，他们失眠愈重，月亮退隐时，他们即可入眠。所以那位满腹锦绣的小县长给郝大手的泥娃娃命名为"月光娃娃"，他曾指派县电视台的人来录制过郝大手在明月皎皎之夜、借着月光捏制泥娃娃的情景。你们没看过这节目吧？没有看到，不用遗憾，这是小县长亲自抓的一个系列栏目，名叫："高密东北乡奇人"。这栏目的开场锣鼓就是郝大师的"月光娃娃"，第二期就是"马槽中的大师"，第三期就是"一个出口成章的奇人"，第四期是"蛙鼓声中的歌唱者"。如果你们想看，我一个电话，电视台就会把光盘送来——尚未剪辑的原始碟——我还会向电视台提个建议，让他们为你们夫妻做一期节目，题目我都想好了：迷途知返的游子。

我与小狮子相视而笑，知道他的话已经进入艺术创作境界，不必揭穿他，何必揭穿他？且听他说下去。

他说:失眠多年的大师终于在马槽中睡着了,睡得深沉,犹如无忧无虑的婴儿,就像多年前那个躺在木制马槽里顺河飘来的赤子。我感动得双眼盈满泪水,只有失眠的人,才知道睡不着是多么痛苦,也只有失眠过的人,才知道睡着了是多么幸福。我小心地守护在马槽边,屏住呼吸,生怕发出响声,把大师从睡梦中惊醒。渐渐地,我的泪眼蒙眬了,我感到眼前出现了一条小路,路两边是茂密的荒草,野花盛开,五彩缤纷,异香扑鼻,蝴蝶起伏,蜜蜂嗡嗡,前边有一个声音在召唤我,是一个女人的声音,鼻音很重,听上去有些瓮声瓮气,但感觉非常亲近。我被那声音引导着往前走,我看不到她的上半身,只能看到她的下半身。丰腴得如同圆球的屁股,修长的小腿,鲜红的脚后跟,鲜红的脚后跟踩着潮湿的泥土留下一个个浅浅的脚印,那些脚印无比地清晰,反映出她脚底的纹路。就这样,我跟着她走啊,走啊,小路仿佛永远走不到尽头……渐渐地,我感到和大师走在一起,大师何时从何地而来我不得而知。我们跟着那鲜红的脚后跟,来到了一片沼泽地的边缘,风从沼泽深处送来淤泥与腐草的气味,脚下是一簇簇莎草,远处是一片片芦苇和菖蒲,还有许多叫不出名字的奇花异草。从沼泽地深处,传来了儿童的吵嚷欢笑声,那只能看到下半截身体的女人用她富有磁性的声音对着沼泽地喊叫:大怪小怪,金袍玉带,有恩报恩,欠债讨债。——她一声未了,就看见一大群只穿着红肚兜的光屁股娃娃,有的扎着一根冲天小独辫,有的剃着小光头,有的留着那种三片瓦式样的娃娃头,齐声欢叫着,从沼泽中奔驰而来。他们的身体好像很有些重量,沼泽表面仿佛形成了一层富有弹性的膜,孩子们站在上边奔跑,每一步都可以获得很大的弹性,使他们的奔跑如同一群袋鼠在跳跃。他们,当然还有她们,把我与大师团团围住;他们,当然还有她们,有的抱住我们的腿,有的跳上我们的肩膀,有的揪住我们的耳朵,有的拽我们的头发,有的对着我们的脖子哈气,有的对着我们的眼睛吐唾沫;我们被他们,当然还有她们,掀翻在地;他们,当然还有她们,挖起一坨坨的泥巴,往我们身上糊,当然,也往他们自己身上抹……后来,不知过了多久时间,他们,当然还有她们,突然都安静下来,围成一个半圈,在我们面前,有的趴着,有的坐着,有的跪着,有的双手托腮,有的啃着手指,有的张开嘴巴……总之是生动活泼,姿态各异。天哪,这不是为大师提供模特儿吗?我看到大师早已开始工作,他眼睛盯住一个孩子,从地上挖起一坨泥,捏巴捏巴,那个孩子就活脱脱地被他捏出来。他捏完一个,又盯一个,从地上挖起一坨泥,捏巴捏巴,又把那孩子活脱脱地给捏出来了……

　　一声鸡叫,惊心动魄,我猛然醒来,发现自己竟然趴在马槽边上睡着了。我嘴巴里流出的哈喇子把大师胸前的衣服都滴湿了。对失眠的人来说,只有通过对梦境的回忆,才能知道自己是否睡着过。适才的情景如在眼前,这说明我确实睡着了。失眠多年的王肝竟然趴在马槽边上睡着了,这真是一件值得鸣鞭庆贺的喜事啊!当然,更大的喜事是大师睡着了。大师打了一个喷嚏,慢慢地睁开眼睛,然后,像突然想起了什么大事似的,从马槽中一跃而起。此时正是黎明时分,霞光透窗而入,大师扑到工作台前,揭开那用塑料薄膜层层包裹着的泥巴,撕下一块,揉巴揉巴,揉巴揉巴,捏巴捏巴,捏巴捏巴,一个穿着兜肚儿、头顶一根冲天小辫儿的顽童便出现在他面前的案板上了。我心中突然充满了感动,耳边仿佛又响起那女人磁性的声音,她是谁?她还能是谁?她就是那位大慈大悲的送子娘娘啊!

　　说到此处,王肝的眼睛真的泪光点点,而且我还看到,小狮子的眼睛里也放射出了异样的光彩,她果真被他给忽悠住了。

　　王肝继续说:我蹑手蹑脚地取来相机,不敢用闪光灯,偷偷地拍下了大师入神创作的照片。其实,即使在他耳边放枪也未必能把他惊醒啊。大师脸上的神色,不停地变幻着,时而严肃深沉,时而嬉皮笑脸,时而是捣鬼恶作剧,时而是寂寞加悲凉。——很快我就发现,大师脸上的表情与他手中正在塑造着的孩童脸上的表情有关——也就是说,大师捏哪个孩子,他自身也就成为了哪个孩子,大师与他塑造的孩子息息相关,血肉相连。

大师面前的案板上,孩子在逐渐增多,一个、一个又是一个。他们,当然还有她们,排列成一个半圆形,面对着大师,与我在梦境中看到的一模一样!我真是惊喜万分啊!我真是感慨万千啊!原来,两个人可以做一个同样的梦。"心有灵犀一点通",据说是古人用来描写男女恋人的,但用在我与大师身上也完全适用。我们虽然不是恋人,但我们同病相怜啊!说到这里,你们也该明白,为什么大师捏了那么多孩子没有一个是重复的,大师不仅仅从生活中撷取孩子的形象,大师还能从梦境中撷取孩子的形象。我虽然没有手上的技艺,但我的心,是一颗具有丰富想象力的心,我的眼睛,具有摄像机般的能力,我可以把一个孩子,幻化成十个孩子百个孩子千个孩子,同时又能把千个孩子百个孩子十个孩子浓缩成一个孩子。我通过梦境,把自己头脑中储备的孩子形象传达给大师,然后通过大师的手,把这些孩子变成作品。所以我说,我与大师是天造地设的合作伙伴,所以也可以说,这些作品是我们的集体创作。我这样说并不是要抢大师的功劳,我经过那场恋爱,早已看破了世情,功名利禄于我如同浮云。我这样说的目的,就是想说明这样一个奇迹,就是想说明梦与艺术创作之关系,就是想让你们明白,失恋是一笔财富,尤其是对从事艺术创作的人来说,没有经过失恋的痛苦淬炼,是不可能进入艺术创作的最高境界的。

在王肝对着我们滔滔不绝的讲述过程中,大师保持着他那双手托腮的姿势,几乎一动未动,仿佛他自身,已成为了一尊泥塑。

四

王肝让一个小男孩把《高密东北乡奇人系列》DVD送给了我们。那男孩穿一条背带式短裤,裸露着两条匹诺曹般的长腿,脚上穿着两只看上去十分沉重的高腰皮靴。他的头发是亚麻色的,眉毛和睫毛接近白色,眼珠灰蓝,一看就知道是个外国种。小狮子慌忙找来糖果。那男孩却把双手背在身后,用浓重的高密东北乡方言腔调说:他说,你们至少会给我十元钱。

我们给了他二十元钱。那男孩给我们鞠了一个躬,吹着口哨,跑下楼去。我们趴在窗台上,看着他像卡通中的人物一样,迈着大步,向小区对面的儿童游乐场走去。那里,有一辆过山车忽隐忽现。

几天之后,我们在河边散步时,又碰到了这个男孩。跟他在一起的,有一个推着婴儿车的高个白种女人。男孩和一个女孩——显然是他的妹妹——脚蹬旱冰鞋,头戴硬塑彩色头盔,膝盖与臂弯处戴着防护垫,小心翼翼地滑行着。跟在白种女人身后的,是一个面目清秀的中年男人,他正在打手机,用一口悦耳的江浙普通话。他的身后,跟着一条肥胖的金毛大狗。我一眼就认出了此人乃北京某大学的著名教授,经常在电视上露面的社会名流。小狮子又把自己的胖脸伏到婴儿车中那蓝眼珠的洋娃娃身上去了。那女人微笑着,表现出极好的风度,但那教授,脸上明显地显出了鄙夷的神色。我慌忙拉着小狮子的胳膊将她从婴儿车边拉开。她的眼睛还盯着那婴儿,根本没看到教授的脸色。我对着教授抱歉地点点头,教授微微颔首。我提醒小狮子,希望她见到漂亮婴儿时,不要像狼外婆一样。我说,现在的孩子,个个娇贵,你只顾盯着孩子,没看见孩子父母的脸色。小狮子很感委屈,先是骂了一通那些肆意超生的富人和那些与外国人结婚后便拼命生养的男人和女人;接着便自怨自艾,后悔当年跟着姑姑执行严酷的计划生育政策,引流了那么多婴儿,伤了天理,导致老天报应,使自己不能生养;然后又希望我也去找一个洋妞结婚,生一堆混血小孩。她说:小跑,我真的不嫉妒,我一星半点儿嫉妒都没有,你去找个洋女人结婚吧,你们放开了生,能生多少就生多少,生出来送给我,我帮你们养着。——讲到此处,她的眼睛里盈着泪水,呼吸变得急促,丰硕的胸脯微微起伏,一腔母爱,无处发泄。我一点都不怀疑,只要给她一个婴儿,她的乳房便会喷出乳汁。

就是在这种情况下,我将王肝转送来的碟片塞进了机器。

在外乡人听起来也许刺耳但我们听起来眼泪汪汪的茂腔旋律声中,姑姑与泥塑艺人郝大手的生活展现在我们面前。

我必须坦率地承认,姑姑嫁给郝大手,我虽然没有公开表态,但内心深处反对。我的父亲、我的哥嫂们与我的看法相同。我们感到,姑姑与郝大手不般配。我们从很小的时候就期待着姑姑嫁人,姑姑与王小倜的那段经历曾给我们带来了巨大的荣耀,但结局却无比凄凉。后来她与杨林的事虽然不如与王小倜那样符合我们的理想,但杨是高官,也算差强人意。即便她嫁给痴迷她的秦河,也比这郝大手……我们原本是做好了姑姑独身到老的准备的,我们甚至讨论过姑姑进入晚年后,由谁来为她养老送终的事。但姑姑突然之间,把自己嫁给了郝大手。那时我与小狮子身在北京,听到这消息后,起初是感到吃惊,然后是感到荒唐,最终是感到凄凉。

这期题名为"月光娃娃"的节目,名义上是讲述泥塑艺人郝大手,但其实姑姑是主角。从迎接记者进院,到一一展示郝大手的工作间和他储藏泥娃娃的仓库,姑姑始终处在画面的中央。姑姑手舞足蹈、绘声绘色地讲解,而那郝大手,静静地坐在工作台后,目光迷茫,面无表情,仿佛一匹梦境中的老马。是不是所有的泥塑大师到达至高境界后,都会变得像一匹梦境中的老马呢?郝大师的名声如雷贯耳,但我回忆了一下,这辈子见过他的次数其实有限。我侄子象群"招飞"设宴那晚上,我在暗夜中见过他之后,许多年来这是第一次见他,而且是在荧屏上。他的须发已经全白,但面色红润,气定神闲,颇有几分仙风道骨。在这个节目里,我们意外地知道了姑姑为什么要嫁给郝大手的原因。

姑姑点燃一支烟,深深地吸了一口,然后,用一种近乎凄凉的腔调说:婚姻这事儿,是天定的。我对你们年轻人说这个并不是要对你们宣扬唯心论——我曾经是个彻底的唯物主义者——但是在婚姻这件事上,不信命是不行的。你去问问他——姑姑指指像泥神一样端坐着的郝大手——他做梦能想到跟我结婚吗?

1997年,我六十岁,姑姑说,上级让我退休。我当然不想退休,但我已经比别人晚退了五年,没有什么可说的了。卫生院院长,你们都认识他,那个忘恩负义的小畜生,河西村黄皮的儿子,大名黄军,外号黄瓜的那个小子,想当年也是我把他从他娘的肚子里拽出来的小王八羔子,上了两天半卫校,听诊找不到心肺,打针找不到静脉,诊脉不知道寸、关、尺的半傻子,竟然也当上了院长!当年他上卫校时,还是我找卫生局沈局长说了情,可他"一朝权在手,翻脸不认人"。这小子什么都不会,唯有两项特长:一是请客送礼拍马屁,二是诱奸大姑娘。

说到此,姑姑捶胸顿足——我真是糊涂,我引狼入室,我助纣为虐！——医院里那些年轻姑娘，被他弄了一个遍。王家庄王小梅，刚刚十七岁，留着大辫子，白净面皮瓜子脸，长睫毛忽闪忽闪，像蝴蝶翅子似的，两只大眼滴溜溜会说话儿，谁见了谁说这闺女要是被张艺谋发现了，肯定比巩俐、章子怡还要红，但没等到张艺谋发现，却被黄瓜这个色狼发现了。他跑到王家庄，摇着那条能把死人说活的大舌头，硬把王小梅的爹娘说转转了，让王小梅到卫生院来跟着我学妇科。说是跟着我学妇科，可那王小梅一天也没在妇科待过。她被黄瓜这色狼给霸占了，天天陪着他，晚上干那事不说，青天大白日也干，好多人都看到过。干够了那事，就进县城拿着公款摆宴席，请那些当官的，运动着想往县城调。你们没见过他那副死样子吧？半米长一张驴脸，嘴唇乌青，牙缝渗血，满嘴臭气，一张口能将马熏倒。就他这样，竟然还想到县卫生局当副局长。他拉着王小梅给他当三陪，少不了把王小梅当礼物送给那些人玩弄。造孽，真是造孽啊！

姑姑说：有一天，那小子突然把我叫到他办公室。医院里的女人都怕进他的办公室。我自然不怕，我口袋里装着一把小刀，随时都准备劁了这个杂种。他端茶倒水，满脸堆笑，给我灌了半天米汤。我说黄大院长，有什么话就直说吧，不用兜圈子了。他嘿嘿地干笑着，说，大姨！——他娘的他竟敢叫我大姨——他说，大姨我是您亲手接下来的，也是您看着长大的，我跟您的亲儿子没有什么区别。嘿嘿……我说，愧不敢当，您是堂堂一院之长，我是一个普通的妇科医生，您做我的儿子，岂不是要把我折死吗？有什么话您就直说吧。他嘿嘿嘿，又是干笑，然后，厚颜无耻地说，我犯了一个领导干部经常犯的错误——一时没把握好，将王小梅弄大了肚子。——恭喜啊！姑姑道，我说，王小梅怀了龙种，我们院后继有人了！——大姨，您就别逗笑了，他说，我这几天愁得吃不下饭睡不着觉呢。——这畜生，他也有吃不下饭睡不着觉的时候!——她逼着我离婚,说我如不答应,就去县纪委告我。——我说,为什么呢?你们这些当官的,不都流行包"二奶"吗?给她买栋别墅,把她养起来不就行了吗?大姨,他说,您就别拿我开心了。包"二奶"包"三奶",那是拿不到桌面上的事,再说了,我到哪里弄钱去给她买别墅。——那你就离婚呗,我说。他耷拉着驴脸说,大姨,您也不是不知道,我老丈人和我那几个杀猪的小舅子,都是些活土匪,他们一旦知道这些事,非把我宰了不可。——可您是院长啊,高级干部啊!——行啦,大姨,他说,一个小小乡镇卫生院长,在您老眼里,连个屁都算不上,您就别讽刺我了,帮我想想办法吧。——我有什么办法可想?——王小梅崇拜您,他说,她跟我说过许多遍,说她崇拜您。她谁的话都不会听您的话也会听。——要我做什么?——您跟她说说,让她把肚子里的孩子拿掉。——黄瓜,我恼恨地说,这种伤天害理的事儿,我再也不会做了!我这辈子,亲手给人家流掉的孩子,已经有两千多个了!这种事儿,我再也不干了。您就等着当爹吧!我说,王小梅多漂亮啊,生出来的孩子肯定也漂亮,多好的事啊,你跟王小梅说去吧,等她足月后,我给她接生!

　　姑姑道:我拂袖而去,心中感到很痛快,但坐到办公室后,喝了一杯水,心中又感到难过。黄瓜这坏种,断子绝孙才好,王小梅那样的身体,孕育着这样的坏种,真是可惜。我接生过这么多孩子,总结出一条经验,那就是,好人和坏人,一小半是后天教育的结果,一大半是遗传决定的。你们可以批"血统论",但我这是实践出真知。像黄瓜这样的坏种后代,即使生出来放在庙里,长大了也是个花和尚。尽管我心里替王小梅难过,但我也不会去做她的思想工作,不能让黄瓜这坏种轻松卸下包袱。哪怕世界上多一个花和尚。——但我最后,还是给王小梅做了人流。

是王小梅自己求我的,姑姑说,她跪在我的面前,抱着我的腿,鼻涕眼泪,把我的裤子都弄脏了。她哭着说,姑姑啊,姑姑,我上了他的当,我被他骗了,即便他用八人大轿来娶我,我也不会嫁给这样的畜生。姑姑,你帮我做了吧,我不想要这个坏种……

　　就这样——姑姑又点燃一支烟,凶巴巴地抽着,浓烟笼罩着她的脸——我给她做了。王小梅原本是含苞待放的玫瑰,被他给糟蹋成了残花败柳——姑姑抬起胳膊,沾沾脸上的泪。我发誓再也不做这样的手术了,我已经受不了了,即使她的肚子里怀着一只长毛的猴子,我也不做了。我一听到那负压瓶发出的"咕唧咕唧"的声响,就感到自己的心脏被一只大手攥住了,越攥越紧,痛得我浑身冒汗,眼冒金花,手术做完了,我也瘫倒在地上……

　　对啊,人老了,讲话爱跑题,说了半天,还没说到我为什么要嫁给郝大手。姑姑说,宣布我退休那天,是阴历的七月十五,黄瓜那杂种还想留我,让我退休不离岗,说每月给我八百元钱。呸!我一口唾沫啐到他的脸上。小杂种,姑奶奶给你们卖命卖够了,这些年来,卫生院里的钱,十元里有八元是我挣的。四乡八县,奔卫生院来看病的妇女儿童,都是冲着我来的。姑奶奶要想挣钱,哪一天还不挣个千儿八百的?你黄瓜想用每月八百元钱收买我?一个农民工也不止这个价啊!姑奶奶辛苦大半辈子,不干了,想歇歇了,回高密东北乡养老了。——就为这,我把黄瓜这杂种得罪了,这两年他变着法儿整我。整我?老姑奶奶什么阵势没见过?老姑奶奶少年时连日本鬼子都不怕,七十多岁了反倒怕你个小杂种不成?——对对,说正题。

　　要问我为什么嫁给老郝,那真还要从蛙说起。宣布了我退休那晚上,几个老同事在饭店里摆了一桌酒宴。那晚上我喝醉了——其实我喝得并不多,是那酒不好。酒店里那个小老板,解百爪的儿子解小雀,六三年那批地瓜小孩中的一个，拿出一瓶"五粮液"说要孝敬我，可他娘的那是瓶假酒，我只喝了半茶碗就头晕眼花、天旋地转了。同桌喝酒那些人，一个个东倒西歪，那解小雀儿自己也口吐白沫，翻了白眼儿。

　　姑姑说她摇摇晃晃地往回走，本来是想回医院宿舍的，可不知不觉地竟走到了一片洼地里。一条小路弯弯曲曲，两边是一人多高的芦苇。一片片水，被月光照着，亮闪闪的，如同玻璃。蛤蟆、青蛙，呱呱地叫。这边的停下来，那边的叫起来，此起彼伏，好像拉歌一样。有一阵子四面八方都叫起来，呱呱呱呱，叫声连片，汇集起来，直冲到天上去。一会儿又突然停下来，四周寂静，唯有虫鸣。姑姑说她行医几十年，不知道走过多少夜路，从来没感到怕过什么，但那天晚上她体会到了恐惧的感觉。常言道蛙声如鼓，但姑姑说，那天晚上的蛙声如哭，仿佛是成千上万的初生婴儿在哭。姑姑说她原本是最爱听初生儿哭声的，对于一个妇产科医生来说，初生婴儿的哭声是世上最动听的音乐啊！可那天晚上的蛙叫声里，有一种怨恨、一种委屈，仿佛是无数受了伤害的婴儿的精灵在发出控诉。姑姑说她喝下去的酒顷刻之间都变成冷汗冒了出来。——你们可不要以为我是酒后脑子里出现了幻觉，酒随汗出之后，除了头有些痛之外，我的脑子非常清醒。——姑姑沿着那条泥泞的小路，想逃离蛙声的包围。但哪里能逃脱？无论她跑得有多快，那些哇——哇——哇——的凄凉而怨恨的哭叫声，都从四面八方纠缠着她。姑姑说她想跑，但跑不动，小路上的泥泞，像那种青年人嘴巴里吐出来的口香糖一样，牢牢地粘着她的鞋底，她每抬一下脚，都要使出全身的力气。她看到在鞋底和路面之间，牵拉着一道道银色的丝线，她挣断了这些丝线，但落脚之处，又有新的丝线产生。她抛掉了鞋子，赤脚走在泥路上，但赤脚之后，对地面泥泞的吸力感受更加真切，仿佛那些银色的丝线都生出了吸盘，牢牢地附着脚底，非把她脚底的皮肉撕裂不可。姑姑说她跪在了地上，像一只巨大的青蛙，往前爬行。这时，地上的泥泞吸附着她的膝盖、小腿和手掌，她还是不顾一切地向前爬啊，向前爬。这时，姑姑说，从那些茂密的芦苇深处，从那些银光闪闪的水浮莲的叶片之间，无数的青蛙跳跃出来。它们有的浑身碧绿，有的通体金黄，有的大如电熨斗，有的小如枣核，有的生着两只金星般的眼睛，有的生着两只红豆般的眼睛。它们波浪般涌上来，它们愤怒地鸣叫着从四面八方涌上来，把她团团围住。姑姑说她感觉到了它们坚硬的嘴巴在啄着她的肌肤，它们似乎长着尖利指甲的爪子在抓着她的肌肤，它们蹦到了她的背上、脖子上、头上，使她的身体不堪重负，全身趴在了地上。姑姑说她感到最大的恐惧不是来自它们的咬啄和抓挠，而是来自它们那冰凉黏腻的肚皮与自己肌肤接触时那种令人难以忍受的恶心。——它们在我的身上不停地撒尿，也许射出的是精液。——姑姑说她突然想起了当年听大奶奶讲过的青蛙戏人的传说，说有一个大闺女夜晚在河堤上乘凉，不知不觉中睡着，梦中与一身着翠衣的青年男子交合，醒来后即怀孕，后来竟生出了一堆小青蛙。姑姑说，想到此，她一跃而起，极大的恐惧使她爆发出神力。她看到那些伏在她身上的青蛙像泥巴一样纷纷落在地上。可还有很多的青蛙牢牢地抓住她的衣服、头发，有两只用嘴巴咬住她的耳垂，好像两个可怕的耳饰。姑姑往前奔跑，地面的吸附力不知为何突然消逝。姑姑说她一边跑一边抖动身体，同时还用双手在身上撕扯着。每抓住一只青蛙时她都会发出一声尖叫，然后将它们猛地摔出去。她说从耳朵上往下撕那两只青蛙时，几乎把耳朵撕裂。它们牢牢地叼住耳垂，像饥饿的娃娃叼着母亲的奶头。

  姑姑一边嚎叫一边奔跑，但身后那些紧紧追逼的青蛙却难以摆脱。姑姑在奔跑中回头观看，那景象令她魂飞魄散：千万只青蛙组成了一支浩浩荡荡的大军,叫着,跳着,碰撞着,拥挤着,像一股浊流,快速地往前涌动。而且,路边还不时有青蛙跳出,有的在姑姑面前排成阵势,试图拦截姑姑的去路,有的则从路边的草丛中猛然地跳起来,对姑姑发起突然袭击。姑姑说那天晚上她原本穿着一条肥大的黑色绸裙,但那裙子,被那些偷袭的青蛙一条一条地撕去了。姑姑说那些撕得了一长条绸裙的青蛙,便一口口吞食下去,直噎得举前爪挠腮,打滚露出了白肚皮。

姑姑说她奔跑到河边,看到那座在月光下闪烁着银光的石头小桥时,身上的裙子已经被青蛙们撕扯干净。姑姑几乎是赤身裸体跑到了小桥上,与郝大手相逢。

我那时根本顾不上什么羞耻,也根本意识不到自己几乎是光着屁股,姑姑说。我看到一个披着大蓑衣、戴着大斗笠的人坐在小桥中央,手里团弄着一块银光闪闪的东西——后来才知道,他团弄的是一块泥巴。制作月光娃娃,必用月光泥巴。——那时我根本没看清他是谁,无论他是谁,只要他是个人,就是我的救命恩人。姑姑说她扑到那人怀里,使劲地往他蓑衣里钻,前胸感受到那人胸膛的温度,背后是青蛙的那种腥臭逼人的湿凉。姑姑说她喊了一声"大哥,救命",便昏了过去。

姑姑的长篇讲述,让我们感同身受,脑海里浮动着那成群的青蛙,脊梁上泛起阵阵凉意。摄像机给了郝大手一个镜头,他还是那样泥塑般静坐不动,又穿插着出现了几个泥娃娃的特写,和那座河上小桥的远景,镜头又对准了姑姑的脸,姑姑的嘴巴。姑姑说:

等我醒来时,已经躺在郝大手的炕上。身上穿着几件男人的衣服。他双手捧来一碗绿豆汤给我喝,绿豆的香气使我恢复了理智。喝了一碗汤,我出了一身汗,身上许多地方灼热疼痛,但那种冰冷黏腻、让人忍不住要嚎叫的感觉逐渐消失了。我身上起了一层疱疹,又刺又痒又痛,随即是发高烧,说胡话。我喝着郝大手的绿豆汤闯过了这一关,身上蜕了一层皮,骨头也隐隐作痛。我听说过脱皮换骨的故事,知道自己已经被脱皮换骨了。病好之后,我对郝大手说:大哥,咱们结婚吧。

讲到此处,姑姑已是满脸泪水。

接下来,节目里展示了姑姑与郝大手携手制作泥娃娃的内容。姑姑闭着眼睛,对同样闭着眼睛、手握一团泥巴的郝大手讲述:这个娃娃,姓关名小熊,他的爹身高一米七九,长方脸,宽下巴,单眼皮,大耳朵,鼻头肥,鼻梁塌;他的娘,身高一米七三,长脖颈,尖下巴,高颧骨,双眼皮,大眼睛,鼻头尖,鼻梁高。这孩子三分像爹,七分像娘……在姑姑的讲述声中,那个名叫关小熊的男孩从郝大手手中诞生了。镜头给了这孩子一个特写。我看着这个面目清新、但带着一种难以言传的悲凉表情的孩子,不觉中已泪如泉涌……

五

我陪着小狮子,去中美合资家宝妇婴医院参观。小狮子一直想到这里工作,但苦于找不到门路。

一进大堂,我感到这里不太像医院,倒像一座高级的会员俱乐部。虽是盛夏,但大堂里冷气飕飕,凉爽宜人。耳边飘荡着优美轻柔的背景音乐,空气中散发着新鲜花朵的清香。大堂迎面的墙壁上,镶贴着这所医院浅蓝色的院徽和八个粉红色的大字:一生承诺,满怀信任。两个身穿白色大褂、头戴白色小帽的漂亮女子,正在那里接待顾客。她们笑容可掬,声调温柔。

一个身穿白大褂、戴一副白边眼镜的中年女子,走到我们身边,亲切地问我们:先生,女士,有什么要我帮忙的吗?

我说:没什么,随便看看。

那女子把我们引领到大堂右侧的休闲区,那里摆放着宽大的藤编坐椅,椅旁的简易书架上插满了与妇婴有关的豪华杂志,桌前茶几上,摆放着印刷精美的医院简介图册。

那中年女子从饮水机里为我们接来两杯冰水,便微笑着离开了。

我翻开资料,看到一位额头明亮、双眉修长、目光和蔼、鼻架无边眼镜、牙齿洁白整齐、笑容慈祥的中年女医生形象。她的胸前佩戴着印有照片的胸卡。她的左肩上印着:

> 中美家宝妇婴医院是一座您理想中的新型妇婴医院,这里不会有冰冷的感觉,这里洋溢着温暖、和睦、真诚、家庭的氛围,您体验到的将是一种真正的贵族化服务……

她的右肩上印着:

> 我们将严格遵守世界医学协会1948年日内瓦宣言,我们凭良心和尊严行医,我们首先考虑的是病人的健康,我们保守一切所知道的病人的秘密,我们将全力维护医务界的荣誉和高尚的传统……

我偷眼看了一眼小狮子,发现她一边翻看医院的画册,一边紧紧地皱起了眉头。

我翻开了下一页,看到一个给人稳重可靠感觉的妇科医生,正用一根皮尺,量着一个孕妇高高隆起看上去十分光滑的肚皮。那孕妇

长睫毛高鼻梁,双唇饱满娇艳,面色红润,无一丝孕妇的疲惫与憔悴。一行文字,越过医生的手臂,铺展在孕妇的肚皮上:

我们对人的生命,从其孕育之始,就保持最高的尊重。

一个中等身材、头发稀疏、身穿名牌休闲服装的男子,步履轻快地走进大堂,从他充满了自信的脸部神情和他微微腆起的肚子上,我知道这是一个有身份的人,如果不是高官,那就一定是大款;当然,也可能既是高官又是大款。他的左手,轻轻地揽着一位年轻姑娘。那姑娘细高挑儿身材,柔软的腰肢在飘逸的鹅黄色绸裙里摇摆。我的心微微一颤,认出了她是在袁腮和我小表弟的牛蛙公司当办公室主任的小毕,那个多才多艺的小毕。我慌忙低下头,用手中的画册遮住大半个脸。

翻开画册又一页,在一个隆起的漂亮肚皮的右下角空白处,有五个光屁股的婴儿并排而坐。他们都往左侧着脑袋,仿佛有人在那个方向逗引着他们。他们的圆圆的额头和腮部,构成一条令人喜爱的弧线。尽管看不到他们的面部表情,但这条弧线是一条天真无邪地笑着的弧线。他们的头发,有三个比较稀疏,两个比较浓密,有两个是黑色的,有一个是金黄色的,有两个是淡黄色的。他们的耳朵都很大。耳大有福。能把照片登在这画册上的,都是洪福齐天的骄子。他们大概有五个月的样子,刚刚会坐,但坐不很好,腰都有些弯,都胖得像小猪崽儿,圆滚滚的,从胳膊的缝隙里,可以看到鼓凸的小肚皮。他们的屁股都被挤平了,两瓣屁股中间那条缝儿,十分的可爱。在他们左侧的空白处,印着十几行文字:

以家庭为中心的产科服务非常注重孕、产妇与高素质的医疗团队的交流,并强调对孕、产妇的医学教育。

那中年男子与小毕到前台那儿与接待人员交谈了一会儿,便在一个优雅女子的引领下到大堂左侧就座。那儿是贵宾等候区,摆着一套砖红色的高背沙发,沙发前的茶几上,有一瓶紫红的玫瑰。他们在那儿坐下来,那男子打了一个喷嚏,这一声喷嚏,让我几乎跳起来。这怪声怪气、非常有个性的喷嚏如同一颗雷管爆炸,激活了我的记忆。难道是他?

医生会围绕怀孕现阶段之母体情况、胎儿情况、孕妇营养和运动等内容,与孕妇及家属进行详细交流。

我很想把我的发现与小狮子交流,但她匆匆地翻动着画册,嘴里嘟嘟哝哝:这哪里是医院……什么人住得起这样的医院……她背对着小毕他们,完全没有发现他们的到来。

似乎嫌那座位太过显眼似的,他站起来,牵着小毕,向大厅深处的咖啡厅走去。那儿与大厅之间有一个简易的隔断,中央有几盆叶子碧绿的龟背竹,还有一棵枝叶繁茂几乎顶着天花板的盆栽榕树。那里的墙壁用红砖纹壁纸镶贴,墙上有一个壁炉。有一个吧台,吧台后的墙上,有好多格子,格子里全是名酒。有一个扎着黑色蝴蝶结的英俊少年,在那儿煮咖啡。高级咖啡的香味儿,与鲜花的清香交融在一起飘过来,让我们受到熏陶。

除此之外,医院还设计了孕晚期的分娩预演。医护人员将根据您的情况,与您共同制定分娩计划、准妈妈课堂等一系列旨在加强沟通的细节,让孕、产妇有充分表达自身需求、顾虑、疑问的机会……

他坐在那里,捧着一杯咖啡,与小毕亲切交谈着。是的,果然是他。一个人可以改变说话的腔调,但他无法改变下意识地打出的喷嚏的声音。一个人可以将他的单眼皮改成双眼皮,但无论多么高明的手术也无法改变他的眼神。在距离我二十米处,他悠闲自如地说着、笑着,完全想不到有一个少时的朋友在关注着他。于是,那个单眼皮的、心狠手辣的肖下唇,便渐渐地从这个贵人的形体里脱出来。

没戏了,小狮子将画册扔到茶几上,身体往后一仰,沮丧地说。什么留美博士、留法硕士、医科大学教授……全国顶尖的医疗团队……我来这里,大概只能到卫生间洗马桶了……

虽是同乡,虽是长期同住北京,但我从没见过他。想当初他从大学毕业后,他父亲在大街上喊叫:我儿子分配到国务院里去了!后来听说,他在国务院里蹲了几年办公室,后来给一位部长做了秘书,再后来听说他到某地挂职当副书记去了,再后来又听说他下海当了大老板,开发房地产,成了身价数十亿的大富翁……

那个引领过他们的优雅女子找到了他们,引领着他们,向大堂后侧走去。我合上画册,看到封底上,一个医生的手,与一个孕妇的手,亲切地叠放在孕妇隆起的肚子上。图案上方的文字是:

我们把孕妇和婴儿视为自己的亲人,把周到细致的服务做到极致。在我们这里,能够让您体验到最温馨的氛围,感受到最体贴的呵护和最完善的照顾。

走出医院后,小狮子情绪低落,不停地用充满了政治色彩的陈旧观点咒骂着新生事物。我心中有事,不想理她。但她的车轱辘话没完没了,实在令人难以忍受。我说:好了,夫人,别酸葡萄了!

她例外地没有翻脸,只是苦笑一声,说:像我这样的土医生,只能到袁腮的公司里养牛蛙了。

我说:我们是回来养老休闲的,不是回来工作的。

她说:总要找点事儿做,要不我给人家当月嫂去?

行了,我说,你猜我刚才看到谁了?

谁?

肖下唇,我说,肖夏春。他虽然整了容,但我还是把他认出来了。

不可能吧?小狮子道,他那样的大款,回来干什么?你是不是认错人了?

我的眼睛能认错人,但我的耳朵听不错人,我说。他那种喷嚏,全世界没有第二个人能够打出来,另外,还有他那眼神,他那笑声,都无法改变。

他也许是回来投资开发的吧?小狮子道,听说我们这地方很快就要划归青岛,一旦划归青岛,地价、房价岂不是都要大涨?

我说:你猜猜他跟谁在一起?

我怎么能猜得出?小狮子道。

他跟小毕在一起。

谁?

小毕,袁腮那个牛蛙公司的小毕。

噢,小狮子道,我一眼就看出,那是个骚货!她跟你那小表弟和袁腮也干净不了。

六

小狮子对牛蛙公司充满了厌恶,对袁腮与我的小表弟也无丝毫好感,但我们参观过中美合资家宝妇婴医院不久后的一天,她却突然对我说:小跑,我要到牛蛙公司上班去了。

我吃了一惊,看着她那张洋溢着笑容的大脸。

真的,我不是开玩笑,她收敛笑容,严肃地说。

那些玩意儿,我努力排斥着执拗地出现在脑海里的牛蛙形象——看过姑姑那集电视节目后,我也几乎得了蛙类恐惧症——你去养那些玩意儿?

其实,她说,蛙类并没有什么可怕的,人跟蛙是同一祖先。她说:蝌蚪和人的精子形状相当,人的卵子与蛙的卵子也没有什么区别;还有,你看没看过三个月内的婴儿标本?拖着一条长长的尾巴,与变态期的蛙类几乎是一模一样啊。

我更加惊愕地看着她。

她像背诵似的说:为什么"蛙"与"娃"同音?为什么婴儿刚出母腹时哭声与蛙的叫声十分相似?为什么我们东北乡的泥娃娃塑像中,有许多怀抱着一只蛙?为什么人类的始祖叫女娲?"娲"与"蛙"同音,这说明人类的始祖是一只大母蛙,这说明人类就是由蛙进化而来,那种人由猿进化而来的说法是完全错误的……

我从她的话语中,渐渐听出了袁腮和我小表弟的言谈风格,于是我知道她一定是被这两个巧舌如簧的家伙给煽晕了。

好吧,我说,你要是在家闲得无聊,当然可以到那里去散散心。

不过，我笑着说，我估计用不了一个星期，你就会不辞而别。

七

先生，虽然我口头上对小狮子到牛蛙公司工作表示反对，但我心中暗暗高兴。我其实是一个喜欢独往独来的人，我喜欢一个人在街上闲逛，一边逛一边回忆往事；如果无往事可忆，我便想入非非。陪着小狮子散步是我的职责，履行职责是痛苦的，但我必须伪装出兴高采烈的样子。现在好了，她一大早就去牛蛙公司上班，骑着那辆据说是我小表弟为她购买的电动自行车。我隔着窗户，看到她端端正正地坐在电动自行车上，沿着河边那条道路，无声无息地、十分流畅地向前滑行。当她的背影消失之后，我也匆匆下楼。

我在几个月的时间里，逛遍了河北岸的几个小区。树林、花园、大小超市、盲人按摩院、公共健身场所、美容院、药店、彩票出售点、商场、家具店、河边的农产品贸易市场，都留下了我的足迹。每到一地儿，我都用数码相机拍照，就像公狗每到一地都会跷起后腿撒尿一样。我还穿越那些尚未开发的农田，去参观了那些正在大兴土木的工地。那些工地有的主体建筑已成，显示出标新立异的风貌；有的正在挖坑打桩，猜不出未来的模样。

河北岸基本逛遍后，我便往河南岸转移。我可以从那座凌空展翅造型的斜拉桥上过去，也可以乘坐竹筏，顺流而下，到达十几里外的艾家码头。我一直走桥，怕竹筏不安全。有一天，桥上发生了一起车祸，交通堵塞，我决定乘一次竹筏，重温一下当年的情景。

撑筏的是一个身穿对襟布扣上衣的年轻人,满口乡音,但吐出的全是时髦词语。他的竹筏是用二十根碗口粗的毛竹制成,前头翘起,安装了一个木雕彩绘龙首。竹筏中央,固定着两个红色的塑料小凳。他递给我两只塑料袋,让我套到脚上,以防鞋袜被水溅湿。他笑着说,许多城里人,都喜欢脱掉鞋袜。城里女人的小脚,白得像银鱼儿,泡在水里,呱唧呱唧踩着,好玩极了。我脱掉鞋袜,递给他。他将我的鞋袜放在一只铁皮箱里,半真半假地说:要收一块钱保管费哦!我说:随你吧。他扔给我一件砖红色救生衣,说:大叔,这个您可一定要穿上。否则,我的老板要扣我的奖金呢。

年轻人将筏子从河边码头撑出时,那几个蹲在岸边的筏工喊叫着:扁头,祝你好运,掉到河里淹死!

年轻人麻利地撑着篙,说:那是不行的,我淹死了,你妹妹岂不是要守寡?

筏入中流,疾驰而下。我掏出相机,拍了那座大桥,又拍两岸风景。

大叔是从哪里来的?

你说我是从哪里来的?我用乡音说。

您是本地人?

也许你爹还是我的同学呢!我看着他那颗扁长的脑袋,想起了谭家村一个外号"扁头"的同学。

可是,我不认识您啊,他说,您老是哪个村的?

好好撑筏,我说,你不认识我没有关系,只要我认识你爹和你娘就行了。

年轻人熟练地挥舞着竹篙,不时地盯我一眼,显然是想把我辨认出来。我掏出一支烟,点燃。他翕着鼻子,说:大叔,如果我没猜错,您抽的是软包"中华"。

我抽的确是软包"中华",这烟是小狮子带给我的。小狮子说是袁腮让她带给我的。小狮子说,袁总说这烟是一个大人物送给他的,他只抽"八喜",不换牌子。

我抽出一支烟,探身向前,递给他。他欠身接过,侧着身子,避着河上的风,将烟点燃。抽着烟,他喜笑颜开,脸上呈现出一种又丑又怪的美。他说:大叔,能抽得起这种烟的人,都不是寻常人物。

是朋友送的。我说。

我知道是送的,抽这种烟的人,哪有自己花钱买的?他笑嘻嘻地说,您老也是"四个基本"呢。

什么"四个基本"?

烟酒基本靠送,工资基本不动,老婆基本不用——他说,还有一个"基本"我忘了。

夜里基本上都做噩梦!我说。

您说的不对,他说,但我的确想不起那个"基本"是什么啦。

那就不用去想了,我说。

如果您明天还来坐我的竹筏,我就会想起来的,他说。大叔,我已经知道您是谁了。

你知道我是谁?

您一定是肖夏春肖大叔,他怪模怪样地笑着说。我爹说,您是他们那班同学里最有本事的人,您不但是他们那班同学的骄傲,也是我们高密东北乡的骄傲。

我说:他的确是最有本事的人,但我不是他。

大叔,您就别客气了,他说,从您一坐上竹筏,我就知道您不是一般人物。

是吗?我笑着说。

那当然,他说,您额头发亮,头上有光圈,一看就是大富大贵之人!

您是不是跟着袁腮学过相面啊?

您还认识袁大叔啊?他一拍额头,说,我怎么犯糊涂了,你们是一班同学,自然认识了。袁大叔虽然比不上您,但也是个有本事的人。

你爹也很有本事啊,我说,我记得他能倒立行走,绕着篮球场转一圈儿。

那算什么?他不屑地说,头脑简单,四肢发达!而您和袁大叔,是动脑子的,玩智慧的,"劳心者治人,劳力者治于人"嘛。

你的口才,跟王肝也有一拼啦!我笑着说。

王大叔也是天才,但他走的路跟你们不一样,他挤着生动活泼的三角形小眼说。王大叔是大胆装疯,小心捞钱。

卖泥娃娃能赚多少钱?

王大叔卖的可不是泥娃娃,他卖的是艺术品。他说:大叔,黄金有价艺术品无价啊!当然啦,王肝大叔赚那几个钱,跟您肖大叔比起来,那真是拿水汪子比大海。袁大叔呢,比王大叔脑子活泛,但仅靠养牛蛙他也赚不到什么钱。

牛蛙养殖场不靠牛蛙赚钱靠什么赚钱?

大叔,您是真不知道呢还是装糊涂?

我真不知道。

大叔在拿我取笑呢,他说,到了您这种级别的人物,哪个不是手眼通天?连我这等草民都听说了的事情,您怎会不知道?!

我刚回来没几天,真不知道。

他说:就当您不知道吧,反正大叔您也不是外人,愚侄我就给您唠叨一下,权当给您解闷儿。

你说。

袁大叔是拿养牛蛙做幌子呢,他说,他真正的生意,是帮人养娃娃。

我吃了一惊,但不动声色。

说好听的呢,叫"代孕中心",说不好听的呢,就是弄了一帮女人,帮那些想生孩子的人怀孕生孩子。

还有做这种生意的?我问,这不是破坏计划生育吗?

哎哟肖大叔,都什么时代了,您还提什么计划生育的事?!他说,现在是"有钱的罚着生"——像"破烂王"老贺,老婆生了第四胎,罚款六十万,头天来了罚款单,第二天他就用蛇皮袋子背了六十万送到计生委去了。"没钱的偷着生"——人民公社时期,农民被牢牢地控制住,赶集都要请假,外出要开证明。现在,随你去天南海北,无人过问。你到外地去弹棉花,修雨伞,补破鞋,贩蔬菜,租间地下室,或者在大桥下搭个棚子,随便生,想生几个就生几个。"当官的让'二奶'生"——这就不用解释了,只有那些既无钱又胆小的公职人员不敢生。

照你的说法,国家的计划生育政策不是名存实亡了吗?

没有啊,他说,政策存在啊,要不以什么作依据罚款呢?

既然这样,人们自己去生就行了,何必找袁腮的"代孕公司"呢?

大叔,您可能是一心扑到事业上了,根本不了解世情,他笑着说,富翁尽管有钱,但像"破烂王"老贺那样慷慨的是极少数,大多数是越富越抠,既想生儿子继承万贯家产,又怕被罚款。找人代孕,可以编造理由,避免罚款。再说,现在的富翁、贵人,多半是像您这年纪,男的还跃跃欲试,老婆多半不能用了。

那就包"二奶"嘛。

当然有很多包"二奶",甚至"三奶""四奶"的,但还有很多既怕老婆又怕麻烦的,他们就是袁大叔的客户。

我的目光越过河堤,远眺着牛蛙养殖场那栋粉红色的小楼,还有娘娘庙那金黄色的殿阁,心中泛起一种不祥之感。我想起不久前一个凌晨,去卫生间小解回来,与小狮子那场别开生面的床戏。

大叔,您好像没有儿子吧?扁头的儿子问我。

我不回答。

大叔,他说,像您这样的杰出人物,没有儿子实在是太不应该了。知道不?您这是犯罪,孔夫子说:不孝有三,无后为大……

……将憋了一夜的尿排空后,我浑身轻松,想再睡一会儿。小狮子却腻上来。这可是许久没有过的事情了……

大叔,您无论如何要生一个儿子,这不仅仅是您个人的事,也是我们东北乡的事。袁大叔为您提供了很多种选择。最高档的,是有性代孕,代孕者都是美女,身体健康,基因优良,未婚,有大学以上学历。您可以跟她同居,直到她怀上您的孩子。这个费用嘛,比较高,最低二十万元。当然,您如果想让儿子优良些再优良些,可以为她提供营养费,也可以额外再给她些奖赏。这个最大的危险是,同居期间,双方有了感情,假戏成真,影响了原先的婚姻。所以,我想,大婶是不会同意的……

……她似乎很兴奋,但身体却很冷静,而且一反常态地,不按照多年的习惯行事。你想怎么着呢?黎明的晨曦中我看到她的眼睛在闪烁。她诡秘地笑着说:我要虐待你一次。她用一根黑布条蒙住我的眼睛。你想干什么?不许解开——你欺负了我半辈子,我要报一次仇——你是想给我结扎吧——她嘻嘻地笑着说,哪里舍得呢!我要你好好享受一次……

前不久就有一个女的来大闹过一次,将袁大叔的车都砸了,小扁头说。她那老公,跟代孕女同居生情,结果呢,儿子生了,把她也甩了。所以我想,大婶绝不会同意的……

……她还在折腾着我,使我兴奋,迷狂。她似乎给我套上了什么。你要干什么呢？有这个必要吗？她不回答……

大叔，你如果只想生儿子，不想借机会尝一下采野花的滋味，那我告诉您一个最省钱的办法。这可是秘密。袁大叔这里，有几个最便宜的代孕女子。她们相貌极为可怕，但这可怕的相貌并不是天生的。她们原先都是非常漂亮的女孩子，也就是说，她们的基因都非常优秀。大叔，您一定听说过东丽毛绒玩具厂那场大火。那场大火，烧死了我们东北乡五个姑娘，还有三个，虽然没死，但严重受伤，彻底毁容，生活极为痛苦。袁大叔好心收容了她们，管她们吃喝，同时也为她们谋一条生财之路，让她们赚点养老钱。当然，与她们都是无性代孕，也就是说，取出您的小蝌蚪，注到她们的子宫里。到时候，您来抱孩子就行了。她们便宜，生男孩五万，生女孩三万……

……她让我吼叫了起来。我感到身体沉下深渊。她盖好我，轻轻地离去……

大叔，我建议您……

你是为袁腮拉皮条的吧？

大叔，您怎么忍心使用这么陈旧的名词呢？小扁头笑着说，我是袁大叔的业务员，感谢肖大叔您给我这个挣钱的机会，我这就跟袁大叔联系。他稳住竹筏，掏出手机。我说：对不起，我既不是你肖大叔，也没有这个需要。

八

先生，前天因与小狮子吵架，情绪激动，破了鼻子，流了很多鼻血,连信纸都污染了。今天头有点痛,但不妨碍写信。写剧本需要字斟句酌,但写信没那么讲究。只要认识几百字,心里有话要说,就可以写信。我的前妻王仁美当年给我写信时,许多字不会写,就以图画代替。为此她曾抱歉地说:小跑,我文化水平太低,只能画画儿。我说:你的文化水平很高,你画画儿表达心意,其实是在造字儿啊!她回答我:我给你造个儿子吧,小跑,我们合伙造个儿子吧……

先生,听罢小扁头筏工一席话,我胆战心惊地做出了一个令我焦虑不安的判断:小狮子,这个想孩子想痴了的娘们儿,取了我的小蝌蚪,注入到某个毁容姑娘的体内。我脑海里浮现着成群"蝌蚪"包围着一粒卵子的情景,就像童年的时代在村后即将干涸的池塘里所看到的成群蝌蚪争啄一块被水泡胀了的馒头的情景。而这个替我孕子的毁容姑娘,不是别人,正是我的老同学陈鼻的女儿陈眉。她的子宫里,正在孕育着我的婴儿。

我匆忙奔向牛蛙养殖中心,路上似乎有好几个人跟我打过招呼,但我记不起来他们是谁。透过电动伸缩门银光闪闪的缝隙,我又一次看到了那座森严的牛蛙塑像。我感到一阵寒战,仿佛感受到,其实是回忆起了它冷腻的、不怀好意的目光。在那栋白色小楼前的空地上,有六个身穿彩衣、手挥花环的女子在跳跃,旁边一个男子,坐在椅子上,抱着一架手风琴,呜呜地演奏。她们仿佛在排练节目。太平岁月,日丽风和,什么也没有发生。也许这一切,都是我心造的幻景。我还是找个地方,坐下来,认真地想想剧本的事。

"无事胆小如鼠,有事气壮如虎","是福不是祸,是祸躲不过",这都是我父亲对我的教导。老人口中多箴言。想着父亲的话,我感到肚子饿了。我已经五十五岁,尽管父兄在堂不敢言老,但确实已是日过正午,正以加速度向西山滑落。一个日落西山的人,一个提前退休回乡购房休闲养老的人，其实没有什么事可以害怕了。想到此我感到更饿了。

我走进娘娘庙前广场右侧那家"堂吉诃德"小饭馆。这是自打小狮子进牛蛙养殖场工作后，我经常光顾之地。我在靠窗户的那张桌子前就坐。饭馆生意清冷，这里几乎成了我的专座。那个矮胖的堂倌迎上来。先生，每次坐在这张桌子前，看着桌子对面的空椅子，我心中就梦想着，有朝一日，您就坐在我的对面，与我讨论这部难产的剧本。——堂倌油光光的脸上笑容可掬，但我总是从他的笑脸背后看到一种古怪的表情。那也许就是《堂吉诃德》里那个仆人桑丘的表情，有几分恶作剧，有点儿小奸小坏，捉弄别人也被别人捉弄，不知道是可爱还是可恨。——桌子是用厚厚的椴木打造的，没上任何油漆。桌面上木纹清晰，有一些用烟头烫过的痕迹。我经常在这桌子上写作。也许将来，等我的剧本大获成功，这张桌子，会成为一个文物。那时，坐在这桌子上喝酒，是要额外收钱的，如果您来与我对坐过，那就更牛了！对不起，文人总是喜欢用这种自大的幻想来刺激自己的写作热情——

先生，堂倌表达了弯腰的意思但腰并没弯下来。他说：您好，欢迎光临，伟大的骑士的忠实仆从热诚为您服务。他说着话将一本有十种文字的菜单递过来。

谢谢，我说，老节目：一份玛格丽特蔬菜沙拉，一罐安东尼小寡妇红焖牛肉，一扎马利克大叔黑啤酒。

他扭着肥鸭般的屁股走了。我坐着等菜，同时观看室内那些装饰与摆挂：墙上挂着锈迹斑斑的盔甲与长矛，与情敌决斗时戴过的破手套，标志着赫赫战功和不朽业绩的证书与勋章，还有一只栩栩如生的鹿头标本，两只羽毛灿烂的野雉标本，还有一些泛黄的旧照片。虽然是伪造的欧洲古典风情,但看上去很有趣味。门口右侧,立着一尊真人大小的少妇铜像,两只乳房被人摸得金光闪闪——先生,我仔细观察过,进这饭馆来的人,不管男女,都要顺手摸摸她的乳房——娘娘庙广场上永远是熙熙攘攘,王肝的叫卖声总是最生动活泼。最近推出了一档"麒麟送子"的节目,说是恢复传统,其实是市文化馆里几位文化工作者的编排创造——虽然不伦不类、不中不西,但解决了几十个人的就业问题,所以是一桩好事。而且,先生,正如您所说,所谓传统,其实都是当初的前卫艺术。我在电视上看到过许多类似的节目,基本上都是传统、现代、旅游、文化的大杂烩,热火朝天,声光化电,喜气洋洋,和气生财。正如您所忧虑的,某些地方炮火连天,尸横遍野;某些地方载歌载舞,酒绿灯红。这就是我们共同生活的世界。如果真有一个巨人,他的身体与地球的比例是我们的身体与足球的比例,他坐在那里,看到围着他的身体不停旋转的地球,一会儿是和平,一会儿是战争,一会儿是盛宴,一会儿是饥馑,一会儿是干旱,一会儿是水灾……不知道他会产生什么想法——对不起先生,我又扯远了。

　　伪桑丘给我送来一杯冰水,还有一小碟面包,一块黄油,还有一碟用纯橄榄油和蒜末酱油调制的蘸料。这里的面包烤得非常好,凡吃过洋面包的人都承认这里的面包烤得非常好。用面包蘸着这调料吃,其实已经是美味,何况后边的菜与汤样样精彩——先生,您一定要来这里吃一次啊,我保证您一定会喜欢这里的一切——而且这饭馆还有一个传统——与其说是"传统"还不如说是"规定"——那就是,每天晚上,营业即将结束时,他们会将当日所烤的所有面包,长的、圆的、黑的、白的、粗的、细的,放在门口桌子上一只柳条筐里,任顾客们取走。并没有什么文字提示每人只许拿一只,但每个人都自觉地取一只。腋下夹着或是胸前抱着一只长长的或是方方的、柔软的或是焦香的面包,嗅着它散发出的香气,麦子的气味,亚麻籽的气味,杏仁的气味,酵母的气味。抱着一个新鲜面包,漫步在夜晚的娘娘庙广场上,先生,我心中总是充溢着一种感动。当然,我也知道,这是一种奢侈的感情。因为,我非常知道,天下还有许多人衣不蔽体、食不果腹,还有许多人在死亡线上挣扎。

玛格丽特小姐的蔬菜沙拉里有生菜、西红柿、苣荬菜,味道鲜美。是谁起了这样一个令人遐想西欧的菜名?自然是我的小学同学、我的启蒙老师的儿子李手。正如我从前的信中告诉过您的,李手是我们这拨同学里最有才华的,应该搞文学的本应是他,但到头来却是我。他学成良医,本来前途无量,但却辞职还乡,开了这样一家不中不西、或者是中西合璧的餐馆。从饭馆的名字、菜肴的名字,我们都可以看出文学对我这老同学的影响。他在我们这土洋混杂之处开这样一家"堂吉诃德"本身就是一种堂吉诃德的行为。李手的身体已经发福,他本来个头就矮,发福后显得更矮。他经常会坐在饭馆的另一个角落里,与我遥遥相对,但彼此不打招呼。我有时会趴在桌上写一些杂七拉八的印象记,而他总是左臂斜搭到椅背后,右掌托住右腮,以这样虽然古怪但看似十分闲适的姿势,度过漫长的时光。

伪桑丘把我要的安东尼小寡妇罐焖牛肉和马利克大叔黑啤酒端上来,我的菜齐了。喝一口黑啤酒,吃一块焖牛肉,慢慢咀嚼慢慢品,目光穿透玻璃,看着那光天化日之下隆重扮演的神话故事。喧天鼓乐开道,旗罗伞扇随后,五彩衣裳,非凡人物。那个坐在麒麟上的女子,面如银盆,目若朗星,怀里抱着一个粉嘟嘟的婴儿——每次看到这送子娘娘,我总是愿意把她与姑姑联系在一起。但现实中的姑姑,总是以身披宽大黑袍、头蓬如雀巢、笑声如鸱枭、目光茫然、言语颠倒的形象出现在我脑海,截断我的美好幻想。

送子娘娘的仪仗在广场上巡行一圈,停留在中央,排成阵势。鼓乐停,一头戴高冠、身披绛袍、怀抱笏板的官员——其身份让人联想到帝王戏中的太监——手持黄卷,高声宣呼:皇天后土,滋生五谷;日月星辰,化育万民。奉玉皇大帝之名,送子娘娘殿下携一宁馨儿,下降高密东北乡,特宣善男信女王良夫妇前来领子——那扮演王良夫妇的,总是来不及领到儿子,那宁馨儿——泥娃娃——就被广场上的渴盼生子的女人抢走。

先生,尽管我用许多理由宽慰自己,但我到底还是一个胆小如鼠、忧虑重重的小男人。既然我已经意识到,那个名叫陈眉的姑娘的子宫里已经孕育着我的婴儿,一种沉重的犯罪感就如绳索般捆住了我。因为陈眉是我的同学陈鼻的女儿,因为她被我姑姑和小狮子收养过,在那些日子里,我曾经亲手往她的小嘴里喂过奶粉。她比我的女儿还要小。而一旦,当陈鼻、李手、王肝,我这些旧日的朋友知道了事件的真相,我只怕蒙着狗皮都无颜见人了。

我回忆着返乡之后,两次见到陈鼻的情景。

第一次见到他,是去年年底一个雪花飞舞的傍晚。那时,小狮子还没去牛蛙公司上班,我们雪中漫步,看着雪花在广场周围那些金黄的灯光下飞舞。远处不时响起鞭炮声,年的味道,渐渐浓起来了。远在西班牙的女儿,与我通话,说她正与她的夫婿,在塞万提斯的故乡,一个小镇漫步。我与小狮子,携手走进堂吉诃德饭馆。我将这个巧合报告女儿,手机里传来她爽朗的笑声。

地球太小了,爸爸。

文化太大了,先生。

那时我们并不知道这家餐馆的老板是李手,但我们已感到了这饭馆的老板是个不平凡的人物。我们一进入饭馆就立刻喜欢上了这环境。我最喜欢那些拙朴的桌椅。如果桌子上蒙上浆洗得洁白板整的台布,那这个饭馆会很欧洲,但我同意李手后来的解释。他说他考证过,堂吉诃德的时代,西班牙乡下的饭馆是没有桌布的,他还很八卦地接着说,就像那个时代的欧洲女人不戴乳罩一样。

先生,我向您坦白,一进门我看到那尊少妇铜像上那两只被人摸得金光闪闪的乳房时,手便不自主地伸过去。这的确暴露了我内心的肮脏,但也很坦荡。小狮子用嘘声提醒我。我说:你嘘什么,这是艺术。小狮子严厉地说:许多文化流氓都这么说。伪桑丘微笑着迎上来,表达了鞠躬的意思但并没有鞠躬,他说:欢迎光临,先生,夫人!

他接过我们脱下来的大衣、围巾、帽子,然后把我们引领到厅堂正中的一张桌子前。桌子上摆着盛着水的玻璃圆盏,里边漂浮着白色的蜡烛。我们不喜欢这里,我们选择了靠近窗户的桌子。这位置好,好在可以隔窗观赏外边灯影里飞舞的雪花,好在可以观看室内的全貌。我们看到,在最角落里那张桌子前——也就是我后来常坐的位置——坐着一个烟雾腾腾的男人。

从他缺了无名指的右手认出了他。从他那个赤红的大鼻子上认出了他。陈鼻,这个当年的英俊男子,如今头顶光秃,脑后头发披散,几乎就是塞万提斯的发型。他脸型干瘦,两腮凹瘪,似乎是掉了后槽牙。如此,那个鼻子更显夸张。他用右手的三个指头捏着一个几乎燃尽的烟头,放到唇边嘬着。空气中弥漫开燃烧烟头过滤嘴的怪味。烟雾从他的大鼻孔里喷出来。他目光迷茫,落魄的人都是这样的目光。我有点不敢看他,却忍不住要看他。我想起在北京大学校园里看到过的塞万提斯雕像,也就明白了陈鼻之所以坐在这里的原因。他衣着古怪,非袍非褂,脖子下围着一圈白色的泡泡纱之类的织物。

我应该在他的身边发现一把佩剑,果然就看到了斜靠在墙角上的那剑,然后便发现了那铁手套,那盾牌,那竖在墙角的长矛。我想他的脚边应该有一条又脏又瘦的狗,果然就发现了一条狗,脏,但并不太瘦。据说塞万提斯的右手也缺了一根手指。但塞万提斯是不会携带盾牌与长矛的,那他应该是堂吉诃德,但他的面貌又像塞万提斯。但毕竟我们谁也没有见到过真正的塞万提斯,更没人见过本来就不存在的堂吉诃德。那么,陈鼻扮演的人物,到底是塞万提斯还是堂吉诃德,就随你派定了。我为这个老朋友的处境深感悲凉。此前,我已听说过他的那一对美丽女儿的悲惨遭遇。陈耳和陈眉,曾经是我们高密东北乡最美丽的姐妹花。陈鼻来路不明但肯定存在的外族血统,使她们的脸免除了扁平而突出饱满,中国古典诗词和小说中所有对美女的形容对她们都是不合适的。她们是羊群里的骆驼,是鸡群里的仙鹤。如果她们生在富贵之家或富贵之地,如果她们尽管生在贫贱之家偏远之地、但如果机缘凑巧遇到了贵人,她们很可能一鸣惊人,平步青云。她们姐妹结伴南下,去外面闯荡,也是为了寻找这种机会吧。我听说她们去了东丽毛绒玩具厂,厂商是外国人,但是不是真正的外国人那也不好说。姐妹俩那样的姿色那样的聪明,在那样纸醉金迷的环境里,如果想赚钱,想享受,其实只要豁出去身体就可以了。但她们在车间里出卖劳动力,忍受着血汗劳动制度,忍受着血腥的剥削,最后,在那场震惊全国的大火中,一个被烧成焦炭,一个被烧毁面容,妹妹之所以死里逃生是姐姐用身体掩护了她。可痛可悲可怜!这说明她们没有堕落,是两个冰清玉洁的好孩子。——对不起,先生,我又激动了。

　　陈鼻这一生,真是无比的悲惨。我想,他在这堂吉诃德饭馆里,扮演着死去的名人或虚构的怪人,其处境,跟北京著名的"天堂"歌舞厅大门外那个侏儒门童,与广州"水帘洞"洗浴中心那个巨人门童的处境没有什么区别。他们都是在出卖身体啊。侏儒出卖他的矮,巨人出卖他的高,陈鼻出卖他的大鼻子。他们的处境同样悲惨。

先生,那天晚上,我一眼就认出了陈鼻。虽然将近二十年我没见过他,但即便一百年没见过,即便在异国他乡,我也会认出他来。当然,我想,在我们认出了他的同时,他也认出了我们。童年时的朋友,其实根本不需要眼睛,仅凭着耳朵,从一声叹息、一声喷嚏,都可以判断无疑。

是否上前与他相见?或者干脆邀他来与我们共进晚餐……我和小狮子都在犹豫。我从他那故意漠视一切的神情里,从他的直盯着墙上那只鹿头而不斜视的目光里,知道他也在犹豫着是否上前与我们相认。那年的辞灶日的晚上,他带着陈耳到我们家索要陈眉时的情景——浮现。他那时体态魁梧,身穿僵硬的猪皮夹克,举着蒜臼子要往我家饺子锅里投掷,他气息粗重,暴躁烦恼,仿佛一头被激怒了的大熊。从此之后我们再没见过他。我想当我们回忆往事时他也在回忆往事,当我们感慨万端时他也会感慨万端。我们其实从来没有恨过他,我们对他的不幸寄予深深的同情,我们之所以未能立即上前与他相认主要是一时找不到合适的姿态,因为,毫无疑问,用我们这儿的习惯说法,我们混得比他好。混得好的人,如何面对混得很差的朋友,确实颇难把握分寸。

先生,我有抽烟的不良嗜好,此嗜好在欧洲、美洲,包括你们日本,已受到诸多限制,使吸烟者处处意识到自己的粗俗与没教养,但在我们这地方,眼下还没有这种限制。我拿出烟盒,抽出一支,用火柴点燃。我喜欢火柴被点燃的瞬间散发出的淡淡的硝磺气味。先生,我那天抽的是金阁牌香烟,是一种价格极为昂贵的地方名烟。据说每包烟要人民币二百元,也就是说,每支香烟需要十元。每斤小麦只卖八角钱,也就是说,要卖十二斤半小麦,才可以换一支金阁牌香烟。十二斤半小麦可以烤成十五斤面包,可以满足一个人起码十天的需要,但一根金阁牌香烟冒几口烟便完了。这香烟的包装真是金碧辉煌,让我联想到贵国京都的金阁寺,不知道此烟设计者是否从金阁寺得到过灵感。我知道父亲对我抽这种香烟深恶痛绝,但他只是淡淡地说了一句:造孽啊!我慌忙对他解释,这烟不是我买的,是别人送的。我父亲更淡地说:那更是造孽。我很后悔对父亲讲这烟的价钱,这说明了我的肤浅和虚荣。我在本质上,与那些炫名牌、夸新妻的暴发户没什么区别啊。但这么贵的烟,我也不能因为我父亲的一句批评而扔掉,如果扔掉,那岂不是孽上加孽吗?这烟里添加了一种特殊的香料,燃烧时散发出醉人的香气。我看到陈鼻的身体稳不住了,接连打了几个响亮的喷嚏;他的目光也从那鹿头上,慢慢地往这边转移,先是犹豫的、羞怯的、动摇的,然后便是贪婪的、渴望的,甚至带着几分凶狠的,把混合着这诸多心情的目光投过来了。

先生,这个人,终于站起来,拖着他的剑,像拖着一根拐棍,一瘸一拐地走过来。饭馆里光线不够明亮,但足以看清他的脸。他的五官和脸上的肌肉,合伙制造出一种难以用准确的语言形容的复杂表情。他的目光是直视着我还是直视着我嘴巴里喷出的烟雾,我一时难做判断。我慌忙站起来,椅子在身后发出噪声。小狮子也站了起来。

他站在我们面前,我慌忙伸出手去,伪装出仿佛突然发现的惊喜:陈鼻——但他没接我的话茬,更没与我握手,他保持着礼貌的距离,对我们深深地鞠了一躬。然后,他双手拄着那柄锈迹斑斑的剑,用一种话剧演员的腔调说:尊贵的夫人,尊贵的先生,我,来自西班牙拉·曼却的骑士堂吉诃德,向你们表示深深的敬意,鄙人愿为你们竭诚服务。

别逗了,我说,陈鼻,你装什么洋蒜,我是万足,她是小狮子……

尊敬的先生,高贵的夫人,对一个忠诚的骑士来说,没有比用手中的剑来保卫和平、伸张正义更神圣的事业了……

老兄,别演戏了。

世界就是一个大舞台,每天都在上演着同样的剧目。先生,夫人,您如果能将手中的烟赏我一支,我愿意为您表演精彩绝伦的剑术。

我慌忙将一支烟递给他,并殷勤地帮他点燃。他深深地吸了一口,烟头上的火明亮灼目快速燃烧。他眼睛眯起,脸上的皱纹挤在一起,然后,缓缓地舒展,两道浓烟从他的粗大鼻孔里喷出来。看到一支烟能让一个人如此的放松和惬意,让我震惊而感动。我虽然抽烟多年,但瘾头并不太大,因此也就无法体验眼前这个人的感受。他又深吸了一口,烟丝就快燃尽,这种名贵香烟,狡猾地将过滤嘴做得很长,既减少了烟丝用量,又宽慰了那些既怕死又戒不掉香烟的富贵烟民们的心灵。他只用了三口,便将一支香烟吸到了燃烧过滤嘴的程度。我索性将那盒烟递给他。他胆怯地往两侧看看,然后,猛地抢过去,塞进袖子。他忘记了给我们表演精彩剑术的承诺,拖着剑,拖着一条腿,身体一耸一耸的,向门口跑去。跑到门口时,还顺手从那柳条筐里,抓走了一根法式面包。

堂吉诃德!你又向客人索要财物了!肥胖的伪桑丘端着两杯冒着泡沫的黑啤酒,人朝着我们走来,声音却对着陈鼻喊去。我们透过玻璃,看到那可怜的人,拖着他的生锈的剑、残疾的腿,还拖着长长的摇曳的影子,穿过广场,消失在黑暗中。那条看上去颇健壮的狗,紧紧地追随着他。人似乎狼狈不堪,狗却趾高气扬。

这个讨厌的家伙！伪桑丘似乎是歉意地又似乎是炫耀地对我们说,总是背着我们干一些让我们丢脸的事。我代表我们家老板向先生和夫人表示歉意,但是,我想,向一个落魄的骑士施舍几支香烟或者几个硬币,也许并没有让你们感到厌烦。

您这是,您这是说的哪里的话呀……我感到很难适应这肥胖侍者说话的方式,这既不是演电影,也不是演话剧,哪里还用得着这样拿腔拿调呢。我说:他是你们雇佣来的吗?

侍者道:先生,我实话对您说,初开张时,我们老板可怜他,给他设计了这身打扮,让他和我,站在饭馆门口,招徕顾客。但是他,他的毛病太多了,他有酒瘾、烟瘾,一旦发作,那就什么也干不成了,何况他还带着条寸步不离的癞皮狗。而且,他不注意卫生。像我,每天都要洗两次澡,尽管我们的面貌不能赏心悦目,但我们的身体散发出的气味会令人心旷神怡。这是一个高级堂倌的职业道德。但是那家伙,除了被大雨淋湿过几次,从来没有洗过澡,他身上散发出的气味,是令客人厌恶的。而且,他还一次又一次地违背我们老板的禁令,向客人索要财物。对这样一个无赖,如果我是老板,早就将他乱棍打出,但我们老板心地良善,给了他很多机会希望他能改好。这样的人自然不能改,就像狗改不了吃屎。我们老板给了他一笔钱,希望他不要再来,但他花完钱又来了。要我是老板,早就报警了,但我们老板是厚道人,宁愿自己的生意受损也容忍他。胖侍者压低了嗓门:后来我才听说,他是我们老板的同学,可即便是同学也用不着如此宽容啊。后来终于有人向老板投诉,抱怨堂吉诃德身上的馊臭气味和那条癞皮狗身上的跳蚤。我们老板花钱雇人,强行将他弄到澡堂子里,连同那条狗,彻底地漂洗。——这已经成了规矩,每月强行漂洗一次。这家伙不但不领情,每次都破口大骂,泡在澡堂子里破口大骂:李手,你这个混蛋,你毁掉了一个骑士的尊严!

先生,那天晚饭后,我与小狮子心情郁郁地沿着河边,向我们的新家行进。与陈鼻的重逢让我们心中感慨万端。往事不堪回首。几十年时间,已经山河巨变,许多当年做梦也梦不到的事物出现了,许多当年严肃得掉脑袋的事情变成了笑谈。我们没有交谈,但心里想的也许是相同的事吧。

先生,我第二次见到他,是在开发区医院里。与我们一起去的,有李手,有王肝。他被市公安局派出所的一辆警车撞伤。据开车的警察说,路边的目击者也为警察作证——警车在路上正常行驶,陈鼻从路边猛扑进来。——这根本就是寻死——那条狗也跟着扑进去。陈鼻被撞飞到路边灌木丛中,狗被碾在车轮之下。陈鼻双腿粉碎性骨折,胳膊、腰椎也有伤,但并无性命之忧。那条狗却肝脑涂地,殉了他的主公。

是李手告诉了我们陈鼻受伤的消息。李手说,警察确实没有责任,但鉴于陈鼻的情况再加上他找人通关节,公安局答应赔一万元。这一万元,对于这样的重伤,显然是不够的。我明白,李手召集我们这帮老同学去医院探望的根本目的,还是为陈鼻筹集医疗费。

他住在一个有十二张病床的大病房里,靠窗户的那张病床,编号为9,是他的床位。此时为五月初,窗外一株红玉兰,盛开着,散发着浓郁的香气。病房尽管床多,但卫生搞得很好。尽管这医院的条件无法跟北京、上海的大医院相比,但与二十年前的公社卫生院相比,已经有了巨大的进步。先生,当年我曾陪我母亲在公社卫生院住过一星期院,病床上虱子成堆,墙壁上全是血污,苍蝇成群结队。想想就不寒而栗。陈鼻双腿打着石膏,右胳膊上也打着石膏,仰面躺着,只有左臂能动。

看到我们来了,他将脸偏向了一边。

王肝用他的嬉笑怒骂打破尴尬场面:伟大的骑士,这是咋整的?跟风车作战?还是跟情敌决斗?

李手道:不想活跟我说,哪里还用得着去撞警车呢?

他可真能装,装骑士,不跟我们说话,小狮子道。都怨李手,把你弄得疯疯癫癫的。

李手道:他哪里是疯疯癫癫啦?他是装疯的王子呢。

他突然呜呜地哭起来。那侧歪着的脸更低下去,肩头抽搐,那只能动的左手抓挠着墙壁。

一个瘦高的护士快步进来,用冰冷的目光扫了我们一圈,然后拍拍铁床头,严厉地说:9号,别闹了。

他立即停止了哭泣,侧歪着的脑袋也正了过来,混浊的目光定定地望着我们。

瘦高护士指指我们放在床头柜上的花束,厌恶地抽抽鼻子,命令我们:医院规定,花束不准带进病房。

小狮子不满地问:这是什么规定? 连北京的大医院都没有这规定。

瘦高护士显然不屑于跟小狮子争辩,她对着陈鼻说:快让你的家属来结账,今天是最后一天。

我恼怒地说:你这是什么态度?

护士撇撇嘴,道:工作态度。

你们还有没有人道主义精神? 王肝道。

护士道:我是个传声筒。你们有人道主义精神帮他将医疗费付了吧,我想,我们院长会赠送给你们每人一块奖牌,上边刻着四个大字——人道模范。

王肝还想争执,李手止住了他。

护士悻悻地走了。

我们面面相觑,心中都在盘算。陈鼻受了这么重的伤,医疗费一定是个惊人的数字了。

你们为什么要把我弄到这儿?陈鼻怨恨地说,我死我的,管你们什么屁事?你们不弄我来,我早就死了,也不用躺在这里活受罪。

不是我们救了你,王肝道,是那撞你的警察打电话叫了救护车。

不是你们把我弄到这里?他冷冷地说,那你们来这里干什么?你们来可怜我?来同情我?我用不着。你们赶快走,带着你们喷了毒药的花——它们熏得我头痛——你们想帮我来付医疗费?根本用不着。我堂堂骑士,国王是我的密友,王后是我的相好,这点医疗费,自然会有国库支付。即便国王与王后不为我买单,我也用不着你们施舍。我的两个女儿,貌比天仙,福如东海,不做国母,也做王妃,她们从指缝里漏出来的钱,也能买下这座医院!

先生,我们自然明白陈鼻这番狂言的意思。他的确是装疯,心里却如明镜般清澈。装疯也有惯性,装久了,也就有了三分疯。而我们跟随着李手来医院探望,其实心里也是惶惶不安。让我们送几束鲜花,送来几句好话,甚至送来几百块钱,那是没有问题的,但如果让我们负担巨额医疗费,确实有点……因为,毕竟,陈鼻与我们无亲无故,而且,他又是这么一种状况,如果他是一个正常的人……总之,先生,我们虽然不乏正义感,不乏同情心,但到底还是凡夫俗子,还没高尚到为一个社会畸形人慷慨解囊的程度。所以,陈鼻的疯话,是为我们提供了一个借坡下驴的坡儿。我们看看召集我们来的李手,李手挠着头说:老堂,你安心养着吧,既然是警车撞了你,他们就该负责到底,实在不行,我们再想办法……

滚,陈鼻道,如果我的手能举起长矛,我将会敲打你们愚蠢的头颅。

此时不走,更待何时呢?我们抱起那几束喷洒了低劣香精的花束,正欲走而未走之时,那瘦高护士带着一个穿白大褂的男人进来了。护士对我们介绍,说这男人是主管财务的副院长,护士也把我们介绍给副院长,说我们是9号的亲戚。副院长开门见山地向我们出示了账单,说陈鼻的抢救费、医疗费已累计到两万余元,他一再强调,这还是按成本计算的。如果按惯例计算,那远远不止这个数目。在这个过程中,陈鼻一直暴躁地叫骂着:滚,你们这些放高利贷的奸商,你们这些吃死尸的蛆虫,老子根本就不认识你们。他那只能动的胳膊挥舞着,敲打着墙壁,摸索着,摸到床头柜上一只瓶子投到了对面床上,打中了那个正在输液的垂危老人。滚,这座医院是我女儿开的,你们都是我女儿雇来打工的,老子说句话,就能打碎你们的饭碗……

正闹得不可开交的当儿,先生,一个身穿黑裙、蒙黑纱的女人走进了病室。先生,我不说您也能猜到她是谁。是的,她就是陈鼻的小女儿,那个在玩具厂大火中死里逃生、毁了面容的陈眉。

陈眉如同幽灵,飘进房间。她的黑裙黑纱,带来了神秘,也似乎带来了地狱里的阴森。喧闹立即中止,仿佛切断了发出噪声的机器的电源。连闷热的空气也冷了下来。窗外的玉兰树上,有一只鸟儿,发出一阵柔情万种的鸣叫。

我们看不清她的脸,也看不见她身上的任何一点皮肤。我们只看到她身材高挑、四肢修长,是一个模特儿般的身躯。我们自然知道她是陈眉。我与小狮子自然又回忆起二十多年前那个襁褓中的小丫头的形象。她对着我们点点头,又对着那副院长说:我是他的女儿,他欠下的债,我来偿还!

先生，我在北京有一个朋友，是304医院烧伤研究所的专家，院士级的水平。他告诉我，对于烧伤病人来说，精神上的痛苦也许比肉体上的痛苦更难忍受，当他们第一次在镜子里见到自己被毁坏的面容后，那种强烈的刺激和巨大的痛苦是难以承受的。这些人，需要极大的勇气才能活下去。

先生，人是环境的产物，在某些特殊的环境下，懦夫可以成为勇士，强盗可以干出善行，即便是吝啬得一毛不拔者，也可能一掷千金。陈眉的出现和她的勇敢担当让我们心中羞愧，而这羞愧又转化成仗义。仗义之后就要疏财。先是李手，然后是我们，都对陈眉说：眉子，好侄女，你父亲的账，我们来分担。

陈眉冷冷地说：谢谢你们的好心，但我们欠别人的账太多了，欠不起了。

陈鼻大声吼叫：你滚，你这蒙着黑纱的妖精，竟敢来冒充我的女儿。我的女儿，一个在西班牙留学，正与王子恋爱，即将谈婚论嫁；一个在意大利，购买了一家欧洲最古老的酒厂，酿造出了最优良的美酒，装满一艘万吨巨轮，正在向中国行驶……

九

先生，非常惭愧，您期待已久的那部话剧，依然没有动笔。素材实在是太多了，我感到有点像"狗咬泰山——无处下嘴"。在构思过程中，现实生活中发生的与此题材有关的事件，又以其丰富的戏剧性，不断地摧毁我的构思。另外，更让我为难的是，我身不由己地陷入一场巨大的麻烦中。我不知该如何脱身,或者说,我不知该如何扮演我在这事件中担当的角色。

先生,我想您已经猜到了,我前面所说的,不是幻想,而是确凿的事实。小狮子终于承认,她的确偷采了我的小蝌蚪,使陈眉怀上了我的婴儿。我感到血冲头顶,怒不可遏,狠狠地抽了她一个嘴巴。我承认打人不对,尤其是我这种戴着"剧作家"桂冠的人,更不应该有如此的野蛮行径。但是先生,我当时的确是气疯了。

从小扁头筏工那里回来后,我就展开调查,但每次去牛蛙养殖中心都被保安拦截。我给袁腮和小表弟打电话,他们的手机都已换号。我逼问小狮子,她讥笑我神经病。我将网页上有关牛蛙公司代人怀孕的内容打印下来,去市里向计生委举报。计生委的人留下材料,然后便没了下文。我去公安局报案,公安局的接待人员说这事不归他们管。我打市长热线,接线员说一定向市长反映⋯⋯先生,就这样,几个月过去了。当我终于从小狮子嘴里逼出真相时,那婴儿,在陈眉肚子里,已经六个月了。五十五岁的我,糊里糊涂地又要给一个婴儿做父亲。除非采用冒险、残酷的药物引产终止她的妊娠,否则,我这个父亲是做定了。年轻时的我,曾经因此断送了前妻王仁美的性命,这是我心中最痛的地方,是永难赎还的罪过。现在,即便我狠下心来,先生,我狠下心来也没用,因为,我根本进不了牛蛙养殖中心,即便能进去,也见不到陈眉的面。我猜想,牛蛙养殖中心里,必有复杂的暗道机关,通向地下迷宫。而且,从小狮子的话语里,我也感受到,袁腮和我的小表弟,本身就是黑道中人,他们急了眼,六亲不认,什么事情都可能干出来。

小狮子挨了我一巴掌,倒退了几步,一屁股坐在地板上。鼻子破了,血流如注。她好久才出声,不是哭,而是冷笑。冷笑之后,她说:

打得好！小跑,你这个强盗！你竟敢打我,你的良心被狗吃了。我这样做,完全是为你着想。你只有女儿,没有儿子。没有儿子,就是绝户。我没能为你生儿子,是我的遗憾。我为了弥补遗憾,找人为你代孕,为你生儿子,继承你的血统,延续你的家族。你不感激我,反而打我,你太让我伤心啦……

说到这里,她哭了。眼泪和鼻血混在一起。我的心中大不忍。但一想到这么大的事她竟敢瞒着我,气又汹汹上升。

她哭着说:我知道你心痛那六万元钱。这钱不用你出,我用自己的退休金。孩子生出来,也不用你抚养,我自己抚养,总之,与你没关系了。我在报上看到,捐一次精子可得一百元报酬,我付你三百元,就算你捐了一次精子。你可以回北京去了,与我离婚也可以,不离也可以,总之与你没关系了。但是,她抹了一把脸,如同一个壮烈的勇士,说:你如果想毁掉这个孩子,我就死给你看。

先生,从我写给您的信里,您也知道了小狮子的脾气。她当年跟着我姑姑转战南北,与形形色色的人打交道,锤炼出了一副英雄加流氓的性格。这娘们儿,被惹急了,什么事都能干出来。我只有安抚,晓之以理,动之以情,寻找一个最妥当的方式,解决这个难题。

尽管一想到引产,心里就感到冰凉,就感到不祥,但还是幻想着能用这种方式解决难题。我想,陈眉之所以要替人代孕,说到底是为了钱;那么,用钱来解决这问题,也就顺理成章。问题的关键是,我如何能见到陈眉。

自从在陈鼻的病房见过一次,再也没有见过她。她黑裙遮体,黑纱蒙面,行踪神秘,使我感觉到,这高密东北乡,有一个我从未涉足的神秘世界。那世界里生活着侠客、通灵者,还有一些蒙面人。想起不久前,为了陈鼻的医疗费,我拿出五千元交给李手,请他转交陈眉,但过了几天,李手将钱退回,说陈眉拒不接受。——也许,陈眉为人代孕,就是为了替父付医疗费吧——想到此我心更乱,这简直是——这个该死的小狮子——我只好去找李手了,在我们这拨同学中,只有他的头脑还算正常。

昨天上午,在堂吉诃德餐厅那个角落里,我与李手对面而坐。广场上人流如蚁,《麒麟送子》的节目正在上演。伪桑丘给我们送上两扎啤酒便知趣地躲开。他脸上的笑容相当暧昧,好像洞察了我的隐秘。当我吞吞吐吐地将事情对李手说罢,李手竟然没心没肺地笑起来。

你幸灾乐祸!我不满地说。

他端起杯子,碰响了我的杯子,喝了一大口,说:这算什么灾?这是大喜啊!祝贺老兄!老来得子,人生大喜!

你别拿我开涮了,我忧虑重重地说,尽管我已退休,但毕竟还是公家的人,生出一个孩子,怎么向组织交代?

李手说:老兄,什么组织、单位,这都是自己给自己捆上的绳索,我们面临的事实是,你的精子与一个卵子结合孕育成的一个新生命,即将呱呱落地。人生最大的快乐,莫过于看到一个携带着自己基因的生命诞生,他的诞生,是你的生命的延续。

问题的关键是,我打断他的话,说,这个婴儿出生后,我到哪里去给他落下户口?

这点小事还能难倒你?他说,现在不是过去了,现在,只要有钱,基本上没有办不成的事。再说了,即便落不下户口,他作为一个人,已经存在于这个星球上,他终将享受到一个人的所有权利。

行了,老弟,我是来找你想办法的,你净给我讲这些空话废话——这次我回来,发现你们,不管是念过书的还是没念过书的,怎么都是一副话剧腔？都是跟谁学的呀！

他笑了,这就是文明社会啊！文明社会的人,个个都是话剧演员、电影演员、电视剧演员、戏曲演员、相声演员、小品演员,人人都在演戏,社会不就是一个大舞台吗？

别给我贫了,我说,快想办法,你不会希望我见了陈鼻叫岳父吧？

见了陈鼻叫岳父又能怎么样呢？太阳就熄灭了吗？地球就不运转了吗？我告诉你一个真理：你不要以为世界上的人都在关心你的事。你是不是以为人人都在盯着你？其实,各人有各人的烦心事,没人管你这档事儿。你跟陈鼻的女儿生一个儿子,或者你跟另外一个女人生一个女儿,这都是你自己的事。即便有那些好管闲事的人议论几句,那也是过眼云烟,风过即散。关键是,孩子是自家的骨肉,生出来就大赚了一笔。

可我跟陈鼻……我说,这简直像乱伦！

胡说八道！他说,你跟陈眉毫无血缘关系,乱的哪门子伦？至于年龄,更不是问题,八十岁老翁娶十八岁少女,不是成了美谈被万人传诵吗？关键是,你连陈眉的身体都没见过,她就像一个工具,你只不过租来用了一下,如此而已。总之,老兄,他说,不必考虑那么多,不必自寻烦恼,好好锻炼身体,准备抚养儿子。

别说这些没用的了,我指指自己布满燎泡的嘴唇,说,我可是心急火燎！看在老同学的面子上,我求你,捎个话给陈眉,让她立即终止妊娠,原定的代孕费我照付,另外再加一万元,补偿她因引产带给身体的损失。如果她嫌少,那就再加一万元。

那你何必呢？既然这么舍得花钱,等她生下来,花钱疏通疏通,落下户口,堂堂正正当爹就是了。

我无法对组织交代。

你太把自己当成个人物了吧？李手讥道。老兄,组织没那么多闲心管你这事。你以为你是谁？不就是写过几部没人看的破话剧吗？你以为你是皇亲国戚？生了儿子就要举国同庆？

这时,几个身背旅行包的游客探头探脑地进入饭馆,伪桑丘像球一般滚过去,笑脸相迎。我压低嗓门,说:我这辈子,只求你这一次。

他抱着膀子,摇摇头,摆出一副爱莫能助的姿态。

他妈的,你这小子,就这样眼睁睁地看着我往火坑里跳？

你这是让我帮着你杀人,他也低声说,六个月的婴儿,隔着肚皮都能喊爸爸啦!

你帮不帮？

你以为我就能见到陈眉吗？

那你一定能见到陈鼻,把我的话转告陈鼻。让陈鼻去找陈眉。

要见陈鼻很容易,李手说,他每天都在娘娘庙门前乞讨,傍晚时,拿乞讨来的钱到这里买酒喝,顺便拿走一个面包。你可以坐在这里等他,也可以到前边去找他。但我希望你不必跟他说,说也是白费口舌。你如果心怀慈悲,就不要用这样的事情折磨他了。这么多年来,我总结了一条经验,解决棘手问题的最上乘方法是:静观其变,顺水推舟。

好吧,我说,那就顺水推舟吧。

老兄,孩子满月时,我来设宴,咱们好好庆贺一番。

十

走出酒馆,我的心情的确轻松了许多。确实没有什么大不了的事儿，不就是一个孩子要出生嘛！阳光照旧灿烂，鸟儿依然欢唱，花照开，草照绿，风儿照旧轻轻吹。广场上，送子娘娘的仪仗正雁翅般排开，喧天鼓乐中，许多盼子心切的女人纷纷向前拥挤，希望从娘娘手中抢到那个宝贵的婴儿。人们都在用最大的热情歌颂着生育，期盼着生育，庆贺着生育，我却因为有人怀上了自己的孩子而痛苦、烦恼、焦虑不安。这只能说明：不是社会出现了问题，而是我自己出现了问题。

　　先生，我在娘娘庙大门右侧那根粗大柱子后边，发现了陈鼻和他的狗。这是一条周身生满了黑色斑点的洋狗，比原先那条殉身车轮的本地土狗明显高贵。这样一条出身高贵的洋狗为什么会与一个流浪汉结成伴侣？这似乎是个秘密，但想一想也不足为奇。在高密东北乡这种新近开发之地，土洋混杂，泥沙俱下，美丑难分，是非莫辨。许多好赶时髦的暴发户，初暴发时恨不得将老虎买回家当宠物，破产时又恨不得卖了老婆抵债。大街上许多流窜的野狗，不久前还是富家豢养的身价不菲的名种。就像上世纪初叶，俄罗斯爆发革命，许多白俄贵妇，流落到哈尔滨，不得不为了面包，放下身价，或者为娼卖笑，或者嫁给卖苦力的下层百姓，使这地方生出了一些混血的后代，陈鼻的大鼻子深眼窝也许与这段历史有关。斑点流浪狗与陈鼻的结合与此有点类似。我胡思乱想着，在距他与狗十几米的侧面，观察着他们。他身边放着双拐，面前摆着一块红布，红布上显然写着残疾人乞求施舍的文字。不时有珠光宝气的女人，俯下身去，将一张纸币或是几枚硬币，投放到他面前那个铁碗里。每当有人施舍，那条斑点狗就会仰起头来，腔调温柔、脉脉含情地鸣叫三声。不多不少，每次都是三声。施舍者内心感动，有的甚至二次解囊。其实我已经没有了以重金收买他、让他动员陈眉引产的想法。我向他走去，是好奇心被激发,想知道他面前那块红布上写着什么字——这是文人的恶习。

那块红布上写着:

> 我本天上铁拐仙,引领玉犬下尘凡。送子娘娘是我姑,派我到此来化缘。施我小钱换贵子,骑马游街中状元……

我猜想,布上的词儿乃王肝所编,布上的字系李手所书,他们都在用自己的方式,帮助这个落难的同学。他将肥大的裤管捋上去,裸露着那两条犹如烂茄子一样的腿。我油然想起了母亲讲过的故事:

铁拐李成仙之后,家中做饭无烧柴,其妻问:烧啥?他说:烧腿。于是就将一条腿伸到灶下,引火点燃,灶中火焰熊熊,锅里蒸汽袅袅,饭就要熟了。此时,他的嫂子过来串门,一见此状,惊呼:哎哟,兄弟,当心把腿烧瘸了!于是,他的腿真的烧瘸了。

母亲讲完这故事后,提醒我们:面对神迹,一定要保持沉默,千万不要大惊小怪。

他上身穿着一件砖红色的羽绒服,油渍斑驳,闪闪发光,如同铠甲。正是农历四月时节,熏风送暖。遥远的麦田里,小麦正在灌浆。远处的池塘和近处的牛蛙养殖场里,蛙类正在追逐交配并发出响亮的叫声。年轻姑娘们,已经穿着轻薄的绸裙在展示身段,而这老兄,竟然还是这样的打扮。看着他我都感到热,但他却团缩着身体发抖。他的脸是古铜的颜色,头顶秃了的部分,似用砂纸打磨过一般闪闪发光。我不明白,他为什么要戴上一副肮脏的口罩,是为了遮住那个引人注目的鼻子?他的目光,从深陷的眼窝里射出,与我畏畏缩缩的目光相碰。我慌忙避开,去看他的狗。他的狗也在看我,也是那样冷漠而茫然的目光。那狗的左边前爪子,分明少了一截,似乎被利器斩断。至此我明白了这狗与人,是真正的同病相怜。至此我也明白,在他面前,没有任何话可以说,唯一能做的就是:放下一点钱,迅速离开。我口袋里只有一张百元面值的大票,那本是我为自己准备的午饭和晚饭的钱,但我还是毫不犹豫地将钱放在他面前的铁碗里。他没有任何反应,狗,例行公事般地叫了三声。

　　我叹息着离开他们。走出十几步后又忍不住回头。我的潜意识里想着:他如何处理这张大票子呢?那碗里的钱多是些一元的纸币和硬币,纸币和硬币都肮脏不堪。我这张粉红的大钱放在碗里是多么耀眼啊!我相信没人会像我这样慷慨地施舍给他。我不相信面对着一张百元新钱他会无动于衷。先生,我真是以"小人之腹度君子之心"啊,我回头看到了一副令我气恼的景象:一个十几岁的黑胖男孩,从柱子后冲出来,在那盛着钱币的铁碗前一弯腰,伸手将那张百元大票抓在手里,然后斜刺里蹿了。他的行动快疾,等我反应过来,人已在十几米外,沿着庙侧的小巷,向中美合资家宝妇婴医院的方向狂奔。那小男孩生着两只斗鸡眼,好面熟,我一定在什么地方见过他。想起来了,的确见过他。他就是我们初回来那年,在中美合资家宝妇婴医院开业那天,把一个用纸包裹着的黑瘦青蛙递给姑姑、将姑姑吓昏的小孩。

　　面对着这突然的变故,陈鼻竟然毫无反应。那条斑点狗对着男孩的身影低鸣了几声,抬头看看主人,也就息声,将脑袋放在面前的爪子上,一切归于宁静。

　　我心中大为不平,替陈鼻和他的狗,也为我自己。因为那是我的钱。我想对周围的人诉说心中的愤慨,但人各有事,刚刚发生的事情犹如电光一闪,没留下任何痕迹。我不能饶了他,这个败坏我们高密东北乡淳朴乡风的小子。这是哪家繁殖的不良后代?欺负女人,打劫残疾人，干的全是丧尽天良的事。而且从他那极为熟练的身手上可以断定，他从陈鼻的乞讨铁碗里抢钱绝不是第一次。我快步疾行，朝着那男孩跑去的方向。他就在前边，距我五十米左右。他已经不跑了。他蹦了一个高从路边的垂柳上拽下一根生满鹅黄嫩叶的枝条，随手挥舞着，抽打着。他根本不回头，他知道那被他抢劫的瘸人和瘸狗不会追他。小子，你等着，我追上来了。

他拐进沿河边而建的农贸市场。市场顶棚用绿色的塑料遮阳板覆盖，里面的光线都是绿的。人在里边活动，仿佛鱼在水中游动。

市场里物资丰盛，摊位成排，犹如曲折回廊。在蔬菜果品摊位上，摆放着许多连我这个农民出身的人都不认识的奇异菜果，颜色五彩缤纷，果体奇形怪状。想想三十年前那物资匮乏的时代，只有感叹。那小子轻车熟路，直奔鱼市。我加快脚步追随着他，同时，目光不断地被两侧摊位上的鱼鳖虾蟹吸引。那一条条犹如猪崽般的、银光闪闪的鲑鱼，是从俄罗斯进口的。那展开螯足犹如巨大蜘蛛的毛蟹，是从日本北海道进口的。还有南美的龙虾，澳洲的鲍鱼，当然更多的是青、鲳、黄、鳜这些普通鱼类。那些已被分割了的鲑鱼，肉色橘红，鲜明地躺在洁白的冰块上。那些正在烘烤鱼片的摊位上，散发着扑鼻的香气。那小子在一家烤鱿鱼的摊前，掏出我那张大钱，买了一串，找回一把零钱。他仰起脸来，将插着鱿鱼片的铁签子递向嘴巴，那姿势，仿佛在娘娘庙前广场上表演吞剑的杂耍艺人。就在他灵巧地将一块带着细长腕足、滴着暗红汁液的鱿鱼片吞到口中时，我一个箭步冲上去，从后边，抓住了他的脖颈。我大声喊叫：

哪里跑，你这小贼！

那小贼身子一矮，脖子便从我手中脱去。我抓住他的手腕子，他挥舞着手中的串满鱿鱼片、汁水淋漓的铁签子向我打来。我慌忙松手,他像泥鳅一样溜走。我冲上前,抓住了他的肩膀。他猛然一挣,那件糟朽的T恤衫应声破裂,披散下来,露出他黑鲅鱼般油光光的身体。他哇哇地哭起来,没有眼泪,如同狼嚎,同时凶狠地将手中串着鱿鱼的铁签子,对着我的肚子刺过来。我慌忙躲闪,躲闪不及,左臂上中了一签,起初不痛,只是一阵热辣辣的感受,然后便是剧痛,黑色的血涌出来。我用右手攥住伤口,大声喊叫:

他是小偷,他偷了残疾人的钱!

那小贼嚎叫着,像发疯的猪一样,向我冲来。他的目光真是可怕极了,先生,我心中感到极为恐怖,连连倒退着,躲闪着,喊叫着。他一边刺我,一边哭叫:

你赔我的衣服!你赔我的衣服!

他的话里还夹杂着许多无法写出的脏话,先生,我真是为我们东北乡繁衍了这样的后代而羞愧。慌忙之中,我从鱼摊上抓起一块写有鱼品产地和价格的木板,权当盾牌,抵挡着那小贼的进攻。他一签比一签凶狠,签签都想置我死地。木板频频被铁签刺中,我的右手,又因躲避不及被刺破,鲜血淋漓。先生,我的脑子混乱,一点主意也没有了,我只是靠着求生的本能倒退,躲闪,脚步踉跄。有好几次,我的脚后跟被鱼篓或是木板之类的杂物所绊,几乎仰面跌倒。如果我跌倒,先生,此时我也就不能给你写信了。如果我跌倒,一是当场被那英猛得像豹子一样的小孩刺死,二是被刺成重伤,送到医院救治。先生,我不得不承认,那时候,我心中充满了恐惧,我怯懦、软弱的天性暴露无遗。我仓皇中往两边顾盼,希望那些鱼贩们能伸出援手,把我从危险中解救出来,但是,他们有的袖手旁观,有的漠然无视,有的拍手喝彩。先生,我真是一块废物,贪生怕死,毫无斗志,竟被一个十几岁的孩子打得连连倒退,我听到了带着哭腔的哀求之声从我嘴巴

里喊出来,断断续续的,像被打痛了的狗的叫声:

救命……救命啊……

而那小孩,早已停止了哭嚎——他压根儿就没哭过——他那两只眼睛瞪得溜圆,那两只眼睛里几乎没有眼白,宛若两只肥胖的蝌蚪。他咬着下唇,直视着我,停顿一下,猛地一蹿。救命啊……我喊叫着举起木牌……手上再次中签,血流如注……他又是一蹿……他就这样发动着一次又一次的进攻,我就这样喊叫着救命卑怯地后退,直退到灿烂的阳光里……

我扔下牌子,转身逃跑,边跑边喊救命。先生,我的丑态,实在羞于向您说,但不对您说,又找不到人诉说。我跑着,慌不择路,听到两边的人在喊叫,震耳欲聋。我跑到了那条小吃街上,街旁一家小餐馆前,停着一辆银灰色的轿车。我看到那餐馆上悬挂着一块黑色的招牌,招牌上写着两个古怪的红字:"雌雉"。饭馆门口坐着两个女人,一个高大肥胖,另一个娇小玲珑。她们猛地站起来。我像见到了救星一样向她们扑去——脚下一绊,摔倒在地,嘴唇破了,牙缝里渗出血来。将我绊倒的是一根铁链,连接铁链的是两根铁桩。一根铁桩倒地。那两个女人扑上去,拧着我的胳膊,把我架起来。我感到脸上挨了她们很多耳光,沾满了她们的唾沫。那个追赶我的小孩没有跟来,我心中感到万幸。先生,不幸的是我又被"雌雉"饭馆这两个女人缠住了。她们一口咬定,说我的腿碰倒了那根挂着铁链的铁柱,而铁柱又倒在她们的车上,砸坏了她们的车。先生,那车的后尾上,的确有一个针尖大的白点,但绝不是那铁柱砸的。她们拉着我不放我走,破口大骂,招来许多人围观。那小个子女人尤其凶恶,她的模样,与那追杀我的男孩颇为相似。她的手指一下下地戳着我,每一下都似乎要戳瞎我的眼睛。我的每一声辩解,都淹没在她们的数十句詈骂声里。先生,当时,我抱着头蹲在了地上,感到空前的绝望。我与小狮子之所以选择回乡定居,是因为我们在北京的护国寺大街上,遭遇过一件类似的事情。那家饭馆在人民剧场对面,饭馆的名字叫"野雉"。我们去看人民剧场的海报时,同样绊倒了一个连接着铁链、漆成了红白两色的铁桩,铁桩倒时分明离那辆白色的车尾很远,但坐在"野雉"店前那个头发染成金黄色、小脸紧巴巴的、薄唇如刀刃的女孩,冲上来在车尾处发现了一个针鼻大的白点,非说是我们绊倒铁桩所砸。她手舞足蹈地骂我们,用那种北京胡同里流行的下流语言。她说老娘从小在这条街上长大,什么人没见过?你们这些外地土鳖,不在土窝里趴着,跑到首都来干什么?来给中国人民丢脸吗?!那个肥胖的女子,身上散发着浓烈的痔疮膏的气味,冲上来挥拳就打,一拳就将我的鼻子打破了。那些围观的光头汉子,袒腹老者,也一齐帮腔,炫耀他们的老北京身份,威逼我们道歉、赔钱。先生,我软弱地赔了钱,道了歉。先生,我们回家后抱头痛哭,决定回东北乡居住。原以为这里是我们的故土,没人敢欺负我们。但没想到,这两个女人,其凶恶丝毫不逊于北京护国寺大街上那两个女人。先生,我实在不明白,人,为什么会如此可怕?

先生,更大的危险正在逼近,我看到那个豹子般的男孩来了。那铁签子上的鱿鱼片已经吃光,扎起人来会更加锐利,而且,我突然明白了,这男孩,就是这小女人的儿子,而另外那个胖大的女人,必是那男孩的大姨。求生的本能使我挣扎着爬起来,我想跑,跑是我的长项,多年的优裕生活使我忘记了我曾经是多么善跑。现在,当致命的危险来临时,这善跑的技能,猛然地回来了。两个女人还想拉住我,那个小男孩也大声叫嚣,我嚎叫着,像被逼到角落里的狗。我浑身是血,龇牙咧嘴,估计也让她们感到了几分害怕,因为我嚎叫的瞬间看到了她们脸上那种木呆呆的表情,我对脸上有这种表情的女人总是充满深深的同情。趁着她们发呆的瞬间我从两辆汽车的缝隙中一跃而过。跑吧,万足,万小跑,五十五岁的万小跑又恢复了快速奔跑的能力。我沿着这条散发着炸鸡味、鱼腥味、烤羊肉串味以及许多种我不知道的气味的小街狂奔。我感到腿轻得如草一样,一脚下去,地面上似乎有巨大的弹性,使下一步获得更大的动力,我是一头鹿,一只黄羊,一个登上了月球表面因而身轻如燕的超人。我感到我是一匹马,一匹汗血宝马,就是那匹能用蹄子踩住飞燕的马,天马行空,无牵无挂……

但事实上,这天马行空般的感觉,仅仅是我短暂的幻觉。真实的情况是,我气喘吁吁,喉咙里喷火,心跳如鼓,胸膛膨胀,头大如斗,眼前一阵阵发黑,仿佛血管随时都要崩裂。求生的本能,支配着我气力衰竭的身体,这是名副其实的垂死挣扎。我听到周围一片雷鸣般的喊打声。迎面先是扑出一个留着大胡子、身穿一套黑色中山装的青年,他那两只碧绿的眼睛仿佛两只深夜山路上斜飞的萤火虫。就在他的惨白的手指即将捉住我的瞬间,我张嘴喷出一股污血,使他那张惨白的脸,顿时改变了颜色。我听到他发出了一声惨叫,然后捂着脸蹲在了地上。先生,我的心中充满了歉意,我知道他的拦截是正义的行为,他拦截我说明他是个有道德的义士,而我喷出的污血,就像仓皇逃命的墨斗鱼喷出的墨汁,弄脏了他的脸,杀伤了他的眼睛,我感到由衷的歉疚。我如果是个高尚的人,哪怕背后有尖刀顶着,也应该停下脚步,向他道歉,请求他的原谅,但是我没有,先生,我愧对了您的教导。后来,又有几个道貌岸然的君子,站在路边,口中喊打,身体并不靠前;肯定是被我口喷污血的绝技吓破了胆;他们将喝了一半的可口可乐瓶子投掷到我的身上,那象征着美国文化的酱色液体,冒着金黄色泡沫,被我甩在了身后……

　　先生,事情总会有个结局,无论多么好的事情,无论多么坏的事情,都会有结局。这场已经混淆了是非的追逐与逃亡,终于在我耗尽了最后一点力气、瘫倒在中美合资家宝妇婴医院门前时结束了。那时,正有一辆宝马牌轿车,泛着蓝宝石般的璀璨光芒,从医院绿树掩映、花香四溢的院子里开出。我的瘫倒,肯定给车里的人一种极为不快的印象:因为我浑身是血,像一只从天而降的死狗。我先是令他们大吃一惊,然后是感到晦气。我知道越是富贵者越是迷信,富贵的程度与迷信的程度成正比。我知道他们比穷人更相信命运,比穷人更爱惜生命。这是正常的。穷人是破罐子破摔,富人手捧着他们的富贵,像捧着一件价值连城的青花瓷器。我猛然倒在他们车前,吓得那"宝马"如同一匹马驹,猛地扬起了前蹄,睁大了眼睛,并发出了惊恐的嘶鸣。对此我十二万分的抱歉,对不起,真是对不起。我身体抽搐着,想往前爬,为"宝马"让开道路,但我的身体,仿佛一条被图钉钉住了尾巴的虫子,无法移动。我想起了自己童年时,甚至在成年之后还玩过的恶作剧:将那种青色的或者绿色的虫子,用图钉或者棘刺,将它们的尾巴扎在地上或墙上,然后看它们挣扎,看它们想爬行逃命的意识与不听指挥的身体如何搏斗。当时我毫无怜悯之心,甚至感到愉快。与虫子相比,我是强大的,强大到虫子无法感知我的形貌。对虫子来说,我就是制造一切灾难的神秘力量。它甚至都感受不到我那只行凶作恶的手,它只能感受到那枚图钉,或者那根棘刺。现在,我体验到了那些曾被我戕害过的小虫所体验的痛苦。小虫们,对不起了,实在对不起,I am sorry!

　　我看到一个男人在车上拍打着方向盘,汽笛鸣叫,声音温柔。这说明开车的是个有教养有耐心的好人,这说明他不是个一般的暴发户。如果是个一般的暴发户，他会将汽笛按得如防空警报。如果是个一般的暴发户，他会从车窗探出头来，用满嘴的脏话骂我。为了这个好人，我更想尽快往前爬行，为他躲开道路，但我的身体不听指挥。

那个男人，终于忍无可忍地从车上下来了。他身穿杏黄色的休闲服，衣领和袖口上有橘红色的格子，我恍惚忆起，在京城混事时，曾听一个熟知天下名牌的人，说过这品牌的中文译名，但是我忘了。我永远记不住名牌的名字，其实是一种心理抵抗，是一种下等人对上等人的仇视、嫉妒心理的曲折表现。就像我用馒头贬低面包一样，就像我用豆瓣酱贬低奶酪一样。那男子下车后，没骂我也没踢我，他只是焦急地命令医院门口的保安：快将他弄到一边去。

他下完命令之后，突然眯起眼睛仰起头，寻找着阳光的刺激，然后打了一个响亮的喷嚏。往事历历涌上心头。又是从这声喷嚏里我再次辨认出了他：肖下唇，肖夏春，我的当过高官如今又成了大款的小学同学。据说他是在"倒煤"的热潮中下海"倒煤"淘到了第一桶金，然后利用从政时培育好的人际关系，四面出击，八方进财，成了身价数十亿的富豪。我看过一篇采访他的文章，他竟然也谈到了小时候吃煤的事情。其实，我记得很清楚，他并没吃煤；他看着我们吃煤并研究着手中的煤。——先生，您看，到了这样狼狈境地，我还在较真，真是不可救药啊。

一个保安拖不动我，两个保安，每人抓住我一条胳膊，基本上还算友好地将我拖到医院大门东侧那块巨大的广告牌下。他们扶正了我，让我背靠着墙坐下。我看到肖同学钻进轿车。我看到轿车小心翼翼地越过了医院大门口的减速墩，然后拐弯而去。与其说我看到了不如说我想象到了，在车的后座上，坐着面孔秀丽、黑发披肩的小毕，她的怀里，抱着一个粉红的婴儿。

那些追赶我的人们，聚拢上来。那两个女人和那个男孩以及那个被我喷了一脸黑血的青年以及那用可口可乐瓶子投掷我的人，都探头看我。在我面前，几十张脸构成了一幅暧昧的图画。那男孩还想用铁签子扎我，但被那个似乎年轻一点的女人拦住了。一个教授模样的人伸出两根细长的手指放到我的鼻前试探着，我知道他是试我还出不出气。我屏住呼吸，这也是保护自己的一种方式。我童年时听村里一个闯关东回来的大爷说过，在山林中，如遇到老虎和狗熊，最好的方法就是躺在地上，屏住呼吸装死；凡猛兽都有几分英雄气，英雄不打告饶者，猛兽不吃死尸。这一招非常有效，那教授怔了一下，一言不发，抽身便走。他的行动，等于向围观者宣告：此人已经死了！尽管在他们心目中，我是一个抢了人家钱物的贼，但我们国家的法律，并没有赋予这些有正义感的公民在大街上七手八脚处死毛贼的权力。于是他们仓皇散去，多一事不如少一事。那两个女人也拖着那男孩匆匆逃去了。我长长地舒出一口气，体会到了死者的威严与尊贵。

一定是那两位保安报了警，因为当警车鸣笛驰来时，只有他们俩迎上去，对警察诉说着。三个警察走到我面前，向我询问情况。他们的面孔都很年轻，黄色的牙齿说明他们都是高密东北乡人。我鼻子一酸，眼泪夺眶而出。然后，我就像在外遭了欺负、见到家长的孩子一样哭诉起来。三个警察，只有其中那个眉毛中间生了一个小瘤的比较认真地听我诉说，其他两位，只顾仰着脸看那广告牌。等我诉说完毕，眉中小瘤道：我们怎么能证明你所说的都是实话呢？我说：你们可以去问那陈鼻。另一位高个警察眼睛依旧盯着广告牌，嘴巴对我说：你感觉怎么样？要不要送你去医院？我活动了一下腿脚，已经能动了，看了一下胳膊和手上的伤口，已经不流血了。眉中小瘤说：

不怕麻烦,就跟我们到局里去做个笔录,如果怕麻烦,就回家去自己调养吧。我说:难道,就这样没有是非了吗?眉中小瘤说:老爷子,是非当然是有的,但是你要给我们证据,证人。你能让那陈鼻,让那些卖鱼的作证吗?你能担保那两个女人和那小孩不反咬你一口吗?那小子是原东风村活土匪张拳的外孙,确实是个坏种,但他还是个孩子,你又能怎么着他呢?——好吧,我说,那就算了吧,算我倒霉。——吃一堑长一智,这么大年纪了,少出门管闲事,在家里逗逗孙子,享享天伦之乐,多好!——谢谢你们,浪费了国家的汽油,磨损了国家的车辆,又给你们添了麻烦。——老爷子,讽刺我们?——哪里,哪里,我哪敢讽刺你们,我是真诚的,十二万分的真诚!——眉中小瘤和高个警察转身欲走,另一位方脸阔口的警察还定定地望着广告牌不肯移步。眉中小瘤说:汪哥,走啊!见了孩子就挪不动腿了!那阔口警察吧咂着嘴唇说:太可爱啦!太可爱啦!眉中小瘤:那就赶快给嫂子下种啊!阔口警察道:她是盐碱地,我只播种,但她不发芽!高个警察道:你也别只管抱怨嫂子,自己也去查查,没准你的种子是炒过的!阔口警察道:那怎么可能……

他们吵吵闹闹地上了车,把我遗留在广告牌下。我心中感到郁闷,但又感到无奈。即便我跟他们去公安局做了笔录又能怎么样呢?那两个女人,既然是张拳的三个女儿中的两个,我姑姑就等于是她们的仇人。于是我也就明白了那男孩为什么要用青蛙把我姑姑吓晕。他这样做,多半是受了他母亲或姨母的教唆,用这样的方式,替他的姥姥复仇,尽管他姥姥的死并不能怪罪于我姑姑。与这种人,又有什么道理好讲?算了,算我倒霉。不,这是上帝在考验我,忍了吧,能忍则安,我是胸有大志的人,我是正在创作一部话剧的作家,这些遭际和感受,都是上等的素材。大人物之所以能成为大人物,就是能忍受常人不能忍受之苦难，之屈辱，比如能忍胯下之辱的韩信，比如能忍陈蔡之饥的孔夫子，比如能吞下自己粪便的孙膑……与这些圣人、先贤相比，我吃这点苦，受这点委屈算什么？就这样想着，先生，我感到心胸开阔了，呼吸顺畅了，眼睛明亮了，力气慢慢恢复了。蝌蚪，站起来，天将降大任于你，你要勇敢地承担苦难，不要抱怨，不要恨任何人。

我站了起来，尽管伤口痛，肚子饿，腿发软，眼发花，但我坚决不倒下。我起初还以为会有许多人看我，但其实无人看我，连那两个医院门口的保安也不理睬我。这也印证了李手对我说过的话。想起李手，我又想起了陈眉肚子里孕育着的婴儿，但此时我的感觉已经与上午大不一样。上午我还千方百计地想扼杀这个婴儿，但现在，我的想法变了。当我回头看到广告牌时，我的想法已经非常明确：我要这个孩子！我迫切地需要这个孩子！这是老天爷赐给我的宝宝，我的苦难，都是为他而受。

先生，我现在告诉你，那广告牌上，镶贴着数百张放大了的婴儿照片。他们有的笑，有的哭；有的闭着眼，有的眯着眼；有的圆睁着双眼，有的睁一只眼闭一只眼；有的往上仰视，有的往前平视；有的伸出双手，仿佛要抓什么东西；有的双手攥成拳头，仿佛很不高兴；有的把一只手塞进嘴里啃着，有的将双手放在双耳边；有的睁着眼笑，有的闭着眼笑；有的睁着眼哭，有的闭着眼哭；有的头上无毛，有的满头黑发；有的是柔软的金毛，有的是丝绒般闪烁着光泽的亚麻色头发；有的满脸皱纹，仿佛小老头儿，有的肥头大耳，好似小猪崽子；有的白得如煮熟的汤圆儿，有的黑得如煤球儿；有的噘着小嘴仿佛在生气，有的咧着大嘴仿佛在喊叫；有的噘着嘴仿佛在寻找奶头，有的闭着嘴歪着头仿佛拒绝吃奶；有的伸出鲜红的舌头，有的只吐出一个粉红舌尖；有的两腮上各有一个酒窝，有的只有一边腮上有酒窝；有的是双眼皮儿,有的是单眼皮儿;有的是圆球般的小脑瓜儿,有的脑袋长长的像个冬瓜;有的眉头紧锁像个思想家,有的目光飞扬像个演员……总之,这数百个婴儿面貌神情各异,生动无比,每一个都是那么可爱。从广告上的文字我得知这是医院开业两年来所接生的孩子的照片集合,是一次成果展示。这是真正伟大的事业,高尚的事业,甜蜜的事业……先生,我深深地被感动了,我的眼睛里盈满了泪水,我听到了一个最神圣的声音的召唤,我感受到了人类世界最庄严的感情,那就是对生命的热爱,与此相比较,别的爱都是庸俗的、低级的。先生,我感到自己的灵魂受到了一次庄严的洗礼,我感到我过去的罪恶,终于得到了一次救赎的机会,无论是什么样的前因,无论是什么样的后果,我都要张开双臂,接住这个上天赐给我的赤子!

十一

先生,那天,在那镶贴了数百张婴儿照片的广告牌前,我的灵魂受到一次庄严的洗礼。我的犹豫、彷徨、被刺、被打、被辱骂、被追杀,都成为必要的过程,就像唐三藏取经路上所经受的八十一难。不遭苦难,如何修成正果;不经苦难,如何顿悟人生。

回去以后,我自己用酒精棉球处理了一下伤口,用白酒冲服了专治跌打损伤的云南白药。虽然肉体上的痛苦一时难消,但精神颇为健旺。小狮子回家之后,我拥抱了她,并用我的腮摩擦一下她的腮。我在她的身边说:老婆,感谢你为我创造了这个孩子,这个孩子虽然未经你的子宫孕育,但是用你的心孕育的,因此,他是我们亲生的儿子!

她哭了。

先生,我坐在书桌前,一边给你写信,一边考虑着如何抚养这个婴儿的问题。我们都是奔六十岁的人了,体力精力都已衰减,按说应该请个有育儿经验的保姆,或者请一个正在哺乳期的奶妈,让我们的孩子吃一点人的乳汁多一点人味儿。我母亲说过,用牛奶或羊奶喂大的孩子,嗅上去没有人味儿。尽管牛奶也能将婴儿养大,但危险多多,那些丧尽天良的奸商在"空壳奶粉"和"三聚氰胺奶粉"之后,会不会停止他们的"化学实验"?"大头婴儿"和"结石宝宝"之后,谁知道还会产生什么婴儿?现在他们都夹着尾巴,像挨了棍子的狗一样,装出一副可怜相,但用不了几年,他们的尾巴又会高高地翘起来,又会想出更可恶的配方来害人。我知道,世间最宝贵的液体是母亲的初乳,母亲的初乳里包含着许多神秘的物质,这些神秘的物质其实是物化了的母爱。我听说,有一些找人代孕的人,交接了婴儿后,还要用重金收买那代孕妈妈的初乳,有的甚至请代孕妈妈哺乳一月后,再将婴儿接走。当然,这需要更多的费用。小狮子告诉我,代孕公司的人,坚决反对这样做。他们说,一旦代孕妈妈为婴儿哺乳后,即会产生深厚的感情,由此带来无穷的麻烦。小狮子眼睛放着光,对我说:

我就是他的妈妈,我会分泌乳汁的!

从前,我听母亲讲过类似的事,但传奇色彩浓厚,不可全信。也许,我想,有过生育史的年轻女性,那曾经分泌过乳汁的乳房,在婴儿小嘴的刺激下,在巨大爱心的激励下,会使泌乳的记忆苏醒,但像小狮子这样的年近六旬、从没怀过孕的女性,是不会产生这样的奇迹的。如果发生了,那就不是奇迹,而是神迹。

先生,我对您谈这些事,丝毫不感到羞耻。您是用巨大的爱心把一个被医院判为必死无疑的婴儿养大成人的父亲,您在育子过程中有过许多类似神迹的体验。因此我想您一定能理解我的心情,也能理解我妻子的类似着魔的行为。最近,她几乎每晚都要我与她做爱。她由一个糠萝卜变成一个水蜜桃。这已经接近奇迹,令我惊喜万分。她每次都提醒我:蝌蚪,你要轻一点啊,不要鲁莽啊,不要伤了我们的儿子啊。每次事后,她都会让我将手放在她的腹部,说:你试试,他在踹我呢。她每天早晨,都会用温水洗涤乳房,温柔地往外牵拉那凹陷进去的乳头。

我们向父亲报告了小狮子身怀六甲的喜讯,年近九十的父亲,顿时老泪纵横,胡须颤抖,感激地说:

苍天有眼,祖宗显灵,好人好报,阿弥陀佛!

先生,我们已经将婴儿所用的物品置办停当。一切都是最好的。日本产的婴儿车,韩国产的婴儿床,上海产的纸尿布,俄罗斯产的橡木洗浴盆……小狮子是坚决反对买奶瓶的,我劝她:万一奶汁不够吃呢?还是买一个预备着吧。于是我们买了法国生产的奶瓶和新西兰进口的奶粉。我们对新西兰进口的奶粉也缺少足够的信任,因此我建议,最好买一头奶山羊,放在父亲那里牧养着,我们可以搬到父亲那里去居住,每天用新挤的羊奶,喂养我们的娇儿。小狮子手托着她硕大的乳房,不满地说:

我坚信我的乳汁会像喷泉一样!

远在西班牙的女儿与我们通电话,问我们忙什么。我说:燕燕,实在是惭愧,但确是喜讯,你妈妈怀孕了,你很快就要有一个弟弟啦!女儿在那边怔了片刻,然后惊喜地问:爸爸,这是真的吗?——当然是真的,我说。——可是,女儿说,妈妈多大岁数了呀!——我说:你上网搜搜看,最近,丹麦一个六十二岁的妇女,产下了一对健康的婴儿。女儿在那边欢呼起来:太好了,爸爸,向你们表示祝贺,热烈的祝贺!你们需要什么?我给你们寄过去。——我说:什么都不需要,这边应有尽有。女儿说:不管你们需要不需要,我还是要买,表示一下我这个老姐的心意。爸爸,祝贺你们,千年的铁树开了花,万年的枯枝发了芽,你们创造了奇迹!

先生,我对女儿,一直怀有深深的内疚,因为她的生身母亲之死,与我有直接的关系。我为了自己的所谓前程,断送了王仁美的命,也断送了她腹中孩子的命。那孩子,如果活着,现在该是一个二十多岁的小伙子了。现在,不管怎么说,又一个儿子要来了。我安慰自己,这个孩子其实就是那个孩子,他晚来了二十多年,但毕竟是来了。

先生,我非常惭愧地告诉您,那部话剧,只能以后再写了。一个即将呱呱坠地的婴儿,比一部话剧,肯定要重要得多。这也许是件好事,因为我此前的构思片断,都是阴暗、血腥的,只有毁灭没有诞生,只有绝望没有希望;这样的作品写出来,只会毒化人们的心灵,使我的罪过更加深重。请相信我,先生,这部话剧我肯定要写。等那个孩子诞生后,我就会拿起笔来,为新生命唱一首赞歌。先生,我不会让您失望的。

在这段时间里,我陪同小狮子去探望了姑姑。那天阳光非常好,姑姑家的院子里那两棵国槐树上,有的槐花正盛开,有的槐花正脱落。姑姑端坐在国槐树下,闭着眼睛,口中念念有词。她的花白的、茂密如同蓬草的头发上落满了槐花,有几只蜜蜂在她头上飞舞。在窗前一块支起的青石板前,低矮的小凳子上,坐着我们的姑夫郝大手。这个被县里授予了民间工艺大师称号的人,正在团弄着泥巴。他目光迷离、精神恍惚。姑姑说:

这个孩子,他的爹是圆脸,细长眼,鼻梁塌,厚嘴唇,两扇肥耳朵;

他的娘,瘦瓜子脸,杏核儿眼,双眼皮,小嘴,挺鼻梁儿,两只薄耳朵,没耳垂儿。这孩子,基本上随他娘的模样,但嘴比他娘要大一点儿,唇比他娘的唇要厚一点儿,耳朵比他娘的耳朵要大一点儿,鼻梁比他娘的鼻梁要矮一点儿……

我们看到,在姑姑的念叨声中,一个泥孩子,在姑夫的手中,慢慢地成了形。他用竹签儿给泥孩子开了眉眼后,自己端详一会儿,做了几处修改,便用一块木板托着,递到姑姑面前。

姑姑捧起那个泥孩子,看了一眼,说:

眼睛再大一点,嘴唇再厚一点。

姑夫接过泥孩子,做了一些修改,然后递给姑姑。他的两道灰白的浓眉下边,目光如电。

姑姑捧着泥娃娃,先是远看,后是近看,远远近近地看过,慈祥的表情在她脸上漾开。对,就是这个样子,就是他。姑姑突然转变了口气,直接对着那泥娃娃说话:就是你,你这个小精灵鬼,你这个小讨债鬼,姑奶奶毁掉的两千八百个孩子里,就缺你了,你来了,就齐了。

我将一瓶五粮液放在窗台上,小狮子将一盒糖果放在姑姑脚边,我们齐声说:姑姑,我们看你来了。

姑姑像生产违禁物品的人突然被人发现了似的,有些惊慌,有些手忙脚乱。她试图用衣襟遮掩那泥娃娃,但遮掩不住,便停止了遮掩,说:我不想瞒你们。

我说:姑姑,我们看过王肝送给我们的纪录片,我们理解你,知道你的心。

知道就好。姑姑起身,端着那个刚刚制作完毕的泥孩子,进入东厢房。她不回头,沉闷地对我们说:跟我来。她庞大的穿黑衣的身体走在前边,对我们造成一种神秘的压力。我们早就听父亲说过,姑姑的神志有点不正常，因此回乡后疏来探望。想想姑姑当年的煊赫，看到她凄凉的近境，我心中顿感悲凉。

东厢房里光线很暗，一股阴凉潮湿的气息扑鼻而来。姑姑拉了一下墙上的灯绳，一盏一百瓦的灯泡亮起，照耀得厢房里纤毫毕现。这是三间厢房，所有的窗户均用砖坯堵住。东、南、北三面墙壁上，全是同样大小的木格子。每个格子里，安放着一尊泥娃娃。

姑姑将手中的泥娃娃，放置在最后一个空格里，然后，退后一步，在房间正中的一个小小的供桌前，点燃了三炷香，跪下，双手合掌，口中念念有词。

我们跟着姑姑慌忙下跪。我不知道该祝祷什么，中美合资家宝妇婴医院大门外广告牌上那些姿态生动的婴儿面孔，像拉洋片一样，在我脑海里次第滑过。我的心中充溢着感恩之情，愧疚之情，还有一丝丝恐怖。我明白，姑姑是将她引流过的那些婴儿，通过姑夫的手，一一再现出来。我猜测，姑姑是用这种方式来弥补她心中的歉疚，但这不能怨她啊。她不做这事情，也有别人来做。而且，那些违规怀胎的男女们，自身也有不可推卸的责任。而且，如果没人来做这些事情，今日的中国，会是个什么样子，还真是不好说。

姑姑上完香，站起来，喜笑颜开地说：小跑，狮子，你们来得正好，我的心愿完成了。你们好好看看吧，这些孩子，个个都有姓名。我让他们在这里集合，在这里享受我的供奉，等他们得了灵性，便会到他们该去的地方投胎降生。姑姑引领着我们逐格观看，一一对我们讲解着他们或她们的去处。

这个女娃，姑姑指着格子里一个双眼像杏核、咕嘟着小嘴的泥娃娃说，原本应该于1974年8月在谭家庄谭小六和董月娥家降生，但被姑姑毁了，现在好了，他的爹是个种菜大户，他的娘是个巧手媳妇，他们家发明了用牛奶浇灌芹菜的方法,生产出来的芹菜鲜嫩无比,每公斤卖六十元呢。

这个男孩,姑姑指着格子里一个眯缝着小眼睛、咧着嘴傻笑的泥娃娃说,这个小子,原本应该于1983年2月在吴家桥吴军宝和周爱花家降生,被姑姑毁了,现在好了,这小子洪福齐天,降生到青州府一个官宦之家,孩子的爹娘都是国家干部,孩子的爷爷是省里的高官,电视上经常露面。小子,姑奶奶对得起你了。

还有这两个姊妹花,姑姑指着安放在一个格子里的两个泥娃娃说,原本应该生于1990年,她们的爹娘是麻风病患者,虽然治愈了,但是手如鸡爪面如活鬼,生在这样的人家,这两个孩子等于跳进了苦海。姑姑毁了她们也救了她们,现在好了,2000年元旦之夜,她们降生在胶州城人民医院,是千年宝宝,父亲是著名的茂腔演员,母亲是时装店老板。去年的春节晚会,她们姐妹双双上了电视表演节目,唱茂腔名段《赵美蓉观灯》,"茄子灯,紫生生,韭菜灯,乱蓬蓬,黄瓜灯,一身刺,萝卜灯,水灵灵,还有那打拳瞪眼蟹子灯,咯咯下蛋的母鸡灯……"她们的爹娘专门打电话来让我收看胶州台的电视节目,看得我啊,泪珠子劈里啪啦往下掉……

还有这个,姑姑指着一个斗鸡眼泥娃娃说,原本应该降生在东风村张拳家,但是被毁了,虽说不能全怨姑姑,但姑姑有责任。这小子1995年7月降生在东风村张拳的二闺女张来娣家。张来娣来找我,她已经生了两个女孩,再生就是超计划生育,姑姑虽然当年被她爹打破过头,说不尽的恩恩怨怨,但姑姑还是将这本来应该由她娘生的孩子还给了她。他本来是她的弟弟,现在却成了她的儿子。这秘密也只有姑姑知道,现在透漏给你们,你们要守口如瓶。这小子是个坏种,知道姑姑怕青蛙,曾经用纸包着青蛙将姑姑吓晕过去,但姑姑不恨他，花花世界，缺一不可，好人是人，坏种也是人……

最后，姑姑指着刚刚放进木格子里那个泥娃娃，说：你们认识他吗？

我眼含着泪说：姑姑，您别说了，我认识他……

小狮子说：姑姑，这个孩子，很快就要降生了，他的爹是一个剧作家，他的妈妈是个退休的护士……姑姑，谢谢您，我已经怀孕了……

先生，我对您写这些，您会不会认为我是痴人写梦？我承认，姑姑的心理，确实发生了一些问题，我太太因为盼子心切，神经也有些不太正常，但我希望您能谅解她们，理解她们。一个自认为犯有罪过的人，总要想办法宽慰自己，就像您熟知的鲁迅小说《祝福》中那个捐门槛的祥林嫂，清醒的人，不要点破她的虚妄，给她一点希望，让她能够解脱，让她夜里不做噩梦，让她能够像个无罪感的人一样活下去。我顺从着她们，甚至也努力地去相信她们所相信的，应该是正确的选择吧。尽管我知道那些有科学头脑的人会嘲笑我，那些站在道德高地上的人会批评我，甚至会有个别有觉悟的人会向有关方面控告我，但我也不想改变，为了这个孩子，为了姑姑和小狮子这两个从事过特殊工作的女人，我宁愿就这样愚昧下去。

那天，姑姑拿出听诊器，煞有介事地为小狮子听诊。小狮子袒腹仰躺，满面幸福；姑姑凝神细听，神情严肃。听诊完毕，姑姑用她那只被我母亲多次赞誉过的手，抚摸着小狮子的腹部。姑姑说：有五个月了吧？挺好，胎音清晰，胎位正确。

六个多月了，小狮子满面含羞地说。

起来吧，姑姑拍拍小狮子的肚子，说，虽然年龄大了些，但我建议你还是自然分娩吧。我是反对剖腹产的，一个没经过产道分娩的母亲，体会不到完整的母亲感觉。

我有些担心……小狮子说。

有我呢，担心什么？姑姑举起双手，说，你应该信任这双接生过 10000 名婴儿的手。

小狮子把姑姑的一只手抓住，贴在自己脸上，像一个撒娇的女儿，说：

姑姑，我信任您……

十二

先生，大喜！

我的儿子，昨天凌晨诞生。

因为我妻子小狮子是超高龄初产妇，所以，连中美合资家宝妇婴医院里那些据说是留学英美归来的博士们也不敢承接。这时候，我们自然想到了姑姑。姜还是老的辣。我妻子唯一信任的也就是我姑姑。她跟我姑姑接生过数不清的婴儿，自然见过我姑姑遇到危急情况时的大将风度。

小狮子是在袁腮和小表弟的牛蛙养殖中心加夜班时开始发作的，按说到了这种时候，早就应该让她在家休息，但她脾气固执，不听人劝。她挺着大肚子招摇过市，引起不少议论和羡慕。认识她的人大老远跟她打招呼：大嫂子，都这样了，还不在家歇着？蝌蚪大哥真够狠的。她说，这有什么？生孩子是瓜熟蒂落的事，多少农村妇女，在棉花地里，在河边的小树丛中，都能把孩子顺利产下，越娇贵，反而越出毛病。她的理论，跟许多老中医的理论是一致的。听者频频点头,随声附和者居多,当场反驳者无有。

我闻讯赶到牛蛙养殖中心时,袁腮已经派小表弟去把姑姑接来。姑姑穿着白大褂,带着大口罩,乱蓬蓬的头发塞进白帽子里,目光热烈而兴奋,让我想起那些伏枥的老骥。姑姑在一个白衣小姐的引领下进入隐秘的产房,我坐在袁腮的办公室里喝茶。

办公室正中安放着一张不小于乒乓球案子的办公桌,颜色紫红,桌后一张黑色高背真皮转椅。桌上摆着一摞厚厚的书,竟然还一本正经地插着一面鲜红的小国旗。他看出了我的心思,严肃地说:伙计,即便是强盗,也有爱国的权利。

他非常熟练地给我斟着功夫茶,不无炫耀地说:这是武夷山的大红袍,虽说不是金枝玉叶,但质量也是上乘的,县长来时,我都没舍得泡给他喝。但是我给你喝,这说明,本人还是有品格的吧!

看我心不在焉的样子,袁腮道:放心吧,我办事,你放心,平安顺遂,万无一失。我们轻易不惊动你姑姑,她老人家是我们高密东北乡的守护神,只要她一到,结果只能是八个字——母子平安,皆大欢喜!

后来,我歪靠在那宽大舒适的皮沙发上睡着了。睡梦中看到母亲和王仁美来了。母亲穿着一身明晃晃的缎子衣裳,手拄一根龙头拐杖;王仁美穿着一件大红的棉袄,一条绿色的裤子,村俗无比但又有几分可爱。她左臂挎着一个红布包袱,包袱的缝隙里露出了一件黄色的毛线衣。她们在走廊里不停地走动,母亲手中拐棍捣地的声音不紧不忙,但却令我无比的焦虑。我说:娘,您能不能坐下歇会儿?你们这样来回转,让所有的人都不得安宁。母亲在沙发上坐下,只坐了一会儿她便移到地上盘腿坐定。她说坐在沙发上无法呼吸。王仁美又是胆怯又是羞涩的样子,像个小姑娘似的躲在母亲背后。只要我把目光投到她的脸上,她就将头扭到一边。我看到她将那件黄色毛衣从包袱里拿出来,展开。那毛衣好像只有成年人的一只巴掌大,我说:这给洋娃娃穿还差不多。她红着脸说:我是比量着肚里的娃娃编织的。我这才发现,她的腹部隆起已经很明显,她脸上的斑花皮肤也说明她正在妊娠。后来我说:肚里的孩子也不会这么小啊!她的眼睛顿时红了,她说:小跑,你跟姑姑说说,就让我生了吧。母亲用拐棍敲打着地面说:你现在就生,我在这里护着你。老太太的拐杖,上打昏君,下打奸臣,谁敢拦挡,我让他不得好死。母亲用手中拐杖戳了一下墙上的机关,立即就有一扇暗门缓缓打开。我看到室内灯光亮如白昼,一张蒙着洁白床单的手术床,两边站着四个身穿白大褂、脸蒙大口罩的人,姑姑站在床头,也是全身穿戴整齐,手上还戴着塑胶手套。王仁美进去后,一见这阵势,转身就想跑,姑姑一伸手就抓住了她。她哭着,像无助的小女孩一样,对我喊:小跑,看在我们多年夫妻的分上,救救我吧……我心中一阵酸楚,眼泪夺眶而出……姑姑做了一个手势,那四个护士模样的人一拥而上,将王仁美抬到了手术床上,三把两把地就将她的衣服剥光。然后,我就看到,从她的双腿之间,有一只赤红的小手伸出来,那小手拇指、小指和无名指蜷屈,用食指和中指,做出一个国际流行的"V"式,令姑姑她们大笑不止。姑姑笑够了,说:别闹了,出来吧!于是,一个婴儿,慢慢地钻出来。往外钻时他探头探脑,像一只狡猾的小动物。姑姑瞅准时机,揪住了他的耳朵的同时抱住了他的脑袋,然后用力往外一拔:你给我出来吧!——随即发出一声爆米花般的响声,一个满身沾着血污和黏液的婴儿,就托在姑姑的手中了……

我猛然惊醒,感到浑身发冷。小表弟和小狮子推门进来。小狮子怀抱一个襁褓,襁褓中传出婴儿喑哑的哭声。小表弟压低声音说:热烈祝贺表哥,你的儿子诞生了!

小表弟开车，将我们送到我父亲居住的村庄。这个村庄已经是个城市中的村庄，如从前的信件中所说，这是我们的县长——如今已升为市长了——下令保留的文化标本——一个保留着"文革"期间建筑风格的村庄，墙上的大字标语，村头的革命标牌，村中的高音喇叭，生产队的聚会场所……已是黎明时分，但街上没有行人，只有早班的公共汽车拉着几个鬼一般的乘客疾驰而过，只有几个将脸面遮得只露两个眼珠的环卫工人在人行道上挥舞着笤帚，扫起一股股烟尘。我很想看一看孩子的脸，但小狮子那副比产妇还庄严还疲惫还幸福的神情让我止住了自己的想法。她头上包着一条酱红色的围巾，嘴上爆裂了一层皮。她将那婴儿紧紧地抱在怀里，不时地俯下脸去，仿佛是观看，又仿佛是吸着婴儿身上散发的气息。

我们早已把为这个婴儿所准备的一切转移到父亲居住的地方，因为产奶的羊一时难觅，父亲便为我们向村中一杜姓的养牛人家订购了一份牛奶。他们家养着两头奶牛，每天能产奶100斤。父亲跟他们反复叮嘱不要添加任何东西，那人道：大爷，您老如果连我都不相信，您自己亲自来挤就是了。

小表弟将车停在我父亲居住的院落外。我父亲早就在路边迎候了。陪同父亲在那里迎候的还有我二嫂与一些年轻的女性，大约都是本家的侄媳妇们。我二嫂一把抢过孩子，年轻女子们将小狮子从车内架下来，搀扶着进院，然后进入早就布置好了的"坐月子"的房间。

二嫂揭开襁褓一角，让父亲观看这个迟来的孙子。父亲热泪盈眶，嘴里连声说好。我看到这个头发乌黑面色红润的婴儿，心中百感交集，眼泪也夺眶而出。

先生，这个孩子，使我恢复了青春也给我带来了灵感。他的孕育与出生，尽管比一般的孩子要艰难曲折，而且今后，围绕着他的身份确认，很可能还会产生诸多棘手的问题；但正如我姑姑所说：只要出了"锅门"，就是一条生命，他必将成为这个国家的一个合法的公民，并享受这个国家给予儿童的一切福利和权利，如果有麻烦，那是归我们这些让他出世的人来承担的，我们给予他的，除了爱，没有别的。

先生，从明天开始，我将铺开稿纸，用最快的速度，完成这部难产的话剧。我给您的下一封信，将是一部也许永远也不可能上演的剧本：

《**蛙**》。

第五部

亲爱的先生：

　　我终于完成了这个剧本。

　　现实生活中的许多事件，与我剧本中的故事纠缠在一起，使我写作时，有时候分不清自己是在如实记录还是在虚构创新。我仅仅用了五天的时间就写完了它。我就像一个急于诉说的孩子，想把自己看到的和想到的告诉家长。五十多岁的人自比孩子，这很矫情，但确是真实感受。

　　这个剧本，应该是我姑姑故事的一个有机构成部分。剧本中的故事有的尽管没在现实生活中发生过，但在我的心里发生了。因此，我认为它是真实的。

　　先生，我原本以为，写作可以成为一种赎罪的方式，但剧本完成后，心中的罪感非但没有减弱，反而变得更加沉重。王仁美和她腹中孩子——当然也是我的孩子——之死，尽管我可以用种种理由为自己开脱，尽管我可以把责任推给姑姑、推给部队、推给袁腮，甚至推给王仁美自己——几十年来我也一直是这样做的——但现在，我却比任何时候都明白地意识到，我是真正的罪魁祸首。是我为了那所谓的"前途"，把王仁美娘儿俩送进了地狱。我把陈眉所生的孩子想象为那个夭折婴儿的投胎转世，不过是自我安慰。这跟姑姑制作泥娃娃的想法是一样的。每个孩子都是唯一的,都是不可替代的。沾到手上的血,是不是永远也洗不净呢?被罪感纠缠的灵魂,是不是永远也得不到解脱呢?

　　先生,我期待着您的回答。

蝌蚪
二〇〇九年六月三日

蛙
九幕话剧

人物表

姑姑——退休妇科医生,七十余岁

蝌蚪——剧作家,姑姑的侄子,五十余岁

小狮子——曾是姑姑的助手,蝌蚪之妻,五十余岁

陈眉——代孕者,二十余岁;火灾幸存者,严重毁容

陈鼻——陈眉之父,蝌蚪小学同学;街头流浪者,五十余岁

袁腮——蝌蚪小学同学,牛蛙公司老板,暗中经营"代孕公司",五十余岁

小表弟——名金修,蝌蚪的表弟,袁腮的部下,四十余岁

李手——蝌蚪小学同学,饭馆老板,五十余岁

派出所长——警官,四十余岁

小魏——女警官,刚刚从警校毕业的学生,二十余岁

郝大手——民间泥塑大师,姑姑的丈夫

秦河——民间泥塑大师,姑姑的追随者

刘贵芳——蝌蚪小学同学,县政府招待所所长

高梦九——中华民国时期的高密县长

衙役数人

医院保安两名

黑衣蒙面人两名

电视台摄影、女记者等数人

第一幕

【中美合资家宝妇婴医院。大门富丽堂皇,看上去像政府机关。门口左侧的大理石贴面门垛子上,悬挂着医院的牌子。

【大门右侧竖着一块巨大的广告牌,上面镶嵌着数百张姿态各异的婴儿照片。

【一个身穿灰制服的保安,笔挺地立在大门左侧,对一辆辆开进开出医院的豪华轿车敬礼、注目。他的动作因过分夸张而显得滑稽可笑。

【一轮巨大的月亮在天幕上熠熠生辉。幕后传来鞭炮声,不时有灿烂的礼花照亮天幕。

保安　（从衣兜里摸出手机查看短信,忍不住笑出了声）嘻……

【保安领班从大门内侧悄悄溜出来。

领班　（悄悄地站在保安身后,低声厉喝）李甲台,你笑什么?!（感到有什么东西蹦到脚面上）咦,什么季节了,怎么还有这么多小青蛙?!你笑什么?

保安　（突被惊吓,手忙脚乱,慌忙立正）报告班长,地球变暖,温室效应;没笑什么……

领班　没笑什么你笑什么？（抖着蹦到脚上的小青蛙）这是怎么回事？难道又要地震？我问你笑什么？

保安　（看看四周无人，笑着说）班长，这段子太好玩了……

领班　我跟你们说过，上班时间不许发短信！

保安　报告班长，我没发短信，我只是看了几条短信。

领班　那不一样吗？这要是被刘处长撞见，你的饭碗就砸了。

保安　砸了就砸了呗，反正我也不想干了，牛蛙养殖公司老板是我表姨夫，我娘已经跟我表姨说了，让我表姨跟我表姨夫说说，让我表姨夫把我弄到他那里去上班……

领班　（不耐烦地）好了好了，你表来表去，把我都表糊涂了。你有个表姨夫可投靠，自然不怕砸饭碗，但老子还要靠着这个饭碗吃饭呢！所以啊，上班期间，收发信息，接听电话，概不允许！

保安　（挺胸立正）是！班长！

领班　小心着点！

保安　（挺胸立正）是，班长！（忍不住又笑起来）嘻……

领班　你小子喝了母狗尿了，还是做梦娶了个小富婆？说，到底笑什么?！

保安　我没笑什么啊……

领班　（伸出右手）拿来！

保安　什么？

领班　你说什么？手机！

保安　班长，我保证不看了行么？

领班　少啰嗦！你拿不拿？不拿我立刻向刘处报告。

保安　班长，我正在恋爱，没有手机不行……

领班　你爹恋爱那会儿，连电话都没有，不是照样把你娘弄到了手了吗？——快点！

保安 （无奈地将手机递给领班）不是我要笑,是这条短信太好笑了。

领班 （操作手机）我倒要看看,到底是条什么消息让你笑成这样儿……为了培育优秀短跑运动员,国家体委下令让男子百米冠军钱豹和女子长跑冠军金鹿结婚。金鹿怀孕足月,到医院生孩子。钱豹问医生:我老婆生了个啥孩子？医生说:没看清,一生出来就跑没影了——就这老掉牙的段子也值得你笑？看我给你念几条（领班摸出自己的手机,欲读,突然醒悟,将自己的手机连同保安的手机装进自己的口袋）今晚是中秋佳节,刘处说了,越是节日越要提高警惕！

保安 （伸手讨要）我的手机！

领班 暂时没收,下班后还你！

保安 （央求）班长,这大过节的,家家团圆,户户欢聚,吃月饼,放鞭炮,赏明月,谈恋爱,可我,像根棍子一样戳在这里,连给女朋友发发短信这点乐子也被你剥夺了。

领班 别啰嗦,好好值班。要眼观六路,耳听八方,将一切可疑分子阻止在大门之外……

保安 行喽,你别听那刘大头忽悠了,大过节的,谁到这里来？强盗、小偷也要过节啊！

领班 严肃点！你以为这是逗你玩吗？（压低声音,神秘地）春节之夜,就有一伙恐怖分子,冲进（声音含混）妇婴医院,抢走了八个婴儿,作为人质……

保安 （严肃起来）噢……

领班 （神秘地）你知道谁的"二奶"住在我们医院等待分娩吗？

保安 （侧耳细听）……

领班　（低声，神秘地）……你现在明白了吗？记住，那辆黑色的"大奔"和那辆绿色的"宝马"，都是他的座驾，要立正敬礼，注目追送，一丝一毫都马虎不得！

保安　是，班长！（伸手）现在您可以把手机给我了吧？

领班　不行，绝对不行！今晚是好日子，不仅金老板的太太有可能生，宋书记儿媳妇的预产期也是今晚，黑色奥迪A6，车号08858，你就给我把眼睛瞪起来吧！

保安　（不满地）这些小兔崽子，真会找时候出生！——我女朋友说，今晚的月亮，是五十年来最大最圆的（仰望月亮），明月几时有，把酒问青天……

领班　（嘲讽地）别酸了！上学时好好背，还用得着当保安？（警惕地）那是什么？！

【陈眉身穿黑袍，脸蒙黑纱，手里拿着一件红色的小毛衣上场。

陈眉　（身体摇摇晃晃，如同醉酒）我的孩子……我的孩子……你在哪里啊？娘来找你，你藏到哪里去了……

保安　又是她，神经病。

领班　去把她轰走！

保安　（立正站好）我不能擅离岗位！

领班　我命令你把她轰走！

保安　我在站岗！

领班　大门两侧五十米都是你警戒的范围！

保安　大门周围如发生可疑情况，值班门卫应坚守岗位，严防可疑分子冲进大门，并立即向领班报告。（从腰间摘下报话机）报告班长，大门右侧广告牌下发现一可疑分子，请火速增援！

领班　他妈的，你这小子！

【灯光聚焦在广告牌前。

陈眉 （指点着广告牌上的婴儿照片）孩子,我的孩子,娘在叫你,你听到了吗？你在跟娘藏猫猫,躲着不见娘？小淘气,小宝贝,快出来,娘给你喂奶,你要不来,娘的奶就要被小狗抢去了……（指点着广告牌上的一个孩子）你要吃我的奶？不,不给你吃,你不是我的孩子。我的孩子是双眼皮,大眼睛,你是个小眯眼儿……你也想吃我的奶,可你也不是我的孩子啊,我的孩子脸蛋儿红扑扑的,像个苹果,可你是黄脸皮……你更不是了,我的孩子是个男的,大胖小子,可你分明是个小丫头儿,丫头片子不值钱……（清醒地）生男孩给五万,生女孩只给三万！你们这些杂种,重男轻女,封建主义,你们的娘不是女的？你们的奶奶不是女的？都生男孩,不生女孩,这世界不就完蛋了吗？你们这些高官,大知识分子,有学问的大明白人,怎么连这么点简单的道理都不明白呢？……怎么,你说你是我孩子？小兔崽子,你是闻到我的奶味儿,被馋坏了吧？（抽动鼻孔）你想骗我,小兔崽子,做梦吧！我告诉你吧,即便你们用黑布蒙上我的眼睛,即便你们把我的孩子和一千个孩子混在一起,我用鼻子,也能把我的孩子找出来。你娘难道没跟你说过？一个孩子有一个孩子的气味！你想吃奶找你娘去,对,你们这些富贵人家的孩子,不叫娘,叫妈妈,吃奶不叫吃奶,叫吃妈妈……什么？你妈妈没有奶？没有奶算什么妈妈？你们天天说进步,我看你们是退化,退化得生孩子不用阴道,退化得乳房不分泌奶水。你们把自己该干的活儿让牛去做,让羊去做。吃牛奶长大的孩子有牛腥味,吃羊奶长大的孩子有羊膻气,只有吃人奶长大的孩子才有人味儿。你们想花钱买我的奶？休想,你们搬来一座金山我也不卖,我的奶,要留给我的孩子吃。……孩子,你快来啊……你不来,娘的奶就要被这些小孩抢去了,你看看,他们都馋啊,嘴巴都张开了;他们都饿了,他们的妈妈都把奶卖了,卖了换成了化妆品涂到脸上,卖了换成香水洒到身上了,她们都不是好妈妈,只顾自己臭美,不管孩子的健康……好孩子,快来啊……

领班　（立正,敬礼）女士,这里是妇婴医院,产妇和婴儿都需要安静,因此,请你立即离开这里,不要在这里喧哗吵闹!

陈眉　你是谁?你在这里干什么?

领班　我是保安!

陈眉　保安是干什么的?

领班　维持社会秩序,保卫机关、学校、邮局、银行、商场、饭店、车站等等企事业单位的安全!

陈眉　我认识你!（狂笑）我认识你,你是袁腮的保镖,人家都管你们叫看门狗!

领班　不许你侮辱我们的人格!如果没有我们,社会就要乱套!

陈眉　就是你,抢走了我的孩子!你脱了白大褂,摘了大口罩,我也认识你!

领班　（惊恐地）女士,你说话要负责任,当心我告你诬陷罪!

陈眉　你以为换上这套衣服我就不认识你了?!你以为你穿上一套保安制服就成了好人?!你就是袁腮养的一条狗。万心,那个老妖婆,把我的孩子接下来,只让我看了一眼……（痛苦地）不……她一眼都没让我看……她们用白布蒙着我的脸,我想看看自己的孩子,只看一眼,可她们,一眼都不让我看就把我的孩子抢走了……但我听到了我孩子的哭声,他哭着要找我,他也想见我,天下哪有不想见母亲的孩子?可她们把他强行抱走了。我知道他饿了,他想吃奶。你们都知道,母亲的初乳对孩子是多么宝贵,你们以为我文化水平低,不懂这些事,但我懂,我什么都懂。我把全身最精华的东西都输送到乳房里,连骨头里的钙、骨髓里的油、血里的蛋白质、肉里的维生素都挤到乳房里,我的孩子吃了我的奶就能不感冒、不拉稀、不发烧,长得快、长得好、长得俊,但你们连一口奶都不让他吃就把我的孩子抱走了。

【陈眉上前撕掳领班。

领班　（慌乱地）女士,你认错人啦,你一定是认错人了,什么圆(袁)腮,方脸的,我根本不认识……

陈眉　你当然不会说认识! 你们这些贼,强盗,偷孩子、卖孩子的魔鬼。你们不认识我,可我认识你们。不是你们把我的孩子抢走之后,还给我服了两片安眠药让我睡觉吗? 我醒了之后,你们不是骗我说我的孩子生下来就死了吗? 不是你们,弄来一只剥了皮的死猫在我眼前晃了晃,说那就是我孩子的尸体吗? 你们这些强盗,抢走了我的孩子,还要赖掉我的劳务费。你们说好生了男孩给我五万,可你们说我生了死胎,只给我一万,你们抱走我的孩子,还想来抢我的初乳! 你们拿着碗和奶瓶来挤我的初乳,说一毫升十元钱! 畜生,我的初乳是留给我的孩子的,十元钱? 十万元也不卖!

领班　女士,我再一次请你离开这里,否则,我就报警了。

陈眉　报警? 报警好啊! 我正要找警察呢。人民警察爱人民,人民丢了孩子,警察管不管?

领班　一定会管,别说是丢了孩子,即便是丢了一条小狗,警察也会帮你找的。

陈眉　那好,我去找警察。

领班 对,赶快去。(指点方向)从这条街往前走,遇到红绿灯右拐,在那家歌舞厅旁边,就是滨河路公安派出所。

【一辆轿车鸣着笛从医院里开出来。

陈眉 (愣怔片刻,突然惊醒似的)我的孩子,我们的孩子就是被他们抱到这辆车拉走了。(向轿车冲去)你们这些贼,还我们的孩子……

【领班试图阻拦,但陈眉突然焕发出巨大的力气,将领班撞了一个趔趄。

领班 (气急败坏地)拦住她!

【站在门口的保安也扑上来,将拦住车辆的陈眉拖住。陈眉拼命挣扎。领班上来,二人合力欲制服陈眉。挣扎中,陈眉的蒙面黑纱脱落,显出一副烧伤病人的狰狞可怖的面孔。两位保安吓得连连倒退。

保安 我的妈呀——!

领班 (看着地上被车轮碾碎和人脚踩死的小青蛙)妈的,从哪里来了这么多鬼东西!

——幕落

第二幕

【在绿色灯光照耀下,整个舞台像一个幽暗的水底世界。舞台深处,有一个周围生满细草的山洞。从山洞中,不时传出青蛙的叫声与婴儿的哭声。有十几个婴儿,从舞台上方垂挂下来。他们四肢抽动,哭声连成一片。

【舞台前部,摆放着两个制作泥娃娃的案板,郝大手和秦河盘腿坐在案后,聚精会神地团弄着泥巴。

【姑姑从洞里爬出来。她身穿一袭肥大的黑袍,头发蓬乱。

姑姑 （像背书一样）俺叫万心,今年七十三,当妇科医生整整五十年。即便是退休之后,也日夜不得闲。经俺的手接出来的孩子,统共是9883……（仰起脸,看着那些空中悬挂的孩子）孩子们,你们哭得真是好听啊！听到你们的哭声,姑姑心里就踏踏实实;听不到你们的哭声,姑姑心中就空空荡荡。你们的哭声,是世界上最好听的声音;你们的哭声,是姑姑的安魂曲。真可惜当年没有录音机,没能把你们出生时的哭声录下来。姑姑活着的时候,每天放你们的哭声;姑姑死后,在葬礼上,也放你们的哭声。9883个孩子一齐哭,那该是多么动听的音乐……（无限神往地）让你们的哭声感天动地,让你们的哭声把姑姑送入天堂……

秦河 （阴沉沉地）当心他们的哭声把你拽进地狱！

姑姑 （在那些悬挂的孩子之间,用轻盈的步伐来回穿行着,宛如一条鱼在水中轻快地游动。她一边穿行,一边用巴掌拍打着那些婴儿的屁股）哭啊,宝贝们,哭啊！你们不哭,说明你们有毛病,你们哭,说明你们很健康……

郝大手 神经病！

秦河 你说谁呢？

郝大手 说我呢！

秦河 说你当然可以,说我那是不行的。（自负地）因为我是高密东北乡最著名的泥塑艺术家。尽管有些人不同意,但那是他们的事。在玩弄泥巴这个行当里,老子就是天下第一。人,必须学会自己抬举自己，如果自己都不把自己当成一个东西，那谁还会把你当成一个东西？俺捏出来的孩子，是真正的艺术品，一个值一百美金。

郝大手 都听到了吧？什么叫不要脸呢？我团弄泥巴那会儿，你还在地上爬着找鸡屎吃呢。老子是县长任命的民间工艺美术大师！你算什么？

秦河 同志们，朋友们，都听到了吧？郝大手，你不是不要脸，你是厚颜无耻，你是神经病，你是强迫症，你捏了一辈子泥孩子，至今还没捏出一个成品，你总是捏一个毁一个，总是以为下一个会比上一个好。你就是那个在玉米田里掰棒子的笨狗熊。同志们，朋友们，你们看看他那两只手，什么"郝大手"，那根本不是手，是青蛙的爪子，鸭子的脚，指头缝里生着蹼膜……

郝大手 （愤怒地将手中泥巴投向秦河）你放狗屁！你这个神经病，立刻从这里滚走！

秦河 你凭什么让我滚走？

郝大手 因为这是我的家。

秦河 谁能证明这里是你的家？（指着姑姑与那些悬挂着的孩子）她能证明吗？他们能证明吗？

郝大手 （指姑姑）她当然能够证明。

秦河 凭什么她就能证明？

郝大手 她是我的老婆！

秦河 你凭什么说她是你的老婆？

郝大手 因为我和她结过婚。

秦河 谁能证明你和她结过婚？

郝大手 因为我和她睡过觉！

秦河　（痛苦万端,抱着头）不——！你是个骗子！你骗了我,我为你耗费了青春,你答应过我,你说你不会和任何人结婚,一辈子也不结婚!

姑姑　（怒斥郝大手）你招惹他干什么？我跟你可是有约在先的。

郝大手　我忘了。

姑姑　你忘了？我提醒。我当时跟你说,要我嫁给你可以,但你必须接受他,把他当我的弟弟,容他疯,容他傻,容他胡言乱语;管他吃,管他住,还要管他穿衣服。

郝大手　我还要容他与你睡觉是不是？

姑姑　神经病,你们都是神经病!

秦河　（怒指郝大手）他才是神经病,我的神经很正常!

郝大手　叫嚣也没有用,恼羞成怒也没用。哪怕你把拳头举得比树还高,哪怕你眼睛里蹦出鲜红的樱桃,哪怕你头上生出羊角,哪怕你嘴巴里飞出小鸟,哪怕你浑身长遍猪毛,也无法改变你是神经病! 这个事实,用钢凿子,镌刻在石头上!

姑姑　（嘲讽地）这满嘴的歪词,是从蝌蚪的剧本上学来的吧？

郝大手　（指着秦河）你每隔两个月,就要到马耳山精神病院住三个月。在那里,你穿紧身衣,吃镇静剂,实在不行还要坐电椅。你被他们折腾得皮包着骨头,眼珠子发直,好像一个非洲的孤儿。你的小脸上沾满了苍蝇屎,好似一块旧墙皮,你从那里逃出来,又有两个月了吧？明天,或者后天,你又该到那里去了吧？（逼真地模仿救护车的警笛声,秦河浑身战栗,跪在地上）你这次进去,就不要出来了。你这样的狂躁型精神病,放出来就会给这个和谐的社会增添不和谐的因素!

姑姑　够了!

郝大手　如果我是医生,我就把你永远关在那里,我要用电棍击打你,让你口吐白沫,浑身抽搐,让你彻底休克,永远不要醒来。即便是醒来,也要让你彻底失去记忆。

【秦河抱着头,在地上打滚儿,嘴巴里发出令人心悸的惨叫声。】

郝大手　你这叫毛驴打滚儿,雕虫小技。滚,继续滚;看,你的脸变长了;自己摸摸,你的耳朵变大了;你马上就会变成一头毛驴;毛驴拉磨,在磨道里转圈子。(秦河四肢着地,高高地翘着屁股,模仿毛驴拉磨)对,就这样,真是一头好驴!磨完这二升黑豆,再磨一斗高粱。好驴不用戴遮眼,好驴不会偷吃磨盘上的面。好好干,主人不会亏待你,我已经拌好草料,等你来享用。

【姑姑上前欲拉起秦河,秦河咬了她的手。】

姑姑　你这个不知好歹的。

郝大手　我说过,这里没有你的事,你就好好照顾那些孩子吧,别让他们冻着,也别让他们饿着。但也不能让他们吃得太饱,也不能让他们穿得太暖。就像你反复说过的:婴儿若要安,三分饥饿三分寒。(转对秦河)你怎么不拉啦?你这头懒驴,非要用鞭子抽着你才肯干活吗?

姑姑　你不要折磨他了!他是个病人!

郝大手　他是病人?我看你才是病人!

【秦河口吐白沫昏倒在舞台上。】

郝大手　起来,不要装死!这样的把戏,你玩过不止一次了!这样的把戏,我已经见过许多遍了。这样的把戏,粪堆上的屎壳郎都会。你想用装死来吓唬我?!呸!我根本就不怕!你死了才好呢!你马上死,一分钟也不要耽搁!

【姑姑急忙上前,欲对秦河进行救治。郝大手起身拦住了她。】

郝大手　（痛苦地）我的忍耐已经到了极点。我再也不允许,你用那种方式,去救治他……

【姑姑往左边移动,郝大手跟着往左移动；姑姑往右边移动,郝大手跟着往右移动。

姑　姑　他是病人！在我们医生的心目中,世界上只有两种人：一种是健康的人,一种是有病的人。哪怕他昨天打过我的父母,今天他突发了疾病,我也要忘记仇恨将他救治；哪怕他哥哥强奸我时突发癫痫,我也要将他推下去进行救治！

郝大手　（身体突然变得僵硬,痛苦地低语着）你到底承认了,你到底还是跟他们兄弟俩都有着说不清道不明的暧昧关系。

姑　姑　这就是历史,这就是几千年的文明史,凡是承认历史的,就是历史的唯物主义者,凡是否认历史的,就是历史的唯心主义者！

姑　姑　（坐在秦河身边,将他揽进怀里,像怀抱一个婴儿一样,摇晃着,低声唱着一首含混不清的歌曲）想起你我心痛欲碎……想起你我欲哭无泪……想写信找不到你的地址,想唱歌记不住你的歌词……想亲吻找不到你的嘴巴,想拥抱找不到你的身体……

【一个身穿绿色小肚兜（肚兜上绣着一只青蛙）、头皮光溜溜犹如一块西瓜皮的孩子,率领着一群坐着轮椅、挂着双拐、前肢上缠着绷带（由儿童扮演）的青蛙,从那个幽暗的洞里钻出来。绿孩子大声喊叫着：讨债！讨债！"青蛙"们发出嘎嘎咕咕的叫声。

【姑姑一声惨叫,扔下秦河,在舞台上躲闪着那个绿孩子和那群青蛙。

【郝大手和清醒过来的秦河抵挡着绿孩子与青蛙们的攻击,保护着姑姑下场。绿孩子与青蛙们追下。

——幕落

第三幕

【公安派出所来访接待室。室内只有一张长桌，桌上摆有一部电话。墙上挂着锦旗、奖状之类。

【女警官小魏端坐在桌子后，指指桌前的一把椅子，示意陈眉就座。陈眉依然是那身装束——黑袍遮体，黑纱蒙面。

小魏　（一本正经，学生腔调）来访公民，请坐。

陈眉　（没头没尾地）大堂前为什么不设上两面大鼓？

小魏　什么大鼓？

陈眉　过去都是有大鼓的，你们为什么不设？不设大鼓老百姓怎么击鼓鸣冤？

小魏　你说的那是封建社会的衙门！现在是社会主义，那些玩意儿早就废除了。

陈眉　开封府就没有废除……

小魏　你是从电视连续剧里看到的吧？包龙图打坐在开封府——

陈眉　我要见包龙图。

小魏　公民，这里是滨河路公安派出所群众来访接待室，我是值班民警魏英，你有什么问题请向我反映，我会将你反映的问题记录在案，并向我的领导汇报。

陈眉　我的问题太大了，只有包龙图才能解决。

小魏　公民，包龙图今天不在，你先把问题告诉我，我负责将你的问题向包龙图汇报，你看如何？

陈眉　你保证？

小魏　我保证！（指指对面的椅子）您请坐。

陈眉　民女不敢坐。

小魏　我让你坐你就坐。

陈眉　民女谢座！

小魏　要不要喝水？

陈眉　民女不喝水。

小魏　我说女公民，咱们不演电视剧了吧？你叫什么名字？

陈眉　民女原名陈眉，但陈眉死了，或者说陈眉一半死了，一半还活着，所以，民女也不知道自己的名字了。

小魏　女公民，您是逗我玩呢？还是想让我逗您玩？这里是公安局派出所，是个严肃的地方。

陈眉　原先我有两条高密东北乡最美的眉毛，所以我叫陈眉。现在，我的眉毛没了……不但眉毛没了，（尖利地）连睫毛也没了，连头发也没了！所以，我已经没有资格叫陈眉了！

小魏　（省悟）女公民，如果不介意的话，您能不能摘下面纱？

陈眉　不能！

小魏　如果我没有猜错，您是东丽玩具厂火灾的受害者？

陈眉　你真聪明。

小魏　我当时还在警校学习，从电视上看过那次火灾的报道。那些资本家的心真是黑透了，我发自内心地同情您的遭遇。如果您要反映火灾后的赔偿问题，最好还是去法院，或者，去找市委和市政府，或者去找新闻媒体。

陈眉　你不是认识包青天吗？我的事只有他能做主。

小魏　（无奈地）那好，你说吧，我愿尽我的力量，把你的问题往上反映。

陈眉　我要告他们,他们抢走了我的孩子。

小魏　谁抢走了你的孩子?您慢慢说,不要着急。我看您还是先喝杯水,润润喉咙,您的喉咙都嘶哑了。

【小魏倒一杯水递给陈眉。

陈眉　我不喝。我知道你是想借我喝水时看到我的脸。我讨厌自己的脸,也讨厌别人看到我的脸。

小魏　非常抱歉,我没有那个意思。

陈眉　自从受伤之后,我只照过一次镜子,从此之后我便恨镜子,恨所有能照出人影的东西。我本来想还完欠我爹的债就自杀,但现在我不想自杀了。我自杀了,我的孩子就要饿死了,我自杀了,我的孩子就成孤儿了。我听到我的孩子的哭声了,你听……他的喉咙哭哑了,我要给他喝奶,我的乳房胀得像气球一样,马上就要爆炸了。可是他们把我的孩子藏起来了……

小魏　他们是谁?

陈眉　(警觉地往门口看)他们是牛蛙,像锅盖那么大的牛蛙,叫起来哞哞的,凶恶的牛蛙,吃小孩子的牛蛙……

小魏　(起身去关好门)大姐,你放心,这墙壁都是隔音的。

陈眉　他们手眼通天,和官府里的人有勾结。

小魏　包青天不怕他们。

陈眉　(离座跪倒)包大人,民女之冤深如海洋,请大人为民女做主。

小魏　讲来。

陈眉　大人容禀,民女陈眉,原高密东北乡人氏。民女之父陈鼻,重男轻女思想严重,当年为生儿子,令民女之母超计划怀孕,不幸事情败露,先是东躲西藏,后来在大河之上被官府追捕。民女之母在木筏上生出民女后不幸身亡。民女之父见又生一女,大失所望,先是将民女弃之不顾,后又将民女接回。因民女是超生,父亲被罚款 5800 元。父亲从此日日酗酒,醉后即打骂民女姐妹。后来,民女随姐姐陈耳南下广东打工,一是想挣钱还父债,二是想寻一个光明前程。民女与姐姐陈耳是公认的美女,如果学坏,金钱就会滚滚而来,但民女与姐姐坚守贞操,要学荷花出淤泥而不染,不承想一场大火,夺去了姐姐生命,也毁了民女面容……

【小魏用面巾纸揾泪。

陈眉　我姐姐是为了救我才烧死的……姐姐……你救我干什么？与其这样不人不鬼地活着,还不如死了好……

小魏　这些可恶的资本家！应该把他们抓起来,通通枪毙！

陈眉　他们还不错,赔了我姐姐两万元,付了我住院期间全部的医疗费,又赔了我一万五千元。这些钱,我全部给了父亲,我对他说,爹,你超生我时罚的款,加上二十年的利息,我用这笔钱全部还上了,从今之后,我一点都不欠你的了！

小魏　你爹也不是个好东西。

陈眉　再坏他也是我爹,你没有资格骂他。

小魏　他用这笔钱做了什么？

陈眉　他能做什么？吃,喝,抽,全部糟光了！

小魏　这个堕落的男人,真是猪狗不如。

陈眉　我说过了,不许你骂我爹。

小魏　（自嘲地）我也是瞎起劲。后来呢？

陈眉　后来,我到牛蛙公司去打工。

小魏　我知道这家公司,很有名。听说他们正在从牛蛙皮肤里提炼一种高级护肤品,一旦成功,可报世界专利。

陈眉　我告的就是他们。

小魏　讲来。

陈眉　他们养牛蛙只是个幌子,他们真正干的事是生娃娃。

小魏　生什么娃娃?

陈眉　他们雇了一群女孩子,给需要孩子的富贵人生娃娃。

小魏　竟有这等事?

陈眉　他们公司里有二十间密室,雇了二十个女人,有结过婚的,有未结过婚的;有丑的,有俊的;有有性怀孕的,有无性怀孕的……

小魏　什么什么?什么叫有性怀孕?什么叫无性怀孕?

陈眉　你装什么清纯?这种事还不知道?你是处女吗?

小魏　我真不明白……

陈眉　有性怀孕,就是陪着那男人睡觉,像两口子一样,住在一起,直到怀孕为止。无性怀孕,就是把那男人的精子,用试管,注到女人子宫里!你是处女吗?

小魏　你呢?

陈眉　我当然是。

小魏　可你刚才还说你生过孩子。

陈眉　我是生过孩子,但我是处女。他们,让那个胖护士,把一管子精液注入我的子宫,所以我尽管怀了孕,生了孩子,但我没跟男人睡觉,我是纯洁的,我是处女!

小魏　你说的他们到底是谁?

陈眉　这个我不能说,我说了他们会杀了我的孩子……

小魏　是牛蛙公司那个胖子吗?叫什么……对,"圆腮"的?

陈眉　袁腮在哪里?我正要找他!你这个畜生,你骗我,你们合伙骗我!你们说我的孩子生下来就死了,你们用一只剥了皮的死猫冒充我的孩子,你们上演了一场现代版"狸猫换太子"。你们用这种方式赖了我的钱,你们想用这种方式断绝我寻找孩子的念头。钱,我不要了,本小姐不爱钱,本小姐要是爱钱,当年在广东时,一个台湾老板要出一百万包我三年。但本小姐要孩子,本小姐的孩子是世界上最优秀的孩子,包大人,您一定要为民女做主啊……

小魏　他们让你代孕时,跟你签过什么合同吗?

陈眉　签过啊,签过合同后支付代孕费三分之一,等生完孩子、顺利交接后再支付全额。

小魏　这可能是有点麻烦,不过,没关系,包大人会把案子断明白的,你接着往下说。

陈眉　他们对我说,那管精子,是一个大人物的。那个大人物基因优良,是个天才。他们说那个大人物为了生一个健康的宝宝,戒了烟、酒,每天吃一只鲍鱼,两只海参,保养了整整半年。

小魏　(嘲讽地)真够下本钱的。

陈眉　培育优良后代,是百年大计,当然不惜血本。他们说大人物看过我毁容前的照片,认为我是混血美女。

小魏　你既然不爱钱,为什么要为人代孕?

陈眉　我说过我不爱钱了吗?

小魏　你刚才亲口说的。

陈眉　(回忆)我想起来了,是因为我父亲出车祸住进了医院,我为人代孕是为了偿还父亲的住院费。

小魏　你真是个孝女,这样的父亲,死了也罢。

陈眉　我也这样想过,但他毕竟是我父亲。

小魏　所以我说你是个孝女。

陈眉　我知道我的孩子没死,因为我听到过他出生时的哭声……你听,他又哭了……我的孩子,从生下来就没吃娘一口奶……我的可怜的孩子……

【派出所长推门进来。

所长　哭哭闹闹的,有话好好说嘛!

陈眉　(跪下)包大人,您要为民女做主啊……

所长　这是什么呀?乱七八糟的。

小魏　(悄声)所长,这很可能是一桩惊天大案!(将笔录递给所长,所长随便翻看着)很可能涉及到组织妇女卖淫罪与拐卖儿童罪!

陈眉　包大人,救救我的孩子吧……

所长　好了,民女陈眉,你的状子本官接了,本官一定会报告给包大人知道,你现在回去等候消息吧。

【陈眉下。

小魏　所长!

所长　你刚来,不了解情况。这个女人,是东丽玩具厂火灾的受害者,神志不清,许多年了。值得同情,但我们爱莫能助。

小魏　所长,我看到了……

所长　你看到什么了?

小魏　(为难地)她的乳房在分泌乳汁!

所长　那是汗水吧?!小魏,你刚刚上岗,干我们这一行的,既要保持警惕,又不能神经过敏!

——幕落

第四幕

【场上设置同第二幕。

【郝大手与秦河在各自案前捏着娃娃。

【一个身穿一件皱皱巴巴的灰色西装、脖子上扎着一条红领带、口袋里插着钢笔、腋下夹着一个公文包的中年人悄悄上场。

郝大手 （并不抬头地）蝌蚪,你怎么又来了?!

蝌蚪 （恭维地）郝大叔真是神人,仅凭耳朵就知道是我。

郝大手 我不是用耳朵,我是用鼻子。

秦河 狗的嗅觉比人的嗅觉灵敏一万倍。

郝大手 你敢骂我?!

秦河 我骂你了吗? 我只是说,狗的嗅觉比人的嗅觉灵敏一万倍!

郝大手 你还骂?!（用手中的泥巴,迅速地捏出秦河的脸部形象,举起来让蝌蚪和秦河看后,猛地摔在地上）我摔扁你这不要脸的东西!

秦河 （毫不示弱地捏出了郝大手的模样,举给蝌蚪看后,猛地摔在地上）我摔扁你这条老狗!

蝌蚪 郝大叔息怒,秦二叔息怒,二位大师息怒,你们方才捏出的,都堪称艺术精品,摔扁了,实在是太可惜了!

郝大手 你少多嘴,当心我捏个你然后摔扁你!

蝌蚪 我求您捏个我,但别摔扁我。我的剧本出书后,我用它做封面照片。

郝大手 我早对你说过,你姑姑宁愿去看蚂蚁上树,也不会看你的破剧本。

秦河　你不好好种地，写什么剧本？如果你能写出剧本，我就把这团泥巴吃了。

蝌蚪　（谦卑地）郝大叔，秦二叔，姑姑上了年纪，眼力不好，不敢让她老人家亲自看，我朗读给姑姑听，同时也朗读给你们听。你们一定知道曹禺先生，老舍先生，他们都要到剧院去，给演员和导演们朗读剧本。

郝大手　可你不是曹禺，你也不是老舍。

秦河　我们也不是演员，更不是导演。

蝌蚪　但你们是我剧本中的角色啊！我用了很多笔墨来美化你们，你们如果不听，那就亏大了。如果听了，有什么不满意的地方，我还可以修改；如果不听，将来搬上舞台，出了书，那你们后悔就来不及了。（突然悲壮地）为了写这个剧本，我耗费了十年精力，花光了所有家财，连房顶上那几根木头椽子，都被我抽下来卖了。（捂着胸口，痛苦地咳嗽几声）为了写这剧本，我抽着苦辣的旱烟叶子——没有烟叶子就抽槐树叶子——熬过了无数个不眠之夜，损害了健康，透支了生命，我为了什么？为了名吗？为了利吗？（尖利地）都不是！是为了对姑姑的爱，是为了为我们高密东北乡的圣母树碑立传！今天，你们如果不听我朗诵，我就死在你们面前！

郝大手　吓唬谁呢？你想怎么死？是上吊还是喝毒药？

秦河　听起来颇为感人，我倒有点儿想听啦。

郝大手　你要朗读可以，但不能在我家里朗读。

蝌蚪　这里首先是姑姑的家，然后才有可能是你的家。

【姑姑从洞口爬出来。

姑姑　（懒洋洋地）谁在说我呢？

蝌蚪　姑姑,是我。

姑姑　我知道是你。你来干什么?

蝌蚪　(急忙打开公文包,掏出一叠稿子,匆匆念道)姑姑,是我,我是两县屯的蝌蚪,(秦河与郝大手纳闷地交流着目光)余培生是我的爹,孙伏霞是我的娘。我是那批"地瓜小孩"中的一个,也是您这辈子接生的第一个孩子。我的妻子谭鱼儿,也是您接生的孩子,她的爹是谭进海,她的娘是黄月玲……

姑姑　别念了!当了剧作家就连姓也改了?!出生年龄也改了?!爹娘也改了?!村庄也改了?!老婆也改了?!(姑姑在舞台上悬挂着的那十几个孩子之间穿行着。她时而低头沉思,时而顿足捶胸;后来,她在一个婴孩的屁股上猛击了一掌,那婴孩哭啼起来。姑姑轮番击打着那些婴孩的屁股,所有的婴孩都哭起来。在婴儿哭声中,姑姑开始滔滔不绝地诉说,婴儿哭声渐弱)你们这些"地瓜小孩",好生给我听着,是我亲手把你们掏出来的!小子们,你们哪一个也没让我省力气。姑姑干这行干了五十多年,直到现在也没闲着。五十年来,姑姑没吃过几顿热乎饭,没睡过几个囫囵觉,两手血,一头汗,半身屎,半身尿,你们以为当个乡村妇科医生容易吗?高密东北乡十八处村庄,五千多户人家,谁家的门槛我没踩过?你们的娘、你们的老婆那些灰肚皮,哪个我没见过?你们那些混蛋爹,都是我给他们结的扎!你们现在有的当官了,有的发财了,你们可以在县长面前撒野,在市长面前犯狂,但你们在我面前,都得给我老老实实地待着。想当年,依着姑姑的想法,也该把你们这拨小公狗统统地劁了,省了你们的老婆受罪。你们不要嬉皮笑脸,严肃点!计划生育关系到国计民生,是头等大事。龇牙咧嘴,龇牙咧嘴也没用,该流就得流,该劁就得劁。男人没有一个好东西,这话是谁说的? 你们不知道? 你们不知道,我也不知道。我只知道男人没有一个好东西。尽管不是好东西,但离开你们也不行。开天辟地时上帝就是这样安排的,老虎野兔,鹞鹰麻雀,苍蝇蚊子……少一种不成世界。听说非洲原始森林中有一个部落,人都生活在大树上。大树上垒了许多窝,女人在窝里下蛋。下了蛋,女人蹲在树杈上吃野果子,男人披着大树叶子,趴在窝里孵蛋,孵七七四十九天,那些小孩子就顶破蛋壳,跳出来,一出来就会爬树。你们信不信,你们不信,我信! 姑姑我亲手接生过的一个蛋,像足球那么大,放在炕头上孵了半个月,蹦出来一个胖娃娃,又白又胖,名叫蛋生。可惜这孩子生脑炎死了,要是活着,也有四十岁了。蛋生活着,肯定是个大文学家,他抓周时,第一把就将一枝毛笔捞在手里。山中无老虎,猴子称大王,蛋生死了,才轮得到你舞文弄墨……

蝌蚪 (无限钦佩地)姑姑,您真是出口成章,您不但是杰出的妇科专家,您还是一个杰出的剧作家! 您这些随口而出的话,都是精彩的台词!

姑姑 什么叫"随口而出的话"? 姑姑嘴里的话都是深思熟虑过的。(指着蝌蚪手中那摞稿纸)这就是你写的剧本?

蝌蚪 (谦恭地)是。

姑姑 叫什么题目来着?

蝌蚪 《蛙》。

姑姑 是娃娃的"娃",还是青蛙的"蛙"?

蝌蚪 暂名青蛙的"蛙",当然也可以改成娃娃的"娃",当然还可以改成女娲的"娲"。女娲造人,蛙是多子的象征,蛙是咱们高密东北乡的图腾,我们的泥塑、年画里,都有蛙崇拜的实例。

姑姑　你难道不知道姑姑害怕青蛙吗?

蝌蚪　我这部剧本,就是要分析姑姑害怕青蛙的原因。姑姑读完我的剧本,心里的情结解开,也许就再也不怕青蛙了。

姑姑　(伸出手)那么,就把你那剧本拿过来吧。

【蝌蚪恭敬地将剧本递给姑姑。

姑姑　(对秦河和郝大手)你们两个,谁去把这些胡言乱语烧掉?

蝌蚪　姑姑,这是我十年的心血啊!

姑姑　(扬手一甩,稿纸散落满台)我根本不用看,用鼻子嗅一嗅,就知道你放了些什么屁!就凭你这点学问,还想分析出姑姑害怕青蛙的原因?

【蝌蚪、秦河、郝大手三人满台争抢稿纸。

姑姑　(痴迷地追忆往事)你出生的那天上午,姑姑在河边洗手,看到成群结队的蝌蚪,在水中拥挤着。那年大旱,蝌蚪比水还多。这景象让姑姑联想到,这么多蝌蚪,最终能成为青蛙的,不过万分之一,大部分蝌蚪将成为淤泥。这与男人的精子多么相似,成群结队的精子,能与卵子结合成为婴儿的,恐怕只有千万分之一。当时姑姑就想到,蝌蚪与人类的生育之间,有一种神秘的联系。当你娘让我给你起名字时,我脱口而出:蝌蚪!你娘说:好名字,好名字!蝌蚪,贱名的孩子好养活。蝌蚪,你的名字主贵!

【蝌蚪、秦河、郝大手每人捏着几张稿纸静听着。

蝌蚪　谢谢姑姑!

姑姑　后来,《人民日报》介绍了"蝌蚪避孕法",让排卵期女人,在房事前,喝十四只活蝌蚪,即可避孕。但结果没有避孕,那些女人,都生出了青蛙!

郝大手　别说了,再说又要犯病了。

姑姑　你说谁犯病？我没病，有病的是他们，那些吃过青蛙的人。他们让一群女人，在河边，用剪刀，剪下青蛙的头，然后，像脱裤子一样，把它们的皮褪下来。它们的大腿，跟女人的大腿一样。我就是从那时才开始害怕青蛙的。它们的大腿……像女人的大腿一样……

秦河　那些吃青蛙的人，最后都得了报应，青蛙体内有一种寄生虫，钻到他们脑子里，使他们成了白痴，最后，脸上的表情都与青蛙一样。

蝌蚪　这是个重要的情节，那些吃过青蛙的人，最后都变成了青蛙。而姑姑，是保护青蛙的英雄。

姑姑　（痛苦地）不，姑姑手上，沾过青蛙的鲜血。姑姑在不知情的情况下，被他们蒙骗，吃过青蛙肉剁成的丸子，就像你大爷爷跟我讲过的，周文王在不知情的情况下，吃了自己的儿子的肉剁成的丸子。后来周文王逃出朝歌，一低头，吐出了几个丸子，那些丸子落地后就变成了兔子，兔子就是"吐子"啊！姑姑那天回来，感到肚子里上下翻腾，似乎还有嘎嘎咕咕的声音，那个难受，那个恶心，到了河边，姑姑一低头，呕出了一些绿色的小东西，那些东西一落到水里就变成了青蛙……

【那个身穿绿兜肚的小孩子，率领着那群残疾青蛙从那山洞里爬出来。小孩子高喊着：讨债！讨债！青蛙们发出"嘎嘎咕咕"的愤怒叫声。

【姑姑惊叫一声晕了过去。

【郝大手搂住姑姑，掐她的"人中"。

【秦河驱赶着小孩子和他率领的青蛙队伍。

【蝌蚪将稿纸一张张捡起来。

蝌蚪　（从怀里掏出一张大红请帖）姑姑，其实，我知道您害怕青蛙的根本原因。我还知道，这些年来，您用多种方式来弥补您自认为的"罪过"。其实，您并没有错；那些破碎的青蛙，其实是您心造的幻影。姑姑，在您的帮助下，我的儿子降生了。为此我摆了盛大的宴席，请姑姑，（转向郝、秦）也请二位大驾光临！

——幕落

第五幕

【夜晚，灯光斜照，满台金辉。

【娘娘庙一角，粗大廊柱下，蜷缩着陈鼻和他的狗。狗可以由人扮演。他的面前摆着一个破铁碗，铁碗里有几张钞票和几枚硬币。两支木拐放在身侧。

【陈眉身着黑袍，面蒙黑纱，幽灵般上场。

【两个身穿黑衣、面蒙黑纱的男人尾随她上场。

陈眉　（哀嚎着）孩子……我的孩子……你在哪里……我的孩子……你在哪里……

【两个黑衣人向陈眉逼近。

陈眉　你们是谁？你们为什么也穿着黑衣，蒙着面孔？哦，我明白了，你们也是那场火灾的受害者……

黑衣人甲　对，我们也是受害者。

陈眉　（清醒地）不对，那次火灾受害者都是女工，可你们分明是男的。

黑衣人乙　我们是另一场火灾的受害者。

陈眉　那你们很可怜……

黑衣人甲　是的,我们很可怜。

陈眉　你们很痛苦……

黑衣人乙　是的,我们很痛苦……

陈眉　你们植过皮吗?

黑衣人甲　(不解地)植什么皮?

陈眉　就是从你的屁股上、大腿上,从你没被烧伤的地方,把好皮剥下来,贴到被烧伤的地方,你们难道没植过?

黑衣人乙　植过,植过,我们屁股上的皮,都被医生剥下来贴到了脸上……

陈眉　他们给你们植过眉毛吗?

黑衣人甲　植过,植过。

陈眉　他们用的是你们的头发还是你们的阴毛?

黑衣人乙　什么呀?阴毛也能变成眉毛?

陈眉　如果头皮全部烧坏了,那就只有用阴毛,阴毛也比没毛好啊,如果连阴毛也没有了,那就只好光溜溜,像青蛙一样了。

黑衣人甲　对对对,我们什么毛都没有了,我们光溜溜的像青蛙一样。

陈眉　你们照过镜子吗?

黑衣人乙　我们从来不照镜子。

陈眉　我们烧伤病人最怕的就是镜子,最恨的也是镜子。

黑衣人甲　对,我们见镜子就砸。

陈眉　那没有用的,砸了镜子,但你砸不了商店的橱窗,砸不了大理石的地面,砸不了能照出人影的水,更砸不了那些看我们的眼睛,他们看到我们就会惊叫,就会逃跑,小孩子甚至会被吓哭,他们骂我们是鬼,是妖,他们的眼睛都是我们的镜子,因此,镜子是砸不完的,最好的办法,就是把自己的脸藏起来。

黑衣人乙 对对对,所以我们用黑纱把脸蒙起来。

陈眉 你们想过自杀吗?

黑衣人乙 我们……

陈眉 据我所知,我们那些受伤的姐妹们,已经有五个人自杀了。照过镜子后自杀了……

黑衣人甲 都是镜子害的!

黑衣人乙 所以我们见镜子就砸。

陈眉 我原本想自杀,但后来我不想了……

黑衣人甲 活着好,好死不如赖活着嘛!

陈眉 自从我怀孕之后,自从我感觉到那个小生命在我肚子里跳动之后我就不想死了。我感到自己是一个丑陋的茧,有一个美丽的生命在里边孕育,等他破茧而出,我就成了空壳。

黑衣人乙 说得真好。

陈眉 等我把孩子生下来后,我并没有成为一张空壳自己死去,我发现我活得更欢实了,我不但没干巴,没抽抽,反而更水灵了。我脸上紧绷的皮似乎滋润了,我的乳房里全是奶……生育给了我新的生命……可是,他们把我的孩子抢走了……

黑衣人甲 你跟我们走吧,我们知道你的孩子在哪里。

陈眉 你们知道我的孩子在哪里?

黑衣人乙 我们来找你就是帮你去见你的孩子的。

陈眉 (兴奋地)谢天谢地,你们快带我走,快带我去见我的孩子……

【黑衣人架着陈眉欲下。

【陈鼻身边的狗如离弦之箭扑上去,咬住了黑衣人甲的左腿。

【陈鼻也跳起来,架着双拐,蹦上前来,用单拐支撑着身体,用另一支拐,捣向黑衣人乙。

【黑衣人摆脱了狗和陈鼻,退到舞台一侧,手中亮出匕首之类的凶器。陈鼻和狗站在一起。陈眉站在前台,与他们形成一个三角。

陈鼻 (咆哮着)放开我的女儿!

黑衣人甲 你这老不死的,老酒鬼,老无赖,老叫花子,竟敢来冒认女儿。

黑衣人乙 你说她是你的女儿,你叫她一声,看她答应不?

陈鼻 眉子……我可怜的女儿……

陈眉 (冷冷地)你认错人了吧?你一定认错人啦。

陈鼻 (沉痛地)眉子,我知道你恨爹,爹对不起你,对不起你姐姐,对不起你们的娘,爹害了你们,爹是罪人,爹是废人,爹是一半死了一半活着的死活人……

黑衣人甲 这就叫忏悔吧?附近有没有教堂?

黑衣人乙 沿河往东走二十里,有一座刚刚修复的天主教堂。

陈鼻 眉子,爹知道你上了他们的当,骗你的人是爹的老朋友,爹要帮你讨回公道!

黑衣人甲 老东西,到一边待着去。

黑衣人乙 姑娘,跟我们走吧,我们保证让你见到你的孩子。

【陈眉向黑衣人走去,陈鼻与狗上前阻拦。

陈眉 (愤怒地)你是谁?你凭什么拦我?我要去找我的孩子你知不知道?我的孩子从生下来就没吃过一口奶,再不喂他就要饿死了你知不知道?

陈鼻 眉子,你恨我,我理解;你不认我,我同意。但你不能跟他们走,他们把你的孩子卖了,你如果跟他们走,他们就会把你推到河里淹死,然后伪造一个你跳河自杀的现场。这样的事,他们干过不止一次了……

黑衣人甲　老东西,我看你真是活够了,有这样污人清白的吗?

黑衣人乙　你胡说什么?我们这样的社会里,哪有你说的这些凶杀、暗杀的丑恶现象?

黑衣人甲　一定是去路边店里看录像看多了。

黑衣人乙　脑子里出现了幻觉。

黑衣人甲　把社会主义当成了资本主义。

黑衣人乙　把好人当成了坏人。

黑衣人甲　把好心当成了驴肝肺。

陈鼻　你们本来就是驴肝肺,牛杂碎,是猫、狗呕出来的脏东西,是社会渣滓下三滥……

黑衣人乙　他竟然还骂我们是社会渣滓下三滥?你这头从垃圾堆里找食吃的猪,知道我们是干什么的吗?

陈鼻　我当然知道你们是干什么的。我不但知道你们是干什么的,还知道你们干过一些什么。

黑衣人甲　我看,该把你请到河里去洗个冷水澡了。

黑衣人乙　明天早晨,前来烧香拴娃娃的人就会发现,那个在庙门口乞讨的老叫花子失踪了,连他的那条瘸腿狗也失踪了。

黑衣人甲　没有人会关心这事。

【黑衣人甲、乙与陈鼻和他的狗搏斗。狗被打死,陈鼻被打倒。两个黑衣人正欲刺死陈鼻时,陈眉撕开面纱,显出狰狞恐怖的面孔,发出鬼一样的尖叫声,将两个黑衣人吓得扔下陈鼻逃走。

——幕落

第六幕

【一张巨大的圆桌,摆放在一农家庭院当中。桌上杯盘罗列。舞台背景上有"金娃满月盛宴"字样。

【蝌蚪穿着绣有"福""寿"的明晃晃的绸缎唐装,站在台口,欢迎前来贺喜的人。

【蝌蚪的小学同学李手、袁腮以及小表弟等人依次上场,说着差不多的客套话与恭喜话。

【姑姑身穿一袭绛红色的长袍,在郝大手与秦河的护卫下隆重登场。

蝌蚪 （欢欣地）姑姑,你总算来了。

姑姑 万氏门中添贵子,我能不来吗？

蝌蚪 金娃落草万氏门中,姑姑是第一功臣！

姑姑 不敢当不敢当。（环顾众人,笑道）无一例外。（众不解。姑姑指点郝大手与秦河）除了他们俩,你们这些货色,都是我亲手接生出来的。你们的娘肚皮上有几个痦子我都知道。（众笑）怎么还不招呼大家入座？

蝌蚪 您不来,谁敢坐？

姑姑 你爹呢？让他出来坐首席。

蝌蚪 我爹这两天有点感冒,到我姐姐家躲清闲了,他说让您坐首席。

姑姑 那我就当仁不让了。

众人 应该,应该。

姑姑　蝌蚪,你跟小狮子年过半百,竟然生了个大胖小子,虽不能去申请——是吉尼斯吧——吉尼斯世界纪录,但在我五十多年的妇科生涯中,还是第一次碰到,因此应该算是大喜!

【众人随声附和,有说"大喜"的,有说"奇迹"的。

蝌蚪　全凭着姑姑的灵丹妙药!

姑姑　(感慨地)姑姑年轻时,是个彻底的唯物主义者,但到了晚年,却越来越唯心了。

李手　哲学史上应该有唯心主义的地盘。

姑姑　听听,念过书的跟没念过书的就是不一样。

袁腮　我们都是粗人,不管什么唯心唯物的。

姑姑　这世界上,鬼神不一定有,但报应还是有的。蝌蚪与小狮子五十多岁还能生出贵子,这说明老万家前世积了大德。

小表弟　姑姑的药也发挥了作用。

姑姑　心诚则灵!(对蝌蚪)你娘过日子一向抠门,到了你们这一辈,日子过好了,钱多了,又碰上这样的大喜事,应该改改门风,慷慨一些!

蝌蚪　姑姑放心。虽无驼蹄熊掌,但鸡鸭鱼肉应有尽有。

姑姑　(看看桌上的菜肴)七个盘八个碗的,还像那么回事。酒呢?喝什么酒?

蝌蚪　(从桌底箱子里提出两瓶茅台)茅台。

姑姑　真的假的?

蝌蚪　从市府招待所所长刘贵芳那里弄的,她说保证是真的。

李手　她是我们的老同学。

袁腮　骗的就是老同学。

姑姑　她呀,刘家庄刘保福的二女儿,也是我接下来的孩子。

蝌蚪　我特意对她说到了这一层关系,她郑重其事地从保险柜里拿出来的酒。

姑姑　就是,谅她也不好意思拿假酒给我喝。

【蝌蚪开酒,请姑姑品尝鉴定。

姑姑　好酒,真酒百分百。大家都斟上,都斟上。

【蝌蚪为众人斟酒。

姑姑　既然我坐首席,那我就行令吧——这第一杯酒,感谢咱们共产党领导得好,让大家脱了贫,致了富,解放了思想,过上了好日子,没有这一条,就没有后边的好事。大家评评,我说的对不对?

【众人齐声附和。

姑姑　那就干了这一杯!

【众干杯。

姑姑　这第二杯酒呢,要感谢我们老万家祖宗在天之灵,是他们一辈辈地积累起美德,然后才能使后代儿孙得到福报。

【众干杯。

姑姑　这第三杯酒进入正题,祝蝌蚪和小狮子这对恩爱夫妻老年得子,大吉大利。

【众举杯响应,喧哗。

【刘贵芳率两服务员搬着几个纸箱子上,其后跟随着电视台女记者、摄影一干人。

刘贵芳　贺喜!贺喜!

蝌蚪　老同学,您怎么来了?

刘贵芳　来讨杯喜酒喝啊!不欢迎?(转圈与桌上人握手、寒暄,跟姑姑握手)姑姑,您返老还童了。

姑姑　还成个老妖精!

蝌蚪　请还请不来呢！来就来吧，还带这么多东西，让你破费！

刘贵芳　我就是个做饭的，破费什么？（指箱子）这是我亲手炸的黄花鱼，亲手做的肉皮冻，亲手蒸的大馒头，让各位品评一下我的手艺。姑姑，我给您带来一瓶五十年茅台，专门孝敬您的。

姑姑　这五十年的茅台，还真是不一样，去年春节，平南市一个领导让他儿媳妇带给我一瓶，一开塞子，香气满室哪！

蝌蚪　（小心地）老同学，这些人是怎么回事？

刘贵芳　（拉过女记者）小高，我还忘了给大家介绍了，市电视台记者，"社会万象"栏目主持人、制片人。小高，这就是蝌蚪伯伯，剧作家，老年得贵子，真是了不起。这位（将女记者拉到姑姑面前）就是咱高密东北乡圣母级的人物，姑姑，不分辈分了，老的小的都叫"姑姑"，我们这些人，包括下一辈又下一辈的，都是姑姑接到人间的。

姑姑　（拉着女记者的手）真是个俊俏孩子，看到你的模样，我就能想象到你爹娘的模样。过去给儿女找对象，主要是看门第，现在，我提倡：首先看基因，然后看门第。基因好，才能生出健康聪明的后代；基因不好，一切白搭。

女记者　（示意摄影机跟拍）姑姑真是与时俱进。

姑姑　说不上与时俱进，只不过是接触各行各业的人，听来一些时髦名词……

蝌蚪　（悄声问刘贵芳）老同学，这事儿，不好张扬吧？

刘贵芳　（悄声）小高是咱家即将过门的媳妇，电视台竞争激烈，抢信息，抢素材，抢构思，咱得帮她。

女记者　姑姑，您认为，蝌蚪老师和他的夫人之所以能够老年得子，是与他们优良的基因有关系吗？

姑姑　那当然了,他们的基因都很好。

女记者　那您认为,是蝌蚪老师基因好一些呢,还是蝌蚪老师的夫人基因更好一些?

姑姑　你要先弄明白了什么是基因,然后再来问我。

女记者　那您能用简洁的语言向我们的观众讲解一下基因吗?

姑姑　基因是什么?基因就是命!就是命运!

女记者　命运?

姑姑　苍蝇不叮没缝的鸡蛋,你明白不明白?

女记者　明白。

姑姑　基因不好的人,就等于一颗有缝的鸡蛋,生下来就带缝的鸡蛋。明白了吧?

刘贵芳　小高,先让姑姑喝杯酒,歇口气,你先采访蝌蚪伯伯。这是袁腮伯伯,这是李手叔叔,他们都是我的同学,都精通基因问题,你可以逐个采访。(给姑姑斟酒)祝姑姑健康长寿,永远守护着我们东北乡的孩子们!

女记者　蝌蚪伯伯,我知道您生于1953年,今年已经五十五岁,这个年纪,在我们乡下,已经是抱孙子的年龄了,而您刚刚生了儿子,请您谈谈老年得子的心情。

蝌蚪　上个月,齐东大学七十八岁的栗教授抱着他刚刚满月的儿子,去医院看望他一百零三岁的父亲栗老教授的消息你没有看到过?

女记者　看到过。

蝌蚪　对男人来说,五十多岁正当盛年,关键是女方。

女记者　我们可以采访您的夫人吗?

蝌蚪　她正在休息,待会儿会出来给大家敬酒。

女记者　(将话筒转向袁腮)袁总,您看到蝌蚪老师得了儿子,是不是也跃跃欲试呢？

袁腮 听听这词儿！跃跃欲试！我虽然跃跃，但已经不想试了。我的基因大概不咋样，生了两个儿子，一个比一个讨债；再生一个，估计也好不到哪里去。再说，我那老伴儿，土壤严重板结，栽上一棵小树，三天就变成一根拐棍儿。

李手 可以让"二奶"帮你生嘛！

袁腮 师弟，你也老大不小了，怎么能说这种话呢？咱们都是品德高尚的正派人，怎么能干那种丑事呢？

李手 这是丑事吗？这是时髦，是新潮，是改良基因，是扶贫济弱，是拉动内需促发展。

袁腮 别说了，这要播出去，还不把你抓起来？

李手 你问问她们敢播出去吗？

女记者 （笑而不答，转问姑姑）姑姑，听说您配制了一种回春丹，能让绝经的妇女恢复青春？

姑姑 好多人还说吃了我的药，肚子里的婴儿能改变性别，这你们也相信？

女记者 宁可信其有，不可信其无吧。

姑姑 信神有神在，不信是泥胎。人们都是这种心理。

蝌蚪 小高，你们电视台的几位同志，还是入座喝酒吧，喝完了酒，再采访，好不好？

女记者 你们喝，你们喝，权当我们不在场。

李手 你们明明在这里转来转去嘛，怎说不在场。

女记者 你们——不要把我们当成人，当成——随便吧！

袁腮 贵芳老同学，想当年，你可是我的偶像，我得狠狠地敬你一杯！

刘贵芳 （端杯与袁腮相碰）祝老同学的牛蛙事业发达，祝你的"娇娃护肤素"早日问世。

袁腮　你别转移话题,我得跟你讲讲当年我如何迷你的事儿。

刘贵芳　别装疯了,虚情假意的。谁不知道袁总的牛蛙公司里美女成群啊!

女记者　(趁此空对话筒自白)各位观众,今天的"社会万象"向大家介绍一件发生在高密东北乡的大喜事。退休后回乡搞创作的著名剧作家蝌蚪和他的夫人、退休医生小狮子,他们年过半百之后,竟然又喜珠暗结,于上月十五日产下一个健康活泼的大胖小子……

姑姑　该把孩子抱出来给大家看看啦!

【蝌蚪跑下场。

刘贵芳　(瞪袁腮一眼,低声道)别胡说了,姑姑不高兴了。

【蝌蚪引领小狮子上。小狮子头上包着一条毛巾,怀中抱着一个襁褓。

【摄影师抢拍。

【众人拍掌庆祝。

蝌蚪　来,先让姑奶奶看一看。

【小狮子将孩子送到姑姑面前。姑姑掀起襁褓一角,观看。

姑姑　(感慨地)好孩子,真是个好孩子啊,基因优良,相貌端正,这要生在封建社会,笃定了是个状元!

李手　岂止是状元,没准是个皇帝。

姑姑　咱娘儿俩就比着吹吧!

女记者　(将话筒伸到姑姑面前)姑姑,这个孩子也是您接生的吧?

姑姑　(将一个红包塞进襁褓,蝌蚪与小狮子拒绝,姑姑挥手)这是规矩,姑奶奶有钱。(对记者)承他们信任我。她是超高龄产妇,心理压力很大。我建议她去医院"切西瓜",她不干。姑姑支持她,一个女人,只有从产道里生过孩子,才知道什么是女人,才知道怎样当母亲!

【在姑姑接受采访时,小狮子与蝌蚪将孩子抱到每个人面前,让他们观看,他们也都将各自的红包塞到襁褓里。

女记者 姑姑,这会是您接生的最后一个孩子吗?

姑姑 你说呢?

女记者 听说不仅仅是我们东北乡的妇女都崇拜您、信任您,连平度、胶州的许多产妇也来找您?

姑姑 姑姑生就了一个劳碌命。

女记者 听说您的手上有一种神奇的力量,只要您将手放在产妇的肚皮上,她们的痛苦就会大大缓解,她们的焦虑和恐惧也会随之消逝。

姑姑 神话就是这样制造出来的。

女记者 姑姑,请您把双手伸出来,我们要拍几个特写。

姑姑 (嘲讽地)人民群众是需要一点神话的!(向众人)知道这是谁的话吗?

李手 听口气像是一位伟人。

姑姑 是我说的。

袁腮 姑姑差不多算是伟人啦!

刘贵芳 什么差不多算是伟人?姑姑本来就是伟人!

女记者 (庄严地)就是这双普普通通的手,将数千名婴儿接到了人间——

姑姑 也是这双普普通通的手,将数千名婴儿送进了地狱!(干一杯酒)姑姑的手上沾着两种血,一种是芳香的,一种是腥臭的。

刘贵芳 姑姑,您是我们东北乡的活菩萨,送子娘娘,娘娘庙里的神像，越看越像您，我看，他们就是按照您的形象塑造的。

姑姑 （醉意蒙眬）人民群众是需要一点神话的……

女记者 （将话筒伸到小狮子面前）夫人，请您谈一点感想。

小狮子 谈什么？

女记者 随便谈谈，譬如，初次得知怀孕消息的感觉，在怀孕过程中的感受，为什么一定要找姑姑接生……

小狮子 初次得知怀了孕，那感觉如同做梦，一个五十多岁的女人，绝经都两年了，怎么突然怀了孕呢？至于怀孕的过程，那是五分欣喜，五分忧虑。欣喜的是，我终于要当妈妈了，我跟着姑姑当了十几年妇产科医生，帮着姑姑给人家接生过许多孩子，但一直没有自己的孩子，没有孩子的女人不是完整的女人，没有孩子的女人在丈夫面前抬不起头来，现在，这一切都结束了。

记者 五分忧虑呢？忧虑什么？

小狮子 主要是年龄大了，怕生不出健康孩子，二是怕生不下来动刀切"瓜"。当然，生产时姑姑把她的手往我肚皮上一放，所有的忧虑都消失了。剩下来的事情，就是听着姑姑的命令，完成分娩过程。

姑姑 （醉意蒙眬地）用芳香的血洗掉腥臭的血……

【陈鼻拄着双拐悄悄上场。

陈鼻 外孙做满月，不请外公喝酒，这有点不像话了吧？

【众愕然。

蝌蚪 （慌乱不安地）老兄，抱歉，实在抱歉，把你给忘了……

陈鼻 （狂笑）你叫我老兄？哈哈，（用拐杖指指小狮子怀中的婴儿）从他这里论，你该跪下给我磕三个头，叫我一声"老泰山"吧？！

袁腮 （上前拉扯陈鼻）老陈老陈，走走走，我带你去"鲍翅皇"重开一桌。

陈鼻　你给我滚开，你这卑鄙无耻的小人，你想用那些臭鱼烂虾堵住我的嘴巴？休想。今天是我外孙大喜的日子，我哪里都不去，就在这里讨杯喜酒喝！（一屁股坐下，看到姑姑）姑姑，你心里像明镜一样，咱高密东北乡生孩子的事都归您管，谁家的种子不发芽，谁家的土地不长草，您都知道。您帮她们借种，您帮他们借地，您偷梁换柱，暗度陈仓，瞒天过海，李代桃僵，欲擒故纵，借刀杀人……三十六计，全都施过……

姑姑　只有两计让你施了：声东击西，金蝉脱壳。当年，差点就让你骗了。我手上这些腥臭的血，（放在鼻边嗅着）有一半是你小子给我抹上的！

李手　（给陈鼻倒酒）老陈，老陈，喝酒，喝酒。

陈鼻　（将杯中酒一饮而尽）师弟，你是公道人。你给评评理——

李手　（打断陈鼻的话，又给他倒上一大杯酒）公道不公道，只有天知道！来，老兄，换大杯！

陈鼻　你想灌醉我？你想用酒堵住我的嘴，你错了。

李手　当然是我错了，你是海量，千杯难醉。今天这酒，是正宗茅台，不喝白不喝是不？来，干杯！

陈鼻　（仰面又干完一大杯，喘息着，眼泪汪汪地）姑姑，蝌蚪，小狮子，袁腮，金修，我陈鼻混到这步田地，惨哪！这高密东北乡，十八个村子，五万多人口，有比我陈鼻更惨的吗？你们说，有吗？没有，没有啦，没有比我更惨的了。可是你们，合伙欺负我一个残疾人，你们欺负我也就罢了，因为我从根本上说不是一个好人，你们欺负我是代表老天报应我！可你们不该欺负我的女儿！陈眉，你们看着长大的孩子，高密东北乡最美丽的姑娘，还有她的姐姐,陈耳,她们本来应该嫁进皇宫王室,去当王后贵妃,可是……都怨我啊……报应啊……女儿为你代孕(怒指蝌蚪),赚钱为我偿还住院费,可是你们,你们这些老同学,你们这些伯伯、叔叔,你们这些剧作家,你们这些大老板,竟然编造谎言,说她的孩子生下来就死了。你们赖掉了她四万元代孕费……头上三尺有青天啊!天老爷,您怎么就不睁开眼睛看看呢?看看这些横行霸道的坏人……电视台的同志,你拍啊,把这些都拍下来,拍我,拍她,拍他们,向全体人民曝曝光……

刘贵芳 老陈,还吹你的海量呢,两杯落肚就满嘴胡言乱语了。

陈鼻 刘贵芳,你精明啊,招待所改制,你摇身一变,就成了大老板,你现在是亿万家产啊。我求你帮我女儿安排个工作,哪怕在厨房里烧火也行,可是你不开恩啊,你说公司正在裁员,善门难开,可是……

刘贵芳 老同学,都是我的不对,陈眉的事,包在我身上,不就是多一个人吃饭吗?我养起她来,行了吧?

【袁腮、金修等人试图将陈鼻架走。

陈鼻 (挣扎着)我还没看到我的外孙呢,(从怀里掏出一个红包)外孙,外公虽然穷,但礼数不能缺,外公也为你准备了一个红包儿……

【袁腮、金修等人将陈鼻架走。与此同时,从舞台另一侧,陈眉身穿黑袍、面蒙黑纱上场。

【众人一见陈眉,惊愕万分,一时静场。

陈眉 (夸张地嗅着鼻子,先是低声,渐渐高声)孩子,宝贝儿,我闻到你的气味了,香香的、甜甜的、腥腥的,(像盲人一样摸索着向小狮子靠近,与此同时,襁褓中的孩子发出响亮的哭声)孩子,好孩子……生下来就没吃过一口奶,把俺的孩子饿坏了……

【陈眉将孩子从小狮子怀中夺走,匆匆跑下场。众人一时惊呆,手足无措。

小狮子　(张着双手,绝望地)我的孩子,我的小金娃……

【小狮子率先追赶陈眉,蝌蚪等人在后边跟随着,满场混乱。

——幕落

第七幕

【舞台后部的屏幕上,不断地变换背景。时而是繁华的街道,时而是人群拥挤的市场,时而是街心公园。有人打太极拳,有人遛鸟,有人拉二胡……背景变换标志着她逃跑时路过的地方。

【陈眉抱着孩子奔跑着。一边奔跑一边口中发出许多与孩子有关的颠三倒四的话。

陈眉　我的宝贝儿啊……妈终于找到你了……妈再也不放你啦……

【小狮子、蝌蚪等人在后追赶。

小狮子　金娃……我的儿子啊……

【场上,有时是陈眉一个人在奔跑,她一边跑,一边不时回头观看。有时还向路边人喊叫:救救我,救救我的孩子。

【有时,逃跑者和追赶者同时出现在舞台上。陈眉向路人求救:救救我们! 小狮子等人则向前面的人喊叫:拦住她! 拦住这个抢孩子的女贼! 拦住这个疯子……

【陈眉摔倒。爬起来。再摔倒。再爬起来。

【急促而尖锐的京胡演奏与孩子的哭声交织在一起，自幕起至幕落。

——幕落

第八幕

【电视戏剧片《高梦九》拍摄现场。

【舞台布置成民国时期县衙大堂模样。虽有改革但基本上还是沿袭旧制。大堂正中高悬一块匾，匾上有"**正大光明**"四个大字。匾额两边悬挂一副大字对联。上联：**一阵风一阵雨一阵青天**；下联：**半是文半是武半是野蛮**。堂案上供着一只硕大的鞋子。

【高梦九身穿黑色中山装，头戴礼帽，胸前口袋里露出怀表的银链子。舞台两侧站立着几个衙役，手持水火棍，但服装却改穿黑色中山装，看上去颇为滑稽。

【导演、摄影、录音等电视剧工作人员在忙碌着。

导演　各就各位，预备——开始！

高梦九　（抓起鞋底，猛拍案桌）呜呀呀呀……烦恼！（唱）高知县坐大堂审理疑案～有张王二家人争夺田产～张有理王有理家家有理～到底是谁有理还看本官！——本县，姓高名梦九，原本是天津卫宝坻县人氏，少年从军，跟随冯玉祥冯大帅转战南北，屡建奇功，被冯帅提拔为警卫营长。某日，部下一兵戴墨镜携妓女招摇过市，恰被冯帅瞧见，冯帅责高某治军不严。高某羞愧难当，深感辜负大帅栽培之恩，即辞职还乡。民国十九年，当年袍泽乡党韩复榘兄主席山东,三顾茅庐请高某出山,高某难却韩兄厚谊,赴鲁上任,先任省参议员,后任平原、曲阜县长,今春改任高密。此地民风刁顽,匪盗猖獗,赌博盛行,烟毒肆虐,社会治安相当糟糕。高某到任后,大刀阔斧,锐意改革,根绝匪患,提倡孝道,尤好微服私访,善断疑难案例,(悄声)当然也闹出了一些笑话,人非圣贤,孰能无过?圣贤就没过了吗?乡绅们送某一副对联:一阵风一阵雨一阵青天,半是文半是武半是野蛮。写得好!好!他们还送了高某一个外号:高二鞋底!其源盖因高某好用鞋底打那些刁民泼妇的颜面也!(唱)乱世做官用重典～该野蛮时就野蛮～诡计诱杀众土匪～鞋底打出个高青天～我说伙计们——

众衙役　有——!

高梦九　准备妥当了没有?

众衙役　妥当了!

高梦九　传原告被告两家上堂!

衙役甲　传原告被告两家上堂啰——!

【陈眉抱着孩子跌跌撞撞地跑上。

陈眉　包大人,您可要为民女做主啊——

【小狮子、蝌蚪等人陆续跟上。

【原戏中扮演张、王两家的演员也掺杂其中,混乱上场。

导演　(气急败坏地)停!停!这是怎么回事?乱七八糟的!剧务,剧务!

陈眉　(扑跪到大堂前)包大人,包青天,您可要为民女做主啊!

高梦九　本县不姓包,姓高。

陈眉　(在孩子的哭声中)包大人哪,民女有千古奇冤,您可要秉公审理啊!

【袁腮和小表弟拉住导演,悄声地说着什么,导演连连点头。只能依稀听到袁腮说:我们公司赞助十万!

【导演走到高梦九身边,附耳说了几句。

【导演对摄影等做了个继续的手势。

【袁腮走到蝌蚪和小狮子身边对他们低声交代了几句。

高梦九 (拿起鞋底,猛拍案桌)堂前民女听着,本官今日法外开恩,加审一案,将你的姓氏、籍贯、所诉何事、所告何人,从实讲来,若有半句虚谎,你可知道本官的规矩?

陈眉 民女不知。

众衙役 (齐声)呜喂——!

高梦九 (抓起鞋底,猛拍案桌)若有半句谎言,本官就要用鞋底抽你的脸!

陈眉 民女知道!

高梦九 如实道来。

陈眉 大人容禀。民女陈眉,系高密东北乡人氏。民女自幼丧母,跟随姐姐长大成人,后随姐去玩具厂打工,一场大火,烧死了民女的姐姐,又烧毁了民女的面容……

高梦九 我说陈眉,你摘下面纱,让本县看看你的面容。

陈眉 包大人,不能摘啊——

高梦九 为什么不能摘?

陈眉 戴着面纱,民女是个人;摘下面纱,民女就成鬼了。

高梦九 我说陈眉,本官判案,是讲法律程序的。你戴着面纱,我知道你是谁啊?

陈眉 大人,你让他们都捂着眼睛。

高梦九 都捂上眼睛。

陈眉 大人,您可看好了。大人啊,民女命苦啊——

【陈眉放下孩子,摘下面纱,又用双手遮脸。

【高梦九对堂前示意,小狮子猛扑上去将孩子抱到怀里。

小狮子 (哭腔)宝宝,金娃,小金娃儿,快让妈妈看看……蝌蚪,你看,金娃这是怎么啦……这个狠心的疯子,把孩子摔死了啊!

陈眉 (一边喊叫着,一边疯狂地向小狮子扑去)我的孩子……大老爷啊,她抢了我的孩子……

【众衙役将陈眉制住。

【姑姑缓缓上场。

蝌蚪 姑姑来了!

小狮子 姑姑,你看看金娃是怎么啦?

【姑姑在孩子的某几个部位掐摸了几下,孩子哭了起来。蝌蚪将一只奶瓶递给小狮子,小狮子将奶瓶喂到孩子嘴里,哭声停止。

陈眉 大老爷啊,不要让她给我的孩子喂牛奶啊,牛奶里有毒。大老爷,我自己有奶啊……不信,我挤给您看哪,大老爷……

【陈鼻、李手上。

陈鼻 (用拐杖捣着地)天地良心啊!天地良心啊……

高梦九 (悲恻地)我说陈眉,你还是把脸蒙起来吧!

陈眉 (惶恐地摸到黑纱蒙上脸)大老爷,我吓着您了吧……对不起大老爷……

高梦九 陈眉,你的案子既然落在本官手里,本官一定要问个明白。

陈眉 谢大老爷。

【蝌蚪、袁腮簇拥着小狮子欲走。

高梦九 (鞋底拍案桌)不许走!本官尚未审理判决,哪个敢走!衙役们,把他们看住!

【导演对高梦九打手势、使眼色,高佯装不见。

高梦九　民女陈眉,你口口声声说这个孩子是你的,那么我问你,孩子的父亲是谁?

陈眉　他是个大官,大款,大贵人。

高梦九　无论他多大的官,多大的款,多大的贵人,也应该有个名字吧?

陈眉　民女不知道他的名字。

高梦九　你跟他何时结婚?

陈眉　民女没结过婚。

高梦九　噢,非婚生子女。那你何时跟他……行过房事?

陈眉　大老爷,民女不懂。

高梦九　嗨,你何时跟他睡过觉,怎么说呢?做爱,你明白?

陈眉　大老爷啊,民女没跟什么男人睡觉,民女是处女。

高梦九　嗨,越讲越不清楚了。没跟男人睡觉,如何能怀孕,生孩子?你难道连这点生理常识都不懂吗?

陈眉　大老爷,民女句句是实,(指小狮子等)他们用玻璃管子给我……

高梦九　试管婴儿。

陈眉　不是试管婴儿。

高梦九　我明白了,就像畜牧站人工授精一样。

陈眉　大老爷,(跪下)求您开恩明断。民女本来想生出这个孩子,赚到代孕费替父还了医疗费就去跳河的,但民女自从怀上他,自从感觉到他在民女肚子里活动之后,民女就不想死了。与民女同时怀孕的还有好几个人呢,她们不爱肚子里的孩子,但民女爱。

民女的脸上有伤,身上也有伤,每到阴天下雨,伤口就奇痒奇痛,天气干燥时,还会崩裂出血。大老爷啊,民女怀胎十月,不容易啊。大老爷,民女忍受着说不尽的痛苦,小心翼翼,总算把孩子生出来了,可他们骗我说孩子死了……我知道孩子没死……我找啊找啊,终于找到了……我不要代孕费,给我一百万一千万我都不要,我只要孩子,大老爷,求您开恩把孩子断给我……

高梦九　（对蝌蚪、小狮子）你们两位,是合法夫妻吗?

蝌蚪　结婚三十多年了。

高梦九　结婚三十多年一直没生孩子?

小狮子　（不满地）这不刚生了吗?

高梦九　看您这岁数,五十好几了吧?

小狮子　我知道你要这样问,（指姑姑）这是我们高密东北乡的妇科医生,接生过几千个孩子,治疗过无数例不孕症,没准连您都是她接生的吧?您可以问问姑姑,我从怀孕到分娩的整个过程,姑姑都可以作证。

高梦九　本官早就听说过姑姑的大名,您也算个乡贤了,德高望重,一言九鼎!

姑姑　这个孩子确实是我接生的。

高梦九　（问陈眉）是她为你接的生吗?

陈眉　大老爷,进产房前他们就给我蒙上了眼睛。

高梦九　这案子,本官看来是断不清楚了!你们去做DNA吧。

【导演上去附耳对高梦九说话。高梦九与之低声争辩。

高梦九　（长叹一声,唱）奇案奇案真奇案～让俺老高犯了难～孩子到底判给谁～一条妙计上心间——（下堂）我说各位听着,既然你们诉到本官堂下,本官就假戏真做,把这案子给断了!俺役们——！

众衙役 有！

高梦九 如有不听本官号令者，用鞋底子掌脸！

众衙役 是！

高梦九 陈眉、小狮子，你们两个各执一词，听上去似乎都合情合理。本官一时难以判断，因此，请小狮子将孩子先交到本官手里。

小狮子 我不……

高梦九 衙役们！

众衙役 （齐声）呜喂……

【导演附耳对蝌蚪说，蝌蚪戳了一下小狮子，示意她将孩子交给高梦九。

高梦九 （低头看看怀中的孩子）果真是个好孩子，怪不得两家来抢。陈眉，小狮子，你们听着，本官无法判断孩子归谁，只能让你们从本官手中抢，谁抢到就是谁的，糊涂案咱就糊涂了吧！（将孩子举起来）开始！

【陈眉和小狮子都向孩子扑去，两人拉扯着孩子，孩子哭起来。陈眉一把将孩子抢到怀里。

高梦九 众衙役！给我将陈眉拿下，将孩子夺回来。

【众衙役将孩子夺回，交给高梦九。

高梦九 大胆陈眉，你谎称是孩子的母亲，但在抢夺孩子时毫无痛惜之心，分明是假冒人母。小狮子在争夺时，听到孩子痛哭，爱子情深，生怕孩子受到伤害，故而放手。此种案例，当年开封府包大人即用此法判决：放手者为亲母！因此，援例将孩子判归小狮子。陈眉抢人之子，编造谎言，本该抽你二十鞋底，但本官念你是残疾之人，故不加惩罚，下堂去吧！

【高梦九将孩子交给小狮子。

【陈眉挣扎喊叫,但被衙役们制住。

陈鼻　高梦九,你这个昏官!

李手　(戳戳陈鼻)老兄,就这样吧,我已经跟袁腮、蝌蚪说好了,让他们补偿陈眉十万元。

——幕落

第九幕

【姑姑家院子,场景如前。

【郝大手和秦河还在捏着泥娃。

【蝌蚪手捏一摞稿纸,站在一侧,高声朗诵。

蝌蚪　……如果有人问我,高密东北乡的主色彩是什么,我会不假思索地回答:绿!

郝大手　(不满地嘟哝着)那么红呢?红高粱、红萝卜、红太阳、红棉袄、红辣椒、红苹果……

秦河　黄土、黄大粪、黄牙、黄鼠狼,就是没有黄金……

蝌蚪　如果有人问我,高密东北乡的主要声音是什么,我会骄傲地告诉他:蛙鸣!

郝大手　这有什么好骄傲的?

秦河　娃娃的哭声值得骄傲。

蝌蚪　那像沉闷的小牛叫声的蛙鸣,那像忧伤的小羊叫声的蛙鸣,那像母鸡叫蛋一样清脆的蛙鸣,那像初生婴儿一样响亮和悲伤的蛙鸣啊……

郝大手　那么狗叫呢？猫叫呢？驴叫呢？

蝌蚪　（恼怒地）你们这是跟我抬杠！

秦河　我看这话剧，本质上就是抬杠。

姑姑　（冷冷地）你方才念的这些话，是我说的吗？

蝌蚪　是剧中的人物"姑姑"说的。

姑姑　剧中的人物"姑姑"是我呢，还是不是我？

蝌蚪　既是您，又不是您。

姑姑　这话怎么说呢？

蝌蚪　这是艺术创作的一条普遍规律，就像他们捏的这些泥娃娃，既是从现实生活中取来的形象，又加上了他们自己的想象和创造。

姑姑　这戏真要搬上了舞台，你不怕带来麻烦？你用的可全都是真名真姓。

蝌蚪　这是草稿，姑姑，定稿时我会把人名全部换成外国人名，姑姑换成玛丽娅大婶，郝大手换成亨利，秦河换成阿连德，陈眉换成冬妮娅，陈鼻换成费加罗……连高密东北乡，也要换成马孔多小镇。

郝大手　亨利？这名字有趣。

秦河　你最好把我换成罗丹，或是米开朗琪罗，他们的工作性质与我沾边。

姑姑　蝌蚪，演戏归演戏，现实归现实，我总觉得，你们——当然也少不了我——我们亏对了陈眉。最近，我的失眠症又犯了，那个讨债小鬼带着那群残疾青蛙每天夜里都来吵我，我不但能感觉到他们凉森森的肚皮，还能嗅到他们身上那股子又腥又冷的气味……

郝大手　你这是神经衰弱导致的幻觉,全是幻觉。

蝌蚪　姑姑,我理解您的心情,这件事如此处理,我心中也感到愧疚,但不这样处理又能如何处理呢?不管怎么说,陈眉是疯子,而且是个严重毁容、面貌狰狞的疯子,我们将孩子交给她抚养,是对孩子的不负责任!而且,尽管我是不自愿的,但从生物学的意义上说,我是孩子的父亲。当孩子母亲神志失常、自己的生活都不能料理的情况下,孩子由父亲抚养是天经地义的事,即便是到了最高人民法院,也会这样裁判。您说是不是?

姑姑　也许我们把孩子还给她,她就好了呢?母亲和孩子之间,那是可以产生奇迹的……

蝌蚪　我们不能拿着孩子去做这种冒险的实验,神经病人,什么事都能干出来的。

姑姑　神经病人也是爱孩子的。

蝌蚪　但她的爱很可能给孩子带来伤害。姑姑,您千万不要为这事内疚。我们已经做到了仁至义尽。给了她双倍的补偿,还送她进医院治疗,包括陈鼻,我们也没亏待他。等到将来,她的病彻底好了,孩子大了,我们会找个恰当的时机告诉孩子真相——尽管告诉他真相只能给他带来痛苦。

姑姑　实话告诉你们,最近,我经常想到死——

蝌蚪　姑姑,您千万别胡思乱想,您刚刚七十多岁,说您是正午十二点钟的太阳那是夸张了点,但说您是下午两三点钟的太阳绝不是恭维您,下午两三点钟,离天黑还早着呢!再说,高密东北乡人民也离不开您啊!

姑姑　我当然不想死,人要是无病无灾,能吃能睡,谁愿意死?但我睡不着啊!半夜三更,所有的人都睡觉了,只有我和树上那只猫头鹰醒着。猫头鹰醒着是为了捉耗子,我醒着干什么?

蝌蚪 您可以吃片安眠药,许多大人物都有失眠的问题,他们都吃安眠药。

姑姑 安眠药对我不起作用了。

蝌蚪 吃点中药……

姑姑 我是医生!我告诉你,这不是病,是报应的时辰到了,那些讨债鬼们,到了他们跟我算总账的时候了。每当夜深人静时,那只猫头鹰在树上哇哇叫的时候,他们就来了。他们浑身是血,哇哇号哭着,跟那些缺腿少爪的青蛙混在一起。他们的哭声与青蛙的叫声也混成一片,分不清彼此。他们追得我满院子逃跑。我不是怕他们咬我,我就是怕他们凉森森的肚皮,和他们身上那股腥冷的气味。你们说,姑姑这辈子怕过什么?老虎,豹子,狼,狐狸,对这些常人害怕的东西姑姑是一点不怕,但姑姑被这些蛙鬼们魇怕了。

蝌蚪 (对郝大手)要不要请个道士来禳解一下?

郝大手 她说的也是台词儿。

姑姑 睡不着的时候,我就想,想自己的一生。从接生第一个孩子想起,一直想到接生最后一个孩子,一幕一幕,像演电影一样。按说我这辈子也没做什么恶事……那些事儿……算不算恶事?

蝌蚪 姑姑,那些事算不算"恶事",现在还很难定论,即便是定论为"恶事",也不能由您来承担责任。姑姑,您不要自责,不要内疚,您是功臣,不是罪人。

姑姑 我真的不是罪人?

蝌蚪 让东北乡人民投票选举一个好人,得票最高的一定是您。

姑姑 我这两只手是干净的?

蝌蚪　不但是干净的,而且是神圣的。

姑姑　我睡不着的时候,会想到张拳老婆的死,王仁美的死,还有王胆的死……

蝌蚪　都不能怨您!绝对不能。

姑姑　张拳老婆临死时说了一句话,你知道吗?

蝌蚪　我不知道。

姑姑　她说:万心,你不得好死!

蝌蚪　这臭娘们儿,实在是不像话。

姑姑　王仁美临死时说了一句话,你知道吗?

蝌蚪　她说什么了?

姑姑　她说:姑姑,我好冷……

蝌蚪　(痛苦地)仁美,我也感到冷啊……

姑姑　王胆临死时对我说了一句话,你知道吗?

蝌蚪　我不知道。

姑姑　你想知道吗?

蝌蚪　当然……不过……

姑姑　(神采飞扬地)她说:姑姑,谢谢您救了我的孩子。你说,是我救了她的孩子吗?

蝌蚪　当然是您救了她的孩子。

姑姑　那么,我可以安心地去死了。

蝌蚪　姑姑,您说错了,您应该说可以安心地去睡,好好地活着。

姑姑　一个有罪的人不能也没有权力去死,她必须活着,经受折磨,煎熬,像煎鱼一样翻来覆去地煎,像熬药一样咕嘟咕嘟地熬,用这样的方式来赎自己的罪,罪赎完了,才能一身轻松地去死。

【从舞台上垂下一个巨大的黑绳套,姑姑上前将颈子套进去,踢翻脚下的凳子。

【郝大手和秦河只顾捏自己的泥娃娃。

【蝌蚪抄起一把刀,扶起凳子,跳上去,砍断绳子。姑姑落到地上。

蝌蚪 (扶起姑姑)姑姑!姑姑!

姑姑 我死过了吗?

蝌蚪 可以这样理解,但像您这样的人是不死的。

姑姑 这么说我再生了。

蝌蚪 是的,可以这么说。

姑姑 你们都好吗?

蝌蚪 都好!

姑姑 金娃好吗?

蝌蚪 非常好。

姑姑 小狮子分泌奶水了吗?

蝌蚪 分泌了。

姑姑 奶水多吗?

蝌蚪 非常旺盛。

姑姑 旺盛成啥样儿?

蝌蚪 犹如喷泉。

——幕落

(全剧终)

听取蛙声一片[*]

——代后记

题目是辛弃疾《西江月·夜行黄沙道中》中的一句。这是我孩提时代就知晓的一句宋词。知晓并且牢记不忘,就因为这其中的"蛙声一片"与我童年的记忆密切关联。读过我的小说的人,应该记得我曾经多次描写过蛙声,但不一定知道我对青蛙的恐惧。人们有理由对毒蛇猛兽产生畏惧之心,但对有益于人并任人捕食的青蛙似乎没理由害怕。但我确实怕极了青蛙。我一想到它们那鼓凸的眼睛和潮湿的皮肤便感到不寒而栗。为什么怕?我不知道。这也许就是我以《蛙》来做这部小说题目的原因之一吧。

正如小说中所写的一样,我确有一个姑姑,是一位从业多年的妇科医生。我们高密东北乡数千名婴儿,都是在她的帮助下来到人间。当然,也有为数不少的婴儿,在未见天日之前,夭折在她的手下。小说中的姑姑,与生活中的姑姑,自然有巨大的差别。真实的姑姑,只

---

[*] 本文原系作者为2009年台湾麦田出版社繁体字版《蛙》写的序言。

是触发我创作灵感的一个原型。她如今生活在乡下,子孙满堂,过着平安宁静的生活。

　　二〇〇二年夏天我动笔写这部小说,当时的题目叫《蝌蚪丸》。这题目的灵感得之于一九五八年的报纸上的一条新闻:男女行房前生吞十四只蝌蚪便可避孕。稍有常识的人都会从这条新闻中读出荒谬,但在当时,此法竟大为盛行。这情形与几十年后风靡大江南北的"打鸡血""喝红茶菌"十分相似。我沿着这条思路写了足有十五万字,但忽觉这写法无意中又在重复荒诞夸张之旧套路,况且,所用的结构方法(以一个剧作者在剧场中观看舞台上正在演出自己所写话剧时的诸多回忆联想为经纬)也有过分刻意之嫌,因此,便将此稿放下,开始构思并创作《生死疲劳》。直到二〇〇七年,又重起炉灶写这部书,结构改为书信体,并易题为《蛙》。当然,我是不满足于平铺直叙地讲述一个故事的,因此,小说的第五部分就成了一部可与正文部分相互补充的带有某些灵幻色彩的话剧,希望读者能从这两种文体的转换中理解我的良苦用心。

　　大陆的计划生育,实行三十年来,的确减缓了人口增长的速度,但在执行这"基本国策"的过程中,确也发生了许多触目惊心的事件。中国的问题非常复杂,中国的计划生育问题尤其复杂,它涉及了政治、经济、人伦、道德等诸多方面。尽管不敢说搞明白了中国的计划生育问题就等于搞明白了中国,但如果不搞明白中国的计划生育问题,那就休要妄言自己明白了中国。

　　近年来,关于独生子女政策是否继续执行的问题,已有相当激烈的争论。争鸣文章的作者有很多都是有头有脸的人物,发表这些争鸣文章的,也都是主流媒体。互联网上有关这问题的讨论更是铺天盖地。由此可见,对计划生育政策的反思和研究,已经成为一个万众关注的热点问题。而随着改革开放的深入，随着集体经济向私有经济的转化，随着数亿农民获得了流动和就业的自由，独生子女政策在很多地方已经难以落实。农民们可以流动着生，偷着生，而富人和贪官们也以甘愿被罚款和"包二奶"等方式，公然地、随意地超计划生育，满足他们传宗接代或继承亿万家产的愿望。大概只有那些工资微薄的小公务员，依然在遵守着"独生子女"政策，他们一是不敢拿饭碗冒险，二是负担不起在攀比中日益高升的教育费用，即便让他们生二胎也不敢生。

我的《蛙》，通过描述姑姑的一生，既展示了几十年来的乡村生育史，又毫不避讳地揭露了当下中国生育问题上的混乱景象。直面社会敏感问题是我写作以来的一贯坚持，因为文学的精魂还是要关注人的问题，关注人的痛苦，人的命运。而敏感问题，总是能最集中地表现出人的本性，总是更能让人物丰富立体。

在良心的指引下，选择能激发创作灵感的素材；在我的小说美学的指导下，决定小说的形式；在一种强烈的自我剖析的意识引导下，在揭示人物内心的同时也将自己的内心袒露给读者。这是我在写《蛙》时遵循的并将在今后的创作中继续坚持的三项基本原则。

写完这部书后，有八个大字沉重地压着我的心头，那就是：他人有罪，我亦有罪。

二〇〇九年十一月二十二日

于北京平安里

图书在版编目(CIP)数据

蛙/莫言著.—杭州:浙江文艺出版社,2020.3(2024.4重印)
(莫言作品全编)
ISBN 978-7-5339-6024-7

Ⅰ.①蛙… Ⅱ.①莫… Ⅲ.①长篇小说—中国—当代
Ⅳ.①I247.5

中国版本图书馆 CIP 数据核字(2020)第 012072 号

策划统筹	曹元勇
责任编辑	易肖奇
封面设计	周伟伟
插页设计	何 浩
责任印制	吴春娟

蛙
莫言 著

出版	浙江文艺出版社
地址	杭州市体育场路 347 号　邮编　310006
网址	www.zjwycbs.cn
经销	浙江省新华书店集团有限公司
印刷	杭州富春印务有限公司
开本	650 毫米×970 毫米　1/16
字数	265 千字
印张	21.75
插页	4
版次	2020 年 3 月第 1 版
印次	2024 年 4 月第 27 次印刷
书号	ISBN 978-7-5339-6024-7
定价	49.00 元

版权所有　侵权必究
(如有印、装质量问题,请寄承印单位调换)